古典文獻研究輯刊

三 編

曾永義 主編

第 6 冊

理想情懷、現實頓挫與超越企求
——陳子昂的書寫歷程與文學史意義

蕭義玲 著

國家圖書館出版品預行編目資料

理想情懷、現實頓挫與超越企求——陳子昂的書寫歷程與文
學史意義／蕭義玲 著 — 初版 — 新北市：花木蘭文化出版社，
2011〔民 100〕
目 2+220 面；19×26 公分
（古典文學研究輯刊 三編；第 6 冊）
ISBN：978-986-254-548-5（精裝）
1.（唐）陳子昂 2. 學術思想 3. 中國文學
820.8   100014998

ISBN-978-986-254-548-5

9 789862 545485

古典文學研究輯刊
三 編 第 六 冊   ISBN：978-986-254-548-5

理想情懷、現實頓挫與超越企求
——陳子昂的書寫歷程與文學史意義

作   者 蕭義玲
主   編 曾永義
總 編 輯 杜潔祥
出   版 花木蘭文化出版社
發 行 所 花木蘭文化出版社
發 行 人 高小娟
聯絡地址 新北市永和區中正路五九五號七樓
          電話：02-2923-1455 ／傳真：02-2923-1452
網   址 http://www.huamulan.tw 信箱 sut81518@ms59.hinet.net
印   刷 普羅文化出版廣告事業
初   版 2011 年 9 月
定   價 三編 30 冊（精裝）新台幣 48,000 元

理想情懷、現實頓挫與超越企求
——陳子昂的書寫歷程與文學史意義

蕭義玲　著

作者簡介

蕭義玲，國立台灣師範大學國文研究所博士班畢業，現任教於中正大學中文系。學術興趣在以「存在」命題展開的文人生命樣態之研究。近年研究重心聚焦於現代，以現代性的相關課題，如愛慾、自然、暴力、家園……等，深化對「存在」課題的思索，從古典到現代，希望以對「存在」的關切，深入於對藝術創作之根源探問中。

提　　要

　　中國詩人有一鮮明特點：在濟世理想所展開的人我關係中，一生奮鬥目標實在「政治」而非「文學」。然值得注意的卻是，他們雖然明確地表明了「政治」作為個人奮鬥的最高標的，但是，都在遭遇同樣的生命困局：不為君用、濟世無門。然在什途多舛的政治際遇中，又一約而同地以「文學」成就了他們在歷史上的地位。從這個現象出發，本書對詩人的政治理想、現實遭遇，與文學成就之間的關係有莫大興趣，希望探求一條有意義的詮釋途徑，將之間的關係揭櫫出來。以上是就中國詩人的重要「共相」而言，但不能忽略的，所以有此「共相」，實是由每個在現實上遭遇挫敗的詩人所寫就的。因此，隱藏在這個「共相」下的，是每個詩人的「個別」生命遭遇——不論任何人，皆必須在生命困局中返身回來面對自己。因此，為詳細勾勒一條政治理想、現實遭遇，與文學成就之關係線索，本文選擇了初唐代表詩人陳子昂，希望藉著「人格」與「風格」兩條線索，從「超越的企求」中，呈現中國文化的一個重要向度。此外，透過對「人格」與「風格」之關係探討，本書希望可以更深刻地掌握陳子昂在文學史上的意義，以尋找到一個「更貼近」於陳子昂本身的立體面目，最後，亦希望透過論述的展開，提供一條古代詩人研究的詮釋路徑。

目

次

第一章　緒　論

第一節　研究旨趣與方法

　　唐詩標誌著中國詩歌發展史上的最高成就。在初唐詩壇上，陳子昂以其詩歌創作：〈登幽州臺歌〉、〈薊丘覽古贈盧居士藏用七首〉、〈感遇〉詩，及提出興寄雅正的文學理論，在文學史上佔著關鍵性的地位，並得到歷代詩人的推崇。如韓愈便盛讚陳子昂在唐代詩壇的地位：

　　　　國朝盛文章，子昂始高蹈。〔註1〕

何以說陳子昂「始高蹈」呢？他的開創性意義在哪裡呢？陳子昂的摯友盧藏用說道：

　　　　宋、齊之末，蓋憔悴矣。逶迆陵頹，流靡忘返，至于徐、庾，天之將喪斯文也。……道喪五百歲而得陳君。君諱子昂，字伯玉，蜀人也。崛起江漢，虎視函夏，卓立千古，橫制頹波，天下翕然，質文一變。〔註2〕

明・胡震亨則強調其作品的特色：

　　　　陳子昂初變齊、梁之弊，一返雅正。其詩以理勝情，以氣勝辭。〔註3〕

陳子昂的詩歌與其文學理論，在仍充斥著齊梁奢靡之風的初唐詩壇，可以說具有「橫制頹波」，使得「質文一變」的重大意義，且因著這個開創性的意義，故為李白、杜甫所推崇並作為詩歌創作的先導，如劉熙載便說道：

　　　　四子延陳隋之舊，故才力迥絕，不免致人異議。陳射洪、張曲江能

〔註1〕見韓愈《韓昌黎集》卷二〈薦士詩〉，（上海：商務印書館，1933年版），頁45。

〔註2〕見《全唐文》卷二三八〈右拾遺陳子昂文集序〉（臺北：中華書局，1982年版）。

〔註3〕見胡震亨《唐音癸籤》卷五〈上海古籍出版，1981年版〉，頁37。

超出一格，爲李、杜開先。人文所肇，豈天運使然耶？〔註4〕

陳子昂能夠「獨出一格」，在詩上表現其「以理勝情」、「以氣勝辭」的特點，並爲李、杜開先，是「人文所肇」的結果，而非「天運使然」。可見陳子昂在文學史上確有其特誌的風格，並以此風格得到歷來詩人的尊崇。

以上我們已大略的點出了陳子昂的貢獻及其在唐詩轉變中的地位。由於陳子昂在文學史上的重要地位，故引起歷來學者從各個角度，如陳詩的淵源、流派、文學理論，及其政治態度對陳子昂投以相當的注意力，希望可以更豐富地挖掘並賦予陳子昂詩歌的意義。然而，在廣泛的研究成果中，我們亦不免注意到一個現象，既然陳子昂在文學史上的成就是其「人文所肇」的結果，而「人文所肇」就劉熙載所載，乃指詩歌之風格繫於詩人之情志，〔註5〕則我們該從什麼角度理解這個「人文」，以說明陳子昂的「情志」與「詩歌風格」之關係？其詩歌創作與文學理論所標舉出的精神是怎樣的精神？二者之間的關係爲何？事實上我們認爲，一個適當的詮釋途徑，實關係著對陳子昂的詩歌風格與文學史意義的深刻掌握。而既然這是本文研究的重要企圖，在這裡，我們必須先針對陳子昂的詩歌特色及文學主張，尋找適當的詮釋方法。在交代本文的研究方法之前，我們可以先對陳子昂研究的成果略作檢討。

一、從文學本身標舉陳詩精神

在前文中，我們曾引盧藏用、胡震亨之言說明陳子昂詩歌的特色。事實上，「變」齊、梁詩風的觀點，一直是歷來學者對陳詩意義的主要評價方式。如高棅言：

唐初，文章承陳、隋之弊，子昂始變雅正，復然獨立，超邁時髦。

〔註6〕

〔註4〕見劉熙載《藝概》卷二〈詩概〉（臺北：金楓出版公司，1986年版），頁87。

〔註5〕劉熙載在卷二〈詩概〉前論提出他對詩歌的看法：「《詩緯・含神霧》曰：『詩者，天地之心。』文中子曰：『民知性情也。』此可見詩爲天人之合。」又說道：「『詩言志』，孟子『文，辭，志』之說本也。『思無邪』，子夏〈詩序〉：『發乎情，止乎禮義』之說本也。」又：「〈關雎〉取『摯而有別』，〈鹿鳴〉取『食則相呼』。凡詩能得此旨，皆應乎風、雅者也」。以上是劉熙載評詩的重要觀點，簡言之，劉熙載認爲詩歌是作者「情志」之表現。例如，劉熙載第一條的評論言：「變風始〈柏舟〉。〈柏舟〉與〈離騷〉同旨，讀之當兼得其人之志與遇焉。」讀之「當兼得其人之志與遇焉」，可見劉熙載認爲詩歌可反映作者的情志。引文同上，頁83。

〔註6〕見高棅《唐詩品彙》〈五言古詩敘目〉。

沈德潛亦云：

> 追建安之風骨，變齊、梁之綺靡，寄興無端，別有天地。〔註7〕

以上學者如盧藏用、胡震亨、高棅、沈德潛等人皆以「變」來概括陳子昂的詩歌特色與貢獻。自此以下，這個「變」的看法，亦成為近代研究陳子昂的學者所關注的焦點。在這個視野下，學者指出了陳子昂「變」齊、梁詩風的成就，是源於其對文學的「反省」。關於這個看法，例如，林耀潾先生指出陳子昂詩風的產生是因為：

> 反省建安以來，風骨詩風的由盛而衰的現象，及漸漸形成中的唯美
>
> 律詩運動現象之外，對高古雅正詩風的嚮往。〔註8〕

將「反省」一詞，視為陳子昂之所以轉「變」詩風的解答是無疑的。然而，從「變」的創作成果，到對陳子昂「反省」文學的省察，在這條研究線索中，我們發現學者們雖然企圖為陳子昂的創作精神與理論根據尋找基點，但終究未能將造成陳子昂「反省」的因素找出來。何以言之？學者們對「反省」的注意，主要是從陳子昂所提出的文學理論而來。陳子昂首先在〈上薛令文章啟〉（680～682年作）看法：

> 然則文章薄伎，固棄於高賢；刀筆小能，不容於先達。豈非大人君
> 子以為道德之薄哉？某實鄙能，未窺作者。斐然狂簡，雖有勞人之
> 歌；悵爾詠懷，曾無阮籍之思。徒恨跡荒淫麗，名陷徘優。長為童
> 子之群，無望壯夫之列。〔註9〕

就寫作動機來看，〈上薛令文章啟〉並非專為表達其文學主張而作（見本文第二章），故陳子昂並未在其中對其文學主張多作系統的著墨。作為陳子昂文學理論的綱領與代表，主要是其〈修竹篇序〉（697～698年作），〔註10〕文中說道：

〔註7〕見沈德潛《唐詩別裁集》卷一。

〔註8〕見林耀潾〈陳子昂詩觀研究〉（《孔孟學報第六四期》），頁200。

〔註9〕見《新校陳子昂集》卷十（臺北：世界書局，民國69年1月版），頁230。

〔註10〕關於〈修竹篇〉的寫作年代，據彭慶生先生的考證如下：「此篇《唐文粹》題為〈與東方左史虬修竹篇並序〉，楊本及《全唐詩》作〈與東方左史虬修竹篇並書〉，必作於東方虬任左史時。《舊唐書·宋之問傳》：『累轉尚方監丞、左奉宸內供奉。預修《三教珠英》，常扈從游宴。則天幸洛陽龍門，今從官賦詩。左史東方虬詩先成，則天以錦袍賜之；及之問詩成，則天稱奇詞愈高，奪虬錦袍以賞之。』按：改控鶴奉宸府，事在久視元年（700）六月，見《通鑑》卷二百六；修《三教珠英》乃在聖曆至大足間（698～701），見《唐會要》卷三十六。據此，則東方虬任左史，當在聖曆前後。而子昂於聖曆元年歸田，其與東方虬交往，當在游宦東都之時。又詩云：『永隨眾仙去，三山

文章道弊五百年矣。漢魏風骨，晉宋莫傳，然而文獻有可徵者。僕嘗暇時觀齊梁間詩，彩麗競繁，而興寄都絕，每以永嘆。思古人常恐逶迤頹靡，風雅不作，以耿耿也。一昨於解三處，見明公詠孤桐篇，骨氣端翔，音情頓挫，光音朗練，有金石聲，遂用洗心飾視，發揮憂鬱。不圖正始之音，復睹於茲，可使建安作者，相視而笑。

另外，在〈喜馬參軍相遇醉歌〉序（698 年作）及〈薛大夫山亭宴〉序（698 年作）序中，陳子昂亦零星地談到其文學見解。〈喜馬參軍相遇醉歌〉序〔註11〕說道：

夫詩可以比興也，不言曷著。

〈薛大夫山亭宴〉序〔註12〕亦說道：

詩言志也，可得聞乎？

從以上看來，正因為陳子昂提出了反對齊梁「彩麗競繁」的文學主張，並標舉出一條──以「漢魏風骨」、「正始之音」（以阮籍為代表）、「建安文學」為典範的，有興寄、風雅、骨氣、音情的文學道路，並在詩歌創作上作了實踐，因此便成了歷來學者關注陳子昂詩歌的重要線索。然而，正如前文所言，既然我們注意到了陳子昂對文學的「反省」問題，那麼，在這裡，更切入其文學理論核心的問題應該是：促成陳子昂「反省」的因素是什麼？事實上，筆者之所以注意到這個問題，亦是扣緊著其文學理論本身所呈現的幾個問題而來的。從〈上薛令文章啟〉看來，陳子昂雖然在文中標榜了阮籍，但是，從文意看來，陳子昂似以文章之事為薄技小能，視之甚卑。但自〈修竹篇〉序之後，又正面地表達了對文學的看法，則在其中，自然凸顯了一個問題，陳子昂究竟如何看待文學？從〈上薛令文章啟〉的以文章為薄技小能，到〈修竹篇〉序之後對文學批判、提出正面主張，甚至注意到文學技巧的問題，究竟是什麼因素促成他對文學的重視？此外，我們亦注意到盧藏用〈陳氏別傳〉〔註13〕對陳子昂的一段重要評介：「工為文，而不好作，其立言措意，在王霸大略而已。時人不知之」，從這段話看來，

游玉京』，正隱喻掛冠之意。故此篇當作於東征凱旋之後，表乞歸侍之前（697～698 年）。」見《陳子昂詩註》（四川人民出版社，1981 年版），頁 223～224。

〔註11〕見《新校陳子昂集》，卷二。

〔註12〕見《新校陳子昂集》，卷七。

〔註13〕見《新校陳子昂集》，附錄部份。

我們亦不免懷疑：為何「工為文，而不好作」的陳子昂會將注意力放到文學上來，並以其文學主張，在文學史上佔著重要的地位？又當他正視文學的意義時，為何會對「正始之音」（阮籍）、「建安文學」……加以推崇？本文以為以上問題是揭示其文學精神的重要關鍵，亦是隱藏在「變」的成果，及「反省」表象下的意義所在。

　　誠如前言，因為對「陳子昂反省文學的內在動機」的探討多為人所忽略，所以，時人便單純地從初唐時的文學背景，作為陳詩產生的原因，並從陳子昂的詩歌創作與文學理論的互證，來推舉他在文學史上的地位，以指出其詩歌的內在精神。如林耀潾先生在提出「反省」之後，便繼而說道：

　　　陳子昂提出了「風骨」、「風力」、「興寄」等復古的詩觀，其所以能
　　　啟大唐盛音者，固由於時代背景及文學本身內在發展的因素使然，
　　　然其本身詩作的實踐，更能應證其詩觀的正確，理論與實踐的相得
　　　益彰，才使陳子昂在唐代詩壇上佔得了舉足輕重的地位。〔註14〕

如果忽略了「反省」動力的探討，我們便極容易將其文學表現視為「時代背景及文學本身內在發展的因素使然」，若果「時代背景及文學本身內在因素」真的可以促成陳子昂的詩觀，那麼，何以在眾多詩人中，獨陳子昂有如此的「反省」？如果我們找不出促成陳子昂「反省」的內在因素，則便承認了陳子昂的詩歌創作與文學理論的產生，其意義只在於為反動齊、梁而反動。如果只是為了反動而反動，陳子昂又為何特別標出阮籍、建安作為其文學主張的典範，並在詩中對其理論作出實踐？此外，詩歌創作中的什麼特質，和其文學理論是相得益彰的？僅就詩歌中的一些對現實描寫、對身世慨歎的篇章，就能夠說明「相得益彰」的精神所在嗎？由此觀來，若我們要討論陳子昂詩歌的精神，不僅要將其「反省」的內容找出，更要對促成其「反省」的內在根據作出說明。否則，就文學本身出發，我們不但無法解釋陳子昂轉變詩風的必然原因，更無法直接從其文學理念中，印證出詩歌如〈登幽州臺歌〉等詩產生的必然性。則我們又如何對陳子昂在文學史上的地位，作出適當的評估呢？

　　行文至此，我們要再度強調的是，我們並非否定詩歌理論與實踐互證的正確性。事實上，片面地從陳子昂反對齊梁詩風、提倡復古精神來討論他的詩歌精神，在理論上的確呈現出「捉襟見肘」的窘境。從當今陳子昂所遺留

〔註14〕同註8，頁206。

下來的詩歌作品看來，除了如〈登幽州臺歌〉、〈薊丘覽古贈盧居士藏用〉、〈感遇〉詩……等代表詩作外，亦有不少的應制、遊仙等詩作，而當我們片面地以其「文學理論」的觀點來審視這些詩作時，這些詩作的產生卻反顯出其文學理論的矛盾。如周子瑜先生則乾脆認為這些詩作之所以產生，實因其詩論的「落後性」促成。他說道：

> 他的組詩〈感遇〉中的多數作品，以及其他如〈洛城觀酺應制〉、〈奉和皇帝丘禮撫事述懷應制〉等篇，不是抽象議論，就是直露的歌功頌德之語，甚至是佛道教義的抄錄，這不能不是他那復古詩論消極影響的後果。〔註15〕

可見，若逕以「理論與實踐的互證」來涵括陳子昂的詩歌精神，不僅難以從其「文學理論」尋找詩歌創作的依據，其文學理論甚至可能因此而遭致否決。事實上，就文學本身的發展線索而言，陳子昂的文學成就不可能無根而生，故不可能和齊、梁與初唐的文學道路截然斷開，〔註16〕因此，面對著陳子昂詩歌的各種風貌，我們所要尋找的答案是，陳子昂反對的齊、梁究竟有什麼特定的內涵？動機何在？創作和理論之間是否存在某種共同的精神？以上問題又再度促使我們對決定陳子昂創作題材，與文學見解的原因找出答案。

以上我們實在觀照一個問題：決定陳子昂詩歌創作（包括理論）的題材選擇、內容表現的因素是什麼？我們可以清楚看出，逕由文學本身（或詩歌理論與創作的互證）來探討陳詩的精神時，實已放棄了對作者「主體意志」的探求，並否決了「主體意志」在文學創作（包括理論）上的必要性。這正是我們無法為其應制類、遊仙類詩歌的產生找到必然根據的理由。既然僅就文學的本身無法圓滿說明陳子昂的詩歌精神，那麼，我們應該採取什麼詮釋方法呢？

〔註15〕見周子瑜〈陳子昂的詩論、詩作及其與魏晉六朝詩歌之間的關係〉（《陳子昂研究論集》，北京：中國文聯出版公司，1989年版），頁122。

〔註16〕如周子瑜先生便從陳子昂的詩歌特色，強調其對六朝文學的吸收與消融。（文同上，頁123）。又，畢萬忱〈論陳子昂詩歌理論的傳統特質〉亦以為陳子昂的詩論其實有向齊、梁吸收之處（《文學遺產》，1990年3月）。又秦紹培在〈陳子昂評價質疑〉一文中亦有相近看法（《新疆大學學報》，1986年2月）。其實，本文認為，陳子昂文學主張的些許言論背後，應該含有一段豐富的文學思考，這和陳子昂的思想、與環境的互動都是分不開的。因此，若僅就其理論文字本身出發，當然容易引發學者從自我著重的面相切入，而造成不同的看法。

二、從時代的影響標舉陳詩精神

　　將注意力從文學本身抽離出來，已有不少學者注意到詩歌的精神，不能直接從作品的本身去掌握，更應該將其放在「時代」的這一條線索中討論。關於這個看法，主要是從陳子昂詩歌的內容而來。例如韓理州先生便歸納陳子昂詩歌的思想內容爲：〔註17〕

　　　　（一）關心廣大兵民的生活，同情他們的苦難。

　　　　（二）關心國家命運，揭露和批判時政弊端。

　　　　（三）感慨身世，揭示理想與現實的矛盾，傾吐壯志難酬的幽憤。

　　　　（四）維護國家的統一安定，熱愛祖國美好的山河。

　　　　（五）宣揚道家思想，讚美隱逸生活。

以上數點，的確將陳子昂詩歌的內容作了完整的描述。那麼，陳子昂這些詩歌的思想內容是如何產生的呢？韓理州先生在〈陳詩的產生〉一文中說道：

　　　　作爲觀念型態的文學藝術，他既有其相對的獨立性，又與社會現實
　　　　保持著緊密關係。要弄清陳詩問世於初唐後期的原因，還得聯繫初
　　　　唐後期的社會狀況，剖析它在自身發展中表明的必然性。〔註18〕

那麼，社會狀況如何促成陳子昂詩歌的產生呢？他如何解釋這個「必然性」呢？

　　　　陳子昂的詩歌，實質上是齊梁詩風已經發展到了非變不可下的產
　　　　物；是初唐國力上升，豐富多彩的新生活要求詩歌革新的產物；是
　　　　隊伍持續壯大的庶族知識分子同貴族階級的文化鬥爭的產物；是與
　　　　脫離現實的文藝思潮鬥爭的產物。我以爲，從這些意義上去理解陳
　　　　詩，大概可以更加深入地弄清他在唐詩發展史上所起的開關闖道作
　　　　用。〔註19〕

既然注意到陳子昂在唐詩發展史上的「開關闖道」的作用，又將其貢獻完全視爲「時代」的產物。那麼，陳子昂充其量不過是一個「應時而生」的人物，則有何重要性之有？就陳詩的思想內容看來，我們的確可以從中看出初唐社會的風貌，但是，隨著這個命題的提出，我們不免產生疑慮，如果從「時代的產物」來理解陳詩，爲什麼在初唐社會的諸多詩人中，獨陳子昂對「時代」

〔註17〕見韓理州《陳子昂評傳》（西安：西北大學，1987 年版）第七章第二節。頁
　　　　109～120。

〔註18〕見韓理州〈陳詩的產生〉（《陳子昂研究》，上海古籍 1988 年版），頁 106。

〔註19〕同上，頁 107。

有如此的穎悟？又初唐社會是在怎樣的情況下影響陳子昂的詩歌創作？除非我們承認初唐社會可以直接導致陳詩的產生，並決定其思想內容與精神，否則，我們便不能規避以上所提的問題。此外，若說陳子昂的文學內容「反映」了時代風貌，故其文學是時代的產物。但是，一個時代所包含的內容是如此的紛紜繁多，難道時代的眾相皆一一行諸於陳詩中嗎？「時代」雖然提供了作者一客觀的環境，但這個客觀環境必須經過作者的主觀消化，才能顯出其意義來，那麼，「時代」提供了陳子昂怎樣的客觀「環境」呢？陳子昂又以什麼態度在接受、反映、甚至批評他的「時代」呢？在這裡，我們實已點出了「作者」與「環境」關係的互動，〔註20〕唯有對這個互動關係的揭示，我們才得以掌握陳詩與時代的關係。否則，便無法理解，為何身處於「初唐」的陳子昂，卻在詩歌理論與創作上，表明其對前代詩人（阮籍）的推崇？〔註21〕除非我們認為陳子昂對阮籍的注意完全是一種「偶然」，然若是「偶然」，那麼，「正始之音」、「建安風骨」又如何解釋？又，如果陳子昂的詩歌與文學理論的精神，只在「如實地」反映出「時代」的各樣風貌，何以到了盛唐，李白、杜甫仍對此「初唐」的產物傾慕不已呢？從這條「承先啟後」的文學道路看來，我們發現，貫穿於這條文學道路，其實是有著陳子昂的自我意志。因此，在這裡我們必須探討的是，陳子昂是在怎樣的情感狀態下，創作了這些詩歌？以上問題，皆在在地要我們對「主體意志」在詩歌作品上的意義作

〔註20〕在這裡，我們尚可以「思想史」的方法對此課題加以理解。在「思想史」的研究中，強調人的思想是起於人對「環境」所起的「意識反應」。所謂「環境」是指：「所有的時間與空間之內，人類環境中的所有持久的特徵。如全人類的生、死、愛等等普遍的共同象徵，或特定的時間與空間之內特殊的社會與文化的環境。人類總是生長在特殊的社會之中，具有特殊的制度、特殊的文化背景、特殊的思想潮流等等。」所謂的「意識反應」包括：「感情的態度」（emotional attitudes）、「感動力」（pathos）、「感覺的傾向」（propensities of feeling）。所謂人對「環境」所起的「意識反應」即本文在此處所強調的「作者」與「環境」的互動。引文見史華慈（Benjamin Schwartz）著，張永堂譯〈關於中國思想史的若干初步考察〉（《中國思想與制度論集》，臺北：聯經出版社），頁3～5。

〔註21〕陳子昂〈上薛令文章啟〉說道：「恨爾詠懷，曾無阮籍之思」，而其推崇的正始文學，亦以阮籍為代表。至於在陳子昂的詩歌創作上，學者亦多以為其淵源於阮籍。如皎然在《詩式》卷三便言：「子昂〈感遇〉三十首，出自阮公〈詠懷〉」，胡應麟《詩藪》內編卷二言：「四傑、梁、陳也；子昂，阮也」。從其〈感遇〉組詩中，無論在詩意或是描寫手法上，我們確實可以看到阮詩對陳子昂的影響，如韓理州先生便在〈陳詩的淵源〉一文中，對陳、阮詩歌的遣詞造句作過比對。見《陳子昂研究》（上海古籍，1988年版），頁133～137。

一番探討。在這裡，我們實已再度點出了本文研究的企圖，即希望藉由書學曆程與主體生命之關係，找出一條詮釋陳子昂詩歌精神的方法，並以此呈現陳子昂受到歷來學者關注的各個面相。

　　以上，我們從文獻檢討中指出陳子昂詩歌所存在的若干問題，從這些研究角度所無法解釋、涵蓋的諸多問題中，我們亦發現，這些問題之所以無法被解釋或涵蓋，實源於這些詮釋方法，皆明顯的偏執於他們所關注的某一個面相：或逕由文學本身探討陳詩精神之所繫，或逕從詩歌內容論述時代之必然性，忽略了「文學」的內在根據繫乎「作者」，詩歌所呈現的「時代」意義在於「作者」與「環境」的互動。行文至此，我們實已點出本文的研究取向，本文將以「文學是人格的投影」的思考方向，作爲詮釋陳子昂詩歌（包括理論）的途徑。以下，我們當可就「文學」與「人格」（強調作者與環境的互動）二者的關係稍作說明，以此揭示出這個思考方向在本文研究上的意義。德國著名作家歌德曾說過：

> 在藝術和詩裡，人格確實就是一切。……關鍵在於是什麼樣的人，才能作出什麼樣的作品。〔註22〕

「是什麼樣的人，才能作出什麼樣的作品」，將「人格」與「文學」的關係作了最好的說明。關於這一點見解，十八世紀末，德國著名文史學家狄爾泰亦作了強調：

> 眞正的傑作不可能試圖去反映一種不同於其作者的內在內容（geistigen gehalt）的實在。〔註23〕

近人何向陽先生則更詳細地分析了兩者的關係，他說道：

> 人格是一種選擇，文學則直接地體現著這種選擇，什麼樣的人格，對應於什麼樣的創作，人格的高下決定著文學的品位，文學的存在決定了文學家的的存在（方式），而文學家的存在方式同樣決定了文學的存在（價值）。二者是互依的，人格與文學的辨證關係同樣說明了作家人格與文學品格的對應性。〔註24〕

〔註22〕見愛克曼著、朱光潛譯《歌德談話錄》（人民文學出版社，1978年9月版）。

〔註23〕狄爾泰是十八世紀著名的文史學家，亦是「詮釋學」理論的重要學者。其一生的職志在爲人文科學尋求適當的詮釋方法，關於對藝術作品的見解，他認爲：藝術作品是「活生生的經驗之具體化」，並說到：「畢竟……對內在生命的結構的把握是基於對作品的解釋，在作品中，內在生命的結構最終完滿地得到表現。」見帕瑪（Richard E. Palmer）著、嚴平譯《詮釋學》（臺北：桂冠圖書，1992年版），頁129、130。

〔註24〕關於「人格」與「文學」的一不一致性的問題，一直是文學研究中的爭議

在前文中，我們曾經說到，要掌握陳子昂的詩歌精神，必須對陳子昂創作詩歌（與提出理論）的動機有所了解，另外，我們亦必須在其詩歌（與文學理論）中，對陳子昂與環境的互動關係作出解釋。以上問題，在「文學的存在決定了文學家的存在方式，文學家的存在方式同樣決定了文學的存在價值」的論點下，得到了充分的印證與肯定。因此，本文將以書寫者的「人格」線索，作為研究陳子昂詩歌的途徑，為其文學作品的產生與精神找到內在的根據。此外，亦要從文學作品中，對其所透顯的人格特質作一番深入探究。

既然「人格」是研究「文學」所不能忽略的重要面相，那麼，本文為何標出「超越企求」的這條人格發展線索，作為詮釋陳子昂文學的基點？它是詮釋陳子昂詩歌的合理途徑嗎？

在交代本文研究的觀點之前，我們可以先就陳子昂的詩歌出發，探討其被歷來學者一致推崇的特色風格，以此說明本文的詮釋方法，的確是扣緊著陳詩的特質而來。清朱鶴齡說道：

> 蓋古人文章無不以真得傳者。真有感傷，而後有阮公、正字（陳子昂）之詩。〔註25〕

從「真」的評價中可知，朱鶴齡認為陳子昂的詩歌特質，是因在其作品中，如實深刻地表現出自我的情感，且因詩歌所蕩溢的「感傷」之情的真摯，故成就了其在詩壇上的地位。宋育仁亦說道陳詩的情感特質：

> （陳詩）緣於小雅，故有怨誹之音。〔註26〕

焦點。何向陽先生對此問題有精闢的看法。他說道：「……並不是說我們不承認人格悖論現象。作家——人類精神的先鋒與歷史事件的敏感者，更是承受著理想人與現實人相衝突的雙重角色，經歷著他所處的時代和他超時代的思想間的鬥爭較量，承受著對精神的追求與個人各種慾望與利益在一定歷史條件下相互排斥的內心撕裂感……在人的人格成長中形成兩股反向的拉力，使人處於感性與理性、理想與現實、種族與個體的纏繞、糾結中，由此凸顯出的含蘊作家創作精神的文學作品便不可能是單純、同一的，而必然表現出複雜紛繁的型態。因此，作家人格中各因素矛盾、分裂、悖離狀態等普遍現象，也將在文學創作中表現出來。」也就是說，「人格」與「文學」的不一致論點，常是將「作家的現實人格或人格在現實層面的某一階段的表現當作作家人格整體的研究……」。從這裡看來，「文學」與「人格」的關係，當可啟發我們對文學作品的意涵有更深一層的思索。引文見何向陽〈文學：人格的投影——文學研究的一個思路〉（《文學評論》，1993年1月），頁14、15。

〔註25〕見朱鶴齡《愚庵小集》卷八〈宗定九全集序〉。

〔註26〕見宋育仁《三唐詩品》，卷一。

本文在這裡不擬討論陳詩和小雅的關係，但是宋育仁在其中所標出的「怨誹之音」，和朱鶴齡說的「真有感傷」，在意義上是相通的。那麼，這份「真」的情感，是如何在其詩中表現並成為其詩歌特質呢？陳子昂的詩歌，在文學史上最享盛名者為一系列的〈感遇〉聯章詩、〈薊丘覽古贈盧居士藏用〉七首、〈登幽州臺歌〉，它們既是陳子昂的代表作，我們當可就此找出一條陳子昂的情感線索。首先，我們可就〈感遇〉所標示出的特色作一番觀察。刑孟在論〈感遇〉的旨意時說道：

> 〈感遇〉詩：歎君子失時而無成，仁可親，殘不可近。衰世不明古道，戒嘗利，寵不可久居，寵利必見禍奪。情愛生禍，材美多累，多言喪道。大運所向，豪聖難為。〔註27〕

近人楊玉祥先生亦有相同的看法：

> 陳子昂三十八首〈感遇〉詩，沒有纏綿悱惻和淺斟低唱，也沒有時代的歡歌，幾乎都是不平之鳴與時代悲歌。……表現了治國平天下的自覺的兼濟意識和對人生執著追求的使命感與社會黑暗現實相拼搏的憂憤激越的情感，表現了詩人與國家民族共患難的文化心理以及對祖國千年歷史的反思精神。〔註28〕

我們可以「不平之鳴」來概括詩中所表現的「感傷」、「怨誹」的情感（這些情感的真摯由詩中所表現的使命感、激越情感、文化精神、反思精神透顯出來），而其所以不平，乃是詩人「失時」、「不遇」所致。其實不只是〈感遇〉詩，〈登薊丘覽古贈盧居士藏用〉七首、〈登幽州臺歌〉亦皆點出這個「不遇」的命題。例如唐汝詢在評〈燕昭王〉一詩（〈登薊丘覽古贈盧居士藏用〉七首之一）時說道：

> 彼其霸圖既泯沒，而我特為惆悵走馬重遊者，豈非深慕其人之丰采耶？意謂：世有燕昭，則吾未必不遇。〔註29〕

此段評語雖是因〈燕昭王〉一詩而來，但亦統說了〈薊丘覽古〉七首的精神。「不遇」一詞，再度強調了陳詩中的「感傷」與「怨誹」之特質。清·翁方綱在統論〈薊丘覽古贈盧居士藏用〉七首時更說道：

> 〈薊丘覽古〉諸作，鬱勃淋漓，不減劉越石。〔註30〕

〔註27〕見楊鍾義《歷代五言詩評選》卷五所引。
〔註28〕見楊玉祥〈陳子昂《感遇》詩審美情趣初探〉（《陳子昂研究論集》），頁202。
〔註29〕見唐汝詢《唐詩解》卷一。
〔註30〕見翁方綱《石洲詩話》卷一。

劉崑的詩歌特色是什麼呢？陳祚明對此曾有精要的解說：

> 英雄失路，滿衷悲憤，即是佳詩。〔註31〕

詩歌中的「滿衷悲憤」（「感傷」、「怨誹」）之情，正是「英雄失路」（「不遇」、「失時」）的際遇所致。關於這一點，我們可以再從〈登幽州臺歌〉作一番觀察：成為「千古絕唱」的〈登幽州臺歌〉究竟在傳達什麼？陳沆論〈登幽州臺歌〉時說道：

> 先朝之盛時，既不及見。將來之太平，又恐難期。不自我先，不自我後，此千古遭亂之君子，所共傷也。不然，茫茫之感，悠悠之詞，何人不可用？何處不可題？豈知子昂幽州之歌，即阮公、廣武之歎哉？〔註32〕

從「不及見」、「恐難期」中，將以上詩歌所透顯的「不遇」、「失時」、「英雄失路」等悲感，推到了怨傷的極致。這也便是它引起歷來詩人共鳴，並達到「千古絕唱」成就的原因所在。由以上可見，陳子昂詩歌的特色是十分鮮明的，由於陳詩「不遇」的遭遇，故貫穿在詩中的是一份情感上的悲怨，而從詩中所呈顯的悲怨之情，我們亦可以看到陳子昂個人情感的真摯。關於這一點觀察，我們可以再引白居易、皮日休之詩說加以強調。白居易云：

> 每歎陳夫子，常嗟李謫仙。
>
> 名高折人爵，思苦減天年。
>
> 不得當時遇，空令後代憐。〔註33〕

皮日休亦云：

> 日晏朝不罷，龍姿歡軒軒。
>
> 于焉周道反，由是秦法悛。
>
> 射洪陳子昂，其聲亦喧闐。
>
> 惜哉不得時，將奮猶拘攣。〔註34〕

從「惜哉不得時，將奮猶拘攣」中，我們可以再度看出陳詩所顯現的他個人情感上的悲痛。

〔註31〕見陳祚名《采菽堂古詩選》卷一。

〔註32〕見陳沆《詩比興箋》卷三。

〔註33〕見白居易《白氏長慶集》卷十七〈江樓夜吟元九律詩成三十韻〉。

〔註34〕見皮日休〈魯望昨以五百言見貽，過有褒美，內揣庸陋，彌增愧悚，因成一千言，上述吾唐文物之盛，次敍相得之歡，亦迷和之微旨也。〉（《全唐詩》卷六百九）。

　　以上我們對陳子昂的詩歌風格作了大略的討論，由於陳子昂「不遇」的遭遇，故行諸於詩中，便形成了其詩歌中的「悲怨」風格，而詩中的「悲怨」風格，又加深了我們對其人格特質的掌握。然而，從「不遇」的遭遇，到詩歌「悲怨」之情的呈顯，它們之間存在著怎樣的關係呢？關於這一個問題，我們可以從韓愈對陳子昂的評論中見出端倪：

> 大凡物不得其平則鳴。……人之於言也亦然。有不得已者而後言，
> 其歌也有思，其哭也有懷。凡出乎口而為聲者，其皆有弗平者
> 乎？……唐之有天下，陳子昂、蘇源明、元結、李白、杜甫、李觀，
> 皆以其所能鳴。〔註35〕

詩人既因其境遇的「不遇」而導致情感上的「不平」，則詩人必以「詩歌創作」來「鳴」其「不平」，這便是「大凡物不得其平則鳴」所揭示的意義。事實上，這個問題，並非是陳子昂一人所特有的現象，在中國文學史上，我們可以發現大量的關於「情感的不平」與「文學創作」關係的論述，以下我們可舉數例說明。司馬遷在《史記·屈原列傳》說道：

> 正道直行，竭忠盡智以事其君，讒人間之，可謂窮矣。信而見疑，
> 忠而被謗，能無怨乎？屈平之作《離騷》，蓋自怨生也。〔註36〕

司馬遷說道，《離騷》的產生，乃源自於作者的「不平則鳴」（自怨生也）。鍾嶸在《詩品序》中亦將「情感的不平」與「文學創作」的關係作了說明：

> 凡斯（現實的困境）種種，感蕩心靈，非陳詩何以展其義，非長歌
> 何以騁其情。……使貧賤易安，幽居靡悶，莫尚於詩矣。〔註37〕

此外，白居易亦曾就《詩經》、《離騷》乃至於李白、杜甫等詩人的詩歌作品加以分析，提出了以下觀點：

> 憤憂怨傷之作，通計古今，什八九焉。……文士多數奇，詩人尤命
> 薄。〔註38〕

〔註35〕見《韓昌黎集》卷十九〈送孟東野序〉（《韓昌黎文集校注》，臺北：世界書局，1972年版），頁36。

〔註36〕見《史記會注考證》〈屈原賈生列傳〉（臺北：天工出版社，1993年9月版），頁1010。

〔註37〕見鍾嶸著、陳延傑註《詩品序》（北京：人民文學出版社，1958年版），頁5。

〔註38〕白居易在〈與元九書〉中亦說道：「況詩人多蹇，如陳子昂、杜甫，各授一拾遺而迍剝至死，李白、孟浩然輩不及一命，窮悴終身。近日孟郊六十終試協律。張籍五十未離一太祝。彼何人哉？彼何人哉？」見《白氏長慶集》，卷四五（臺北：文學古籍刊行社，第二冊）。

除以上的論述外，歐陽脩、王夫之等人，亦在文論中提出「窮而後工」、「文章存於憂患」的看法。在這些看法中，皆不約而同地對「情感的不平」與「文學創作」的關係作了接觸。然而，在這條線索中，尚有一個觀念是亟待釐清的：既然「詩歌」的產生，是緣於詩人的「不平則鳴」，那麼，在遭逢困境中，作者「鳴」其不平的用意為何？又為何要以「文學創作」作為「鳴」其「不平」的工具？「文學創作」與「不平」的關係究竟為何？事實上，中國文論中，這一系列對「情感的不平」與「文學創作」的探討，應可追溯於孔子「詩可以怨」的詩教論點。〔註39〕相應於「不平則鳴」，「詩可以怨」更將我們以上的問題作了清楚的揭示，我們可從以下兩個問題來解釋「不平則鳴」的意義：（一）就作者而言，在不平的情感中，以「可以怨」的文學作品來發出「不平之鳴」的用意為何？（二）就文學作品而言，為何詩有「可以怨」的效用？首先，就陷入困境的作者而言，以文學創作來「鳴」其「不平」的意義為何？關於這個問題，我們可以先就前文所引的《詩品序》作一番觀察。鍾嶸以為陷入困境的作者之所以「陳詩」、「長歌」，是因為詩歌具有使作者：「貧賤而安，幽居靡悶」的效用。因此，「不平則鳴」實表現了作者欲藉創作，使其困頓之情得到紓解的企圖（這也是一般說的文藝的功用）。然而，就「不平則鳴」的意義言，不平之「鳴」是否只有「紓解」的效用呢？以「文學創作」來回應困境，是否尚有另一層的意義呢？關於這一個問題，在司馬遷〈史記·報任安少卿書〉中實已有了極為精闢的闡釋：

> 昔西伯拘羑里，演《周易》；孔子厄陳、蔡，作《春秋》；屈原放逐，著《離騷》；左丘失明，厥有《國語》；孫子臏腳，而論兵法；不韋遷蜀，世傳《呂覽》；韓非囚秦，〈說難〉、〈孤憤〉；詩三百篇，大抵聖賢發奮之所為作也。此人皆意有所鬱結，不得通其道也，故述往事，思來者。〔註40〕

在這段話中，我們注意到一個現象：孔子、屈原等之所以在困境中創作《春秋》、《離騷》，似乎不只是具有「使貧賤而安，幽居靡悶」的意圖而已。誠如孔子自言其所以創作《春秋》，是希望藉此達到：「貶諸侯、退大夫，使亂臣賊子懼」的效果（又如司馬遷創作《史記》亦有其意圖：「通古今之變，成一

〔註39〕《論語·陽貨》：「小子，何莫學乎詩？詩可以興，可以觀，可以羣，可以怨。邇之事父，遠之事君，多識於鳥獸草木之名。」（《論語集釋》卷三五，臺北：鼎文書局，1981 年 3 月版），頁 1051。

〔註40〕見〈自序〉，（同註37），頁 1365。

家之言」)。則在這裡,「不平則鳴」除了「紓解」作者困頓之情的意義外,更含有作者的主觀期望在其中。那麼,我們應該如何理解這個主觀期望呢?關於這個問題,我們可以回到太史公自序中尋找答案。序文說到,《離騷》、《詩經》等文學著作(全文所指的範圍更廣)的產生,皆是緣於作者的「意有所鬱結,不得通其道」時的「發憤之所為作也」(即「不平則鳴」)。「發憤」的意義是什麼?柯慶明先生有極精闢的解說:

> 就是這一種承擔苦難,並在苦難中提昇的昂奮的精神與知覺的能
> 力,使他們在苦難之際,因「意有所鬱結,不得通其道」而超越了
> 個人自身利害的考慮,「故述往事、思來者」獲得一種具有普遍性意
> 義的「悲劇智慧」,在完成一己之立法的同時,成為某種意義上的,
> 一名世界的真正立法者。〔註41〕

「發憤」即是一種「承擔苦難,並在苦難中提昇的昂奮的精神與知覺的能力」,由此看來,陷於困境的作者在進行文學創作時,其「述往事、思來者」的作品便含有了其「發憤」的意圖,因此在作品中便有了作者回應苦難的「悲劇智慧」(此「悲劇智慧」正揭示著作者對困境的發憤的反應,亦即前文說的作者的主觀期望)。因此,從以上看來,所謂「不平則鳴」實含著兩層意義:一是就一般意義而言,「不平則鳴」代表作者欲使其困頓的情感藉創作得到抒發。二是就「發憤」的意義而言,「不平則鳴」標示出作者積極地希望藉由創作,以正面得到某種回應困境的「悲劇智慧」,這也就是「超越」的意義。因此,在這裡我們實可深入探究:作者在陷入困境之時,為何會有「超越」的企求呢?苦難與超越的意義究竟為何?又為何在其「發憤」的作品中可以展現一種「普遍性」的「悲劇智慧」?張淑香先生對二者的關係有精闢的討論:

> ……人生面對不可變折的痛苦與悲哀的出路,就是超越。只有超越
> 才能夠使人從生命的痛苦的窒息中獲得解放與自由……一切人文精
> 神都是從人類被抑制在悲劇的深淵而升起的此一追求超越與自由的
> 奮鬥中誕生。〔註42〕

以上點出在「意有所鬱結,不得通其道」的現實處境(不平的處境)下,「超

〔註41〕見柯慶明〈論「悲劇英雄」——一個比較文學的觀念之思索〉(《境界的探求》,臺北:聯經出版社,1977年版)頁43。

〔註42〕見張淑香〈詩可以怨〉(《抒情傳統的省思與探索》,臺北:大安出版社,1992年版),頁12。

越」是作者得以保全其精神自由的唯一途徑。也因著「超越」，故作者於困境中所創作的作品，便有了普遍性的「悲劇智慧」意義。以上是我們對作者「不平則鳴」的心理動機所作的探討。那麼，就「文學作品」而言，「文學作品」為何可以成為作者「超越困境」的重要憑藉呢？「詩」為何有「可以怨」的效用呢？張淑香先生說道：

> 對作者而言，「詩可以怨」是透過創作而致的作用。在創作的過程中，作者必須面臨一項挑戰：就是如何把實際人生中個人「感覺經驗的怨」轉化、塑造、體現為普遍性的「藝術經驗之怨」。於是，首先他必須先能從紛紜雜亂的現實感覺中跳脫出來，與實際人生保持距離來重新反芻自己的經驗……透過對其痛苦與不幸之徹底探險，他個人之「怨」，遂在普遍的深廣的人類的共同苦難的觀照中得以發散……其次，當作者透過想像而將其經過知性濾淨的「怨」的經驗創造為藝術的形象時，作者但全神貫注於形式與意象的捕捉，他只面對形象表現的世界，美的創造，亦足以使之渾然忘我，不會返回實際人生的痛苦中來……在自覺的追尋中，他超越了他實際人生的痛苦，也超越了他自己。〔註43〕

作者透過「創作」以暫時脫離紛紜雜亂的現實處境，並藉著對美與知性的探求，滌除情感上的創傷，故在「渾然忘我」之際，便消解了實際人生的苦痛，這便是作者以「詩可以怨」的效用作為其超越憑藉的主要理由。在二者關係的釐清之後，在這裡，我們尚可進一步思考一個問題：既然創作是情感困厄的作者所賴以憑藉的超越之物，那麼，為何會有各種不同體制的創作（如孔子的《春秋》、屈原的《離騷》、司馬遷的《史記》，陳子昂的「文學理論」）呢？關於這一個問題，我們可以如是觀察：從作者所遭逢的困境出發，當其企圖憑藉「創作」來完成其「超越」的企求時，作者便與其賴以為超越的作品，產生了密切的關係。（這便是孔子以《春秋》、屈原以《離騷》、太史公以《史記》……等不同體裁的作品作為其超越憑藉的主要原因）〔註44〕論述至

〔註43〕同註43，頁24～26。

〔註44〕例如，孔子作《春秋》，乃是在諸國征亂、禮樂不行於世，而治國的理想又被完全阻遏的困境下所作，則在這個背景之下，他選擇的超越憑藉，必須能夠達到「貶諸侯、退大夫，使亂臣賊子懼」的效果，因此，《春秋》便成為孔子在這個心理意圖下產生的作品，並以其體制與意義，成就為《春秋》體的特有風格，（《史記》、〈離騷〉……等作品亦可如是理解）。

此，我們已可就陳子昂文學理論的產生作一番思考，在前文中我們曾經提出
疑問：從〈上薛令文章啓〉的視文章爲薄技小能，到〈修竹篇序〉之後文學
理論的正面提出，是什麼原因讓陳子昂作巨大的轉變？從以上：「文學作品是
作者超越困境的憑藉」的論述中，我們似可以爲這個問題找到答案。當我們
將注意放到陳子昂〈修竹篇序〉的寫作背景時，我們可以發現，其寫作背景，
正是陳子昂在深刻地體會到「不及見」、「恐難期」（陳沆評〈登幽州臺歌〉語）
的理想全然破滅孤絕之後，面臨「仕」與「隱」抉擇之時期所作。則誠如前
言：當陳子昂企圖以詩歌作爲超越情感創傷的憑藉時，他必須對其賴以爲超
越的「詩歌」有所掌握與選擇，則此時，當代的詩風，便成爲促成他「反省
文學」、「提出理論」的當然背景了。唐曉敏先生對此有極爲精闢的見解：

> 所謂文學傳統，並不是一個簡單的現象，它包括著許多相互衝突的
> 成份，任何藝術家面對文學傳統，都不可能兼收並蓄，而必然有所
> 取捨，這種取捨又往往與藝術家的經歷個性有密切關係。〔註45〕

從這裡看到，以陳子昂的生命經歷出發，不可能對當代的文學作毫無意識的
接受。從生命經歷的相通性出發，我們便可以了解陳子昂之所以標舉阮籍、
正始之音、建安風骨的慷慨激昂……的理由。而其所以鄙棄當時詩壇競馳的
齊梁詩風，亦當是徒具形式雕琢的詩歌風格，無法承載詩人對生命實相抒發
的要求，從中亦可以理解陳子昂選擇文學典範的必然要求，而陳子昂在創作
當下，亦與所標舉的文學典範達到精神上的相通。

以上我們已經藉著「不平則鳴」與「詩可以怨」的意義，將「文學」與
「人格」（苦難到超越的人格線索）的關係作了闡述，同時亦將本文詮釋陳子
昂詩歌精神的觀點作了大略的勾勒。綜合以上的討論後可知：作者所發出的
「不平之鳴」，在深一層的涵義上，必須扣著作者「超越」企圖的理解，因此，
從「不平則鳴」（韓愈）、「發奮著書」（司馬遷）到「詩可以怨」（孔子）意義
的掌握，我們可以爲陳子昂詩歌（亦是所有苦難主題文學）的精神，找到內
在的根據，並從這些內在的根據中發掘陳子昂人格的發展線索（從困境到超
越），從中論其個人的人格特質。

然而，在「作者憑藉創作以超越困境」的此一命題中，尚有幾個問題是
需要加以解決的，即遭逢「不遇」困境的陳子昂，雖然企圖藉由「詩歌」來
「超越」其情感上的困厄，然而，正如前文所言，「創作」的意義在於使作者

〔註45〕見唐曉敏《精神創傷與藝術創作》（百花文藝出版社，1991年版），頁110。

得以「暫時」脫離現實痛苦，並將其掙扎、折磨、痛苦「暫時地」擱置起來。然而，在「暫時」的脫離現實苦痛之後，作者仍要回到現實中，這才應是作者的超越企圖是否得以真正達成的重要關鍵。因此，對欲超越困境的作者而言，「創作」只能視為作者企圖超越的主要「憑藉」。作者超越的成功與否，仍待我們從其詩歌所透顯出的人格線索作進一步的觀察。那麼，以「人格發展」的線索而言，「超越」所展現出的人格特質是什麼？我們如何評估陳子昂的超越成敗？此外，如果「超越之路」的人格線索是詮釋陳詩歌的有效途徑，則陳子昂的所有詩歌作品（除了〈登幽州臺歌〉、〈感遇〉組詩、〈薊丘覽古〉七首等代表詩作外，亦包括其應制詩作、遊仙詩作、邊塞詩作……等等）如何在這個研究的架構中得到適當解釋？如果我們承認詩歌確是詩人的人格反映，那麼，這些詩歌呈現了陳子昂的哪些人格面相？綜觀之，它們又如何成就陳子昂個人的人格特質？以上問題，亦是本文研究的複雜性所在。

　　促成詩人追尋「超越」的這個「怨」（不平）的情感如何而來？關於這一個問題，我們可以當先就「怨」的意義稍作說明。張淑香先生論「怨」的特質時說道：

> 「怨」是一種普遍的生命的悲劇性的覺知……這種「怨」，實非針對任何特定對象而發的小我之憤懣，也不是現實感情的悲哀；而是潛入人生的極底深奧後之觀照與體會所生發湧出的一種無可奈何的哀感，憂生憂世的悲情，是一種普遍性的人生憂患意識，從自我的不幸與痛苦出發而達至對於整體人類的悲劇性的命運與生存情境的認識，體悟到普遍存在於宇宙的痛苦與殘缺，透視到生命最後的悲劇與人生最深的黑暗。這種覺知，就是人類同情共感的「怨」，也是亞里士多德所謂能引發人哀憐與恐懼的人類悲劇，叔本華所說的人生之痛苦，廚川白村所稱的人生的苦悶。〔註46〕

以上將「怨」的特質作了精詳的解說，要言之，「怨」是一種生命悲劇感的覺知，是指向生命的本質與存在的情境說的。以此說到陳子昂，其詩歌所呈現的怨誹之鳴，亦必須直指「生命本質」所存在的悲痛（亦即司馬遷說的「此人皆意有所鬱結，不得通其道」）。從這裡我們可以了解〈登幽州臺歌〉所以得到歷來文人「共鳴」的原因，即在於「怨」精神的相通。那麼，這個「生命悲劇感」的覺知與處境，是如何來的呢？近代著名文化學者卡西勒說道：

〔註46〕引文同註43，頁9～10。

關於未來的理論的觀念——這種觀念是人的一切高級文化活動所非
有不可的先決條件——它與其說是一種單純的期望，不如說已變成
了人類生活的一個絕對命運。並且這個絕對命令遠遠超出了人的直
接實踐需要的範圍——在他的最高形式中超出了人的經驗生活的範
圍。〔註47〕

悲劇情境的產生，簡言之，即在於「理想」與「現實」的衝突。然則，若果
悲劇情境的產生是源於「理想」與「現實」的衝突，那麼，是怎樣的「理想」
與怎樣的「現實」，又在怎樣的「衝突」下，會產生指向「生命本質」的悲劇
情境並促使那「關於未來的理論的觀念」，之產生？在此，我們必對先對此「理
想」的內涵加以說明。就「生命本質」而言，中國知識分子是否有某種共同
的「理想」呢？《論語》曾記載：

子路問君子。子曰：「修己以敬。」曰：「如斯而已乎？」曰：「修己
以安人。」曰：「如斯而已乎？」曰：「修己以安百姓。修己以安百
姓，堯、舜其猶病諸。」〔註48〕

引文點出儒家對知識分子的要求，是以「修身」為起點，但內在的道德實踐，
更要不容己的發為「經世濟民」的要求。因此，我們可以「內聖」的修養和
「外王」的實踐〔註49〕作為中國知識分子發展其「理想人格」的主要內容。
關於這個「理想」的特質，余英時先生有極好的解說：

……中國知識分子階層剛剛出現在歷史舞臺的時候，孔子便已努力
給他貫注一種理想主義的精神，要求它的每一個份子——士——都
能超越他自己個體的和群體的利害得失，而發展對整個社會的深厚
關懷。〔註50〕

中國知識分子理想主義的精神，在於超越一己與羣體的利害得失，以發展其
對整個社會關懷的至高價值，這即是「理想人格」對自我的要求，亦是儒家

〔註47〕見恩特斯‧卡西勒著、甘陽譯《人論》，（臺北：桂冠圖書，1991 年版），頁
83。

〔註48〕見《論語‧憲問》（出處同註40，卷二八）。

〔註49〕朱義祿先生在《儒家理想人格與中國文化》中指出：「從內容看來，『內聖外
王』一語是儒家學說最為精湛的概括」（遼寧教育出版社，1991 年版），頁 28。
張灝先生在《幽暗意識與民主傳統》一書中亦說道：「內聖外王是儒家人文傳
統的一個核心觀念。」（臺北：聯經公司，1989 年版）。

〔註50〕見余英時〈古代知識階層的興起與發展〉（《中國知識階層史論》，臺北：聯經
出版，1984 年再版），頁 39。

「道」的重要內涵。那麼，這個理想對知識分子的存在而言，其意義如何呢？孔子說：

> 篤信好學，守死善道……邦有道，貧且賤焉，恥也；邦無道，富且貴焉，恥也。
>
> 士志於道，而恥惡衣惡食者，未足與議也。〔註51〕

從「篤信善學，守死善道」中可知知識分子必須一生一世執持其對「理想」（理想的內涵即是「道」）踐履的精神，從這裡可以看出，從「內聖」到「外王」理想的確立，實已是知識分子賴以爲生的最高信念，並成爲其存在的所有內涵。故在「理想人格」的追求嚮往下，知識分子無不竭盡所能以期盼早日達成理想（例如陳子昂極力參加科舉考試以爲入仕之途）。而一旦步入仕途，知識分子更要本於其對「道」的執持，對政治進行批判、對社會進行改造（例如陳子昂不斷對當時的政治弊端提出控訴）。余英時先生曾說：

> 知識分子批判現實，主要是因爲現實不合於他們所維護的一些基本價值。〔註52〕

然而，值得我們注意的是，就「外王」之路言，理想的達成，終須有所憑藉。就傳統知識分子而言，外王理想的達成與否，所標示的便是和「政治體制」的互動，在此，「理想」便須和其賴以爲實現的「現實」發生關係。余英時先生說道：

> 中國古代知識分子所持的「道」是人間的性格，他們所面臨的問題是政治社會秩序的重建。這就使得他們既有別於以色列先知的直接訴諸普遍性、超越性的上帝，也不同於希臘哲人對自然秩序的探索。因此之故，中國知識分子一開始就和政治權威發生了面對面的關係。〔註53〕

在「外王」（經世濟民）的理想中，知識分子必須和他所處時代的「政治體制」發生互動的關係，而其外王理想的達成與否，最終的主導力量更在於「政治權威」──君王一人的身上。那麼，就知識分子的「理想」言，他和君王互動的基礎爲何呢？余英時先生說道：

> 道統是沒有組織的，「道」的尊嚴完全要靠他的承擔者──士──來

〔註51〕引文分別見《論語》〈泰伯〉、〈里仁〉（出處同註40，卷十五），頁456。

〔註52〕見余英時〈中國知識分子的古代傳統〉（《史學與傳統》時報文化，1990年版），頁72。

〔註53〕見余英時〈中國知識分子的古代傳統〉（書同上），頁79。

彰顯。因此，士是否能以道自任最後必然要歸結到他和正統的代表

者——君王——之間是否能保持一種適當的個人關係。〔註54〕

由於知識分子能不達成理想的關鍵在於「君王」一人，因此，知識分子一踏
上仕途，無不竭力勸諫君王施行仁政（陳子昂一踏入仕途，便上陳了大量的
諫文給武則天）、熱切參與政事（陳子昂的邊塞詩作足以證明他對國事的投
入），並希望獲得君王的重用青睞（陳子昂寫給武則天的應制詩皆爲此時期的
作品），以期待經世濟民理想的達成。然而，在努力的過程中：

……在理論上，知識分子與君王之間的結合祇能建立在「道」的共

同基礎上。〔註56〕

既然知識分子和君王的關係只能建立在「道」的共同基礎上，則若君王不能
採行其道（施行他們心目中的仁政），知識分子和君王的關係便出現了關係上
的不協調了，在此時，知識分子的「理想」，便失去實現的憑藉了。以上我們
拈出了「理想」之所以和與「現實」發生「衝突」的原因。然而，誠如前言，
知識分子的「理想」既是其賴以爲生的最高信念，並以之爲其存在的所有內
涵，則在尋求實現理想的過程中，雖然和現實產生「衝突」，他們仍必須作最
大的努力，如曾參便曾說道：

士不可以不弘毅，任重而道遠。仁以爲己任，不亦重乎？死而後已，

不亦遠乎？〔註56〕

「任重而道遠」強調知識分子對道的承擔，因此，爲了擔負這個使命，對「道」
的堅持便成了他們在面對「現實」的阻力時，所賴以爲濟的撐持力量。因此，
爲了促成「道」的實現，知識分子在「現實」的頓挫中，仍必須爲「理想」
的實現，付出最大的努力。可見，對知識分子來說，「理想」的達成並非一蹴
可幾之事，在知識分子一生的奮鬥中，標誌出的是其爲了理想的實現而不斷
奪進的人格特質（如陳子昂在詩中展現的，對理想的反覆肯定與質疑之特
質）。然而，以知識分子對自我理想人格的塑造過程而言，面對著「政治體制」
與「君王權威」，其「理想」是否得以藉此實現仍是未知之數。若缺乏可賴以
實現理想的「現實」條件，而知識分子仍致力於「外王理想」的追尋，則就
人格發展的線索看來，實已一步步邁向與「現實」纏鬥的幽暗深淵，其性格
在此便呈顯了悲劇感的特質（例如，陳子昂在受誣陷入獄又出獄後，面對武

〔註54〕見余英時〈道統與政統之間〉（書同上），頁56。

〔註55〕同上，頁56。

〔註56〕見《論語・泰伯》（出處同註53）。

則天，又抱持著滿懷的信心）。直至其感悟到理想實現可能的全然破滅（如〈薊丘覽古〉七首，便全然在哀嗟其不遇之悲情），則其在現實中的存在，亦陷入徹底地孤絕之境（如緊接在〈登薊丘覽古〉之後，所寫下的〈登幽州臺歌〉，即對存在意義全然絕滅的感悟）。這個「徹底的孤絕之境」即是前文所說的「生命本質的悲痛」（怨）。關於這個徹底的孤絕之境，我們可就存在主義學者雅斯培所提出的「終極情境」（或譯為「界限處境」）作一番了解。

> 我們經常處於各種情境（即「終極情境」）之中，情境在變化，機會在出現，但若我們錯過了這些，它們卻永不重來，我固然可以努力去改變情境，然而有些情境雖則它們的「暫時」方面改變了，它們的打擊力量也隱伏下去了，但其本質仍然一成不變……我們把這些「存在」情境，都稱之為「終極情境」（ultimate situations）。換句話說，它們就是那些個無法改變或避免的情境。〔註57〕

當知識分子感受到「現實」力量的強大，當他理解到扭轉「現實」的不可能，當他領悟到「理想」在此「現實處境」中的徹底破滅時，他便達到了所謂的「終極情境」，〔註58〕陷於此情境的知識分子，所發出的悲鳴，其特質：「是潛入人生的極底深奧後之觀照與體會所生發湧出的一種無可奈何的哀感，憂生憂世的悲情，是一種普遍性的人生憂患意識，從自我的不幸與痛苦出發而達至對於整體人類的悲劇性的命運與生存情境的認識，體悟到普遍存在於宇宙的痛苦與殘缺，透視到生命最後的悲劇與人生最深的黑暗」（見前引張淑香先生之文）。也因著這個體悟，陳子昂創作了其代表詩作：〈登幽州臺歌〉。然而，當詩人的生命陷入全然的孤絕之境，並藉詩歌進行生命意義的思索後（陳子昂在〈登幽州臺歌〉後所作的詩歌作品，以大量的說理的方式，試圖對其處境尋求意義），他所面對的便是對「超越」方式的選擇（即前文所說的「怨」（情感的不平）與「超越」的關係）。雅斯培在《悲劇的超越》一書說道：

〔註57〕見雅斯培著、周行之譯《智慧之路》，（臺北：志文出版社，1991 年再版），頁15。

〔註58〕所謂的「終級情境」，周行之解釋：「在雅斯培的思想以及『存在主義』中，這是一個最重要的觀念，所謂『終極情境』就是那些無可逃避的『實在』——realities。由於這些，人生才能夠真正成為有其意義。這些『終極情境』是無法改變或克服的，對於它們，人類只有承受。」所謂：「由於這些，人生才能真正成為有其意義」是就「終極情境」與「超越」的關係言。以上引文同出註53處。此外，關於「終極情境」的意義，亦可再見黃霍著《雅斯培》（臺北：東大圖書公司，1992 年版），頁 109～112。

傾軋和失敗表露出事物的眞實性質。在顛躓之中，生命的實質並沒
有失落；相反地，它完全而確切地感覺到自己。沒有一個悲劇不超
越（There is no tragedy without transcendence）……它是通達人類之
原有本質的運動，而這個本質在他遭逢毀滅時，他就會知道是天生
我屬的。〔註59〕

當知識分子的存在陷於徹底孤絕之境時，會在生命力的要求之下，自然生出
「超越」之想，如此才得以讓困頓的情感再次平平放下，並讓精神得以暢其
自由（「發奮」的積極理由）。事實上，早在先秦，在「仕」與「隱」（「獨善
其身」與「兼善天下」）的課題中，我們已經可以看到「超越」意義的揭示：

篤好善學，守死善道。危邦不入，亂邦不居。天下有道則見，無道
則隱（〈泰伯〉）。

故士窮不失義，達不離道……古之人，得志，澤加於民；不得志，
修身見於世。窮則獨善其身，達則兼善天下。〔註60〕

當士人面臨「無道」、「窮」的處境時，當「現實」不能提供給「道」施展的
條件時，仍不當爲「現實」所屈，放棄了對「道」的執著。則既然要堅守「守
死善道」的使命，面對自我的存在困境，便可就「仕」或「隱」（「兼善天下」
或「獨善其身」）的選擇來「超越」當前的處境（陳子昂在詩歌中表現對存在
意義的思索後，採取了「隱」（返鄉歸里）的選擇來超越現實困境），〔註61〕
以對「道」自始而終的承擔，撫平困頓的情感，這便是「超越」意義的完成。
〔註62〕以知識分子「理想」的兩個面相而言，「隱」的超越意義即在於讓自我

〔註59〕見雅斯培著、葉頌姿譯《悲劇之超越》（臺北：巨流圖書公司，1974年再版），
　　　　頁33。
〔註60〕見〈孟子・盡心〉（朱熹《四書集註》卷十三，臺北：學海出版社，1988年6
　　　　月版），頁351。
〔註61〕在超越的「仕」與「隱」的選擇中，亦有非以「隱」的選擇作爲超越的方式
　　　　者。例如，文天祥在遭遇「終極情境」時，便以「孔曰成仁、孟云取義，唯
　　　　其仁至，所以義盡」的全然入世的精神作爲回應生命困境的超越方法。
〔註62〕從「終極情境」到「超越」關係的探討，已逐漸受到學者所重視，例如柯慶
　　　　明先生在〈論悲劇英雄──一個比較文學的觀念之思索〉文中說道：「而『絕
　　　　望』從另一種角度看，則正是在『自我防衛機構』的終止之處產生。因此經
　　　　由『絕望』，人類才能穿越自我防衛機構的盡頭，而深入存在的最尖刻面，到
　　　　雅斯培（Karl Jaspers）的所謂的『邊際情境』（Boundary--Situation）。絕望因
　　　　此正是導引我們步進超凡入聖之途的一道窄門。絕望逼我們深入存在的底
　　　　層，而檢視整個存在所依據的基礎，並且在整個否定了自我（絕望就是一種

的存在意義，在「內聖」理想的執守中得到保全。我們可引余英時先生的話作爲本論點的結束：

> 一方面中國的「道」以人間秩序爲中心，「弘道」的擔子完全落到了知識分子個人的身上。在「勢」（君王）的重大壓力之下，知識分子只有轉而走「內聖」一條路，以自己的內在道德修養來作「道」的保證。〔註63〕

從以上論述可知，「超越」的積極意義，不只是對「怨」境的抽離，更是對個人信守的理想——「道」的執著承擔之表現。因此，藉著徹頭徹尾的對「道」的執著，重新看待生命的困頓意，便是「超越」意義的完成（這即是我們評估歸隱之後的陳子昂，其詩歌是否展現「超越」的人格特質的重要指標）。

「外王理想」與「政治現實」的衝突，正是造成陳子昂（亦是中國全體知識分子）「不遇」，並使生命陷於「怨」境（「不平之境」）的理由。而當陳子昂確立其理想，爲「理想」付諸努力，並與「現實」產生互動時，面對著「現實」的壓力，其情感更由困頓之中一步步陷入存在的徹底孤絕之境，而當陳子昂由理想全然破滅的感悟，到「超越」之路的尋求，這一段漫長的人格發展線索，正是陳子昂各種詩歌體材產生的內在根據，然因陳子昂處境的「不遇」，故其詩歌便以「悲怨」情感的展現爲其個人的主要風格，這便是本文以「理想情懷，現實頓性與超越企求」作爲研究課題的主要意義。

第二節　章節架構說明

第一章「緒論」：旨在說明本文選擇此一命題的緣起、研究方法與觀點，並對章節架構的要點作大略的說明。

第二章「人格的形成與理想的確立」：面對著「從理想情懷與現實頓挫論陳子昂的超越之路」這個課題時，若我們相信，其理想的形成、頓挫的產生與超越之路的選擇，都不是一種偶然發動的情緒。那麼，我們便需要深入探究：陳子昂一生所展現的各樣人格風姿之下，是否有其基本的人格依據？因

自我否定的狀態）的同時，使我們超越了自我，進入一種普遍的境界」。柯慶明先生指出悲劇英雄的奮鬥特徵是：絕望（終極情境）——進入存在——超凡入聖。因此，「超越」對存在的意義言，不止是對困境的抽離，更是對生命意義的肯定。以上引文見《境界的探求》（臺北：聯經圖書，1977年版），頁69。

〔註63〕出處同註47，頁89。

此，本章將探討：陳子昂早期人格的形成特質爲何？他確立了什麼志向以成
爲他日後行事的基本依據？

　　第三章「理想的確立與現實的互動」：理想必須憑藉著現實所給予的條件
才有可能實現。因此，本章所要探討的是：陳子昂如何以他的人格特質，去
迎接外在環境的挑戰？理想與現實之間有著怎樣的互動關係？

　　第四章「現實的衝突與頓挫的產生」：從理想與現實的衝突中，論陳子昂
情感特質的轉變，並就此人格特質，討論在其人格發展線索上的意義。

　　第五章「悲劇感的形成與終極情境的超越企求」：陳子昂以詩歌對存在意
義做一番思索之後，回到現實，卻仍不能避免困頓感的產生，最後甚至發出
「前不見古人，後不見來者；念天地之悠悠，獨愴然而涕下」的徹底孤絕之
歎。因此，本章要探討的是：造成陳子昂命運悲劇的根本因素是什麼？又當
陳子昂的情感陷入徹底孤絕之境後，亦對「超越」之欲求作了思索與抉擇。
因此，本章將探討：陳子昂如何思索存在的意義，並呈現爲他的具體抉擇？
意義爲何？

　　第六章「超越成敗的評估與文學史上的意義」：陳子昂選擇的超越之路是
否眞的可以達到超越困境的效果？如果他的超越不能成功，因素爲何？又當
我們將陳子昂試圖超越的例子，放在傳統中國文人面對困境的這個共相時，
我們能不能將「陳子昂的超越」命題加以普遍化？決定超越成功與否的關鍵
究竟是什麼？又不能成功地達成超越之路的這個現象，是否亦和中國文化的
特殊結構，所帶給知識分子的思維困局有關？

　　第七章「結論」：總結本文的討論成果，並從「超越」所含有的重要觀念：
終極關懷中，提出「存在意義」與「文化面相」之間的關係與展望。

第二章　人格的形成與理想的確立

面對陳子昂一生的諸般經歷，若我們相信，其理想的確立、悲劇感的形成及超越形式的選擇都不是一種偶然發動的情緒。那麼，我們便需要更深入的探究：陳子昂一生所展現的種種人格風姿的背後，是否有其基本的人格依據？觀諸陳子昂一生的行跡，就本文研究方法所劃分的人格發展線索看來，我們恰可將它略分成三個時期：

（一）人格的形成與理想的確立期：陳子昂的入仕前時期（自 659 年出生至 684 年任麟臺正字爲止）。

（二）理想與現實的互動時期：陳子昂的入仕時期（自任麟臺正字至 698 年陳子昂返鄉歸里前爲止）。

（三）理想的破滅與超越的回應時期：陳子昂的歸隱時期（自 698 年返鄉歸里到去世爲止）。

本章所要探討的便是陳子昂入仕前的這段青年時期。爲何特別標出這個時期？思想史學家亞瑟‧賴特說道：

> 年青人在接近青春期，當個人的願望以及對本身才能的估計開始發展的時候，他便本著自己的感覺、本著由別人所學到的、以及在周遭所觀察到的東西，初步著手去選擇他自己將來生命的角色。依容先生（C. G. Jung）所說，這是選擇社會角色的過程。這「社會角色」猶如一個面具，他對演員或合或不合，但一旦選定了之後，社會便指望著這個演員表演出與這角色相配的行爲、態度與舉動來。〔註1〕

〔註 1〕亞瑟‧賴特是 1951 至 1962 年之間亞洲學會（AAS）所屬之「中國思想委員會」（Committee on Chinese Thought）的一員。該委員會成員專治中國儒學史，

因此：

> 在這種氣氛之中，人們在極早的年齡便被迫選擇一個自己將來一生
> 中將扮演的角色。〔註2〕

而近代著名心理學者紐曼夫婦（Philip and Barbara Newman）亦表明了相近的
看法：

> 一般說來，青少年期所發生的概念發展上的變化，導致一種更為有
> 靈活性的、批判性的、抽象的世界觀。假設行為的邏輯結果的能力，
> 概念上預見變化的能力，預見行為的結果的能力，有助於產生一種
> 對未來的更為現實的認識。〔註3〕

就人格發展的意義來說，我們對陳子昂生平所區分的第一個時期──入仕前
的青年時期，可以視之為人格特質的形成期。其一生的價值取向與種種行事
經歷當可以在這裡找到基本的依據，這便是本文首要尋找的答案了。

第一節　文獻記載中的入仕前人格特質

　　在進行陳子昂人格特質的探討前，我們可以先就史傳記載及陳子昂在自
序中所描繪的個人形象作一番觀察：

一、史傳記載

〈陳氏別傳〉：〔註4〕

> 奇傑過人，姿狀嶽立，始以豪家子，馳俠使氣，至年十七八未知書。
> 嘗從博徒入鄉學，慨然立志，因謝絕門客，專精墳典，數年之間，
> 經史百家，罔不該覽。尤善屬文，雅有相如子雲之風骨。初為詩，

強調儒學與歷史的交互關係，認為研究思想的最好方法便是研究意識型態與
史實的互動。並以此研究態度受到中國思想史學者的重視。中央研究院中美
文化研究組（《中國歷史人物論集》）、思想與史學方法論著（《史學方法論叢》、
《思想與制度論集》）、歷史學者如李弘祺〈中國思想史的歷史研究〉、黃俊傑
（〈思想史方法論的兩個側面〉）……等人皆加以引介推許此說。引文參考亞
瑟·賴特（Arthur F. Wright）著，中央研究院中美文化研究組譯〈價值·角色·
人物〉，《中國歷史人物論集》，（正中書局，1973），頁12。
〔註2〕同上，頁11。
〔註3〕見美·紐曼夫婦（Philip and Barbara Newman）原著、郭靜晃、吳幸玲譯《發
展心理學》（台北：揚智出版社），頁421。
〔註4〕見《新校陳子昂集》，〈附錄〉部份。

幽人王適見而驚之：「此子必爲文宗矣」。年二十一，使東入咸京，
游太學，歷抵群公，都邑靡然矚目矣！由是爲遠近所稱，籍甚。

《新唐書陳子昂傳》：

子昂十八未知書，以富家子，尚氣決，戈博自如，他日入鄉校，感
悔，即痛脩飾。

《舊唐書陳子昂傳》：

子昂苦節讀書，尤善屬文。

二、陳子昂自述

〈諫政理書〉：〔註5〕

臣子昂西蜀草茅賤臣也。以事親餘暇得讀書，竊少好三皇五帝霸王
之經。歷觀丘墳，旁覽代史。原其政理，察其興亡。自伏羲神農之
初，至於周隋之際，馳騁數百年。雖未得其詳，而略可知也。

〈諫靈駕入京書〉：〔註6〕

臣本西蜀野人，本在林藪。

〈謝免罪表〉：〔註7〕

臣巴蜀微賤，名教未聞。

〈贈嚴倉曹乞推命錄〉：〔註8〕

少游縱橫術，游楚復游燕。

綜覽各史傳及陳子昂的自述，對陳子昂入仕前的形象描繪都是極爲單薄的，
但從這些記載看來，它們對陳子昂早期性格的刻劃是極爲一致的，可以綜合
歸納爲：

（一）出生於富貴人家，自幼聰穎過人，然至十八歲以前，尚未知書，
　　　過著「名教未聞」的草莽生活。

（二）自幼學習縱橫術，行俠仗義，曾游於楚燕之間。

（三）十八歲那年，與博徒進入鄉學，受到啓發，並深深感悔，故慨然
　　　立志，苦節讀書。數年之後，經史百家，無不罔覽。

（四）尤好三皇五帝霸王之經，並能從經籍之中，觀其興盛衰亡之道，

〔註5〕見《新校陳子昂集》，卷九。
〔註6〕見《新校陳子昂集》，卷九。
〔註7〕見《新校陳子昂集》，卷三。
〔註8〕見《新校陳子昂集》，卷二。

考其政理、察其得失，並有得於心。

（五）善屬文，能得司馬相如、子雲之風骨。初爲詩時，便展露才華及特色，故王適曾驚之曰：「此子必爲文宗矣！」

（六）二十一歲時，東入咸京，游太學，以文采受到都邑矚目，故名甚囂於塵上。

以上是從有限的資料中所勾勒出的陳子昂形象。然而，誠如前文所說，青年時期的人格特質，在一生的人格發展中有著極爲重要的意義，那麼，便不能不去深入追究這些看似零星的材料背後所代表的人格意義了。然而，當我們觀諸這些材料時，卻不免對陳子昂的行事有著若干的懷疑：

（一）首先，十八歲以前，未正式入學的陳子昂，爲何對縱橫之術〔註9〕情有獨鍾？他如何表現出其縱橫家的氣質？意義爲何？

（二）爲何一向以縱橫之士自許的陳子昂，在與博徒進入鄉學時，卻有了一百八十度的大轉變，成爲一個「痛脩飾」、「苦節讀書」的書生？

（三）陳子昂在鄉學受到的啓發是什麼？又爲何在經史百家之中，獨對三皇五帝霸王之經特感興趣？對此時期及日後的陳子昂產生什麼影響？

（四）「東入咸京，游太學」的選擇對欲告別以往「未知書」的陳子昂，其意義爲何？

（五）從其青年時期的幾件大事看來：少習縱橫術、馳俠任氣，到鄉學中的勃然悔悟、苦節讀書，到尤好三皇五帝霸王之經，到東入長安游太學，這些事件對陳子昂而言，是否有其必然性？

（六）霍松林先生在論陳子昂一生的行跡時說道：「一生經歷坎坷，又對儒、道、釋兼收並蓄，思想複雜多變」。〔註10〕則從陳子昂青年時期的行事看來，這些看似矛盾的現象是否已在其早期的性格特質中反映出來？我們可否從中找出其人格傾向？

〔註 9〕我們一般說的縱橫之術是有特定內容的，要之，便是以言辭遊走於諸國之間（有所謂的合縱與連橫之術）。此外，一個重要的特質是：冀望創立希代的霸業。以此觀之於陳子昂一家所理解的縱橫術，其內涵已經不盡相同，這當然是和時代環境的不同，與陳子昂一家的思想傾向有密切的關係。然而，以豪俠之風爲行事特質與希圖霸業之念的這點傳統特質，在陳氏一族中還是可以被清楚地看出來。

〔註10〕見韓理州著《陳子昂評傳》序文，（西北大學出版社，1987），頁 1。

　　以上問題，是欲建構陳子昂的人格特質時所不能規避的問題，以下，我們當就這些疑慮，試圖在其早年的「生命實況」中找出答案來。

第二節　入仕前的行事經歷與人格意義

　　從上一節中，我們可以清楚得知，陳子昂的青年時期，是以十八歲那年進鄉學爲一最大的轉變。十八歲之前的陳子昂過的是行俠使氣的生活；十八歲以後的陳子昂則痛改前非，成爲一個苦節讀書的書生。以下，本文即以陳子昂十八歲那年進鄉學作一個分界點，從其間的種種行事經歷，探討其人格意義與特質。

一、未知書的豪俠風範

　　進鄉學以前，陳子昂所過的生活，據〈陳氏別傳〉記載是：「始以豪家子馳俠使氣」，至於陳子昂自己的陳述則是：「少習縱橫術，游楚復游燕」。以上生動地描繪出一個行俠仗義的陳子昂形象。然而，我們若將進入「鄉學」視爲一個系統的、正規的教育的開始。那麼，未接受正式教育以前的陳子昂，爲何以「縱橫家」的姿態出現呢？對於這個問題，史傳並未明書，而陳子昂自己亦未說明，故以下，我們當就各樣可能的因素作一探討：

　　如前文所引：陳子昂是一出生於富貴家庭的富家子弟，這條簡單的資料是陳子昂早期生活背景的唯一線索。因此，我們當可以先從其家庭背景中，尋找可能影響他「馳俠使氣」的性格因素：

　　從文獻記載看來，陳子昂一家皆有任俠之風，現試舉證如下：

　　《新唐書陳子昂傳》記載：

　　　　六世祖太樂，當齊時，兄弟競豪傑。

六世祖兄弟是指陳太樂、陳太平、陳太蒙三人。從這段話可以看出早自陳子昂的六世祖時，便已開啓了陳家的豪俠之風；而在陳子昂所寫的〈堂弟孜墓誌銘〉〔註11〕中亦記載其祖父陳辯：

　　　　少習儒學，然以豪英剛烈著聞，是以名節爲周國所服。

又〈我府君有周居士文林郎陳公墓誌銘〉〔註12〕亦載其：

　　　　爲郡豪傑。

〔註11〕見《新校陳子昂集》卷六。
〔註12〕見《新校陳子昂集》，卷六。

而陳子昂的父親陳元敬呢？〈陳氏別傳〉說他：

> 瑰瑋倜儻，年二十，以豪俠聞。屬鄉人阻饑，一朝散萬鍾之粟而不求報，於是遠近歸之。

不僅如此，在〈我府君有周居士文林郎陳公墓誌銘〉中也說他：

> 河目海口，燕頷虎頭，性英雄而志尚玄默。群書密學無所不覽。年弱冠，早為州閭所服。老童幼，見之若大賓……四方豪傑，望風景附，朝廷得知，或以君為西南大豪……。

從〈我府君有周居士文林郎陳公墓誌銘〉及陳子昂日後的一些行徑看來，陳元敬對他有著相當大的影響力（下文將會交代此點）；因此，無庸置疑的，這個影響必然包括陳子昂早期的一些近似縱橫家的作風。此外，再就陳子昂與父親的關係看來：子昂是元敬的長子，〔註13〕子昂的青年時期，正是元敬以豪俠之風聞名時（元敬626年生，子昂659年生），〔註14〕因此，陳子昂的俠士風範亦可以說是耳濡目染所致。

　　綜合以上的文獻記載，我們不難發現一個事實，陳子昂的歷代祖先在當代都是廣為人知的豪俠之士，在弔文中不斷出現的「豪傑」、「豪英剛烈」、「豪俠」等用語，正可以將陳氏一家的處世行徑明白地表現出來。在這個素以俠風聞名的家庭長大，難怪陳子昂自少年時期便已經展露出豪俠義士的風度了。

　　如果我們將「家學淵源」對陳子昂產生的影響，視之為一種「被動的薰陶」，那麼，更值得探究的一點是：對於「少習縱橫術，游楚復游燕」的陳子昂而言，他自己是如何具體地表現出其豪俠義士的風範？

〔註13〕〈旌德碑〉（〈大唐劍南東川節度觀察處置等使戶部尚書兼御史大夫梓州刺史鮮于公為故右拾遺陳公建旌德之碑〉）：「公即文林元子也，英傑過人，彊學冠世，詩可以諷，筆可以削。人罕雙全，我能兼有」。見《新校陳子昂集》，附錄部份。

〔註14〕關於陳子昂生卒年之探討，約有以下看法：（一）656年生、698年卒：以鄭振鐸《文學大綱》、趙景深《中國文學小史》……等為主。（二）661年生、702年卒：以譚正璧編《中國文學家大辭典》、羅庸《陳子昂年譜》、邱燮鍚《陳伯玉年譜》……為主。（三）656年生、695年卒：以梁廷燦編〈歷代名人生卒年表〉、姜亮夫編《歷代人物年里碑傳綜表》為主。（四）658年生、699年卒：以韓理州〈陳子昂生卒年考辨〉（《西南師院學報》，1980年4月版）為主。（五）659年生、700年卒：以吳明賢〈陳子昂生卒年考辨〉（《四川師院學報》，1981年2月）為主。（一）至（三）說的謬誤在韓理州先生〈陳子昂生卒年考辨〉一文中已駁之甚詳。而吳明賢的說法是以韓理州先生的考證為基礎，並再以韓說所遺留下來的疑點，加以修正與批駁，故得出659年生的結果。本文以此說為定案。

王運熙先生在〈陳子昂和他的作品〉一文中說到：

年輕時代的陳子昂，對於國家的政治、經濟等情況已經給予很大的注意。從他以後所寫的〈上蜀川安危事〉、〈上蜀川軍事〉、〈上益國事〉等章奏中，可以看出子昂在青年時期對於自己的故鄉蜀地的各方面的情況是非常熟悉的。〔註15〕

以下，我們當可就這三篇章奏，審視陳子昂對社會的考察。〔註16〕〈上蜀川軍事〉云：

臣在蜀時，見相傳云：「聞松潘等州屯軍，計糧給餉，年則不過七萬餘石可盈足。」邊郡主將不審支度，乃每歲向役十六萬夫。夫擔糧輪送，一斗之米，價錢四百，使百姓老弱，未得其所。比年以來，多以逃亡。

從這段話中可知，陳子昂對蜀川百姓的經濟生活十分關切，並能對蜀地松蕃的駐軍人數、軍費用度、將領的理財能力，及稻米的價格作一番詳細地審查。而在〈上蜀川安危事〉及〈上益國事〉〔註17〕中更表露了他對蜀地觀察的細心：

蜀川百姓，每見免五十萬丁運糧，實大蘇息。然松茂等州諸羌首領，二十年來利得此軍財帛糧餉，以富己潤屋，今一旦停廢，失其大利。

又：

臣愚不識大體，伏見劍南諸山多有銅鑛，採之鑄錢，可以富國。今諸山皆閉，官無採鑄，軍國資用，惟斂下人，乃使公府虛竭、私室貧弊，而天地珍藏，委廢不論。

可見陳子昂對蜀的地理情況非常了解，故能在出仕之後，對開發財源及資源利用提出特別的見解。除此之外，我們尚可見其〈上軍國利害事〉的〈出使〉條：

〔註15〕參見王運熙〈陳子昂和他的作品〉，（《文學遺產》增刊四輯），頁29。
〔註16〕這三篇作品皆以「在蜀時」表明其對社會現象的觀察，關於此「在蜀時」的確切年代，我們可就陳子昂三次在蜀的時期加以考定：第一次為陳子昂入仕前的青年時期、第二次為陳子昂母喪返鄉時期，第三次為陳子昂歸隱時期。然第二次的在蜀時期，陳子昂明白表現欲斷絕世情，並與佛徒頻頻交遊，而第三次在蜀時期，陳子昂已放棄入仕之心，亦無復再次入京之事，故可確定諫文中的「在蜀時」為陳子昂未出仕前的這一段時期。可再參見韓理州先生〈行年中的幾個問題〉（《陳子昂研究》，出處同註7），頁19至22。
〔註17〕〈上蜀川安危事〉、〈上益國事〉、〈上軍國機要事〉皆見《新校陳子昂集》卷八。

其使非實則黜陟不明。刑罰不中，朋黨者進、貞直者退。徒使天下
百姓修飾道路。送往迎來，無益於聖教耳。臣久爲百姓，實委知之。

又〈牧宰〉條：

臣比在草茅，爲百姓久矣。刺史縣令之化，臣實委知。國之興衰莫
不在此職也。

從「臣久爲百姓，實委知之」與「臣比在草茅，爲百姓久矣」中可知出仕前
的陳子昂確實對社會的各種情況有過細密地觀察，這也就是爲何在陳子昂從
政後，頗能在連篇累牘的章奏中切中時弊。此外，從以上的引文看來，青年
時期的陳子昂，在其性格裡已潛藏著對不合理現象的批判，而以一富家子的
身分，卻甚爲在意百姓的生活疾苦，從這些事實看來，我們可以清楚地看出
其基本的人格傾向，這對日後步上政壇的陳子昂，必有相當的影響與意義。

二、性格的轉變與志向的確立

（一）性格轉變的因素探討

在《新唐書》、《舊唐書》及〈陳氏別傳〉中皆提到陳子昂在十八歲那年
在鄉學受到極大的啓發，並對以往未知書的生活深深感悔，故慨然立志，開
始發奮讀書。然而，誠如前言，面對著這個重大改變的事實，我們亦不免產
生疑惑：「鄉學」究竟給了陳子昂什麼刺激呢？造成陳子昂如此重大地改變的
原因究竟是什麼？對於這個問題，韓理州先生有如下的看法：

他（陳子昂）的朋友盧藏用說，陳子昂十八歲那年，有一次游入當
地學堂，便「慨然立志」。《新唐書》本傳也說，游玩成性的陳子昂
「他日入鄉校，感悔，即痛脩飭」。偶然去一次學堂，就成了他一
生的轉捩點，實在令人難以置信。盧藏用、宋祁等封建文人這樣寫，
其目的不過是爲了宣揚聖賢教化的威力而已，並未觸到問題的實
質。……我們認爲，促成子昂突變的内在因素實際上是：隨著年齡
的增長，見聞的增多，經濟優裕而地位低下的庶族地主子弟陳子
昂，產生了登上政治舞臺的強烈願望。青年陳子昂在學習中（指特
好三皇五帝霸王之經之事）所表現出來的特點，就是有力的佐證。
〔註18〕

姑不論盧藏用等人是否果爲了宣揚教化的威力，而僅以「偶入鄉學」來解釋

〔註18〕參見韓理州著〈生平和思想〉（《陳子昂研究》），頁40。

陳子昂轉變的原因，但從陳子昂立志改變的事實看來，這個解釋的確是單薄
了些，無法令人信服。然而，韓理州先生是否真的找到了問題的本質呢？對
於這個問題，首先，我們可以先來看看唐代鄉學的特色：從《新唐書選舉志》
中可知，唐代的學校教育制度（包括鄉學）是從屬於選舉制度、並受到選舉
制度的制約，「學校的教育內容便是科舉考試的內容」，〔註19〕兩者之間的關
係甚為密切。因此，在兩者的互動關係中，地方人士就讀鄉學，進而參加科
舉考試，這是一般平民知識分子踏上政治生涯的最佳途徑。〔註20〕然而，科
舉考試所錄取的名額畢竟有限，〔註21〕因此，為了進入政治舞臺一展抱負的
陳子昂，一旦置身於這個與以往生活完全不同的教育環境與意識氛圍中，必
然會感受到一些刺激，這對於他的改變與感悔，必然起著相當大的作用。然
而，當我們從陳子昂前期的行徑看來，我們又不免會產生懷疑：「鄉學教育」
是否真的可以在短期中對陳子昂產生如此巨大的作用？本文以下更將就可
能造成其性格轉變的潛藏因素做一較為詳細的探討。

　　在陳子昂的〈堂弟孜墓誌銘〉中有一段記載是十分值得我們注意的：

　　　吾家世雖儒術傳嗣，然豪英雄秀，濟濟不泯。常懼後來光烈，不象
　　　先風。每一見汝，慰吾家道。

〔註19〕據《新唐書選舉志·上》，唐初科考的設定科目，正是按照中央六學的分科教學
　　　而設置。例如唐朝科舉方有的明法科、明書科，明算科等，正是根據當時學校的
　　　崇玄學、算學、書學等三學的教學內容而設。因此，在唐代科舉制度產生之時，
　　　其科目主要是沿襲歷史傳統和學校所學專科而設置。詳細的探討，尚可見劉海峰
　　　《唐代教育與選舉制度縱論》（文津出版社，1991年7月），頁53～55。
〔註20〕關於科舉是唐代知識分子進入仕途的最佳途徑的說明，劉海峰先生從及第者
　　　的人數眾多、宰相的科舉出身及唐代官員出身入仕途徑的統計中證明此點。
　　　此外，劉海峰先生更從《新、舊唐書》中所有有傳的官員（1804人）並參照
　　　《登科記考》作一統計：以科舉出身者（包括進士、明經、制科……等）佔
　　　百分之三五，門資佔八點二，武功佔十三，技術、流外皆各佔零點七，其他
　　　出身（舉薦、辟署、上書拜官、徵召歸降等）共佔百分之十一點九，特殊出
　　　身（宗室、外戚、宦官、尚主等）共佔百分之十點四。出身未明者佔百分之
　　　二十。由以上統計數據看來，科舉確是唐代首要的任官途徑。又《舊唐書》
　　　卷四二〈職官志〉：「有唐以來，出身入仕者，著令有秀才、明經、進士、明
　　　法、書、算。其次以流外入流，若以門資入仕，則先授親翊衛，六番隨文武
　　　簡入選例。又有齋郎、品子、勳官及五等封爵、屯官之屬，亦有番第，許同
　　　揀選。」可見唐代士子仍以科考為主要的入仕途徑。劉海峰統計圖表參見《唐
　　　代教育與選舉制度綜論》（同註19）頁18。
〔註21〕如《通志略·選舉》記載當時：「其進士大抵千人得第者百一二」。又《唐摭
　　　言》：「三十老明經，五十少進士」。

這是陳子昂的父親陳元敬勸勉他的堂弟陳孜的話，〔註22〕從這段話中我們可以看出：從陳子昂的父執輩起，便一直有一股欲「象先風」的心理壓力，希望陳家子孫可以效法先風，創立一番希代之業，使陳家可以留名不朽，故此先風的典範便成了陳元敬心中最大的隱憂。然而這個壓力在陳子昂身上亦是深深感受到的，從陳子昂在多年以後仍可以把這段話銘記在心、及父親對他的影響力（下文將詳述此點）、在堂弟的墓誌銘中表現出來的悲痛逾恆，與其日後理想的呈現中皆可以看出來。

　　行文至此，我們亦不免產生一個疑問：陳元敬與陳子昂心中的「先風」究竟是什麼？我們可以先從陳子昂的家譜世系作一番觀察。以下分條說明之：

（一）在《三國志‧蜀書》的〈許靖傳〉、〈陳祗傳〉及常璩的《華陽國志》中記載：東漢末年，戰禍連連，陳子昂的十代祖陳祗及外叔祖許靖（汝南名士）一同進入蜀中。在蜀後主劉禪延熙十五年時，陳祗官任尚書令，地位顯赫，並廣被名聲。

（二）蜀漢政權亡後，晉朝代之，然陳家子孫不願仕晉，故遷至武東山下。〔註23〕

（三）遷至武東山後，聯合唐、胡、白、趙四姓大戶，建立新城郡、部制二縣，又被四郡推舉，故「世為郡長」。但此「郡長」於晉、劉宋時期，並非朝廷委任，故無政治上的實權。〔註24〕

（四）蕭齊末年，第六代祖太平、太樂、太蒙兄弟三人，以豪傑銘傳於都郡。梁武帝時，因廣設地方官吏，故委任兄弟三人於當地任職郡守、司馬等小官吏。〔註25〕

（五）太樂生曾祖方慶，方慶好道，不仕，得墨子、五行祕書亦隱於武東山。〔註26〕

（六）蕭梁末年（556左右），陳子昂第四代祖陳湯，因梁季喪亂，辭去

―――――――――――――――――

〔註22〕〈墓誌銘〉言：「始君伯父（陳元敬），海內之文人也。含純剛之德，有高代之行。每見君，歎曰：『吾家世雖儒術傳嗣……』」可見此段話是元敬勸勉陳子昂堂弟陳孜之言。見《新校陳子昂集》，卷六。

〔註23〕參見陳子昂著〈梓州射洪縣武東山故居士陳居碑〉、〈我府君有周居士文林郎陳公墓誌銘〉與〈陳氏別傳〉。

〔註24〕同註23。

〔註25〕同註23。

〔註26〕同註23。

郡主職務，歸隱於故居武東山。〔註27〕

（七）三代祖廣迴早卒。二代祖嗣以田稼歸隱於武東山。〔註28〕

（八）陳子昂的父親陳元敬，在二十二歲的時候曾以明經科及第，並任文林郎小官。但不久即因母喪返鄉（武東山），從此便以「西南大豪」的行徑聞名於鄉里。直至被當地州縣官長誹謗，便不再插手人事，從此過著「餌雲母以怡其神」〔註29〕與「餌地骨鏈雲膏四十餘年」〔註30〕的生活。

以上資料可知，陳子昂十代祖陳祇曾在蜀漢創立功業，並以此功業名傳後世。然至此之後，陳氏一族皆以武東山為歸隱生息之處，不曾再有過顯赫的功業與作爲。雖然六代祖太樂三兄弟任過地方小官吏，但畢竟沒有實質上的政治權力，更不用說有什麼特別的作爲。且自六代祖太樂三兄弟之後，歷陳隋二朝、直至高宗弘道元年（684）陳子昂考上進士爲止，近一百三十年間，陳氏四代無人仕宦從政，亦無任何創業垂統之事。此當是元敬所說，陳家子孫雖「濟濟不泯」但卻不能光大先風的一大理由。關於這一點，陳子昂在〈梓州射洪縣武東山故居士陳君碑〉〔註31〕中說得極爲清楚：

> 蕭蕭我祖，國始於陳。中裔淪喪，淚此江濱。

足見陳子昂是以陳祇所立的功業與事蹟作爲欲效仿光大的「先風」。然而，既以此「先風」作爲效法的對象，那麼這個「先風」必然對陳子昂理想的確立產生了極大的激勵作用，而從另一個角度來說，這也必然成爲他最大的壓力了。

造成陳子昂性格轉變的因素，如上文所說的家族壓力之外，還有一點也是不能忽略的，那就是陳子昂自己的人格傾向。前文曾經提到，陳子昂的基本性格是極富批判意識的，早在青年時期的陳子昂，便曾仔細考察蜀地的民情、地理、政治情況，在主動關情民生的性格下，對諸多政治弊病的敏銳感受，便自然發爲其濟世之情。而既發爲濟世之情，必然面臨了一個切身的問題：即便他是多麼善於觀察時病，但若未能正式踏上政治舞臺，則其關情民生的強烈使命感，亦無益於改善當前種種妨礙民命的社會現狀。因此，從陳

〔註27〕同註23。

〔註28〕同註23。

〔註29〕同註23。

〔註30〕同註23。

〔註31〕見《新校陳子昂集》，卷五。

子昂的基本性格看來，人格傾向的發展，必然已經在他性格轉變的內在因素上栽植了一顆帶發芽的種子，而鄉學教育的啓迪，正給了這顆種子一個萌芽生長的契機。

從以上可知，個人性格的驅使、欲「象先風」的激勵與壓力、鄉學教育的環境啓迪，都是造成陳子昂性格改變的重要因素。這也正是陳子昂在進鄉學之後，即成爲一「痛脩飾」、「感悔」的書生的原因所在。此外，從立志向學的文獻記載看來，還有一件大事是我們不能忽略的，即陳子昂在鄉學就讀期間，在「苦節讀書」，以致「經史百家」之書無不罔覽的苦讀歷程下，其沉酣經史的所見所得，對於他個人性格的轉變，必然也起了相當的作用。關於這一點，本文將在下文進行探討。

（二）志向的確立

〈諫政理書〉書說到陳子昂在鄉學中的苦讀情形，謂：

> 竊少好三皇五帝霸王之經，歷觀〈丘〉、〈墳〉，旁觀代史，原其政理、
> 察其興亡。自伏羲、神農之初，至於周、隋之際，馳騁數百年，雖
> 未得其詳，而略可知也。

這段話清楚地描繪了陳子昂的就學情形，並表現出陳子昂在眾多的典籍中，特喜閱讀與治國之術有關者，如「三皇五帝霸王之經」、歷朝旁史……等。從陳子昂少年時期便已顯露的人格特質看來，其沉酣於治國典籍的原因並不難理解。但是，在這裡，我們應該要注意一個事實：固然，造成陳子昂「苦節讀書」、「謝絕門課，專精墳典」的動力和前文所討論的諸多因素，有著甚大的關係，但反過來說，陳子昂在博古通今、彰往察來之際，在廣泛閱讀與知識的薰陶下，這些經史典籍必然又可以反過來充實、影響他理想的主要內容（如從陳子昂步入仕途之後，屢屢於上陳給武則天的諫書，所表現的對歷史王道的嚮往，與歷朝興亡的殷鑒中便可證明。詳見第三、四、五章），而在他的苦讀過程中，這些歷朝先賢的遺訓，又必然使他的眼界放大，在此先天、後天、內在、外在的重重影響下，難怪陳子昂要以「以公濟天下」的用世抱負來勉勵自己了。

三、外王理想的嚮往與追尋

誠如前言，陳子昂個人的人格傾向、欲象先風的激勵與壓力、鄉學教育的啓迪、經史典籍的薰陶等因素，都必然對他的人格發展產生重大的影響，

使得他立定志向，成為一個懷抱著「以公濟天下」理想的青年。然而，既要實現弘濟時艱的抱負，則必須憑藉著有效的途徑才有可能達成。以唐代絕大部分的知識分子而言，參加「科舉考試」便是步入仕途的最好的方法。這對毫無任何政治背景的陳子昂也是一樣的。以下，本文將對科舉考試前後的陳子昂生命情態作一番詳細論述：

（一）以參加科考寄託功成名遂之志

　　陳子昂在射洪縣故里苦讀了三年之後，決定遠赴長安，參加進士科的考試。為什麼做這個決定呢？我們可以先對唐代的考風做一番觀察：《唐摭言》卷一後論記載：

> 永徽以後，以文儒亨達，不由兩監者，稀矣。〔註32〕

而在〈兩監〉條中亦載：

> 開元以前，進士不由兩監者，深以為恥。〔註33〕

這裡所謂的「兩監」是指國都長安和東都洛陽的國子監。〔註34〕高宗永徽（650～655）之後，科舉選士首先在此「兩監」中的學生遴選，其次才是各鄉學、州縣學中的學生（即鄉貢士）。此外，當時的選舉風氣中有一件事實是值得我們注意的，在《唐摭言》〈散序進士〉條中記載：

> 縉紳雖位極人臣，不由進士者，終不為美。〔註35〕

從以上的引文中，我們可以知道陳子昂之所以遠赴長安的國子監，並積極準備參加進士科考試，實和其立定志向後的迫切用世之心理有著密切的關係。

　　高宗調露元年（678）秋天，二十一歲的陳子昂告別故里鄉友，踏上生平的第一次長途旅行。自射洪縣故里至長安國子監的旅途中，陳子昂以詩歌記錄了他初次遠行的心得，並在詩歌中充分的表現出他對理想的追尋，以下，我們可以就這些詩歌，一探陳子昂所表現的生命情調。陳子昂離開射洪縣故里，到達水流曲折的巴江（即嘉陵江）後，寫下了旅程中的第一首詩歌〈初入峽苦風寄故鄉親友〉，〔註36〕詩云：

〔註32〕見五代王保定《唐摭言》（臺北：世界書局），頁11。
〔註33〕同上，頁5。
〔註34〕所謂「兩監」，據《小學紺珠‧職官類》〈兩監〉：「國子監、東都國子監」（見《叢書集成第四九冊》）。又《唐摭言》〈兩監〉：「西監，隋制；東監，龍朔元年所置」。
〔註35〕同註32，頁4。
〔註36〕見《新校陳子昂集》，卷二。

故鄉今日友，歡會作應同。

寧知巴峽路，辛苦石尤風。

彭慶生先生註此詩爲：「寫旅途的艱辛和對故鄉的思念」，〔註37〕。然而，我們若將陳子昂這一次的遠行，視爲其「有意識」地對理想的具體追尋，那麼，標誌著其具體行動的第一首詩歌，便有深刻的意義了。從詩意中我們可知：陳子昂原本可以在其原有的生活方式中，與其親朋好友在故里中共度歡樂無憂的生活。然而，當他被「理想」所召喚，爲了使其用世之志早日實現，故決定離開故里，告別向來熟捻的事物與生活，隻身邁向那未知的前程。從上下詩意的對比中，我們依稀可以看到在故里時，入鄉學前後陳子昂形象之轉變。此外，我們更可以得知，此刻的陳子昂已經在具體的行動中，對自我的存在意義作了有意識的選擇與掌握，故主動將自己交付於這未卜的旅程，期待在一段艱險的歷程後，早日實現其匡君論道的理想。

陳子昂出蜀，入巴峽之後，又行至四川奉節縣，並登上了白帝山上的歷史名城，在這裡寫下了一首詠史作品，〔註38〕〈白帝城懷古〉：〔註39〕

日落滄江晚，停橈問土風。

城臨巴子國，台沒漢王宮。

荒服仍周甸，深山尚禹功。

岩懸青壁斷，地險碧流通。

古木生雲際，歸帆出霧中。

川途去無限，客思坐何窮。

陳子昂在詩中仍表現出一片濃厚的愁思，然此愁思和〈初入峽苦風寄故鄉親友〉已經有了明顯不同：在〈初入峽〉詩中，陳子昂所表露的是對鄉情濃厚的不捨，而此詩的憂思與感慨，則是出於用世之情的迫切。此外，值得我們注意的是，此詩既名爲「懷古」、又用了幾個意義極爲統一的典故，那麼這些

〔註37〕 參見《陳子昂詩注》，（四川人民出版社，1981年），頁69。

〔註38〕 從詩歌的實例看來，「詠史」與「懷古」作品實可以從內容上加以區分。要之，誠如蔡英俊先生在《興亡千古事——中國古典詩歌中的歷史》書中所提到的：「兩者的區分標準就在於議論與抒懷這兩種成份在作品中所佔有的比例。一般說來，「詠史」詩篇的作者，對於歷史事件或人物所抱持的態度，往往是智性的、分析的……至於懷古詩篇的作者，他們往往是抱持著一種感性的、觀賞的態度面對歷史事件或人物……。」因此，本文把這首詩歌視爲「詠史」作品。這個分別，對我們分析陳子昂此刻的心境是有助益的。

〔註39〕 見《新校陳子昂集》，卷一。

典故,對陳子昂此次遠遊,必有其特殊的意義。從歷史的考察中可知:「巴子國」是指幫助周武王伐殷紂成功的巴蜀諸侯的光榮事蹟;「漢王宮」是指三國時代的劉備,在白帝城時使得孫權臣服於他的偉大功業。而這些名垂不朽的豐功偉業,都是在蜀地這個小地方所創建的。因此,陳子昂語重心長的道出:千萬不要小看地處於荒裔之中的「巴子國」,周朝的創立有它一份功勞呢,就如同這個危峻的深山,在偉大的大禹的開鑿之後,才有了今日的巴東三峽之觀。然而,陳子昂爲何對這些歷史陳跡深表其追憶之思呢?蔡英俊先生曾對此類詠史作品背後的心理作出分析:

> 在人類的心靈當中,總保有著一座記憶的殿堂,它留存著人類過往的一切活動與成就,使人類的活動或成就不至於受到時空條件的限圍而臻於遺忘。歷史,便是人類的有形記憶,它記載著人類在不同時空條件下的活動與成就,它代表著人類對於自我與種族的生命活動的一份關切與肯定。〔註40〕

如果這首詩歌代表的是陳子昂對自我的「生命活動的一份關切與肯定」,那麼,從這些典故中,我們便可審知陳子昂此行所懷抱理想的具體內容,與對自我深切的期望:期待在不久的時日,可以如同這些歷史上的風雲人物般,創立出一番豐功偉業,成爲一個名垂不朽的人。而這份對功成名遂的期許,便是他對自我「存在」的一份肯定。

離開白帝城之後,陳子昂繼續他的旅途,穿越巴東三峽之後,寫下了〈度荊門望楚〉〔註41〕以記述自己此刻的心情:

> 遙遙去巫峽,望望下章台。
> 巴國山川盡,荊門煙霧開。
> 城分蒼野外,樹斷白雲隈。
> 今日狂歌客,誰知入楚來。

清代學者紀昀評論此詩言:「連用四地名不覺堆垛,得力在以『度』字、『望』字分出次第,使境界有虛有實,有遠有近,故雖排而不板。」〔註42〕十分正確的註解,一心期待實現抱負的陳子昂,在旅途中最大的希望便是早些到達實現理想所繫之目的地,在「望望」心情下,經過了漫長又驚險的巴東三峽,一直瀰漫在旅途中的煙霧好不容易地終於散盡,而呈現於此刻眼前的是「城

〔註40〕出處同38,頁11。
〔註41〕見《新校陳子昂集》,卷一。
〔註42〕參見《瀛奎律髓》卷一,紀昀評語。

分蒼野外，樹斷白雲限」的一派清明景色，在客觀景物的明朗下，陳子昂有著極為歡愉暢快感受。「今日狂歌客，誰知入楚來」正意味著他對世人的宣告：今日的他將大放神采，為追求理想的實現而狂歌入楚來。

陳子昂抵達楚國章台（章華台）後，立刻驅馬奔至湖北襄陽，登上峴山，再寫下了一首詠史詩歌〈峴山懷古〉，〔註43〕詩云：

> 秣馬臨荒甸，登高覽舊都。
>
> 猶悲墮淚碣，尚想臥龍圖。
>
> 城邑遙分楚，山川半入吳。
>
> 丘陵徒自出，聖賢幾凋枯。
>
> 野樹蒼煙斷，津樓晚氣孤。
>
> 誰知萬里客，懷古正踟躕。

這首詩歌又出現了兩個重要的典故：「墮淚碣」、「臥龍圖」。「墮淚碑」意指使人民無限追憶的晉朝名將羊祜，「臥龍圖」則是三國時諸葛亮的謀略與功業。在這個曾經搬演過風雲大業的歷史名山中，陳子昂緬懷著這兩個已經消逝的歷史人物，不由得產生了無限的追憶與悲傷，然而，應該要注意的是，陳子昂在這裡所表現的傷懷，並沒有對他欲建功立業、經世濟民的心裡造成任何消極的影響，反而從「想」、「悲」二字中，表現了一種與古人精神相通之意。

誠如前文所說，陳子昂這一次的孤征跋涉，代表著他開始「有意識」地對理想的實現作一積極的追尋，沿途所寫的這些詩歌，便是他所要實現的理想的具體內容。從這些詩中我們可以看到，陳子昂對此次的長安之行是抱著極大的期望的，在沿路中，他頻頻懷想古人的功業，這一方面是他對自我期許的自然流露，另一方面更是他對自我才能的一份肯定與自信，而這些曾經在歷史舞臺叱吒風雲的偉大人物，更是激勵他向前追求理想的動力，因此在詩歌雖然偶爾呈現思鄉之情，但綜合說來，奮發昂揚的精神仍是這些詩歌的主調。

陳子昂到達長安之後，便進入了當地的中央官學——國子監就學，從文獻記載上看來，陳子昂是於二十四歲（永淳元年，682）參加他生平的第一次進士考試，〔註44〕也就是說，陳子昂從二十一歲離開家鄉到二十四歲的第一

〔註43〕見《新校陳子昂集》，卷一。

〔註44〕韓理州先生考證：陳子昂應考前曾著〈上薛令文章啟〉，其中的「薛令」薛元超，於681年閏七月守中書令，683年致仕，其年冬病故。故文既以「薛令」稱薛元超，文必作於薛任中書令之後，故首次應試應離此次干謁不久。又陳

次應考中間，有三年的時間是待在長安準備應考的。以下，我們可以進一步
看看，陳子昂在長安三年的活動情形，及爲應考所作的努力。綜合陳子昂在
長安所作的作品看來，有一個別於以往的特色：在他的詩歌中已經開始展現
與他人的交游情形，不再僅以詩文作爲其陳述個人理想的工具。此外，他所
作的第一篇書啓亦在這個時期出現。那麼，這些與以往不同的作品風格，對
於他的人格呈現，有著什麼特殊的意義呢？首先我們就對陳子昂在長安所寫
的第一篇書啓作一番觀察。現試節錄其文如下：

> 某啓：一昨恭承顯命，垂索其文，只奉恩榮，心魂若屬，幸甚幸甚。
> 某聞鴻鐘在聽，不足論擊缶之音；太牢斯烹，安可薦藜羹之味？然
> 則文章薄技，故棄於高賢；刀筆小能，不容於先達，豈非大人君子
> 以爲道德之薄哉？——以小人之淺才，承令君之嘉惠，豈不幸甚！
> 豈不幸甚！伏惟君侯星雲誕秀，金玉間成，衣冠禮樂，範儀朝野，
> 至明君於堯舜。皇極允諧，當重於阿衡。中階協泰，非夫聰明博達，
> 體變知機。如其仁！如其仁！方當拔俊賞奇，使拾遺補闕，坐開黃
> 閣，高市赤松，然後與稷契夔龍比功並德，起圖蕭曹魏丙屑屑區區
> 而已。某實細人，過蒙知遇，顧循微薄，何敢祗承？僅當畢力竭誠，
> 策駑磨鈍，期效忠以報德；奉知己以周旋。文章小能，何足觀者？
> 不任感激之至。〔註45〕

這是一封寫給當時位高的中書宰相薛元超的書信，由於薛元超風聞陳子昂的
名聲甚大，故欲垂索其詩文。陳子昂對此被賞遇的殊榮，甚感雀躍，故欲藉
此機會，在書啓中表達其熱切用世之情。他陳明心志，認爲文章不過是一薄
技小能，絕非他所看重。其心所往，乃在創業垂統的自我期許上。故在信中，
陳子昂對薛元超的德性大加讚揚，並對他的賞遇之舉大表感謝，更重要的是，
陳子昂於信末明白的表達其欲進入仕途，並一展抱負的決心。這固然只是一
封謝人賞遇的書啓，但將它放到整個唐代的選舉背景後，我們實可以解讀出
更多的訊息。在這之前，我們可以先來看一段《太平廣記》中對陳子昂在長
安生活的記載：

子昂〈暉上人房餞齊少府使入京序〉曰：「永淳二年（683年）四月孟夏，……
林嶺吾樓，學神仙而未畢」，而據徐松《登科記考》，唐代科舉多在春季舉行，
則既683年陳子昂尚在蜀學道，則不可能於是年應試。故：「陳子昂首次應試
只能在682年春。這已經是他在國子監學習整整三年後的事了。」參見〈行
年中的幾個問題〉（《陳子昂研究》），頁22至24。

〔註45〕《新校陳子昂集》，卷十。

> 陳子昂，蜀射洪人。十年居京師，不爲人知、時東市有賣胡琴者，
> 其價百萬。日有豪貴傳視，無辨者。子昂突出於眾，謂左右：「可輦
> 千緡市之。」眾咸京問曰：「何用之？」，答曰：「余居宣陽里，只其
> 第處，並具有酒，明日專候，不惟眾君子榮顧，且各宜邀召聞名者
> 齊赴，乃幸遇也。」來晨，集者凡百餘人，皆當時重譽之士。子昂
> 大張讌席具珍羞，食畢，起捧胡琴，當前語曰：「蜀人陳子昂有文百
> 軸，馳走京轂，碌碌塵世，不爲人所知，此樂賤工之役，豈愚留心
> 哉？」遂舉而棄之，異文軸兩案，遍贈會者。會既散，一日之內，
> 聲華溢都，時武攸宜爲建安王，辟爲記事，後拜拾遺，歸覲，爲段
> 簡所害。〔註46〕

這個故事說到陳子昂在長安生活的情形，以及他如何處心積慮讓自己從一個
沒沒無聞的小角色，變成一個「聲華溢都」的名人，並在重譽之士的稱賞之
下而致仕。雖然這則記事，不脫小說家虛構誇張的色彩，亦並不全然與史實
中的陳子昂相合，〔註47〕卻拈出了一個存在於當時考生中的普遍現象，即希
望藉由文采被當地的「重譽之士」所賞識，以使名聲得以廣被流傳。至於陳
子昂爲什麼要作這個努力？其用意何在？關於這個問題，我們必須從當時的
選舉制度作一番觀察。

杜佑《通典》載沈既濟之言，謂：

> 太后（武則天）頗涉文藝，好雕蟲之藝。永隆（680）中，始以文章
> 選士，及永淳（682）之後，太后君臨天下二十餘年。當時公卿百辟
> 無不以文章達，因循日久，寖以成風……父教其子，兄教其弟，無
> 所易業，……五尺童子恥不言文章焉。〔註48〕

所謂「文章」即是詩賦。從這裡可知，武則天以「詩賦文章」取士，朝廷公
卿亦以文章顯達，故影響所及，全國士人無不盡力於斯。〔註49〕除此之外，《新

〔註46〕見《太平廣記》卷一百七十九（臺北：明倫出版社1974年版），頁1331。

〔註47〕關於「十年居京師，不爲人知」事，在《新、舊唐書陳子昂傳》、〈陳氏別傳〉、
〈旌德碑〉中皆未載此事。又陳子昂參與征契丹事，並任武攸宜之參謀，乃
是696年末至697年事，陳此時已仕官十數年，並非一介草民身分，亦非藉
由武攸宜之援引而致仕。

〔註48〕見杜佑《通典》卷十五、選舉三〈歷代制下〉。

〔註49〕進士科本就重視詞章，而自高宗調露三年起更加試雜文，至此以下，詩賦益
加受到進士科考試的重視，甚至衍爲流弊。例如《舊唐書》卷一八九〈儒學
傳序〉言：「高宗嗣位，政教漸衰，薄於儒術，尤重文史。……及則天稱制，
以權道臨下，不吝官爵，其國子祭酒，多授諸王及駙馬都尉。……至於博士、

唐書‧選舉志下》亦載：

> 初，試選人皆糊名，令學士考判。武后以爲非委認之方，罷之。

武后認爲以「糊名」〔註 50〕方式來考選人才，並非委任官吏的良方，所以應該改以不糊名的方式，作爲科舉考試的原則。但是，既以不糊名的方式來考判考生，那麼，錄取的標準是什麼呢？從唐代的選舉文獻中可知：唐代的主考官，除了評閱試卷之外，更參考考生在社會上的聲譽與名聲，故有所謂的「通榜」、「納省卷」與「公薦」之法。〔註 51〕這個考核方法，在當時的考選結果中雖有正負的兩種評價，〔註 52〕但是，考試的最後取捨落在少數的幾個人身上，卻是一個明顯的事實。也因著這個特殊的現象，故：「在未引試，因已實於胸中矣」。〔註 53〕既然錄取的標準只取決於少數人的評定，那麼，對於平日沒沒無聞，毫無權勢的知識分子言，其錄取的希望實在是杳然難卜。故爲提高自己聲譽的當時考生，便在考前將自己的作品上達高官，以製造被賞識的機會，好增高被錄取的可能性。除此之外，此舉對於提高自己的聲望也大有幫助。如趙雲衛《雲麓漫鈔》便說到當時的考生：

> 先借當世顯人以姓名達之主司，然後以所業投獻，——至進士，則
> 多以詩爲贄。〔註 54〕

此即是唐代所謂的「溫卷」之風，因其關乎考生錄取的希望，故在此重要性

助教，唯有學官之名，多非儒雅之實。」又如《新唐書選舉志》：「眾科之目，進士尤爲貴，其得人亦最爲甚焉。方其取以辭章，類若浮文而少實，及其臨事設施，奮其事業，隱然爲國名臣者，不可勝數。遂使時君篤意，以謂莫此之尚，及其後世，俗益媮薄，上下交疑，因以謂按其聲病，可以爲司之責，捨是則汗漫而無所守，遂不復能易」。

〔註 50〕吏部考試的糊名與否時有人爭議問題，顧炎武《日知錄》卷十七〈糊名〉條下亦載：「考之唐初，吏部試選人皆糊名，令學士考判，武后以爲非委任之方，罷之。」而「糊名」條下則註：「此則糊名已用之選人二未常用之貢舉」，可見對「糊名」與否的爭議，在將吏部考試與貢舉考試混爲一談。

〔註 51〕「通榜」是指主考官請自己的好友共同決定錄取的名單。「納卷」是指考生在考前先將平時的作品上達於主司手中。「公薦」則是重視當時的社會輿論。這些作法，都是要補救一考定高下的弊病。參見《唐書‧選舉志》、《唐摭言》與劉海峰先生的研究（出處同註 11）頁 11。

〔註 52〕在正面的評價方面，如洪邁《容齋四筆‧韓文公薦事》條載：「故其取人也，位於譏議，多公而審」。但此制度亦可能產生弊病，如《全唐文》卷五百三十三李觀〈與膳不陳員外書〉便說道這個作法：「博聲稱者，有司之公也，亦至私也」，不能保證主司者絕對的公平客觀。

〔註 53〕見洪邁《容齋四筆》卷五〈韓文公薦事〉條（臺北：大立出版社）頁 699。

〔註 54〕見趙雲衛《雲麓漫鈔》，卷二（《筆記小說大觀》，臺北：新興書局）頁 964。

下，它便成了唐代特有的科考文化。有了這一層的認識之後，我們便可以理解《太平廣記》中的陳子昂急切成名的原因。誠如前言，由於當時考試並不糊名，故廣被聲譽並使主考官主動賞識自己的積極作法，便是提高錄取希望的必要途徑，故一心想要在此次科舉考試一鳴驚人的陳子昂，當然不會不致力於斯。因此，這則故事雖然虛構的成分居多，但是，對於我們掌握前文所引的〈上薛令文章啓〉的寫作動機及陳子昂當時的心理狀態卻甚有助益。從以上的探討看來，陳子昂的這一篇書啓，實是一篇向中書令宰相的投刺與自薦之作，寫作動機是希望得到薛元超的提拔擢升，使可以在科舉考試中脫穎而出。從這個角度看來，陳子昂的這一篇書啓，便可以視爲其爲追求理想實現所作的具體努力，故是深富意義的。

　　除了這一篇書啓之外，陳子昂在長安的這段時間，爲了提高自己的聲譽，亦參與許多社交活動，並有詩文加以唱和，觀其詩文集中，至少有〈于長史山池三日曲水宴〉、〈晦日宴高氏林亭〉、〈上元夜效小庾體〉〔註55〕數首，詩中描寫了他在長安與人交遊及所見的熱鬧景象，現試舉其詩例如下：

　　　　煙花飛御道，羅綺照昆明。

　　　　日落紅塵合，車馬亂縱橫。〈于長史山池三日曲水宴〉

　　　　尋春遊上路，追宴入山家。

　　　　主第簪纓滿，皇州景望華。〈晦日宴高氏林亭〉

　　　　公子好追隨，愛客不知疲。

　　　　象筵開玉饌，翠羽飾金卮。〈晦日重宴高氏林亭〉

　　　　三五月華新，遨遊逐上春。

　　　　相邀洛城曲，追宴小平津。〈上元夜效小庾體〉

以上詩歌，歷來評論家皆視之爲陳詩中的拙劣之作，因爲它們並沒有一貫地表現出陳子昂所提倡的現實風格。如韓理州先生便頗以爲這是一些「無聊的應酬之作」。〔註56〕但是，倘若我們站在陳子昂欲實現理想的迫切心志上來審視這些詩歌，便可以理解這些詩歌產生的原因。誠如〈上薛令文章啓〉所言，在胸懷壯志的積極求仕時期，陳子昂並未以「文學」作爲其人生理想的具體內容。而在唐代的科舉文化下，陳子昂又必須爲其理想的實現付諸具體的行動，則就提高聲望的努力而言，這個積極的求仕之思，便促成了這些應酬唱

〔註55〕以上諸詩除〈于長史山池三日曲水宴〉見《新校陳子昂集》卷二。餘見〈補遺〉部份。

〔註56〕見韓理州先生《陳子昂評傳》，頁13。

和詩歌的產生。故這些應酬唱和詩作，也是賦予陳子昂形象完整所不能或缺的重要環節。

　　從以上的詩文作品看來，陳子昂為了在科考中脫穎而出，的確和一般考生般，從事各樣交遊活動、並作了各樣的努力。然而，不可忽略的，在交遊的過程中，他亦結交了不少情投意合的好朋友，如後來官至宰相的郭元振、趙彥昭……等，這些朋友皆在日後，成為他詩歌中所出現的人物，對陳子昂的生活亦有著若干的影響。

　　綜觀陳子昂這段在長安的日子，我們可以引用盧藏用〈陳氏別傳〉中的一句話來概括他在長安的努力與表現：

　　　歷抵群公，都邑靡然矚目矣。由是為遠近所稱，籍甚。

陳子昂努力的成果使得他得到了大家的矚目，這誠然是一項事實。但是，對陳子昂的用世之志而言，「都邑的矚目」、「遠近的稱揚」都必然要指向一個「登第」的具體方向，並令他藉此踏上仕途，實現其功成名遂的遠大抱負，這些努力才算有了實質上的意義，這也才是他存在感的確切實現。

（二）落第返鄉的消沉情態

　　唐高宗永淳元年（682）正月，陳子昂到東都洛陽參加對他意義非凡的進士科考試，二月，進士科放榜。〔註57〕當時的進士科考試，正如《新唐書·選舉略》記載：「其進士大抵千人得第者百一二」只有少數的幸運兒可以榮登榜單，那麼陳子昂是否也在這些幸運兒之列呢？答案是否定的，熱切期待的陳子昂並沒有在這一次的考試中金榜題名。「落榜」一事對躊躇滿志，甚有攬轡澄清之志的陳子昂造成了重大的打擊。因此，從期盼到落空，理想無從實現的挫敗中，他的存在感被毫不留情的斲傷。面對著陳子昂落榜的事實，在這裡，我們想要探究的是：正孕育著用世抱負、卻遭受落榜打擊的陳子昂，如何重新面對其用世之志？他的人格發展呈現了什麼樣的變化？以下我們當就這個問題進行探討。

　　永淳元年（682）二月，陳子昂在得知落榜後，當年三月，他做了一首〈三月三日宴王明府山亭〉，〔註58〕詩云：

　　　暮春嘉月，上巳芳辰。

〔註57〕唐代的科考在正月舉行，二月放榜。請參見徐松《登科記考·敘例》與《唐摭言·東都選》條。
〔註58〕見《新校陳子昂集》，〈補遺〉部份。

> 群公禊飲，於洛之濱。
>
> 奕奕車騎，粲粲都人。
>
> 連帷競野，袨服縟津。
>
> 青郊樹密，翠渚萍新。
>
> 今我不樂，含意未申。

誠如前言，陳子昂在應考之前，亦有多首參加此類交遊的酬唱之作，如前文所引的〈晦日宴高氏林亭〉、〈晦日重宴高氏林亭〉、〈上元夜效小庾體〉……等皆是。但在以上諸詩中，呈現的是節日遊宴的熱鬧景象與唱和歡愉的快樂心情。然此詩和應考前唱和詩作的心境已有絕大不同。從陳子昂心境的變化看來，應考前的陳子昂躊躇滿志、積極進取、對自己的仕宦前程充滿了信心，故可托一己之抱負於遊宴之事上，以寄望理想之實現。然而，在落榜的今日，與友朋相聚唱和的那份快樂心情已無復存在，故此刻的消沈抑鬱，在身旁歡愉氣氛的對比之下，反成了自我諷嘲，故云：「今我不樂」了。

放榜是年，夏秋之際，陳子昂沈痛地告別了洛陽及諸好友們，沿著入京之路欲返回故里，先至長安，沿路寫下了〈落第西還別劉祭酒高明府〉、〈落第西還別魏四懍〉，〔註59〕詩歌中流露了其前所未有的消極心態。如〈落第西還別劉祭酒高明府〉云：

> 別館分周國，歸驂入漢京。
>
> 地連函谷塞，川接廣陽城。
>
> 望迥樓臺出，途遙煙霧生。
>
> 莫言長落羽，貧賤一交情。

從客觀條件來說，洛陽和長安之的距離固是：「地連函谷塞，川接廣陽城」令人感覺路途遙遠，但是，真正讓陳子昂感覺路長迢迢的恐怕是鍛羽而歸的那份憂傷。「途遙煙霧生」，是客觀情景亦是陳子昂此刻的心情寫照：前程在一片煙霧迷漫中，較之於昔日入長安時所寫的「荊門煙霧開」（〈度荊門望楚〉）所呈現出的歡欣鼓舞，已不可同日而語。而在〈落第西還別魏四懍〉中，陳子昂更深刻地吐露了這份黯然消沈的心志：

> 轉蓬方不定，落羽自驚弦。
>
> 山水一為別，歡娛復幾年。
>
> 離亭暗風雨，征路入雲煙。

〔註59〕皆見《新校陳子昂集》，卷二。

還因北山徑，歸守東陂田。

陳子昂再度以「征路入雲煙」點染出其對前程的迷惘與憂傷。蓋此時的他正如一隨風飄移的蓬草、亦似一傷於弓箭的驚惶雀鳥，昔日在詩歌典故所表現的大氣魄，在今日，都已經轉變成「離亭暗風雨」的淒涼。延捱在旅途中的陳子昂，面對著如網籠罩的落榜壓力，亦只能生生地讓那份蓄勢待發的用世之情，歸於「還因北山徑，歸守東陂田」的沈寂中。然面對此情此景，除了歸回故里的選擇外，又能如何自處呢？

從長安返回射洪縣家鄉的路途中，陳子昂和當年自射洪縣跋涉至長安京中一般，沿途皆以詩歌記下了他的感懷，然而不同於昔日的是：此刻的所見所感，在他的筆下，已經明顯地化成一首首低調的悲歌，如〈宿襄河驛浦〉：
〔註60〕

　　沿流辭北渚，結纜宿南州。
　　合岸昏初夕，迴塘暗不流。
　　臥聞塞鴻斷，坐聽峽猿愁。
　　沙浦明如月，汀葭晦若秋。
　　不及能鳴雁，徒思海上鷗。
　　天河殊未曉，滄海信悠悠。

詩中充滿了哀傷的情緒，「昏」、「暗」、「愁」、「晦」等字既是寫景亦是寫情，而面對著巨創，陳子昂仍不免憤懣又譏嘲自己地說：「不及能鳴雁，徒思海上鷗」，但是面對著這個落榜的事實又能如何呢？「天河殊未曉，滄海信悠悠」只是更添心中的惆悵與哀傷罷了。

秋末，陳子昂在漢江巧遇梁、李故友，當時二人皆以官至縣令，陳子昂在歡喜故友重逢之餘，觸景生情，回想自己離鄉以來滿腔的經世抱負以迄於今日的一事無成，不禁悲從中來，寫下了〈送李良二明府〉，〔註61〕詩云：

　　負書猶在漢，懷策未聞秦。
　　復此窮秋日，芳樽別故人。
　　黃金裝屨盡，白手契逾新。
　　空羨雙鳧舄，俱飛向玉輪。

詩中陳子昂毫不忌諱地流露出對仕途得意的梁、李故人之欣羨之情。仕途無

〔註60〕見《新校陳子昂集》，卷一。
〔註61〕見《新校陳子昂集》，卷二。

成，而時光空自蹉跎，於是不免嘲笑自己在長安數載，一腔熱血，卻只換來「黃金裝屨盡」的孑然一身，在與友人的風光對比之下，其悲愈深。

直至陳子昂返回射洪縣的故里為止，一路上的首首悲歌皆為他受挫的心情作了最好的註腳。如〈入東陽峽與李明府船前後不相及〉：〔註62〕

> 孤狖啼寒月，哀鴻叫斷雲。

沿途映入眼前的是一片蕭殺之景，正和陳子昂的心情相互呼應。又〈宿空舲峽青樹村浦〉〔註63〕更描繪出陳子昂此刻心情的煩亂與抑鬱：

> 的的明月水，啾啾寒夜猿。
>
> 客思浩方亂，洲浦寂無喧。
>
> 憶作千金子，寧知九逝魂。
>
> 虛聞事朱闕，結綬驚華軒。
>
> 委別高堂愛，窺覦明主恩。
>
> 今城轉蓬去，嘆息復何言。

當初離開故鄉，懷抱著公忠體國的心志，一心想要建立名垂不朽的功業。如今想來，這些期望不過是一些非分的企求。在惶惶失措、理想幻滅的今日，他才真正了解到，一心建構的理想藍圖竟是如此容易幻滅。而在深受重創的心靈當中，最真實的召喚就是故鄉了，愛護他的親人，熟悉的景物頓時在眼中浮現。但當陳子昂將思緒轉回故里，並念及故里的親友時，又不禁對這負於眾望的歸鄉之行發出：「今城轉蓬去，嘆息復何言」的深沈慨嘆了。

陳子昂因為應試受挫，故興起返鄉之念，固然，返回家鄉可以使他受創的心靈得到慰藉，但在這裡，我們要問一個重要的問題是：回到家鄉的陳子昂，依然要面對其自長安、洛陽帶回的滿心困頓感。那麼，陳子昂採取了什麼方法消解他的哀傷呢？

陳子昂返回故里之後，有〈春日登金華觀〉、〈山水粉圖〉、〈秋日遇荊州府崔兵曹使宴〉〔註64〕等詩，詩既作於此時，必然呈現了陳子昂面對挫敗的回應之道，以下我們可以看看這些具體的內容。〈春日登金華觀〉云：

> 白玉仙臺古，丹丘別望遙。
>
> 山川亂雲日，樓榭入煙霄。

〔註62〕見《新校陳子昂集》，卷一。

〔註63〕見《新校陳子昂集》，卷一。

〔註64〕以上諸詩皆見《新校陳子昂集》，卷二。

　　鶴舞千年樹，虹飛百尺橋。

　　還逢赤松子，天路坐相邀。

詩描繪了金華觀上的如神仙幻境的奇幻影像。最重要的是，陳子昂在這首詩歌中表現出對神仙世界的嚮往：「還逢赤松子，天路坐相邀」。值得我們注意的是，陳子昂自幼在金華觀附近成長，故在其成長歷程中，必然已經多次蒞臨此地，但我們卻未曾在其早期的行徑與詩作中，發現其對金華觀的注意與描寫，而在落榜返家的今日，他卻明白寫出對神仙世界的企求，此當係神仙世界的極樂追求最宜於消解他今日的愁苦了。其〈山水粉圖〉更明白地寫出他的求仙之志：

　　山圖之白雲兮，若巫山之高丘。

　　紛群翠之鴻溶，又似蓬瀛海水之周流。

　　信夫人之好道，愛雲山以幽求。

詩烘托出一片蓬萊仙境的飄渺意境。陳子昂又再度於句末寫出：「信夫人以好道，愛雲山以幽求」來寄託此刻的求仙之志。此外，陳子昂於返家的這段時間，亦頻頻與影響他極深的僧徒來往，〔註65〕如〈秋日遇荊州府崔兵曹使宴〉序文中說道：

　　支道林〔註66〕之雅論，妙理沉微。

而詩亦云：

　　興盡崔亭伯，言忘釋道安。〔註67〕

由以上可見，考場受挫的陳子昂在返鄉之後，便將其躊躇滿志的外王理想轉為對神仙世界的嚮往與追求，而與僧徒的交往，亦頗能消解他壯志未酬的苦悶。因此，落榜返鄉後浮現的含玄味道之想，便成為他人格發展中的一個重要環節，和當日深富用世理想的他，兩面構成了一個陳子昂形象。然而，在這裡亦同時衍生出一個問題：陳子昂是否得以在神仙世界的嚮往追求中，將其用世之心全然消融？關於此點，本文將在下文討論。

〔註65〕如〈秋園臥疾呈暉上人〉、〈諫政理書〉、〈續唐故中岳體玄先生潘尊師碑頌〉中皆可見暉上人對他的影響。

〔註66〕《梁高僧傳》卷四及《世說新語·文學》中曾記載支道安的言行，支道安是東晉的著名佛教學者。彭慶生先生懷疑陳子昂在這裡所說的支道安當即是暉上人（見《詩註》頁109）。

〔註67〕《梁高僧傳》卷五曾記載釋道安的言行，他是東晉著名的佛教學者，「本無宗」的主要代表。「言忘世道安」是說沉浸於佛理的領悟中。至於崔亭伯則是崔駰，為東漢著名的文學、儒學學者，善屬文，與班固、傅毅齊名。

（三）從情感的消沈到用世之志的肯定

　　神仙、黃老之想，在知識分子受挫時最易出現，此當是和佛家、道家的思想本質有著密切的關係。在道家方面，如金觀濤、劉青峰先生便曾說道：

> 事實上，中國封建社會的很多儒生具有二重性格，儒道兼而有之。
> 得志時是儒家，失意時是道家。〔註68〕

而在佛家思想方面，佛家視人世間的諸相為苦，故欲度芸芸眾生達到涅槃寂滅的境界，更易於讓受挫於現實中的知識分子所接受。這正是歷來知識分子容易接受佛老的理由。陳子昂亦如此。

　　再者，我們從陳子昂所處的時代與家庭環境看來，陳子昂以神仙黃老之思作為心靈上的休憩之所，並不是毫無根據與理由的。從大時代的環境看來，唐朝建立時，統治者便以道家始祖李耳作為開國先祖，故國號「李唐」，把道家視為國教，並採了諸多措施以提高道家在唐朝思想史上的地位。如高宗朝時，武則天曾於上元元年（674）上書：「請王公百僚皆習《老子》，每歲明經，一准《孝經》、《論語》例，試於有司」，可見唐代社會對道家（道教）的重視。故即便是一以「儒家信徒」自居的知識分子，亦免不了和道家思想有涉，更何況是在頗涉玄理之風家庭長大的陳子昂呢。何以言之？現敘述如下：

　　陳子昂在其〈梓州射洪縣武東山故居士陳君碑〉便曾記載其曾祖方慶：

> 好道不樂為仕，得墨子五行祕書，而隱於武東山。

這裡所指的「道」，雖然不一定是純粹的道家或佛家思想，但從其行文看來，必然是一些關於陰陽五行的黃老化外之道無疑。而〈我府君有周居士文林郎陳公墓誌銘〉中更寫到其父親：

> 唐曆云微，公乃山棲絕穀，放息人事，餌雲母以怡其神。居十八年，
> 玄圖天象，無所不達。

〈陳氏別傳〉亦載其：

> 因究覽墳籍，居家園以求其志，餌地骨鍊雲膏四十餘年。

陳子昂既然自幼成長於這麼一個廣被道、佛之風薰陶的家庭，必然不乏耳濡目染的機會。因此，正如他的父執輩，每每或為避亂而隱居、或為放息人事而探求方外之思，陳子昂亦於落榜的挫折下來走向隱避養生之途，並以神仙黃老之思，沖淡其出仕不得的悲哀。而頻頻與暉上人的接觸，便是他排遣悲傷的具體表現。這些都是我們了解陳子昂人格特質的重要根據。

〔註68〕參見金觀濤、劉青峰著《中國封建意識型態的系統分析》，頁80。

誠如前言，陳子昂於放榜是年秋季返家之後，企圖以神仙之思和與僧徒的頻頻接觸來沖淡他內心的蹇塞。如此看來，陳子昂應該可以藉仙、佛的消解之法，將自己受挫的心志於山林之中再度安頓下來，與其父執輩般，過著「放息人事，餌雲母以怡其神」的閒逸生活。然而，從其行跡看來，陳子昂並沒有採取這樣的選擇，在一陣療傷與痛定思痛之後，陳子昂重新面對自己，亦再度評衡內心的志趣與未來的方向，在一番思索之後，那份積藏多年、欲奮發作爲的用世心志又再度在心中翻攪了起來，在反省之中，寫下了〈感遇〉第十一首：〔註69〕

> 吾愛鬼谷子，青溪無垢氛。
> 囊括經世道，遺身在白雲。
> 七雄方龍鬥，天下亂無君。
> 浮榮不足貴，遵養晦時文。
> 舒之彌宇宙，卷之不盈分。
> 豈圖山木壽，空與麋鹿群。

劉須溪在此詩下註「以鬼谷子自負」。〔註70〕這是不錯的，「吾愛鬼谷子，青溪無垢氛」是寫鬼谷子的品行高傑、不同凡俗，他囊括著一身的經綸濟世之道，但在「七雄方龍鬥，天下亂無君」的混亂時勢下，他寧願捨棄甚易得之的富貴名聲，獨自隱居於白雲之中、沒沒無聞、修身養性，以待時而出。陳子昂並在詩末爲鬼谷子（亦是自己）強調出隱居表象下的眞正心志是：「豈圖山木壽，空與麋鹿羣」。可見這不得已的遁居隱世不過是暫時的選擇，他必然要再等待更好的時機以待時而出、一展所長，實現他「舒之彌宇宙，卷之不盈分」的經世抱負。從這首詩歌中我們可以看出，陳子昂在經歷一場理想的幻滅，並接受道佛思想的洗禮之後，再次反思存在的意義，仍然爲自己刻劃了一個「鬼谷子」的特殊形象，藉著鬼谷子一生的秉性高潔與滿腹的經世之術來自喻，亦爲自己落榜後的歸隱消沈找了一個安心的理由。於是，對欲匡時濟世、創希代之業的陳子昂而言，它又具有其正面的意義了。然而，陳子昂雖然再度肯定了其經世濟民的志向，但面對著自己當前的處境，在無法爲其理想作出任何具體行動的急迫感中，更加陷入欲仕不得的無可奈何之痛苦中。

〔註69〕韓理州《陳子昂評傳》（頁16）、彭慶生《陳子昂詩注》（頁20）皆指出〈感遇〉第十一首的寫作年代是683年，陳子昂落第返鄉時。
〔註70〕參見《唐詩品彙》五古卷三。

從陳子昂的詩歌看來，陳子昂在乍返故里之時，因力圖平復情感的失落，故其詩歌率多流露出棄世求仙的想法。但是，倘若我們從其年餘的家居生活看來，愈至後期，陳子昂在詩中所陳明的心志又有了極大的轉變，如前文所舉的〈感遇〉第十一便描述了他的轉變：不願以消沈的隱避作為人生的指歸，故徒有「空與麋鹿羣」的無奈感慨。此外，返鄉後期的其他詩作，亦再度地對他欲弘濟時艱的理想作了清楚的告白。如〈送別出塞〉：〔註71〕

> 平生聞高義，書劍百夫雄。
>
> 言登青雲去，非此白頭翁。
>
> 胡兵屯塞下，漢騎屬雲中。
>
> 君為白馬將，腰配騂角弓。
>
> 單于不敢射，天子伫深功。
>
> 蜀山余方隱，良會何時同。

本首詩雖然是標明為「贈友」，但從字裡行間，我們不難發現陳子昂此刻沉潛的心志：「蜀山余方隱，良會何時同」，是希望可以和他的好朋友一般整軍經武、馳騁沙場，作一個效命疆場，「平生聞高義，書劍百夫雄」的風雲人物。而〈春夜別友人〉之二，〔註72〕更點出他心目中最大的抱負是：

> 懷君欲何贈，願上大臣書。

所謂「願上大臣書」，吳明賢先生註解為：

> 因為陳子昂畢竟是一個「少學縱橫術」「平生實愛才」，具有遠大抱負、不甘終身碌碌無為的人。「懷君亦何贈，願上大臣書」，正是這種思想的反映。〔註73〕

陳子昂潛藏的用世的人格特質在這裡又發露了出來。而〈暉上人房餞齊少府入京府序〉〔註74〕亦說到：

> 嗟乎，朝廷子入，期富貴於崇朝。林嶺吾棲，學神仙而未畢。

從陳子昂歸隱的後期詩文看來，雖然「落第」的打擊對他產生極大的影響，但當其心情稍稍平復之後，那深受創傷的消沈心情，在此時又轉化成一顆「養晦待時」的種子，故其歸隱之思又轉化為欲仕不得的悲傷了。

〔註71〕見《新校陳子昂集》，卷二。

〔註72〕見《新校陳子昂集》，卷二。

〔註73〕參見吳明賢著〈陳子昂生卒年辨〉（《四川師院學報》，1981年第二期），頁69。

〔註74〕見《新校陳子昂集》，卷七。

　　以上論述實已勾勒出一個早期的陳子昂形象：從滿腔抱負到理想落空，從理想落空到歸隱山林，從歸隱山林復又到對自我志向的再度肯定，從這個有起有落的心路歷程看來，我們可以得出一個結論，正如陳子昂自己在〈諫政理書〉中所回憶的：

　　　　臣每在山谷，有願朝廷，常恐沒代而不見也。

是的，「有願朝廷」四個字，正揭示著陳子昂外王理想的具體內容，亦是陳子昂在這段心路歷程中最為堅定的執著，更是他之所以為陳子昂的自我肯定。

（四）遵養晦時的轉機

　　前文說到，陳子昂在落第之後返家，藉著對神仙世界的追求來消解他的苦悶，但是在經過一段時間的蟄伏之後，那份潛藏於心、尚未實現的用世理想又湧現了出來，而陳子昂一旦對用世理想上作了肯定，山谷隱世的生活，便轉為「待時而出」的期待。此外，陳子昂既然在深嘗失敗的滋味後，又能再度肯定最初的選擇，那麼，這份經過波折後的執著，必然較之以往更為堅定。而在隱避山林的日子裡，所有強烈促成他想要將理想實現的動機與壓力，必然更加衝擊著他壯志未酬的心靈。這就是陳子昂在後期詩文中，明顯地申明其用世之心，卻又流露出不被賞識的傷懷，並對好友平順的仕途呈顯欽羨之情的理由。從以上的論述看來，陳子昂雖然以求仙談玄的生活方式來消解他心情的困窘，然而，在其特有的人格傾向下，他的生命畢竟不能在求仙談玄的生活爭得到真正的安頓。所以，後期的隱居生活，在「養晦待時」的熱烈期待之下，反而增添他不被賞識、時不予我的感慨。從這裏看來，陳子昂的人格發展，至此又進入了一個困境之中。而要解除當下這個欲仕不得的困蹇之思，陳子昂復須讓自己回到應考前的積極，因為只有真正踏上政治舞臺，並藉此施展他匡君論道的宏大抱負，才能讓他抑鬱消沈的心情得到真正的開解，正如前文所說，這才是他之所以為陳子昂的自我肯定。

　　既然，陳子昂後期的隱居生活又不免造成了一個「養晦待時」的困境，那麼「時」，便是陳子昂此刻所面臨的最大問題了。從客觀條件來說，唐代在每一年的正月都會舉行一次考舉考試，〔註75〕因此，再次出發，參加科考的客觀條件是具備的。然而，在這裡，要注意的事實是，陳子昂既然在隱居的

〔註75〕據《資治通鑑》，唐高宗、武后朝，除 652、653、663、669、671、672、676、
　　　　679 年暫停施行科考外，其餘年分皆如常舉辦科考（陳子昂自 682 年以後參與
　　　　科考，因此，其二次考試，皆在正常舉行的期限中）。

後期中澄明了其「待時而出」的心志，那麼，我們便可以說，陳子昂的是否再出發，便和這個「時」有密切的關係了。

陳子昂在〈我府君有周居士文林郎陳公墓誌銘〉中曾回憶一段他父親陳元敬對他所說的話：

> 吾幽觀大運，賢聖生有萌芽。時發乃茂，不可以智力圖也。氣同萬里，而遇合不同。造膝而悖，古之合者，百無一焉。嗚呼，昔堯與舜合、舜與禹合，天下得之四百餘年。湯與伊尹合，天下歸之五百年。文王與太公合，天下順之四百年。幽屬板蕩，天紀亂也。賢聖不相逢，老聃、仲尼淪溺涸世，不能自昌。故有國者享年不久，彌四百餘年。戰國如麋，至於赤龍。赤龍之興四百年，天紀復亂。夷胡奔突，賢聖淪亡，至於今四百餘年矣。天意其將周復乎？於戲，吾老矣，汝其志之。

陳元敬以「幽觀大運」的心得，明白告訴陳子昂「賢聖生有萌芽。時發乃茂，不可智力圖也」的道理。並以歷朝歷代的聖賢興衰作為例子，告誡陳子昂關於「遇合」的道理：因著「遇合」的不同，故世有賢聖相逢、天下太平與賢聖不相逢、天紀紊亂的差別。其中的關鍵就在於「遇合」一事上。此「遇合」的不同，就是「時」的觀念，這是不可以用人的智慧去相抗衡的。陳元敬會講出這一段話是有其背景的，如〈墓誌銘〉中便曾說他：

> 唐曆云微，公乃山棲絕穀，放息人事，餌雲母以怡其神。居十八年，
> 玄圖天象，無所不達。

因為陳元敬「玄圖天象，無所不達」的背景，故可以「幽觀大運」的結果來推演賢聖遇合之理。此外，從陳氏一門看來，陳氏先祖實早在行事中踐履這個「時」的觀念，如本文在（一）性格轉變的內在因素探討中，便曾論及陳氏先祖或因戰亂、或因朝代更替，便以武東山為其歸隱生息之所。而其五代祖方慶亦在武東山的歸隱生活中研習「五行祕書」之學。可見，對陳氏一族來說，對「時」觀念的彰察與踐履已行之久遠，此正如戴景賢先生所說：

> 蓋陳氏一門所重在「幽觀大運」，覘時隆污，進則以縱橫之策希王霸之圖，退則辟穀養生，耽味玄象。〔註76〕

〔註76〕參見戴景賢著〈試論陳子昂之立身行事與家學之關係〉（《書目季刊》第十五卷第一期）頁8。

這個見解是不錯的。然而在此我們亦不免產生一個疑問，如：陳子昂〈於堂弟孜墓誌銘〉中亦曾經記載陳元敬所說的一句話：

　　吾家儒術單傳。

既名爲「儒術單傳」，爲何在陳氏一門的思想中，充溢了陰陽五行、玄圖天象之思呢？關於這一點，如果我們從思想史發展的角度看來，陳氏一族的現象便不是孤立、毫無根據可尋的。就儒學思想的演變看來，儒學發展到漢朝，便已經摻雜了天人感應的思想，如董仲舒的儒學便以漢人所發展出來的《易》學思想融入於儒學中，至於魏晉六朝，玄學的興盛更有取代儒家經學的趨勢。至唐代，雖有人對此現象作大力批評，然在唐初，這個風氣亦尚未被完全改變過來，加諸在上位者對黃老之學的喜愛與倡導，故唐初的儒學仍是不純粹的儒學。〔註77〕以此我們便可以理解陳元敬爲何在「儒術」傳家的背景之下，卻頗以「時」的「遇合」的觀念來告誡陳子昂之理。然而，就陳子昂個人而言，陳元敬的這段「遇合」之理若可對其產生作用，必然是此遇合之理的內容，是深爲陳子昂所認同的。關於這一點，從前文所引的〈感遇〉第十一中，我們可以得到肯定的答案。陳子昂以鬼谷子的形象自喻，即在於表現一種「遯養晦時」的人格特質。從這裡看來，陳元敬所說的「遇合」之理，正是子昂父子所共有的看法，因此可以被子昂所接受。

　　在這裡，還有一個重要的問題是，既然陳子昂在「遯養晦時」的處境下衍出「養晦待時」的期待，而父親又告之關於「遇合」的道理，並且強調「夷胡奔突，賢聖淪亡，至於今四百年矣。天意將其周復乎？汝其志之」，則陳元敬所強調的「遇合」之理，在此時必然給予陳子昂極大的激勵，正因當世是天紀復亂四百年後的一線曙光，是千載難逢「賢聖相合」的大好時機，必須善加把握。因此，在陳子昂「遯養晦時」的心理背景上，這段勸戒便給了他在「時」的等待下的積極觸發，讓他走出隱居山林的沈寂，爲理想的實現再次付諸具體的行動。

　　前文論述至此，還有一個問題是我們尚未解決的，即：「時」的觀念既包含著「賢聖遇合」的道理，那麼，陳元敬父子（尤其是陳子昂）既然以爲當時正是有志之士匡君論道的大好時機，則這個想法必然有時代背景的考量含於其中。也就是說，他們必然認可當時的政治環境，並肯認這個政治環境對

〔註77〕參見張岂之《中國儒學思想史》魏晉南北朝與隋唐部份，水牛出版社，81 年
　　　　4 月版。

其用世理想的必要性。故時代環境的刺激，亦當是影響陳子昂對「時」的觀察、進而再次具體付諸行動的主要因素。當時的政治環境為何呢？據《資治通鑑》載：當時的擁權者唐高宗自顯慶（656～660）年之後，便：

> 苦風眩，頭重，目不能視。百司奏事，上或使皇后決之。后性明敏，
> 涉獵文史，處事皆稱旨，由是始委以政事，權與人主侔矣。

而《舊唐書·則天皇后紀》亦云：

> 帝（高宗）自顯慶以後，多苦風疾，百司表奏，皆委天后詳決，自
> 此內輔國政數十年，威勢與帝無異，當時稱為二聖。

可見自顯慶年之後，唐朝的大業已經完全落在武則天一人手中。那麼，武后執政的政治體制，對懷有入仕之心的尋常知識分子而言，有什麼特殊的意義呢？武后執政，有別於舊制度者，最重要的便是對魏晉以來崇尚門第的制度加以打擊。並把入仕的途徑加以開放，使沒有門閥權勢的士子有更多的機會步上政壇，這個措施，對欲進入仕途的尋常知識分子而言，有著極大的激勵作用。〔註78〕因此，在這個大有作為的政治環境下，正誠如曹平先生所說：

> 唐代生氣勃勃上升的國勢，使歷來徘徊於仕與隱之間的知識分子再
> 也不甘心作一個默然無聞的真隱士。受儒家思想影響的人，沒有人
> 是心甘情願去當隱士的。〔註79〕

從這裡可以看出當時國勢與知識分子致力求仕的重要關係。（關於當時的政治環境，為了便於本文論點的進行，將在下一章才作詳細討論。）

　　陳子昂在自我心理的轉變、父親的告誡與當時政治環境的激發之下，決定再次出發。於是，在高宗永淳二年（683）十一月，陳子昂再次離開故里，奔赴東都參加這個意義重大的科舉考試，而這個考試的意義，既代表著實現「賢聖相逢」理想的必要條件，那麼，對陳子昂而言，科考的結果，便有了無比的重要性，那正是可否扮演所要角色的重要關鍵。

〔註78〕由於武后在掌控政權的過程中，其身邊的前朝功臣多是反對者，因此，武后在掌權之後，便極力打擊反對她的功臣集團。並以通過進士科考試的新任官吏作為其政權的擁護者。因此，科舉考試（尤其是進士科考試）便成為入主武后政治集團的重要途徑。也因為進士科考試是步入政壇的最佳途徑，故在原先對門閥觀念的重視之下，入仕途徑的開放，便帶給了尋常知識分子一個極大的激勵，知識分子莫不希望藉由科舉考試成為武則天提拔的新興的政治集團的一員。可再參考註49，《舊唐書》卷一八九〈儒學傳序〉之言。

〔註79〕見曹平〈陳子昂與武則天政權〉，（《陳子昂研究論集》），頁72。

小結

　　綜合本章對陳子昂早期行事經歷與人格意義的探討，我們可以很清楚看到陳子昂的人格特質與傾向，也可以察覺陳子昂自我肯定的標準與價值取向。在入仕前的青年時期，陳子昂便已經選定了自己所要扮演的角色：站上政治舞臺以實現他「以義補國」、「以公濟天下」的用世抱負。至於促成他對這個角色選定的原因，就本章的討論，在科舉考試前，至少有陳子昂本身的人格傾向、家學的激勵與壓力、鄉學中的理性啓迪、經史閱讀的薰陶、初唐社會的以科考爲主的入仕途徑等因素。因此，從陳子昂這些行事脈絡的意義看來，青年時期的陳子昂對自我角色的認定，與存在意義的掌握是相當鮮明的，而其人格的特質亦在熱切的用世之情中顯現了清楚的傾向，這對我們觀察陳子昂日後的處世態度與人格發展必然有相當的助益。此外，在陳子昂早期人格的發展過程中，我們除了看到他對理想的執著，也看到了他遇到挫折時所呈現的人格之一面，而這段時間的行事經歷與思想之轉折，亦必然成爲他生命的重要內涵，故這些都是構成陳子昂形象的因素，也是我們在探討他存在的「孤絕情態」與評估「超越成敗」時不可以忽略的依據。

第三章　理想的確立與現實的互動

　　第二章的討論後，我們可以「天」、「人」二方面的意義，論述陳子昂理想確立的原因與基本內容。在「人」的方面，由於：陳子昂本身的人格傾向、家學的激勵與壓力、鄉學教育的啓迪、經史典籍的薰陶與對生命意義的反思等因素的影響，故使青年時期的陳子昂立定用世之志向，要成爲一個「以義補國」、「以公濟天下」的人，並以此人格特質建構了他的理想信念與存在價值。然而要實現這個理想，必須先能站上政治舞臺。而在「天」的方面，陳子昂則表現爲對「時」的觀察，他認爲當時正是一個千載難逢的「賢聖相逢」、「君臣遇合」的好時機（當時社會的中興氣氛亦當影響陳子昂對「時」的觀察）。因此，在「時」的觀察之後，陳子昂決意於當世踏入仕途以施展抱負。然而，以當時的政治環境看來，尋常百姓參加科舉考試便是進入仕途的最佳途徑，故陳子昂在志向的確立之後，決定捲土重來，再次參加科舉考試。

　　高宗永淳二年（683）秋天，陳子昂再次離開故里並奔赴京都，參加文明元年（684）正月在洛陽舉行的進士科考試。二月，考試放榜，不負陳子昂的殷殷期待，他終於通過了這次的考試，擠進進士之林。〔註1〕然而，就陳子昂所抱持的理想信念而言，考取進士一事只能視爲一個必要的條件，而不具備任何具體的內容。因此，我們必須探究的應該是：陳子昂在入仕後，是否以具體的行動實踐了他匡君論道的用世理想？這些理想是否眞的可以在現實中達成？袁保新先生曾在〈人的存在問題〉一文中說到：

　　　　如果存在是生命的問題的話，行動必須有行動的場所，這個場所，

〔註1〕關於陳子昂考上進士一事，可參考盧藏用〈陳氏別傳〉、《新、舊唐書陳子昂傳》。以上文獻皆記載此事。

是一個環境、一個脈絡、一個人際關係和具體事物所構成的世界，一個錯綜複雜的社會情境。人作為一個存在，這個存在模式就是在一個世間中存在。人無可避免地要與世界發生溝通、發生關係。世界一方面提供了存在的各種可能性，另一方面，這個世界對於人來說，也是一個被給予的事實，他只有在這個世界上去完成他的存在。〔註2〕

這段話清楚點出了「現實」（即「世界」）對一個人實現存在感（即「理想」）的必要性。人只有憑藉「現實」所給予的條件才有可能達成「理想」。因此在這裡，便產生了理想與現實間的互動關係了。

以上的論述後可知，當我們要探討陳子昂的用世理想時，不可避免的問題是：其「理想」與「現實」之間有著怎樣的互動關係？若對陳子昂進入仕途以後，至天授二年（691）冬返鄉的這段仕宦時間所作的詩文與經歷作一番觀察，我們可以看到一番明顯的轉變：要而言之，初入仕途的陳子昂，在其匡時濟世的理想之下，有著「危言正色」、「抗議直辭」的政治熱情。但陳子昂在參加北征之後，始對政治現實有著較深的體認，故轉而致力投身現實、批判現實。此外，有一個現象是值得我們注意的，即當陳子昂對武則天的政治弊病大加撻伐之時，在其同時期的詩文作品中，卻也出現了若干對武則天的歌功頌德之作。因此，我們如何對這兩種看似矛盾的現象作出適當的解釋？陳子昂究竟以什麼態度投身於政治環境中？

第一節　危言正色、抗議直辭的政治熱情

一、匡君論道之志的煥發

在第二章中曾經說到，陳子昂在理想的確立之後，決定再次參加科舉考試以求正式進入仕途。而在陳子昂的觀念中，其積極入仕之舉既意味著對「賢聖相逢」、「君臣遇合」的具體追尋，那麼在考取進士的鼓勵之下，陳子昂是否採取了積極的行動，以證明他迫切實現理想的心志呢？

〈陳氏別傳〉記載了陳子昂進入仕途後的第一件大事：

> 以進士對策高第。屬唐高宗大帝崩於洛陽宮，靈駕將西歸。子昂乃獻書闕下。時皇上以太后居攝，覽其書而壯之。召見問狀，子昂貌

─────────────────────

〔註2〕見袁保新著〈人的存在問題〉（中國文化月刊，第八一期）頁53。

寢寢援，然言王霸大略、君臣之際，甚慷慨焉。上壯其言而未深知
也，乃勅曰：「梓州人陳子昂，地籍英靈，文稱偉曄，拜麟臺正字。
時洛中傳寫其書，……乃至轉相貨鬻，飛馳遠邇。」

從文獻的記載可知，陳子昂一步入仕途，便對甫下詔的高宗靈駕西歸之事上陳
諫言。並以此諫書，得到了武則天的賞識及召見問狀，而陳子昂在與武則天應
對中，言王霸之略、君臣之際辭甚慷慨。故博得了太后的稱許，以其「地籍英
靈，文稱偉曄」，拜官爲麟台正字。以上是陳子昂步入仕途後的第一件大事。

陳子昂爲什麼上書給武則天呢？〈諫靈駕入京書〉〔註3〕中說到：

臣伏見詔書，梓宮將遷坐京師，鑾輿亦欲陪幸。計非上策，智者失
圖。廟堂未聞有骨鯁之謀，朝廷多見有順從之議。愚臣竊惑，以爲
過矣……所以不顧萬死，乞獻一言。願蒙聽覽，甘就鼎鑊，伏惟陛
下察知。

要了解陳子昂所說的梓宮將遷坐京師一事，我們可以先來看看從弘道元年
（683）秋天陳子昂赴洛陽參加科舉考試，到文明元年（684）二月考中進士
爲止，唐王朝發生的幾樣大事：在短短的數月中，首先是高宗於弘道元年（683）
十一月病故，然後是宣政寶殿上三易其主。〔註4〕而終始的大權則一直掌握在
武則天手中。684年五月，朝廷下詔令，欲將高宗的靈柩西遷關中，並葬於長
安西北的奉天縣梁山。〔註5〕以上是陳子昂初入仕途時唐朝政權轉移的情形。
在交代了陳子昂上陳諫言的背景之後，我們要更進一步問的問題是：陳子昂
爲什麼如此迫不及待地在甫考上進士之際便對武則天上陳諫書？又他爲何會
有如此「甘就鼎鑊」的勇氣？陳子昂在諫書末說到他的企圖：

圖漢策於萬全、取鴻名於千古，臣何獨怯而不哉？

陳子昂的功成名遂之志，在這段話中表露無遺。這也正是他迫不及待地要獲
得武則天重視的原因。然而，在第二章中我們曾經說到，陳子昂認爲只有在
「賢聖相逢」的時機中，才有可能成就不朽宏業。那麼，陳子昂爲什麼認爲
此時是成就功業的大好時機？又此諫書的內容和他所確立的志向有著怎樣的

〔註3〕見《新校陳子昂集》卷九。
〔註4〕弘道元年（683）十一月，高宗於洛陽駕崩。並由高宗第三子李顯（中宗）繼
位（因長子李弘、次子李賢已被武則天殺逐）。嗣聖元年（684）二月，武則
天又廢中宗爲蘭陵王，並立四子李旦爲王，是爲唐睿宗。然實則，武則天自
高宗顯慶年以來，已干預朝政，並擁有政治上的實權。
〔註5〕此事可參見《資治通鑑》卷二百三光宅元年第十四、十九條。

關係？陳子昂在諫書的開頭便點出了他此次上書所懷抱的信念：

> 臣聞明主不惡切直之言以納忠，烈士不憚死亡之誅以極諫。故有非常之策者，必待非常之時。有非常之時者，必待非常之主。然後危言正色、抗議直辭。赴湯鑊而不迴、至誅夷而無悔。……況乎得非常之時，遇非常之主，言必獲用，死亦何驚？千載之跡，將不朽於今日矣。伏惟大行皇帝之遺天下、棄群臣，萬國震驚，百姓屠裂，陛下以徇齊之聖，承宗廟之重，天下之望，喁喁如也。莫不冀蒙聖化，獲保餘年。太平之主，將復在於今日矣。況皇太后又以文母之賢，協軒宮之耀，軍國大事，遺詔決之，唐虞之際，於斯盛矣。

本文第二章曾經說到，在陳子昂懷抱的「遇合」的觀念中，最期待的便是得以親自恭逢「賢聖相逢」之「時」。而從以上的引文看來，陳子昂更將其對「賢聖相逢」的嚮往，清晰地歸納出一個具體的方向。首先，他以「唐虞之際，於斯勝矣」的稱揚肯定武則天的政權，並藉此肯定其出仕的意義。在意義的確立之後，陳子昂更進一步說道其匡君論道的理想。因此言：「故有非常之策者，必待非常之時，必待非常之主」，具備了這個重要的前提之後，「危言正色、抗議直辭」的匡君論道之舉才具有意義。而「賢聖相逢」的理想既可得到實現，他便可以在這個政治現實中將其：「赴湯鑊而不迴、至誅夷而無悔」的「死亦何驚」的大無畏精神發揮出來。此外，從陳子昂對武則天「不惡切直之言以納忠」的主觀期望中，我們亦可看出陳子昂對武則天政權的信心與擁戴。而陳子昂的理想信念，亦在這份對「賢聖相逢」的肯定中，得到了具體的投注方向。

在了解陳子昂「頓首冒死」的上書動機之後，還有一個問題是我們尚未解決的：這封諫書既是因高宗靈駕西遷之事而作，那麼，陳子昂企圖藉此事表達什麼政治理念呢？他說道：

> 自河而西，無非赤地。循隴以北，罕逢青草，莫不父兄轉徙、妻子流離、委家喪業，……此朝廷之所備知也。……陛下不料其難，貴從先意，遂欲長驅大駕，按節秦京。千乘萬騎，何方取給？況山陵初制，穿復未央，土木工匠，必資徒役。今欲率疲弊之眾，興數萬之兵，徵發近畿。鞭朴嬴老，鑿山採石，驅以就功。但恐春作無時、秋收絕望……況國無兼歲之儲，家鮮匝時之蓄，一旬不雨，猶可深憂。忽加水旱，人何以濟？

陳子昂反對靈駕西遷的著眼點，乃在於黎元百姓的生活疾苦。陳子昂認為「國

無間歲之儲，家顯匪時之蓄」，關中一帶已發生嚴重的飢荒，因此朝廷若要將高宗的靈駕遷入關中，便要在剛開始動工的營建山陵的工程上，再迫使百姓鑿山採石，在恐怕春耕、秋收都會受到嚴重的影響下，如果再次發生旱災，那真的要陷百姓於水火之境了。在第二章中，我們曾經對入仕前的陳子昂行跡與人格傾向作一探討，其中說到，陳子昂自青少年時期便是一個主動關懷民生、深富經世濟民之志的人（這個人格特質，即是促使他進入政治舞臺的內在因素）。從這封諫書看來，陳子昂果然在取得入仕機會後，便迫不急待地表露出自己的關切。

從以上論述可知，以武則天為明主的嚮往，使陳子昂主觀地認定當世為一「賢聖相逢」的好時機。而取得入仕的資格，對他原已躊躇滿志的心靈更加添了激勵的作用。至於對百姓生活疾苦的關心，更成為他入仕之後，行事的第一個指標。這些因素一旦在陳子昂的身上起著作用，便可以說明：為什麼初入仕途，陳子昂便對高宗靈駕西歸之事有著敏銳的嗅覺，以及冒越非次上陳諫書下的心理動機，這正是陳子昂人格特質的具體展現與映證。此外，從武則天接獲諫書的反應看來，武則天對陳子昂是極為賞識的，故召見問狀，並詔書批示，任官為：麟台正字。〔註6〕

從陳子昂被武則天召見並授與官位的事實看來，陳子昂甫入仕途，便得到了莫大的鼓勵。而在「賢聖相逢」的熱切期待與對武則天政權的信任心理下，這個被君王召見並授與官位的鼓勵，必然使他強化了匡君論道的政治信念。更重要的是，他必然會在這個「賢聖相逢」、「君臣遇合」的良好時機中，賦予自己強大的使命感，抓住每一個機會，作一個：「不憚死亡之誅以極諫」的鬥士。

垂拱初年（685），武則天下詔，問天下羣臣「調元氣當以何道？」（即如何使國家興盛？）〔註7〕初入仕途、備受鼓勵又曾因沉酣「三皇五帝霸王之經」，以致於「自伏羲、神農之初、至於周隋之際，馳騁數百年」對治國之術甚感興趣的陳子昂，對於武則天的詔令躍躍欲試，因此寫下了〈諫政理書〉〔註8〕上呈給武則天，並在其中指之甚詳地陳述其治國理想。以下，我

〔註6〕盧藏用寫〈陳氏別傳〉是在陳子昂逝世之後。然《資治通鑑》卷二百三光宅元年載九月，是年九月改秘書省為麟臺正字。而陳子昂得此官是在五月前（高宗靈駕西歸在五月），故應稱秘書省正字。

〔註7〕此事在《新唐書陳子昂》本傳、陳子昂〈諫政理書〉中皆有記載。

〔註8〕見《新校陳子昂集》卷九。

們可以對〈諫政理書〉中的政治思想作一番探討。

陳子昂明白指出其政治理想的綱要：

> 臣聞之於師曰：「元氣者天地之始，萬物之祖，王政之大端也」。天
> 地之道，莫大乎陰陽。萬物之靈，莫大乎黔首。王政之貴，莫大乎
> 安人。故人安則陰陽和，陰陽和則天地平。天地平則元氣正矣。

從這段話中我們可以很明顯看出來，陳子昂把他的政治理想的根據訴諸於
「天人交感」上。並從天人之間的關係衍生出一套「人安則陰陽和，陰陽
和則天地平，天地平則元氣正矣」的天人相應的理論。然而，這套天人相
應的理論是從何而來的呢？首先，我們可以對陳子昂於書中所稱的「師」
作一番考察。〔註 9〕陳子昂在〈續唐故中岳體玄先生潘尊師碑〉〔註 10〕中
說道其師：

> 尊師業尚沖密、勤惢幽深。理心事天，所保惟嗇。絕聖棄智，不耀
> 其光。

又：

> 觀元化分求古之列仙，得瑤圖與金鼎、信元符之自然。神與道而為
> 一，天與人兮相連。

從以上可見潘體玄的思想頗為繁雜，天人感應、陰陽五行、虛靜無為、神仙
丹符等皆摻雜其中，而本文在第二章曾說到，陳子昂在科考落榜的時候，曾
與他有過密切來往。而潘體玄既然是一個深蘊「神與道而為一、天與人兮相
連」思想的人，則對陳子昂產生「元氣者天地之始，萬物之祖，王政之大端
也」的影響，便不足為奇了。此外，若我們細察之，陳子昂的這種天人交感
的思想，並非承於潘體玄一人，從他的家庭看來，他的家風雖以「儒術」傳
家，但從其先祖的行事記載中，卻顯示對五行密學早有過鑽研。而其父親更
在「放息人事」十八年之後，「玄圖天象，無所不達」（〈我府君有周居士陳公
墓誌銘〉），並將聖人締造的太平之世歸諸於是一種「天時」的顯現。因此，
從陳子昂的成長環境看來，不乏對此「天人交感」命題有過考察與信仰者。
故在耳濡目染之下，必然對陳子昂的思想起著相當的作用。此外，就學術發
展的歷程看來，至漢代，各家學說頗有合流的趨勢，如儒學便與陰陽思想合
流為天人相感的治國之術。而法家亦取黃老虛靜無為之思成為君人南面之

〔註 9〕據《陳伯玉年譜》記載，這裡所說的「師」便是指潘體玄。見邱燮錫《陳伯
玉年譜》儀鳳三年條（《慶祝林景尹先生六秩誕辰論文集》）頁 1698。

〔註10〕見《新校陳子昂集》卷五。

術。至魏晉六朝，儒學更有老、莊、易混流的趨勢，〔註 11〕且此種風氣至唐初仍不墜。太祖更追老子爲先祖，故國號云：「李唐」。而武則天更以《老子》爲科考的科目。除此之外，武則天倡佛，大興佛寺，對唐代社會亦產生巨大的影響。〔註 12〕此外，就陳子昂折節讀書的成果看來，誠如他自己的回顧，在「歷觀丘墳，旁覽代史……自伏羲、神農之初，至於周隋之際，馳騁數百年」的學習過程之後：「雖未得其詳，而略可知也」。可見陳子昂對各家思想有極爲龐雜的接觸。因此，漢代以來便極爲盛行的「天人相感」治術，必然對陳子昂產生了相當的影響（在陳子昂落榜隱世時，這個影響以「待時而出」的觀察顯現）。故當陳子昂進入仕途，並表達他的政治理念時，便自然發出「天人相感」的思索了。如陳子昂在諫言中言其「天人相感」的政治根據：

> 是以古先帝代，見人之通於天也。天之應乎人也，天人相感，陰陽
>
> 相和。災害之所以不生、嘉祥之所以遂作，則觀象於天、察法於地。

可見，以「天人相感」作爲其政治理想的根據，正是他具體人格（包括個人傾向、家學、時代等文化背景的影響）的一大呈現。

　　前文曾引陳子昂的話：「天地之道，莫大乎陰陽。萬物之靈，莫大乎黔首。王政之貴，莫大乎安人。故人安則陰陽和，陰陽和則天地平，天地平則元氣正矣」。從這段話中可以看出，陳子昂是以「安人」作爲天人之間的協和溝通之道。因爲天地以陰陽之氣爲重，而人世間以蒼生百姓爲要，因此若要讓主宰天地的陰陽之氣調和，在人事中所能作的便是施行「安人」的仁政了。而以中國古代的封建社會來說，「君王」便是對推行「安人」之策最有利的人。然而，這既然是陳子昂政治思想的重要內涵，而在勸諫武則天之時，那麼，他是否對「安人」與「陰陽之氣」的溝通之法，作一番詳細論證呢？首先，我們可以看到陳子昂以「歷史興亡」的解釋對武則天提出施行仁政的重要性：

> 洎顓頊、唐、虞之間，不敢荒寧，亦克用理……敬授人時，和之得
>
> 也。至夏德衰亡、殷政微喪、桀紂昏暴，亂于天道，殺戮無罪……

〔註 11〕如當時有所謂的「三玄」說。所謂的三玄是指《老子》、《莊子》、《周易》。而在儒家經學往玄學轉變的過程中，王弼是一位關鍵性的人物，如其以老莊註易便是一個極爲典型的例子。這個情形在魏晉六朝並不罕見，又如，何晏亦曾以老學爲主，輔以易學，摻揉「道」和「太極」之說，提出「以無爲本」的學說。可參見張豈之《中國儒學思想史》（水牛出版社，81 年 4 月版）。

〔註 12〕關於武則天大興好佛事，如上元元年（674）她取消了太宗的重道輕佛的詔令。此外，頒布《大雲經》、在全國各處興建大雲寺、封註疏佛經的高僧爲縣公等等皆可見武則天好佛之心。

> 是以陰陽大乖，天地震怒……而桀、紂不悔，卒以滅亡和之失也。
> 逮周文、武創業，順天應人，誠信忠厚，加于百姓……天人之道始
> 和矣。幽、厲之末，復亂厥常，苛慝暴虐……天地生人之理，復悖
> 於茲矣。嗚呼，豈不哀哉！豈不哀哉！……。

陳子昂認「天人之際」的相合之道即是「歷史興亡」的主要關鍵。而觀於歷朝的興亡之跡，「天人之際」的相合與否，實由居上位者是否施行仁政所決定（即前文所說的「安人」之策）。由此看來，陳子昂雖然以陰陽五行作爲天地的主宰，但是，他所著重的仍在施行「安人」之策的「人事」上。〔註13〕從這裡看來，陳子昂的政治主張已不只有陰陽五行的成分，更以儒家強調的「仁政」作爲其政治思想的主幹。因此，正如馮良方先生所說：

> 陳子昂的自然宇宙觀，既承認外在的自然物質的存在及其規律，又
> 把它同人的道德規範相統一，建立了一個異質同構的協同系統。實
> 際上是把「天」及其自然規律「人」化、目的化。〔註14〕

「仁政」（安人之策）的施行與否，仍是國家興亡的主要關鍵。從這裡看來，陳子昂所強調的天人感應之說，絕非是捨人事而就天命的偏頗之思。〈諫政理書〉一文可以說是陳子昂政治架構的完整呈現。以下諸篇諫書皆可以在此找到根據。

〔註13〕〈諫政理書〉花費大量篇幅陳述陳子昂的安人之策。試條列如下：
　　△建明堂：竊嘗聞明堂之制也，有天地之則焉，有陰陽之統焉。
　　△籍田親蠶，以勸天下農桑。養三老五更，以教天下之孝悌。
　　△明訟恤獄，以息天下之淫刑。
　　△除害去暴，以正天下之仁壽。
　　△修文尚德，以止天下之干戈。
　　△察孝興廉，以除天下之貪吏。
　　△矜寡孤獨疲癃羸老不能自存者賑恤之。
　　△後宮美人非三妃九嬪八十一御女之數者出嫁之。珠玉錦繡雕琢技巧之飾非
　　　益於理者悉棄之。
　　△立太學，可以聚天下英賢，爲政教之首。故君臣上下之禮於是興焉。揖讓
　　　遵俎之節於此生焉。是以天子得賢臣，由此道也。
　　以上是陳子昂「安人」之策的具體內容。陳子昂以爲盡了以上的人事之後，
　　天人之際便會融洽。天人之際若融洽，則陰陽之氣必順。陰陽之氣既順，太
　　平之世便可成就。在這套完善的政治思想中，我們可以清楚看到，陳子昂雖
　　然以「天人相感」的結構作爲其政治根據，但「人事」的一面是極爲重要的。
〔註14〕見馮良方〈陳子昂的天人合一思想四論〉（《陳子昂研究論集》，中國文聯出版
　　　公司出版，1989年12月版），頁15。

　　對武則天是非常之主，與當時政治環境是非常之時的認定下，陳子昂必然希望藉此完整呈現他的政治理想，並以此得到武則天的認同與擢拔。然而，武則天是否真如陳子昂所殷切盼望的，對他投予注意力呢？《新唐書陳子昂傳》記載同年：

　　　后召見，賜筆札中書省。令條上利害，子昂對三事。

又陳子昂自己在〈上軍國利害事三條〉〔註15〕亦云：

　　　臣本下愚，未知大體。今月十六日特奉恩勅，賜臣紙筆，遣於中書，

　　　言天下利害。

武則天再度對他投以注意力，在召見之後，賜與紙筆，令他暢言當今天下利害之事。無疑地，一再被統治者重視肯定的鼓勵，必然強化了陳子昂的攬轡澄清之志。在深受鼓勵、肯定的心情下，陳子昂再將其對政治弊害的觀察在〈上軍國利害事三條〉中作了詳細陳述。以下我們可以就諫書的內容，一探陳子昂的政治洞見。〈上軍國利害事三條〉的內容分別是「出使」、「牧宰」、「人機」，而這篇諫書的性質既然在「言天下利害」，則初步政壇的陳子昂是否有能力切中時病呢？我們先來看看「出使」條：〔註16〕

　　　臣伏見陛下憂勞天下百姓，恐不得所，又發明詔，將降九道大使，

　　　巡察天下諸州。兼申黜陟，以求人瘼。甚大惠也。天下百姓幸甚，

　　　臣竊以為美矣，未盡善也。

這段話清楚地點出陳子昂所指出的「出使」一事的利弊。陳子昂以為武則天派遣九道大使巡察天下的用意雖好，但是若在選人不當下採行此舉，則其美意反而成了弊病。陳子昂說道：

　　　苟以出使為名，不求任使之實，故使愈出而天下愈弊。使彌多而天

　　　下彌不寧。其故何哉？是朝廷輕其任也。輕其任則不擇人，不擇人

　　　則其使非實。其使非實則黜陟不明。刑罰不中，朋黨者進、貞直者

　　　退。徒使天下百姓修飾道路，送往迎來，無益於聖教耳……故臣以

　　　陛下大失在於此也。

可以很明確地看出來，陳子昂是以民心之向背作為他思考「出使」制度的出發點。因此，他對武則天提出任用者的建議：

〔註15〕見《新校陳子昂集》卷八。
〔註16〕在《舊唐書李嶠傳》（卷九四）及《新唐書李嶠傳》（卷一二三）皆記載武則天確實於垂拱二年（686）派出了巡察使出使天下。可見陳子昂所指陳的出使制度確有現實根據。

> 願陛下以宰相更妙選朝廷百官，使有威重名節為眾人所推者。陛下
> 因大朝見，親御正殿。集百寮公卿，設禮儀，以使者之禮見之。於
> 是告以出使之意，懇勤儆誡，無敢或愆。遂授以旌而發遣之。先自
> 京師而訪豺狼，然後攬轡登車以清天下。

陳子昂主張任用賢人，如此才能真正達成「出使」的使命。然而，陳子昂是
否如實地指出「出使」一事所產生的弊害呢？關於此點，唐中宗在〈即位赦
文〉中曾對武則天任期內的出使制度有如下的評論：

> 比來委任，稍亦乖方。遂使獄推求，不專守法。撰文修史，豈任秘
> 書？營造無取將作，句勘罕從比部。多差別使，又著判官，在於本
> 司，便是曠位。〔註17〕

可見，陳子昂確實具有切中時弊的政治洞見，只不過陳子昂是以生民的疾苦，
將「任用非人」的問題作了凸顯。以下我們可以再看「牧宰」條所呈現出的
意義。據陳子昂所言，「牧宰」條的寫作動機是：〔註18〕

> 臣伏惟陛下當今所共理天下，欲致太平者，豈非宰相與諸州刺史縣
> 令邪？……臣伏見陛下憂勤政理，欲安天下百姓，無使疾苦，然猶
> 未以刺史縣令為念，何可得哉？……竊見吏部選人，補一縣令如補
> 一縣尉爾。但以資次考第從官遊歷即補之。不論賢良德性可以化人
> 而拔擢見用者。縱吏部侍郎時有知此弊而欲超越用人，則天下小人
> 已囂然相謗矣。

陳子昂批判了以「資次考第」作為擢拔人才制度之不當。那麼，在陳子昂的
眼裡看來，不善擇才所造成的政治弊病是什麼呢？陳子昂說道：

> 一州得賢明刺史，以至公循良為政者，則千萬家賴其福。若得貪暴
> 刺史，以徇私苛虐為政者，則千萬家受其禍矣。夫一州禍福且如此，
> 況天下之眾，豈得勝道哉？故臣以為陛下政化之首，國之興衰，在
> 此職者也。

陳子昂再度以百姓禍福的思考基點，對武則天的用人策略作了積極的建議。
然而當時的官吏擢拔制度，是否真的造成弊端呢？唐睿宗在〈勞華構璽書〉
中對武則天朝的任用制度批評道：

〔註17〕見《全唐文及拾遺》卷十七（臺北：大化出版社，1987年3月版），頁80。
〔註18〕據《舊唐書》卷四十二〈職官〉載：「凡入仕之後，遷代則以四考為限。四考
中，進年勞一階敘。每一考中上，進一階；一考上下，進二階。」可見當時
的確僅以「從官遊歷」作為拔擢任官的標準。陳子昂所指確有其事。

　　　　咸亨、垂拱之後，淳風漸替。征賦將急，調役頗煩。選吏舉人，涉

　　　　於浮濫。省閣台寺，罕有公直。苟貪祿秩，以度歲時。中外因循紀

　　　　綱馳紊，且無懲革，弊乃滋深。〔註19〕

從「征賦將急」、「調役頗煩」、「罕有公直」、「苟貪祿秩」中可以明顯看出來
當時官吏的擢拔制度的確是存在著極大的弊端，並對百姓生活造成了極大的
不安。因此陳子昂再次勸諫武則天以「賢良德性」作為選才任官的標準。而
「人機」條呢？先就其寫作動機作一番觀察。〔註20〕陳子昂云：

　　　　愚臣今所以為陛下更論天下之危機者，恐將相有貪夷狄之利，又說

　　　　陛下以廣地彊武為威，謀動甲兵以事邊塞……國家索討吐蕃，有大

　　　　失策。中國之眾，半天下受其弊。然遂事不諫，當復何言？

以征討夷狄來擴張國家勢力，一直是唐高宗以來的重要國防政策。那麼，陳
子昂為何反對國家謀動甲兵之事呢：

　　　　臣聞天下有危機，禍福因之而生。機靜則有福、機動則有禍，天下

　　　　百姓是也。夫百姓安則樂其生、不安則輕其死，輕其死則無所不至

　　　　也。……當今天下百姓，雖未窮困，軍旅之弊，不得安者，向五六

　　　　年矣。夫妻不得相保，父子不得相養。自劍以南，爰至河隴秦涼之

　　　　間，山東則有青徐曹汴，河北則有滄瀛恆趙，莫不或被飢荒、或遭

　　　　水旱，兵役轉輸、疾疫死亡，流離分散，十至四五，可謂不安矣。

劍南、山東、河北等地，自隋末戰亂以來，已處於民生凋敝的景況中，〔註21〕
而今百姓更遭遇旱災飢荒之苦（參見〈諫政理書〉），故居上位者若不能體察
民心、善加安撫，反要為夷狄之利的貪圖而大肆征兵出擊，必然要逼迫這些
已陷入生活困境的無辜百姓窮而思亂了。因此，陳子昂勸諫武則天：

　　　　修文德、去刑罰、勸農桑，以息天下之人。

陳子昂認為一個統治者應該體恤民情、施行仁政，不可徒然製造事端，使百

〔註19〕見《全唐文及拾遺》卷十九，（同註17），頁96。

〔註20〕關於陳子昂所說的討吐蕃一事，考之於《資治通鑑》卷二百三第二四條，確
　　　　實可見此事。文云武則天：「冬，十一月，癸卯，命天官尚書韋待價為燕然道
　　　　行軍大總管以討吐蕃。」可見此諫書，正是陳子昂對當時欲討伐吐蕃一事所
　　　　作的批判。故是具現實根據的。

〔註21〕翁俊雄先生在〈武則天時期狹鄉民戶徙就寬鄉問題〉一文中，統計隋以來由
　　　　戰亂所引起的人口凋敝的現象，指出在劍南、山東、河北等地，的確是武則
　　　　天朝時期的經濟落後之地（《中國唐史學會論文集》，中國唐史學會編，西安
　　　　三秦出版社，頁219至236）。

姓陷於不安的恐懼中。那麼，應該用什麼態度來對待國境邊際的夷狄外族呢？

務與之共安。然後使遐荒蠻夷自知中國有聖人，重譯而入貢。

陳子昂認為，與外族共安才是國家的長久治安之道。然而，陳子昂為什麼特別提出與外族的「共安」之道呢？從《資治通鑑》卷二百以後看來，自高宗、武后朝以來，為延長國境防線，故對四方夷狄屢興戰事。尤其自高宗統治的最後幾年起，在國防政策的失當之下，突厥與吐蕃的軍事力量開始壯大，並不斷侵犯唐朝國境，故朝廷在國防安全的憂慮之下，頻頻遣兵應戰。〔註22〕可見陳子昂所以提出「共安」之道，正是感於當時的戰事頻傳，而企圖以此作為徹底杜絕戰事的方法。此外，從陳子昂「共安」之道的內容亦可看出，對國防安全的憂慮與對百姓不安的同情，亦正是陳子昂「安人」之策的具體展現。

從武則天朝的政治背景與後人的評價看來，陳子昂在〈上軍國利害事三條〉中所談到的「出使」、「牧宰」、「人機」等問題，皆一一表現了陳子昂在指陳時弊上的特殊洞見。而從這些銳利的政治洞見中，可看出陳子昂對當時社會現象與政治制度的觀察是非常細心入微的。更重要的是，他將社會弊病的產生找出了根本來源——由於居上位者的不當措施，故造成了百姓生活的動盪不安。這也正是他要積極踏上政治舞臺的原因。此外，從這篇諫書所關切的朝廷用人制度，與國防安全政策等問題看來，陳子昂的政治理念，的確是在貫徹其在〈諫政理書〉中所提出的「安人」之見，因此對國脈民命的關切，便成了他「安人」之策的具體內容，而其政治理想與價值信念，亦在此中有了具體的寄託。

在這裡，還有一個重要的問題是值得我們注意的，即陳子昂在這篇諫書中，仍然一貫的表現出對武則天的忠忱信仰。如「出使」條：

今陛下方開中興之化，建萬代之功。天下瞻望，冀見聖政。

「牧宰」條：

臣伏見陛下憂勤政理，欲安天下百姓，無使疾苦。

「人機」條：

愚臣竊賀陛下得天下之機，能密靜之。非陛下至聖大明，不能如此也。

〔註22〕從《資治通鑑》作一番考察，唐社會自 679 年（高宗調露元年）以後至 685 年（武后垂拱元年）陳子昂上陳〈上軍國利害事三條〉止，在 679、680、681、682、683、684、685 等年中，朝廷年年皆大肆調兵與突厥相戰。而 679、680、681、682 等年，朝廷亦與吐蕃有多次的對決。

可見，陳子昂雖然看到武則天在政治措施上的一些缺失，並以「位卑言高」的姿態與「抗議直辭」的精神直陳其弊。但是，從他直諫弊害的政治熱情中可以看出，他對武則天實抱持著極高的期望，亦主觀地認定其公忠體國的精神將獲得武則天的採信。因此，在武則天的主動召見，並令其暢言當今政治利害的此際，其匡君論道的理想可以說被激發到最高點，而對於「賢聖相逢」、「君臣遇合」的信仰亦更加篤定了。

從文明元年（684）二月科考放榜，到垂拱元年（685）十一月十六日陳子昂寫〈上軍國利害事三條〉為止，近兩年的時間，陳子昂的仕途可以說一帆風順。從不斷被武則天重視召見、賜官、令其暢言天下利害事中可以想見，這些難得的際遇，對陳子昂的攬轡澄清之志起了直接的激勵作用。此外，從陳子昂的詩歌繫年看來，陳子昂在初入仕的這段時期中，僅創作了一首詩歌作品：〈答洛陽主人〉。〔註23〕其原因，我們當可從陳子昂好友盧藏用對他的評論中找到答案。〈陳氏別傳〉云：

> 工為文，而不好作。其立言措意，在王霸大略而已。時人不之知也。

從「其立言措意，在王霸大略而已」的敘述中可知，「文學創作」並非陳子昂心中的最高職志。（〈上薛令文章啟〉亦作此表明）因此，在「賢聖相逢」的期待下，陳子昂的情感已經可以在仕途的順遂中得到完全的寄託。因此，一封封切中時弊的諫書，反而更能直接呈現那份匡君論道的熱情。這便是其詩文繫年所顯現的人格意義。那麼，在仕途順遂中所唯一創作的詩歌，寫些什麼呢？詩云：

> 平生白雲志，早愛赤松遊。
> 事親恨未立，從宦此中州。
> 主人何發問，旅客非悠悠。
> 方謁明天子，清宴奉良籌。
> 再取連城璧，三陟平津侯。
> 不然拂衣去，歸從海上鷗。
> 寧隨當代子，傾側且沈浮。

這首詩歌很明確地表達了陳子昂自再度離開故里以來的心境變化。在「方謁明天子，清宴奉良籌」中，其入仕以來理想煥發的神態表露無遺。在仕途的順遂中，陳子昂更賦予了自己強烈的使命，希望與名垂不朽的藺相如、公孫弘一般，

〔註23〕見《新校陳子昂集》卷二。

創立一番希代之業。而在這份踔厲風發的昂揚志氣中,陳子昂更以:「不然拂衣去,歸從海上鷗。寧隨當代子,傾側且浮沈」展現了其抗節不附的自若神態,而這份持志以恆的自信,正是理想煥發的陳子昂的深刻的人格表現。

二、對現實的體認與抗爭

　　從垂拱二年(686)到天授二年(691)可以視爲陳子昂的「理想」與「現實」的互動時期。在這段時期中,陳子昂參加了北征的戰事,並以此擴展了他前所未有的視野。此外,在深刻接觸了生民的疾苦之後,陳子昂觀察時政的角度和以往已有所不同,更重要的是,他更將自己的注意力完全投入於政治現實中,以上陳諫言的方式,試圖對朝政的弊端作出揭發與嚴厲的批判。在這個時期中,陳子昂寫給武則天的諫書極多,從這些諫書中亦可見出,陳子昂開始感受到「理想」和「現實」之間密切的互動關係。此外,在接觸了廣大百姓的生活需求後,陳子昂的思想亦產生了極大的轉變,因此行諸於詩中,其原有的樂觀爽朗的詩風便轉爲沈鬱悲壯的表現。以上是陳子昂在這段時期的行事大要。從以上事蹟看來,這段時期的人格發展的意義是在:陳子昂必須以他的人格特質,去迎接外在環境的挑戰。因此,在本節中我們必須處理兩個重要的問題:(一)陳子昂如何爲了理想的實現,對現實進行批判?意義爲何?(二)北征時期所作的詩歌作品,在其「理想」與「現實」的抗爭中,扮演著怎樣的角色?以下,我們當就這些問題進行探討。

(一)對現實的體認

　　前文曾經說到,由於武則天的好大喜功、頻於擴邊,故征伐之事屢有所傳。〔註24〕垂拱二年(686)三月,突厥遺族再度叛境,據《資治通鑑》卷二百三第二十條〔註25〕云:

> 同羅、僕固等諸部叛,遣左豹韜魏將軍劉敬同發河西騎士出居延海
> 以討之。

一向主張「安人」之策的陳子昂,對著這個戰役持著什麼態度呢?〈觀荊玉

〔註24〕如據《新唐書》及《資治通鑑》所載:「終武后之世,突厥侵擾凡三十餘次,人民苦不堪言」。此外,侯林柏先生《唐代夷狄邊患史略》中亦對唐代的每一個戰事作了詳細地整理,可參考。(臺灣商務出版,68年二版)
〔註25〕陳子昂〈燕然軍人畫像銘〉(卷六)、〈觀荊玉篇〉序(卷一)、〈爲喬補闕論突厥表〉亦載此事。

篇〉〔註26〕言其：

> 丙戌歲余從左補闕喬公北征，夏四月軍幕次於張掖河。

〈燕然軍人畫像銘〉〔註27〕序文亦載：

> 龍集丙戌……是歲也，金微州都督僕固始桀鶩，惑亂其人，天子命
> 左豹韜魏將軍劉敬同發河西騎士，自居延海入以討之。特勒左補闕
> 喬知之攝侍御史。護其軍，夏五月師舍於同城。

可見陳子昂親自參與了這次的戰役。朝廷對這次的戰事策略是：將士兵分
為兩路，東路軍由賀蘭山北上，西路軍由居延海出擊，〔註28〕使同羅、僕
固二族被重重包圍起來。西路軍是由左豹韜將軍劉敬同統領，並由陳子昂
的好友左補闕喬知之擔任監軍（見以上引文）。而陳子昂亦加入此西路軍，
在當年三月隨同大軍一起出兵爭討叛亂。然而，主張「共安」之道的陳子
昂為什麼投入這次的戰役呢？首先，我們可以從陳子昂參與戎事的心理動
機作一番考察：從唐朝官吏的任用情形看來，參加征戍常是新及第考生與
寒門知識分子晉升高官、建功立業的有利途徑之一。如《唐音癸籤》便說
到：

> 蓋唐制，新及第人，例就辟外幕。而布衣流落才士，更多因緣幕，
> 府攝級進身。

除了功名的嚮往外，在唐代的士人中，更把參與戰事視為一種榮譽，如張法
先生便說到：

> 唐代是中國文化心態把戰爭的榮譽抬的最高的時代。在知識分子中
> 間普遍形成了從軍熱。〔註29〕

因此，唐代文人尚武征討之風氣極盛。而一心想要「圖漢策於萬全，取鴻名
於千古」的陳子昂，亦必然希望藉由軍功以取得擢拔的機會。然而，以陳子
昂對待外族的「共安」態度而言，參與征討之舉是否和他一貫的信念相左呢？
關於這一點，我們先對這場戰爭的性質作一番討論。據黃麟書《唐代詩人塞

〔註26〕見《新校陳子昂集》卷一。
〔註27〕見《新校陳子昂集》卷六。
〔註28〕陳子昂於〈為喬補闕知之論突厥表〉言喬知之：「監護燕然西軍」，此外從〈還
　　　　至張掖古城聞東軍告捷贈韋五盧己〉之詩題中亦可得知當時北征軍隊分有
　　　　東、西二路。
〔註29〕見張法著《中國文化與悲劇意識》（中國人民大學出版社，1989年11月版），
　　　　頁53。

防思想》引證陳子昂〈為喬補闕論突厥表〉、〈上西蕃邊州安危事〉及《元和郡縣志》、《唐書地理志》的史實證據，〔註30〕提出發起這場戰爭的原因是：一、金徽州都督僕固鷔亂惑其人，知叛亂始於漠北。二、同城權置安北府，知安北府被迫自瀚海撤退至漠南。三、自居延海入討，知僕固軍已侵入居延海。因此，我們可以對此次戰役的性質下一結論，即：

> 故從劉敬同喬知之北征，實為反侵略戰。〔註31〕

既然這場戰役是「反侵略戰」，那麼，對於提倡「安人」之策的陳子昂來說，這場反外族侵略的民族保護戰，當然會激起他「感時思報國，拔劍起蒿萊」〔註32〕的激昂心志，因此便有必戰的理由了。陳子昂的思想在以下論述中表露無遺：

> 君子曰：「兵者凶器，仁者惡之。醜擄猖狂，厥自招咎」。今至尊不得已而順伐。嘗聞西方之聖有能仁者，凶吉之業，各報以直。則使元惡授首，群醜不孤。兵無血刃，豈不在於大雄乎？〔註33〕

「今至尊不得已而順伐」，可見在「民族保衛戰」的號召之下，陳子昂對戰事的投入是與其「安人」之念相互吻合的。以上是我們對陳子昂的戰事態度所作的說明。以下，我們可以根據陳子昂行伍生涯的所見所感，對其中的人格意義作一番探討。

三月，陳子昂與朝廷大軍舉兵出發，陳子昂首先以詩歌記載其離開洛陽向西北前進，並長途跋涉隴坡後所看到情形：

> 回中鋒火入，塞上追兵起。〔註34〕

〔註30〕黃麟書先生引的史實分別是：陳子昂〈觀荊玉篇〉序：「丙戌歲余從左補闕喬公北征，夏四月軍幕次於張掖河」、〈燕然軍人畫像銘〉序：「龍集丙戌有唐制匈奴五十六載，金徽州都督僕固鷔惑亂其人；天子命左豹韜衛將軍劉敬同發河西騎士，自居延海入以討之。特勒左補闕喬知之，攝侍御使護其軍。夏五月舍於同城」、〈為喬補闕論突厥表〉：「同城接居延海，西逼近海南口」、〈上西蕃邊州安危事〉：「以同城權置安北府，此地逼磧南口，是匈奴要衝」，及《元和郡縣志》：「梁州寧寇軍，甘州東北千餘里。天寶二年置甘州刪丹縣寧寇軍，在居延水兩漢中」，又《唐書地理志》：「出硤口傍河東濡，屈區東北行千里有寧寇軍，故同城守捉也」參見《唐代詩人塞防思想》（臺灣商務，69 年版）頁 62。

〔註31〕同上，頁 63。

〔註32〕見陳子昂〈感遇〉第三五首。

〔註33〕見陳子昂〈燕然軍人畫像銘〉卷六。

〔註34〕邱燮鍚《陳伯玉年譜》、彭慶生《陳子昂詩注》皆繫此詩為垂拱二年（686），三月北征時作。詩見陳子昂〈贈趙六貞固〉之二，《新校陳子昂集》卷二。

四月，大軍到達張掖河。約逗留了半個月後，〔註35〕軍隊繼續向東北驅馳。
在漫長的旅途之後，五月，軍馬抵達邊塞的要城：同城。〔註36〕經過了長期
的旅途之後，詩情勃鬱的陳子昂在此荒漠的同城城中，湧現無限感受，故寫
下了〈感遇〉第三首，〔註37〕以記敘他此刻的感懷：

　　蒼蒼丁零塞，今古緬荒途。

　　亭堠何摧兀，暴骨無全軀。

　　黃沙漠南起，白日隱西隅。

　　漢甲三十萬，曾以事匈奴。

　　但見沙場死，誰憐塞上孤。

詩人在這荒僻的古戰場中極目四望，慘烈的戰爭畫面一幕幕地直湧心底。「今
古緬荒途」是詩人在這亙長的時間之流中，對「戰爭」這個永恆的悲劇所作
的透視。在這個亙長的時間之流中，只有「暴骨無全軀」的悲涼遺留在這個
黃沙飛揚、水草不生的人間，對這個悲劇作永恆的控訴。只見四方：「黃沙漠
南起，白日隱西隅」頓時彌天蓋地的是一片肅殺之景，而眼底浮現的竟是漢
代三十萬大軍在此與匈奴作戰的情形。然而，撫今追昔，一場場戰爭過去了，
在天地之中，可曾留下什麼？「但見沙場死，誰憐塞上孤」，人民所付出的無
辜代價，恐怕是對戰事所下的最好註腳吧。這首詩歌清楚表現出陳子昂對戰
爭本質的理解。然而，因著陳子昂對無辜百姓的深切同情，故便對這個戰役
寄予了極高的期望，希望在一舉殲滅叛族之後，使國防安全再次得到鞏固，
百姓生命得到保障。

　　經過同城之後，大軍出漠南，奔馳千里，又渡過古代匈奴與中國的分界
處：峽口山，再登上形勢險要的西北邊峽，在這個孤峭聳立的山峰之中，陳
子昂再度寫下了〈度峽口山贈喬補闕知之王二無競〉〔註38〕給他的好友喬補
闕、王無競。詩云：

　　峽口大漠南，橫絕界中國。

　　……

〔註35〕陳子昂〈觀荊玉篇〉序：「時東萊王仲烈亦同旅，聞之大喜。甘心食之，已旬
　　　　有五日矣」。可見陳子昂駐軍至少在十五日以上。

〔註36〕陳子昂〈燕然軍人畫像銘〉序：「夏五月舍於同城」。

〔註37〕羅庸《陳子昂年譜》（頁28）、邱燮錫《陳伯玉年譜》（頁1713）、彭慶生《陳
　　　　子昂詩注》（頁6）皆繫此詩為垂拱二年（686）陳子昂隨喬知之北征時所作。

〔註38〕見《新校陳子昂集》卷二。

> 信關胡馬衝，亦距漢邊塞。
>
> 豈伊河山險，將順休明德。
>
> 物壯誠有衰，勢雄良易極。
>
> 邐迤忽而盡，泱漭平不息。
>
> 之子黃金軀，如何此荒域。
>
> 雲台盛多士，待君丹墀側。

陳子昂登上這個扼守國土邊境的要塞，萬丈雄心頓起，熱情的勉勵與他一同
出征的好友英勇殺敵、平定亂事，以創立一番偉大功業。這雖然是一首贈友
的詩歌，卻也深刻呈現了陳子昂的殺敵致果的昂揚心志。首先，陳子昂以其
「安人」的理念將杜絕戰事之道作了陳述：「豈伊河山險，將順休明德」，依
靠河山的險固並不能絕對保障國家的安全，長久的治安之道應該在於居上位
者是否施行撫順輿情的仁政。從陳子昂在戎馬倥傯中所澄明的為民請命的心
志看來，其心心念念實在於如何讓其「安人」之策得到具體的踐履。其次，「雲
台盛多士，待君丹墀側」也再度表現了其欲蒙獲居上位者的賞識，並藉此創
立希代之業的熱烈期望。

　　六月，大軍到達居延古城，陳子昂在〈為喬補闕論突厥表〉〔註39〕對武
則天說到當時叛軍在漠北的情形：

> 比者歸化，首尾相仍，攜幼扶老，已過數萬，然而瘡痍羸憊，皆無
> 人色。飢餓道死，頗亦相繼。先九姓中遭大旱，經今三年矣。野皆
> 赤地，少有生草。……自有九姓來，未曾見此飢餓之甚。今者同羅、
> 僕固都督早已伏誅，為亂之元，其自喪滅。其外小醜徒，侵暴自賊
> 耳，本無遠圖，多獵蒐復自相讎。人被塗炭，逆順相半，莫知所安。

由於漠北一帶發生嚴重旱災，因此人民賴以為生的牛羊、農作物皆遭受嚴
重的傷亡破壞，因此，少數民族紛紛歸化。而同羅、僕固等叛軍亦被朝廷
的兵馬快速擊潰，剩下的流兵殘寇，在自相殘亂的情形下已經不構成任何
威脅。以此看來，陳子昂等人所負的平寇使命，在叛族的紛紛逃竄之下，
可以說已經大功告成。然而，誠如前文所言，陳子昂既然在參與戰事之後，
油然興起了杜絕戰事的強烈心志，則各地的風俗民情與戰事發生的原委，
便一一成為其征途所到之處的詳實考察。如〈為喬補闕論突厥表〉便說到
他的態度：

〔註39〕見《新校陳子昂集》卷四。

然臣久在邊隅，夙夜勤灼，莫不以蕃事爲念，俾按察之。比以突厥
離亂事跡，參驗委曲，窮問往來，竊有以得其眞。

又：

臣比在同城，接居延海西，逼近河南口。其磧北突厥來入者，莫不
一一臣所委察。

又：

臣比住同城，周觀其地利，又博問諳知山川者，莫不悉備。

可見陳子昂爲了根本杜絕戰事，的確對山川地勢作了一番審愼考察。而陳子
昂對戰事的原委作過一番索察後，感慨地寫下了〈感遇〉第三十七首。〔註40〕
詩云：

朝入雲中郡，北望單于台。

胡秦何密邇，沙朔氣雄哉。

籍籍天驕子，猖狂已復來。

塞垣興名將，亭堠空崔嵬。

咄嗟吾何歎，邊人塗草萊。

在〈度峽口山〉一詩中，陳子昂曾提出以俯順輿情的安人之策作爲杜絕戰事
的根本之道。而此詩則更將此見解作了強調。詩從「籍籍天驕子，猖狂已復
來。塞垣興名將，亭堠空崔嵬」的敵我對比中，揭示了百姓無辜犧牲的悲劇
癥結。外族不斷猖狂入侵，而駐守邊防的將領卻腐敗無能，不能捍衛邊境，
致使戰禍連連，徒增百姓的無辜犧牲。因此，徒具堅固險要的軍事屏障而無
善於領導的將領，對於國家、百姓生活的安定又有什麼益處呢？因此，陳子
昂不僅從實地觀察，更就其折節讀書的所得，上溯至前朝事蹟，以自秦漢以
來，國境屢遭匈奴所犯之事爲例，提出：

匈奴爲中國之患，自上代所苦久矣……然則匈奴不滅，中國未可安
臥，亦明矣。

陳子昂從當時客觀的情勢與對歷朝史事興亡的調查中，歸結出匈奴之患實爲
中國不能安寧的重要因素。因此，在與喬知之對甘州、肅州、居延海等地的
地形、軍備、敵情、民生用度做了一番細心觀察之後，更上書給武則天，提
出一份保衛國土的完整計畫。他指出固守邊境、討伐匈奴的三件要事。首先
是：既然秦漢以來匈奴的不斷犯境，是長久以來中國不能安寧的重要原因，

〔註40〕彭慶生先生《陳子昂詩注》繫此詩爲垂拱二年（686）北征時所作（頁63）。

因此，在匈奴潰不成軍，又遭遇嚴重飢荒之際，應該利用這個大好時機，一舉殲滅叛軍，使國境得以得到真正的安寧。陳子昂說道：

> 臣誠愚不識事機，然竊以往古之變考驗於今，乃知天亡凶醜之時，陛下收功之日……聖人所貴者，去禍於為萌……今上帝降匈奴之災孽，遺陛下之良時，不以此時順天誅、建大業，使良時一過，匈虜復興，則萬代為患，雖後悔之亦不及矣。

其次，陳子昂建議武則天應加以經營漠北之地，墾殖田地、導引水力、種植粟麥，使收強兵用武之效，並且挑選名將精兵，駐守保衛形勢險要的同城。如此，除了可以提供百姓安居樂業的條件外，對唐朝國軍在防衛邊境上更有實質上的助益：

> 今居延海澤，接張掖河，中間堪營田處數百千頃。水草畜牧，供巨萬人。又甘州諸屯，犬牙相接。見所蓄粟麥，積數十萬。田因水利，種無不收。運到同城，甚省功費。又居延河海，多有魚鹽，此可謂強兵用武之國也。陛下若調選天下精兵，采拔名將，任以同城都護，臣愚料之，不用三萬，陛下大業，不出數年，可坐而取成。

再次，陳子昂更提出朝廷用人的適任與否，將是國家興兵戰寇是否成功的重要關鍵：

> 臣比來看國家興兵但循於常軌。主將不選，士卒不練，徒如驅市人以戰耳……遂使夷狄乘利，輕於國威，兵愈出而事愈屈。

陳子昂以為能夠做到以上三項，便可以達到：「千載之後，邊鄙無虞。中國之人，得安枕而臥」的長久治安的效果了。

誠如上文所說，陳子昂從歷史中歸結出經驗，認為造成國家、百姓不可安臥的根本癥結在於外族的不斷入侵；而在外族的不斷犯境中，由於朝廷任將不良，故非但不能有效完成防禦的使命，反而徒陷百姓於水火之中，這便就是「但見沙場死，誰憐塞上孤」的悲劇來源。因此，陳子昂在諫書中，力圖以「時」的觀念打動武則天重用他與喬知之，賦予其平寇的使命。使國家邊境得以永保安寧。因此，在陳子昂所抱持的：「有非常之策者，必待非常之時。有非常之時者，必待非常之主」（〈諫靈駕入京書〉）的堅定信念下，這份平定北戎的計畫是否得以實現，便富有深刻的意義了。

上書的結果如何呢？陳子昂和喬知之的熱情是否得到了武則天的讚許呢？答案是否定的。陳子昂和喬知之滿腔的期待被澆了冷水，武則天並不採

納他們的意見，當然亦不賦予他們平寇的使命，喬知之更因此遭受了極大的
打擊。陳子昂在得知消息之後，寫下了〈題居延古城贈喬十二知之〉，〔註41〕
詩云：

> 聞君東山意，宿習紫芝榮。
> 滄州今何在，華髮旅邊城。
> 還漢功既薄，逐胡策未行。
> 徒嗟白日暮，坐對黃雲生。
> 桂枝芳欲晚，薏苡謗誰明。
> 無爲空自老，含嘆負平生。

從「桂枝芳欲晚，薏苡謗誰明」中可知，計畫不被武則天採納的原因，是
因爲被朝廷中人所謗。至於爲什麼會被朝廷中人所謗，這和當時武則天統
治的朝廷政治環境，及用人策略有著相當的關係（關於武則天的恐怖統治
與用人策略，下文將會詳述。）值得注意的是，這首詩雖然是陳子昂贈喬
知之之作，但在詩意中卻也鮮明表現了陳子昂自入仕以來，前所未有的思
想轉變。詩中提到，奮勉王事、年近半百的喬知之在受到讒毀與不被重用
的打擊之後，轉而生起了隱逸之志。面對著這個憂傷的好友，陳子昂如何
開解他呢？當我們將此詩與〈度峽口山〉詩作一比較，實可察覺出一個心
路歷程上的變化。同樣是以詩贈與喬知之，但在峽口山詩中，陳子昂以：「雲
臺盛多士，待君丹墀側」的勉勵，期許好友在殺敵致果中創建一番希代功
業（這亦是陳子昂在滿腔用世抱負下的自然流露）。然而，在此詩中，陳子
昂卻以：「無爲空自老，含嘆負平生」對喬知之說道：既然不能遇「時」，
何如歸隱去罷！從這個感慨看來，陳子昂的政治熱情似乎遭遇了一個空前
的轉變與挫傷，在此詩中，他首次出現了對「現實」失望的情懷。而「還
漢功既薄，逐胡策未行」、「桂枝方欲晚，薏苡謗誰明」則是陳子昂對「現
實」體認的表露，他開始對朝廷奸佞的讒毀、在上位者的賞罰不明、有志
賢士的不被重用……等等現實阻力產生了深切感悟。而這些現實阻力亦開
始在的心靈造成震撼與壓迫，因此，對喬知之遭遇所發出的不平之鳴，正
是他對險惡的政治環境的覺醒。在失意惆悵的情感下，陳子昂再度寫下〈題
祀山烽樹贈喬十二侍御〉。〔註42〕詩云：

〔註41〕見《新校陳子昂集》卷二。
〔註42〕見《新校陳子昂集》卷二。

漢庭榮巧宦，雲閣薄邊功。

可憐驄馬使，白首為誰雄。

詩首雖云「漢庭」，實是以之暗喻唐王朝。「可憐驄馬使，白首為誰雄」是陳子昂再度為蹭蹬窮老的喬知之所發出的不平之鳴。然而，值得我們注意的是，在這首詩歌中，陳子昂已對這個不合理的、殘酷的政治現實加以批判與譏刺，故言：「漢庭榮巧宦，雲閣薄邊功」，面對好友所遭受的白首無成的打擊，有著最深切的同情。

由於計畫未成，陳子昂於同月再從同城折回，在經過居延海時，陳子昂感發忽起，思緒千端，他再度在居延舊地寫下了詩篇〈居延海樹聞鶯同作〉。〔註43〕詩云：

邊地無芳樹，鶯聲忽聽新。

間關如有意，愁絕若懷人。

明妃失漢寵，蔡女沒胡塵。

坐聞應落淚，況憶故園春。

從詩意看來，這是一首思鄉的作品。然而，在漫長的征途之後，陳子昂為何會在此刻突現思鄉之情呢？就北征的過程看來，其詩歌的內容經歷了三折：積極昂揚──頓挫感懷──追憶故里，這個轉變的意義為何呢？關於這個問題，我們可以先就產生「思鄉」情懷的心理意識作一番分析。張法先生在《中國文化與悲劇意識》一書中曾對此現象加以剖析：

修身、齊家、治國、平天下，由家而國，投入政治是士人自我實現的必由之路。不僅功名之人，農工商兵等各種人，因各種原因都免不了要出家遠游。遠遊暗伏著可能的曲折和阻礙，中國人陷入游的困境，處於飄泊的狀態，其情感的反應定式一般是──鄉愁。〔註44〕

以中國文化的結構看來，「修身、齊家、治國、平天下」的這條內聖外王之路，確實是帶給了士人無可避免的「遠遊」宿命。而士人既在投身政治的過程中遇到了阻礙，並陷入了「游」的困境，則在漂泊無依的狀態下，「思鄉」情懷便因應而生了。以陳子昂一生的行事來說，當其志向確立並決意離開故里時，即在面對著「遠遊」的宿命。然而，我們發現，在北征之前，陳子昂或為追求理想的實現而離家赴京，或為建功沙場而參與北征，其在遠遊途中的詩歌

〔註43〕同上。

〔註44〕同註29，頁51。

都是昂揚振奮的。可以說，在投身政治的過程中，陳子昂一直熱烈地勾勒著理想的遠景。因此，他的情感在此熱烈的期待下，並不至於處於漂泊無依的狀態，這也便是其早期的遠遊詩歌少以思鄉之情作爲題材的原因。以上分析後，我們可以回過頭來審視這首〈居延海樹聞鶯同作〉。在此首詩中，陳子昂以王昭君、蔡文姬淪落他鄉、並思念故鄉的心情來自況此刻的心情，而陳子昂在此刻興起思鄉之情，當與其身居外地、理想受挫，故興起了情感漂泊的感嘆有關。

　　自同城折返後，八月，陳子昂抵達張掖。在張掖城中，與他們同時參與北征的另一路軍──由黑齒常之所帶領的東路軍傳來勝利的消息，東路軍與突厥流寇在賀蘭山一帶交戰大勝。〔註45〕陳子昂聽到這個大捷的消息，心情激動的寫下〈還至張掖古城聞東軍告捷贈韋五虛己〉〔註46〕給擔任東軍參謀的好友韋虛己。詩云：

> 孟秋首歸路，仲月旅邊亭。
> 聞道蘭山戰，相邀在井陘。
> 屢鬥關月滿，三捷虜雲平。
> 漢軍追北地，胡騎走南庭。
> 君爲幕中士，疇昔好言兵。
> 白虎鋒應出，青龍陣幾成。
> 披圖見丞相，按節入咸京。
> 寧知玉門道，翻作隴西行。
> 北海朱旌落，東歸白露生。
> 縱橫未得意，寂寞寡相迎。
> 負劍空嘆息，蒼茫登古城。

整首詩歌很明顯表現出了兩種不同的情調。在前半段中，陳子昂直直言乍聞友軍獲勝欣喜雀躍的心情。在「屢鬥關山滿，三捷虜雲平。漢軍追北地，胡騎走南庭」的敘述中，我們彷彿可以看到歡悅的陳子昂亦參與了這個勝利的戰役。然而，對未曾參與戰役的陳子昂而言，友軍的大捷，對他有著怎樣的意義？誠如前言，陳子昂一到邊境之後，便賦予自己使外族永不再犯境的重要使命。因此，在這個「安人」理想的大前提之下，他雖然未能分享戰役告

〔註45〕見《資治通鑑》卷二百四，垂拱三年第九條。
〔註46〕見《新校陳子昂集》卷二。

捷的光榮，但是，其安定國防與殲滅叛軍之志，亦藉由他人之手部分地達到了。故陳子昂能夠在乍聞勝利的訊息時將自己落寞的心思置於度外，為友軍的勝利而歡呼。在敘述了這個告捷的戰役之後，陳子昂更作進一步探討，認為戰役勝利的關鍵在於：「君帷幕中士，疇昔好言兵」將士的善於謀略。前文曾經提到，陳子昂以為出兵北伐，致勝的關鍵即在於是否任用良將，如〈為喬補闕論突厥表〉中便說道：「主將不選、士卒不練，徒如驅市人以戰耳」，因此，他認為章虛己的精通兵法，正是東路軍獲勝的主要原因。然而，陳子昂既然將注意力移到了好友的身上，章虛己「披圖見丞相，按節入咸京」論功行賞的風光畫面便在他的腦海中浮現了。而在強烈對比之下，自己不被重用的落寞之情便更形強烈了。因此，以下詩意一轉，陳子昂將焦點放到自己的身上，並對自己的遭遇作一番回顧與反省。以下，詩歌用了「空」、「落」、「白露」、「未得意」、「寂寞」、「空嘆息」、「蒼茫」等詞來描繪他此刻的心情。並以此寥落的心情與好友殺敵致果的風光做了強烈的對比。然而，在咀嚼自己「空作隴西行」、「縱橫未得意」無功而返的挫敗感受之後，卻也只能在：「負劍空嘆息，蒼茫登古城」的強烈失落感中，任憑那份惆悵寂寞躍動著。此次北征，亦在這份強烈的孤獨感中畫下了終結。

從整整半年的北征過程看來，陳子昂的詩歌呈現了其人格發展的一次重大的轉變：從理想的煥發到北征的積極征討，再從北征的積極征討到失落的無功而返。如此的人格轉變亦在陳子昂北征前後的詩歌風格中作了明顯揭示：北征之前，踔厲風發的用世之志是他詩歌的主要基調，因此其詩風亦充斥著樂觀爽朗的情調。北征之後的陳子昂，在親身接觸了廣大民眾的生活需求後，始將一己的理想情懷擴大，並轉為對百姓生活的關注。此外，又因其所遭受的壯志未酬之苦，因此，其詩風始呈現出沈鬱悲壯的情調。在這個心境的轉變上，我們可以清楚看出「現實」所帶給陳子昂的阻力與挑戰。由於這個橫陳的阻力，故激發了陳子昂與現實相抗的決心（北征後的陳子昂幾乎都在作這個努力。下文將詳述）。而這份挫敗感，更讓陳子昂認清了今後所要努力的方向，那份用世之志，更因此而擴展了內容，從此以往，對國脈民命之關切，成為他日後批判現實的主要動力。陳子昂於北征結束後所作的〈感遇〉第三十五首〔註47〕便可以視為這份心情的例證。詩云：

〔註47〕羅庸《陳子昂年譜》、彭慶生《陳子昂詩注》皆繫此詩為垂拱二年（686）陳子昂北征之時所作。

本爲貴公子，平生實愛才。

感時思報國，拔劍起嵩萊。

西馳丁零塞，北上單于臺。

登山見千里，懷古心悠哉。

誰言未亡禍，磨滅成塵埃。

詩歌前半段雖在抒發其理想未得施展的落寞消沈。然而，當其登上單于臺之後，詩意一轉，個人的心境的抑鬱又爲國家的軍戎大事所替代，故言：「誰言未忘禍，磨滅成塵埃」，痛陳當政者忘記歷代邊患的教訓，徒陷百姓於苦難之中。這首詩歌可以視爲陳子昂北征心情的總結，北征結束之後，無功而返的挫敗並沒有磨滅掉他那顆關愛國家、百姓的熱情的心。從陳子昂對其用世理想的執著中，亦可以看出他堅定的人格特質。

八月，陳子昂自張掖返回洛陽，並繼續任職麟臺正字。

（二）對現實的批判與抗爭

陳子昂從垂拱三年（687）八月返回朝廷任職後，一直到天授二年（691）冬天，爲母喪返鄉之前的這段時間，可以視爲批判現實的時期。在對現實有著深刻地體認後，陳子昂以其切身經歷充實了他「安人」理想的內容，而這份「安人」理想，亦化成了他在政治現實上的殊死抗爭。而其最具體的表現，便是在「多言死如麻」〔註48〕恐怖的政治氣氛下，上陳一封封諫書給武則天，以此直指朝政的弊端。這些諫書，就目前所見，至少有：〈上西蕃邊州安危事三條〉、〈諫雅州討生羌書〉、〈上蜀川軍事〉、〈上益國事〉、〈諫用刑書〉、〈諫刑書〉、〈答制問事八條〉〔註49〕等等。這些諫書，就批判現實的意義而言，亦可以分成兩部份，一是對國家對外政策——邊防問題的批判。二是對國家內部的政治體制——如吏治、用人等問題的批判。邊防問題的批判，是陳子昂從北征的經驗出發，對武則天當前欲謀動的擴邊之事的勸阻；而在政治體制的批判上，陳子昂更以對小人張牙利爪的痛惡，賦予自己抗論忤俗的重大使命。因此，在本節中，本文必須處理兩個問題，一是：自北征之後，陳子昂批判現實的著眼點是什麼？二是：這些諫書如何表現陳子昂的抗爭精神？以下進行探討。

〔註48〕見陳子昂〈感遇〉第九。

〔註49〕〈上西蕃邊州安危事三條〉、〈答制問事八條〉、〈上蜀川軍事〉、〈上益國事〉見《新校陳子昂集》卷八，〈諫雅州討生羌書〉、〈諫刑書〉、〈諫用刑書〉見卷九。

（1）保衛邊防，反對窮兵黷武

呂思勉先生在《隋唐五代史》一書中說道：

> 高宗武后之世，國威之陵替，時緣其兵力之式微。觀魏元忠、陳子
> 昂之論可知。武后本不知兵，又盡力於防過異己，無暇更及他事。
> 其措置之乖方，自更不可問矣。〔註 50〕

在整個「安人」策中，陳子昂是極度重視國家邊防安全的。尤其是親自參與北征之後，其感時憂國的性格特質被激發到高點。他認為國防邊境的安全與否，直接與整個國家的安危與百姓生活有著密切的關係。因此陳子昂自北征返回洛陽之後，即密切注意武則天的邊防政策，並把握每一個可能的機會，竭誠盡智地對武則天上陳諫言，希望避免國家邊防一再發生武裝動亂，使無辜百姓陷入恐懼之中。垂拱二年（686）九月，陳子昂返回洛陽，其時恰逢武則天下詔，拒絕平亂有功的十姓首領朝覲，並使之歸回各族。陳子昂聞詔之後，迫急地寫下〈上西蕃安危事三條〉〔註 51〕上陳給武則天。諫書清楚地交代了其寫作動機：

> 臣伏見國家頃以北蕃九姓亡叛，有詔出師討之，遣田揚名發金山道
> 十姓諸兵自西邊入……遂數年之內，自率兵馬三萬餘騎，經途六月，
> 自食私糧，誠是國家威德早申，蕃戎得效忠赤。今者軍事已畢，情
> 願入朝，國家乃以其不奉璽書，妄破回紇部落，責其專擅，不許入
> 朝，便於涼州發遣各還蕃部。臣愚見竊為國家危之，深恐此等自茲
> 成隙。

垂拱二年（686），隸屬東突厥的九姓部落反叛，朝廷派田揚名調金山道的原西突厥十姓部落〔註 52〕三萬兵馬協助征討。然而，在十姓部落自備糧草，並協叛有功之後，朝廷卻以其擅破回紇為藉口，不准欲朝覲的十姓部落入朝，並要他們從涼州各自返回部落。陳子昂以為武則天的詔令必將招致國家安全的威脅。他說道：

> 夫蕃戎之性，人面獸心。親之則順，疑之則亂……今阻其善意，逆

〔註 50〕見呂思勉著《隋唐五代史》（上海中華書局，1959 年版），頁 157。

〔註 51〕見《新校陳子昂集》卷八。

〔註 52〕據《舊唐書》卷一九四〈突厥下〉載：隋代時，突厥已分裂成東、西二國。東突厥於太宗貞觀四年（630）為李靖所滅。貞觀九年（635）西突厥已分為十姓，各部各自獨立，「自是都號十姓部落」。高宗顯慶二年（657），蘇定方於伊麗河滅西突厥。

其歡心，古人所謂放虎遺患，不可不察。且臣昨於甘州日，見金山
軍首領擬入朝，自蕃中至，已負其功。見燕軍漢兵不多，頗有驕色……
今更不許入朝謁，疑之以罪，與回紇部落復爲大讎，此則內無國家
親信之恩，外有回紇報讎之患。懷不自安，烏駭狼顧，亡叛沙漠……。

陳子昂從同城返至甘州時，曾與十姓部落的首領交談，因此，他深知十姓部
落有歸順朝廷之意。因此在聽聞武則天的詔書之後，他認爲，以蕃戎之性：「親
之則順，疑之則亂」，況且十姓部落在幫助唐王朝平亂之後，其處境已是「內
無國家親信之恩，外有回紇報讎之患」，若朝廷拒絕他們善意的朝覲，豈不是
要逼迫他們再次亡叛西域而動亂邊防嗎？而邊防若不安，百姓復又須爲平定
亂事作出慘烈的犧牲。以上便是陳子昂冒死反對武則天的政策的理由。除此，
陳子昂更藉在北征之時對邊防的實地勘查提出他獨到的見解：

臣伏見今年五月敕，以同城權置安北府。此地逼磧南口，是制匈奴
要衝，國家守邊，實得上策……然臣竊見突厥者，莫非傷殘羸餓，
並無人色……然其所以攜幼扶老，遠來歸降，實將以國家綏懷，必
有賑贍，冀望恩覆，獲以安存……國家不贍恤來降之徒，空委此府
安撫，臣恐降者日眾，盜者日多，戎虜桀黠，必爲禍亂……後爲邊
患，禍未可量，是乃國家故誘其爲亂，使其爲賊。非謂綏懷經遠之
長策也。

在〈爲喬補闕論突厥表〉中，陳子昂皆曾提到漠北一帶發生災荒的情形。然
陳子昂當時的主張是：趁饑亂之天時，加以殲滅主動發起侵略的匈奴蠻族。
而在此篇諫文中，陳子昂卻主張善用朝廷在所設置的安北府，加以安撫遭逢
飢荒的化外流民，始之歸順於唐。兩種態度看似矛盾，其實不然。誠如前言，
陳子昂一直試圖盡最大努力來杜絕戰事，因此，在維護國家邊防安全的考量
下，對於主動發起攻擊者，陳子昂主張反侵略戰的征討。而爲了保障無辜百
姓的性命，對於願意歸順朝廷者，則要加以安撫，不可窮兵黷武，製造不安。
因此，我們可以「收強撫弱」〔註53〕來說明陳子昂的邊防策略。此外，陳子
昂在諫書中更提出國家的自衛之道：

竊謂甘州宜便加兵，內得營農，外得防盜。甘州委積，必當更倍……
今若加兵，務窮地利，歲三十萬，不爲難得。國家若以此計爲便，
遂即行之。臣以河西不出數年之間，百萬之兵，食無不足，而致倉

〔註53〕見陳子昂〈上西蕃邊州安危事三條〉。

廩既實，邊境又疆，則天兵所臨，何求不得？

陳子昂認爲加強河西諸州的兵力，開墾農田、屯積糧倉，是阻擾突厥南下犯境的具體良方。從以上我們亦可以看到，陳子昂「安人」政策的內容實包舉廣大，在軍事策略上不但含括了征戰的策略，平時的自衛之道亦在陳子昂的關切之列。

自高宗朝以來，由於好邊功，故恣意擴邊、軍事力量被濫用的情形時有所聞，甚至因此激發了外族，使犯境作亂之事時有所聞。尤其在高宗末年以至於武則天主政的這段時間，邊防問題愈加嚴重，因而帶給了國家安全極大的威脅。垂拱四年（688）冬，武則天又下令，希望在雅州與青康藏高原的深山中，開關一條通道攻打生羌族，藉此對吐蕃發動攻擊，並積極詔令軍隊即刻出發，從成都西面的邛峽山路力克位於雅州的羌族。〔註 54〕陳子昂聞訊，悲從中來，憤慨寫下〈感遇〉第二十九首：

> 丁亥歲云暮，西山事甲兵。
>
> 嬴糧匝邛道，荷戟驚羌城。
>
> 嚴冬嵐陰勁，窮岫泄雲生。
>
> 昏瞳無晝夜，羽檄復相驚。
>
> 攀躋冘萬仞，崩危走九冥。
>
> 籍籍峰壑裡，哀哀冰雪行。
>
> 聖人御宇宙，聞道泰階平。
>
> 肉食謀何失，藜藿緬縱橫。

一如參與北征時，一踏上征途便在心中冉冉升起對百姓安危的眷念般，陳子昂乍聞武則天的軍事詔令，思緒便隨著悲苦的軍士們流轉了起來：在難分晝夜的荒僻深山中，士兵們彎腰屈背背著乾糧，冒著山石崩塌的危險，越過深谷，在漫天的山嵐之氣中，向著邛峽山羌族聚居地匍匐前進。而在隊伍雜亂的兵士陣容中，他們的表情神態卻是極度悲傷痛苦的。陳子昂爲何屢屢以百姓犧牲的無辜來慨歎戰事的殘酷？這是否對其人格特質說明了某種意義呢？戴璉璋先生曾說道：

> 儒者的憂患，是秉持理想，正視現實而激發出來的存在感受……他
>
> 總是內心最真切的一種悱惻之情，一種不安與不忍。王船山先生說：
>
> 「有家不忍家之毀，有國而不忍國之亡，有天下而不忍失其黎民，

〔註54〕此事亦可見《資治通鑑》卷二百四，垂拱四年第十六條。

有黎民而恐亂亡，有子孫而恐莫保之」，即此一份不安與不忍……。
〔註55〕

從這段話中，我們可以很清楚看到，儒家的「不安」與「不忍」，正是陳子昂一再對戰事流露悲情的原因，在這個視界下，陳子昂堅決反對不當的肆意征討。因此，在「聖人御宇宙，聞道泰階平」中，陳子昂對太平盛世的本質作了質疑，並以「肉食謀何失，藜藿緬縱橫」直指謀略者的失策，由於統治者未能俯順民心，因此在不當的軍事措施下，一再地造成無辜百姓的流離失所、死傷縱橫。

　　陳子昂為何會對武則天的軍事詔令產生激烈的反應？從戰役的性質看來，這個征伐，是我方主動發起的對外侵略戰，是朝廷為了大肆擴充邊境所採取的攻擊行為。因此，對於一向反對用兵、主張與外族共安的陳子昂而言，這個不義的征討必然為他所深惡痛絕。因此在這份憂慮之下，陳子昂再度上陳〈諫雅州討生羌書〉〔註56〕給武則天，毫不隱瞞提出他的不滿及勸諫之道。《新唐書陳子昂傳》中曾記載此事：

　　　　后方謀開蜀山，由雅州道剷生羌，因以襲吐蕃。子昂上書，以七驗諫止之。

陳子昂自幼在蜀地生長，對蜀地的山川、民情曾有過一番仔細的勘查，而在親自參與北征之後，亦對夷狄蠻族有實際的接觸。故在此篇諫書中，陳子昂可以廣泛地從各個角度提出武則天攻打羌族的不當。在此篇諫書的七條諫言中，〔註57〕陳子昂提出了幾方面的見解，首先，在蠻族的心理上，「無罪受辱，

〔註55〕見戴璉璋〈儒家生命的學問〉(《鵝湖月刊》第八卷第三期)，頁3。
〔註56〕見《新校陳子昂集》卷八。
〔註57〕據〈諫雅州討生羌書〉，七諫的內容可以條列如下：
　　（1）臣聞亂生必由怨起。雅之邊羌，自國初以來，未嘗一日為盜。今一旦無罪受戮，其怨必甚……則蜀之禍構矣。
　　（2）臣聞吐蕃桀黠之虜，君長相信而多奸謀。自敢抗天誅，邇來向二十餘載。大戰則大勝，小戰則小勝，未嘗敗一隊，亡一矢……至今而關隴為空，今乃欲以李處一為將，驅憔悴之兵，將襲吐蕃。臣竊憂之，而為此虜所笑。
　　（3）夫事有求利而得害者。則蜀昔時不通中國，秦惠王欲帝天下而并諸侯……乃用張儀計，飾美女、譎金牛，因間以啖諸侯。蜀侯果貪其利，使五丁力士鑿山通谷……自是險阻不關，山谷不閉。張儀躡踵乘便，縱兵大破之……是貪利而亡。
　　（4）臣聞吐蕃羯虜，愛蜀之珍富，欲盜之久有日矣……今國家乃撤邊羌、開隘道，使其收奔亡之種，為嚮導以攻邊。是乃借寇兵而為賊除道、舉全蜀以遺之。

怨甚懼誅」是他們自然的反應，因此，他堅持與外族共安，才是國家安定的主要條件。其次，陳子昂一向強調任用良將乃是戰爭得勝的關鍵，因此，他以爲，以區區李處這樣的將領，帶領著一向不擅戰事的蜀兵作戰，則一旦與敵人正面接觸，在與中原相距甚遠，無法補給的情況下，不但不能保衛邊防，反而要慘遭失敗。再者，蜀地一向富饒，若眞要使中國得利，應該加以開發保衛蜀地，今不但不加以開發保衛，反而要攻打一向貧瘠的羌族，則中國不但不能獲益好處，更要因爲戰爭的勞民傷財使百姓平生怨怒；更何況，若有趨附逐利的小人利用戰爭的便利，對一向富饒的蜀地進行掠奪，則國家就要陷入「外利於敵，內利於奸」的困境了。因此，陳子昂以爲，武則天應該要記取歷史（秦滅蜀）的教訓，以免導致「貪利而亡」的後果。這篇諫書以開發地利、保衛邊防、與外族共安、善擇良將，將陳子昂的戰爭思想作了呈現。此外，陳子昂更在諫書中，銳利地指出居上位者「徇貪夫之議」以至於「謀動兵戈，將誅無罪之戎，而遺全蜀人之患」〔註58〕的不當軍事策略，是造成國家動盪不安的主要因素。因此，陳子昂在〈諫雅州討生羌書〉中，對武則天再度提出指責與規勸：

> 臣聞自古國亡家敗，未嘗不由黷兵。今小人議夷狄之利，非帝王之至德也。況弊中夏哉。臣聞古人善爲天下者，計大而不計小，務德而不務刑。圖其安則思其危，謀其利則慮其害。然後能享福祿。

「圖爲安則思其危」是保衛邊防的想法，陳子昂認爲平時便應該開發地利、鞏固邊防，使外族不敢輕易犯境。「謀其利則慮其害」則代表了陳子昂反窮兵黷武的精神。因爲，陳子昂認爲：「自古國亡家敗，未嘗不由黷兵」。

行文至此，我們已將陳子昂整個塞防思想作了完整勾勒。要而言之，其軍事理想涵蓋了兩方面的內容。（一）確保國家邊防與百姓生活的安全。在這個前提之下，若外族主動犯境侵略，陳子昂主張民族保衛戰的積極征討。而

---

(5) 臣竊觀蜀爲西南一都會，國家之寶庫。天下珍貨，聚出其中。又人富粟多，順江而下，可以兼濟中國。今執事者乃圖僥倖之利，悉以委事西羌。得西羌，地不足以稼穡、財不足以富國。徒殺無辜之眾，以傷陛下之仁。糜費隨之，無益聖德。又況僥倖之利未可圖哉。

(6) 夫蜀之所寶，恃險也。人之所安，無役也。今國家乃開其險，役其人，險開則便寇，人役則傷財。臣恐未及見羌戎，而已有奸盜在其中矣……臣愚意者得非有奸臣欲圖此利，復以生羌爲計者哉。

(7) 且蜀人脆屠，不習兵戰，一虜持矛，百人不敢當。又山川阻曠，去中夏精兵處遠。今國家若擊西羌，掩吐蕃……臣恐不及百年而蜀爲戎。

〔註58〕見〈諫雅州討生羌書〉。

既發動攻擊，將領的適用與否則是戰事成敗的關鍵；因此，陳子昂主張任用良將。其次，爲了增加防禦的能力與增強國家的財富，陳子昂主張開發地利、善用資源、撫卹百姓生活。（二）反對窮兵黷武。譴責貪圖夷狄之利而造成百姓的無辜犧牲。其次，主張「共安」之道，若有主動歸順的外族，應予接納，勿使外族流叛境內，對國家安全構成脅威。以上「剿撫兼施」的「主攻」、「主守」的兩種態度，正是陳子昂軍事理想的具體內容，他的所有邊防政策皆在闡發以上主旨。如陳子昂接續完成的諫書：〈上蜀川軍事〉、〈上益國事〉、〈答制問事八條〉「請息兵科」條，亦不出此範圍。〔註59〕

　　以上完整陳述了陳子昂的塞防思想。從這些諫書的寫作背景看來，這些力反征伐的諫書，皆提出於武則天公告詔令之後。以武則天臨朝稱制的政治環境看來，由於武則天身分的特殊，故掌握大權之後，爲確實鞏固政權，用人多疑，亦頗不能接受異於己心者。而其重用之人，亦多以屈意奉迎、獻媚取悅之姿出現。因此，陳子昂能夠力排眾議，不爲威權所屈地極陳諫言，是需要一番極大的勇氣。此外，明白自己人微言輕，卻仍能在起心動念之間，將爲民請命視爲第一要事，並在上陳諫言的舉動中，表現其罔顧個人政治利益與性命的精神，足見陳子昂匡君論道理想的堅定。在〈上益國事〉中，陳子昂曾將這種心情表達的很清楚。文云：

> 賤臣朝不坐，宴不預。軍國大事，非臣合言。伏見松潘軍糧費過甚，太平百姓，未得安居。臣參班一命，庶幾仁類。不敢自見避諱，忍之不言。所以不懼身誅，區區上奏。冒越非次，伏待顯戮。惶悚。死罪死罪。

以「冒越非次」甘冒死罪的精神積極上奏，正是陳子昂以「國脈民命」作爲個人存在價值的具體表現，這也正是陳子昂賦予自己「忠臣」的強烈使命。以上，我們可以看到陳子昂對其理想的確實承擔，而這份承擔，亦成爲他在與現實抗爭時最有力的動力，並使得他的人格散發出了光芒。

〔註59〕〈上蜀川軍事〉是對蜀川將領在防禦吐蕃族時，因「邊郡主將不審支度」以致造成「千里運糧，百姓困弊」的現象提出批判。而〈上益國事〉乃是針對國家未善用山澤之利，使在與西戎戰時，徒使「西戎未滅」而「兵鎮用廣，內少資儲、外勒轉餉。山澤之利，伏而未通」的弊病提出批判。至於〈答制問事八條〉「請息兵科」條則對大興兵事（尤其是庸將所帶領的軍隊）所造成的「百萬家不得安業」、「人日以疲勞，不得安息」加以指責，因此對武則天提出息兵的諫言。

（2）反對奸佞、大興冤獄的政治主張

　　由於武則天特殊的身分，自光宅元年（684）掌權以來，便以一系列的統治手段控制朝中羣臣，藉此鞏固她的政權。而最爲後人所詬病的統治手段便是：任用酷吏、剷除異己、大興冤獄的恐怖統治。至於武則天之所以會以任用酷吏、剷除異己的恐怖統治來控制朝中羣臣的原因，除了和其欲鞏固政權的心理因素有關之外，最直接的促因，則是在 684 年發生的揚州之亂與 688 年發生的諸王之亂。這兩個前後發生的叛亂，讓武則天心生疑懼，以爲天下之人皆欲有謀反之心，故以鎮壓叛亂爲名，任用了一批酷吏，並獎勵密告以控制天下人的耳目。如《資治通鑑》卷二百三便記載在揚州叛亂發生之後：

　　太后自徐敬業之反，疑天下人多圖己。又自以久專國事，且內行不
　　正。知宗室大臣怨望，心不服，欲大誅殺以威之。

而陳子昂自北征返回朝廷的數年間，正是謀反氣氛最爲濃重的時候。從《新、舊唐書》的記載看來，武則天從垂拱二年（686）開始展開了一系列的恐怖統治的行動。例如：置銅匭以受密奏、盛開告密之門、任用周興、索元禮、來俊臣等酷吏……等等令朝中諸臣人人自危的措施。在「人皆重足屏息」，〔註60〕「多言死如麻」的一片肅殺之氣中，陳子昂卻在 686 年四月、689 年的三月、九月，分別以革新法治、吏治的主張，寫就了〈諫用刑書〉、〈諫刑書〉、〈答制問事八條〉的「請措刑科」等三封諫書給武則天，對武則天的恐怖統治提出控訴與不滿，並直言提出規勸之道。因此，我們當可將這些諫書視爲陳子昂與政治現實抗爭的積極證據。此外，相較於對軍國大事的批判，陳子昂在「人皆重足屏息」的氣氛中，尚能對反對冤獄、懲治酷吏發出大聲的疾呼，在處境上而言，更是把自己逼仄入一個毫無旋踵餘地的虎口中。因此，以上諫書，在討論陳子昂與現實的對抗意義上，是極具代表意義的。

　　垂拱四年（688）四月，陳子昂上〈諫用刑書〉給武則天。由於揚州叛亂是促成武則天恐怖統治的重要導因。因此，我們可先就陳子昂對揚州叛亂的看法作一番探究：

　　臣聞之，聖人出治，必有驅除。蓋天人之符，應休命也。日者東南
　　微孽，敢謀亂常。陛下順天行誅，罪惡咸服。豈非天意欲彰陛下神
　　武之功哉……故揚州搆禍，殆有五旬，而海內晏然，纖塵不動。豈
　　非天下蒸庶厭凶亂哉。臣以此卜之，知百姓思安久矣。

〔註60〕見《資治通鑑》卷二百三垂拱元年第四條。

要掌握陳子昂對揚州叛亂的評價，我們當先對揚州叛亂發生的原因作一番大略的了解。據《資治通鑑》卷二百三記載，武則天自 684 年掌握王權之後，作了一番改革舊制的措施，如：改百官名號、以東都為神都、削弱唐宗室子弟諸王的官階實權……等等有利於自己確實掌握實權的行動。而這些舉動使得「唐宗室人人自危，眾心憤惋」。而以徐敬業為首的唐宗室諸王大臣，如徐敬猷、駱賓王……等人，便「各以失職怨望，乃某作亂」並以「匡復蘭陵王（唐中宗顯）為辭」，會集於徐州，計畫推翻武氏政權。但由於叛亂的參與人意見不一致，亦未作周詳考慮，因此，當與黑齒常之為將領所帶領三十萬大軍交戰之後，不過歷時一個多用，叛亂便完全平息了。〔註61〕那麼，陳子昂為什麼對揚州叛亂持負面的評價？首先，就陳子昂「賢聖相逢」的想法而言，武則天在他心目中一直是一位「非常之王」，而其所以在武則天朝寄託功成名遂之志，更是因為這是一個由「非常之主」執政的難得的「非常之時」。因此，在陳子昂心中，從來就沒有存著應以「李氏」為正統政權的觀念。其次，就揚州叛亂的性質而言，參與者多是一些政治失權者，因此，以叛亂動機看來，「利益」獲得的需求實大過於對「正統」的認同。再次，他們雖然是以「匡復蘭陵王」為號召，但從其叛亂的企圖看來，顯然不在力求匡復正統，而是另有稱霸的企圖。因此，正如《資治通鑑》引陳嶽的評論：

> 敬業苟能用魏思溫之策，〔註62〕直指河、洛，專以匡復為事，縱軍
>
> 敗身戮，亦忠義在焉。而妄希金陵王氣，是真為叛逆，不敗何待。

「叛逆」一詞，正可說明陳子昂對此叛亂本質的理解。因此，從以上分析看來，陳子昂以為徐敬業等人的叛亂，其實是徒擾民心的作為。此外，他更從亂事迅速被平定之後「海內晏然，纖塵不動」的結果，歸納出一個極重要的結論，即「天下蒸庶厭凶亂哉」。而徐敬業等人顯然是違反了此「天下蒸庶厭凶亂」的天意，故「法合誅屠」。

　　能夠掌握對陳子昂對揚州之亂的理解，當有助於我們探究陳子昂上陳〈諫用刑書〉的真正用意。誠如上文所說，陳子昂認為武則天對揚州之亂的處置

〔註61〕《資治通鑑》卷二百三光宅元年第二五至三一條詳細記載此事。

〔註62〕陳嶽言見《資治通鑑》卷二百三光宅元年第三一條。所謂「魏思溫計」即魏思溫對徐敬業進言叛武之計：「以匡復為辭，宜帥大眾鼓行而進，直指洛陽。則天下知公志在勤王，四面響應矣」（第二七條）。然徐敬業未採其計，而用薛仲璋之計：「金陵有王氣，且大江天險，足以為固，不如先取常、潤為定霸之基，然後北向以圖中原，進無不利，退有所歸，此良策也」（同上）。此是陳嶽評語之根據。

是恰當的。最重要的原因即在於徐敬業等人以謀反之事造成了社會的動盪不安，故武則天迅速平亂乃是在實踐天意，使天下蒼生可免於亂事的蹂躪，並使社會復歸於平靜。這正是陳子昂對武則天一向抱持的期望。然而，我們可以進一步看看武則天平定揚州之亂後，天下是否真正太平無事了？《舊唐書刑法志》說到：

> 則天嚴於用刑，屬徐敬業作亂，及豫、博兵起之後，恐人心動搖，欲以威制天下。漸引酷吏，務令深文以案刑獄。……時周興、來俊臣等相次受制，推究大獄……，俊臣又與侍御使侯思止、王弘義……等招集告事數百人，共為羅織，以陷良善。前後枉遭殺害者，不可勝數。……是時海內懾懼，道路以目。

很顯然地，自揚州叛亂後，天下不但沒有復歸於平靜，反而促使武則天以激烈的手段控制天下之人，以免有人心生反抗，使他的政權不保。而在武則天的恐怖統治推至高點後，在「前後枉殺，不可勝數」的情況下，陳子昂卻在「是時海內懾懼，道路以目」的不安的氣氛中挺身而出，正義凜然地對武則天上陳忤逆其心的諫言。〈諫用刑書〉云：

> 頃年以來，伏見諸方告密，囚累百千輩，大抵所告皆以揚州為名，及其窮究，百無一實。陛下仁恕，又屈法容之，傍訐他事，亦為推劾。遂使奸惡之黨，決意相讒。睚眥之嫌，即稱有密。一人被訟，百人滿獄。使者推捕，冠蓋如雲，或謂陛下愛一人而害百人。天下喁喁，莫知寧所。

陳子昂清楚說到當時告密的情形：「一人被訟，百人滿獄」，然而，這些密告雖然皆以揚州之亂為名，但：「及其窮究，百無一實」。陳子昂認為其中原因有二，一是出於奸惡之黨，即當時武則天所重用的酷吏，如周興、來俊臣等。由於這些酷吏動輒便以「睚眥之嫌，即稱有密」的態度以大興冤獄、誣陷忠良，以致於「使者推捕，冠蓋如雲」的恐怖氣氛籠罩在全天下中。〔註63〕原因之二的關鍵人物則是武則天。陳子昂認為，在整個告密形成的風氣中，武則天是不能推卸其責的。因為，武則天「屈法容之，傍訐他事，亦為推劾」。從《舊唐書》、《資治通鑑》看來，武則天對此告密之風，的確是扮演著推波

〔註63〕如《舊唐書酷吏傳》（卷一八六上）序便說到：「則天以女主臨朝，大臣未附。委政獄吏，剪除宗枝。於是來俊臣、索元禮、萬國俊、周興……之屬，紛紛而出。然後起告密之刑，制羅織知獄。生人屏息，莫能自固。至於懷忠蹈義，連頸就戮者，不可勝言」。

助瀾的角色，除了重用酷吏之外，所設立的許多新制度如：置登聞鼓、銅匭、盛開告密之門〔註64〕等等，在把天下百姓捲入這場冤禍迭生的風雲中。

　　在「人人屏息，無敢議」的緊張氣氛中，相較於一般百姓的「莫知寧所」，那些善於誣告陷罪與專斷急刻的酷吏，卻屢屢因此而得利。於是陳子昂在〈諫用刑書〉中特別分析這些人的心理與企圖：

> 利在殺人，害在平恕。故獄吏相誡，以殺為詞。非憎於人也，而利在己。故上以希人主之旨，下以圖榮身之利。徇利既多，則不能無濫。濫及良善，則淫刑逞矣。

陳子昂以「徇利」的意圖，為酷吏大興冤獄、「濫及良善」，徒然製造社會不安的動機作了深刻的說明。行文至此，我們已經可以清楚點出陳子昂對冤獄頻生的看法，正如前文所言，陳子昂認為揚州之亂是一徒擾民心的行為，故理應受到武則天執行天意「法合誅屠」的殲滅。然而，至揚州叛亂發生後，武則天非但沒有一如陳子昂所期望的，施行「明訟恤獄」、「察孝興廉」（見〈諫政理書〉）的革新朝政的工作，反而頻於製造事端，重用酷吏，溺天下百姓於惶惶終日的恐懼中。從這個事實看來，武則天對天下蒼生的殘害，豈不更甚於徐敬業等之徒？因此，陳子昂在〈諫用刑書〉中對武則天直言：

> 臣竊以此上觀三代夏、殷、周興亡，下逮漢、魏、晉理亂，莫不皆以毒刑而致敗壞也……夫人情莫不自愛其身。陛下以此察之，豈能無濫也？冤人吁嗟，感傷和氣。和氣悖亂，群生癘疫。水旱隨之，則有凶年。人既失業，則禍亂之心，怳然而生矣……陛下奈何以堂堂之聖，猶務彊霸之威哉？愚臣竊為陛下不取也。

陳子昂依舊從「天人感應」的證據，與「歷史興亡」的教訓，對武則天提出「毒刑敗國」的規勸。從以上諫文看來，其論事剴切、義正詞嚴，絲毫不因憚於威權，而將自己宅心事外。在與奸佞密告、冤獄盛行的現實環境作殊死抗爭的同時，我們可以看到陳子昂那份「安人」的理想，在其中與其人格特質作光耀的輝映。陳子昂以下所寫的〈答制問事八條〉「請措刑科」以及〈諫

〔註64〕據《舊唐書酷吏傳》、與《資治通鑑》記載：「登聞鼓」於垂拱元年所創，可使百姓站於石上，述其冤抑之情，或以此控訴地方官吏，而不須防守。「銅匭」設於垂拱二年，是武后為遍知民間事，鑄銅為匭，置之朝堂，以受表疏。「盛開告密之門」亦起於垂拱二年，是武后疑天下人多圖己，並知唐宗室大臣心皆不服，欲大肆誅殺以鎮壓之。故盛開告密之門。凡告密者，給驛馬，供五品食。雖農夫樵人皆得見。如所言稱旨，則破例授官，無實者亦不問罪。於是四方告密者蜂起。

刑書〉所闡發的旨意，大抵不出此範圍。我們可以將此二篇諫書的內容作大略的介紹。在討論此二篇諫書之前，我們必須先對發生在 688 年八月的諸王之亂稍作了解。誠如前言，武則天在揚州叛亂後，為防天下人反叛，故採取了一波波誅除異己的行動，而在人人戒慎恐懼的氣氛中，一批以李沖為首的唐宗室諸王，畏忌遭受殺身之禍，因此謀逆武氏，並在豫州起義。武則天聞訊之後，速派十萬大軍，不過費時二十日便把叛亂平息了。〔註65〕一如對揚州叛亂的態度，陳子昂對此次叛變依然是持負面的意見。陳子昂在「請措刑科」中說道：

> 今神皇應運受圖，臨御天下。逆臣賊子，頓伏嚴誅。所以虺貞群黨，同惡就戮。此蓋天意將顯神皇威靈，豈此凶徒所能自亂。

指責叛亂的理由，和〈諫用刑書〉如出一轍。然而，陳子昂在這篇諫書中，更對武則天作了施行仁政的強調：

> 凶亂既滅、聖道既昌，則必順人施化。赦過宥罪，所以致措刑也……
> 臣伏見當今天下士庶，思願安寧……以神皇好任刑法，則非太平安人之務。

因應著百姓對生活安樂的需求，陳子昂將〈諫用刑書〉中革新吏治的主張更推進了一步。至於〈諫刑書〉的寫作動機，則是源於永昌元年（689）的八、九月間，武則天為了緩和朝廷的緊張氣氛，故親自對 684 年所發生的揚州之亂進行察案，由於當年的徐敬真（徐敬業的弟弟）在被捕時，為了取得朝廷信任，故牽引了許多海內名士，使「朝野之士為所連引坐死者甚眾」，〔註66〕而武則天在斷案之後，下詔釋放了被無辜牽連的魏元忠等人，並重判了誣告的元萬頃等人的死罪。〔註67〕武則天察案之舉博得了朝廷百官的慶賀嘉許。陳子昂更樂觀的以此事為武則天欲清明吏治的表徵，因此滿懷信心的對武則天進陳了第三封諫書。書云：

> 今者繫獄囚徒，多極法者。道路之議，或是或非。陛下何不悉召見之，自詰其罪？罪真實者，顯示明刑。罪有濫者，嚴誅獄吏。使天下咸服，人之政刑。以清太平之基，用登仁壽之域。豈非至德克明哉？

〔註65〕《資治通鑑》卷二百四垂拱四年第九條對此事有完整的記載。
〔註66〕見《資治通鑑》卷二百四元昌元年第十三條。
〔註67〕同上。

從以上可見陳子昂對武則天再度投以極高的期望，並樂觀地以為武則天將革新吏治，故對武則天提出了徹底清查冤獄的建議。然而，正如前引《舊唐書刑法志》所言：「麟臺正字陳子昂上書，疏不省」，從《資治通鑑》看來，陳子昂在上陳第一封諫書乃至於第三封諫書之後，朝廷仍然籠罩在一片動則得咎的告密之風中，酷吏橫行、冤獄頻生、忠良無辜被陷害者時有所聞，人人自危的恐懼日盛一日。〔註68〕至於武則天，在對揚州叛亂親自斷案後的往後一段時日中，非但沒有清除吏治，更重用酷吏、肆殺唐宗室子以使王權達到穩固。

　　以上我們詳細分析了陳子昂在反對酷吏奸佞、冤獄迭生上的政治主張與態度。我們可以很清楚看到陳子昂為了替生民請命，賦予了自己重大的使命，將自己投身於酷吏專斷、密告盛行、冤獄頻生的現實環境中，揭櫫現實環境中的諸多不合理的現象，在指陳、批評之際，更大膽地對武則天上陳建議之道。而正因為陳子昂是以「奮不顧身」的恣態投入於這艱險的現實環境中，故在其與現實抗爭的同時，我們也看到了他人格的壯大。這也正是「理想與現實的衝突」在陳子昂身上所彰顯的最大意義。

　　（3）任用賢能、安順宗子

《新唐書陳子昂傳》記載，永昌元年（689）三月：〔註69〕

　　后復召見（陳子昂），使論為政之要、適時不便者。毋援上古，角空
　　言。子昂乃奏八科：一措刑、二官人、三知賢、四去疑、五招諫、
　　六勸賞、七息兵、八安宗子。

以上八科統收於〈答制問事八條〉中，這八科的確切篇名是：「請措刑科」、「重任賢科」、「明必得賢科」、「賢不可疑科」、「招諫科」、「勸賞科」、「請息兵科」、「安宗子科」。從篇名中可知，陳子昂這次對武則天上陳的諫言，主要是放在「任賢」這個主題上，其次亦有涉及措刑、息兵者（這兩篇的旨要已在前文論述）、安順宗子等問題者。因此，本節將以陳子昂所關心的另一個朝政問題——任賢及安宗子等問題對陳子昂批判朝政的意義作一番探究。

　　關於武則天的任用制度，《新唐書則天皇后傳》云：

　　太后不惜爵位，以籠四方豪桀，自為助。雖妄男子，言有所合，輒
　　不次官之。至不稱職，尋亦廢誅不少縱，務取實材眞賢。

────────────
〔註68〕如自上陳第三封諫書後至自同年九月，在此半年之中，紀王李愼父子、丞相
　　　　魏玄同、狄仁傑及武將黑齒常之等大批官員或遭流貶，或遭殺害。
〔註69〕見《資治通鑑》卷二百四永昌元年第四條。

武則天十分明白以選拔才能來籠絡天下人心的道理，並藉此途徑鞏固自己的權位。因此，武則天自 684 年掌權以來，除了在原有的任官途徑外，又廣開了許多任官之門。〔註 70〕此外，武則天對於不適用的官員亦加以罷黜刑誅。在此情形下，如當時當政的宰相：魏元忠、李昭德、姚崇、狄仁傑……等，都是才德兼修之士。而武將如黑齒常之、王孝傑、郭元振……等人亦皆是智勇兼備之人。因此，《資治通鑑》卷二百五評武則天爲：

> 挾刑賞之柄以駕御天下，政由己出，明察善斷。故當時英賢，亦競爲之用。

但是值得我們注意的是，武則天在大舉任官的同時，亦免不了形成濫賞官位與未能求賢而用的弊病。這個情形，表現在以下幾個方面。首先，武則天爲了保障自己的王權，故著手進行兩方面的努力。一是誠如前言，爲了防止朝野中有異於己心、圖謀不軌者，故大量重用酷吏如周興、來俊臣等人，除了對他們大興冤獄的縱容外，對稍有易於己心者皆予以誅除。此外，對於善於告密者，如侯思止等目不識丁的尋常百姓亦濫予高官。〔註 71〕二是一向相信符端的武則天，爲了維護自己政權的合法性，故加以重用提出符驗祥端的如唐同泰、傅游藝等人。〔註 72〕其次，武則天以一己之私好，對寵幸之面首如薛懷義、張易之、張昌宗等人，不論其具備才幹或適任與否，皆予擢拔高官，任其胡作妄爲。〔註 73〕再次，相對於酷吏、密告者、言符應祥端及武則天的寵幸者的獲蒙擢拔，一些才德兼修的正直官員，如魏元忠、狄仁傑等人，在武后的善於猜忌下，雖曾屢受重用，但亦不免多次被黜的命運。又次，善於疑人的武則天爲長久鞏固自己的權位，故大量拉攏親信以形成自己的政治集團。因此，在提拔武氏家族及其母楊氏家族的姪孫姑姊，如武承嗣、武三思、楊執柔等人時，不遺餘力，甚至有官至宰相者。〔註 74〕由以上看來，武則天的任用制度其實存在著多方的私人考量，其中極大部分的任用動機，甚至只

〔註 70〕如在陳子昂 691 年末返鄉之前，武則天便創立了以下的任用制度：685 年令內外九品以上及百姓，皆可自舉以求進用。690 年令存撫使十人分巡十道，大量薦舉人才，武后親自引見並任官，此是謂試官。故當時人云：「補闕連車載，拾遺平斗量」。

〔註 71〕見《資治通鑑》卷二百四，天授元年（690）四月、第十條。

〔註 72〕唐同泰、傅遊藝事分別見於《資治通鑑》卷二百四垂拱四年第四條、天授元年第十五條。

〔註 73〕懷義與張易之、昌之兄弟事分別見《資治通鑑》卷二百三垂拱元年（685）第二六條、神公元年第四條。

〔註 74〕見《資治通鑑》卷二百四天授元年（690）第十五條。

是用來收買人心、鞏固權位的權宜作法。可以說，武則天在任用人才上並不能真正作到「求賢得賢」的景況。而陳子昂的〈答制事問八條〉便是針對以上的任用弊病提出批判。誠如上言，由於陳子昂感於酷吏橫行、冤獄頻生的政治禍害，故對武則天提出改革吏治的要求。而在〈答制問事八條〉中，陳子昂則深刻地對武則天發出任用賢人的正面呼求。他在「重任賢科」中說道：

> 刑措之政，在能官人。官人惟賢，政所以理……固願神皇務在任賢，
> 誠得眾賢而任之。則天下之務自化理也。則賢人既任須信，既信須
> 終，既終須賞……若神皇徒務好賢，而不能任能，任而不能信，能
> 信而不能終，能終而不能賞，雖有賢人，終不可用矣。

陳子昂認為：唯有任用賢人，才能革除當今刑法上的諸多弊端，亦唯任用賢人，方能使朝政革新，進而開創太平的新局了。其次，陳子昂以：「既任須信，既信須終，既終須賞」為任用賢人應有的態度。很明顯地，這是針對在武則天善猜忌的個性下，賢能之士不被重用，或屢屢遭受貶放的待遇提出的批判。因此，任用賢人的主張，其實是和他所抱持的「賢聖相逢」的信念相吻合的。以下諸篇，更強調了「任用賢人」的意義。如「明必得賢科」便進一步說到：

> 然則賢人之業，須賢人達之。賢人之才，須賢人用之……苟非其類，
> 道不虛行。凡賢人君子，未嘗不思效用。但無其類獲進，所以陻沒
> 於時。

以上正是陳子昂「時」的觀念的開展。陳子昂以為，若朝政為奸佞小人所把持，將致使真正廉潔之士，不被援用薦舉而湮沒於時。如此便違背了武則天欲廣求賢才的美意了。而在「賢不可疑科」中，陳子昂更對武則天任賢口號下的名、實究竟作出觀察：

> 若外有信賢之名，而內實有疑賢之心，臣竊謂神皇雖日得百賢，終
> 是無益。適足以損賢傷政也。

一語道破武則天的用人政策：徒有任賢之名，卻時懷猜忌之心，因此武則天縱然可以「日得百賢」，但實則「終是無益」。因此，陳子昂在「勸賞科」呼籲武則天：

> 勸勵百寮，以及將士，此最當今聖政之所宜先也……夫賞而不知，
> 賢者不務也。

在賞罰分明的情況下，賢者的士氣才有可能被激發。最後，陳子昂在「招諫科」中提出在上位者得以廣納賢才的必備條件：

> 臣聞聖人大德，在能聽諫⋯⋯伏惟神皇廣延直臣，旌賞諫士，使大
> 聖之德，引納日新。書之金板，萬代有述。

我們可以從幾個層面來看待這段話的意義：首先，就普遍的意義看來，「善諫與納諫」正是陳子昂以為武則天要達到「求賢得賢」效果的重要關鍵。其次，以這篇諫書的寫作動機看來，惟有在武則天作到了善於納諫的要求，它才真正具備了其上書的效用與意義。再次，正如本文一再強調的，「忠賢事君，必諫君失」（「明必得賢科」），正是陳子昂所信守的君臣相處模式。因此，由以上看來，陳子昂對武則天所提出的懲治酷吏、任用賢人的呼求，正是其「賢聖相逢」理想的具體流露。

對任用賢人的主題作過一番說明之後，以下，我們當對〈答制問事八條〉中的另一主題——安順宗子進行探討。武則天在掌握大權之後，採取了一波波鞏固威權的行動，極重要的一點便是：改唐為周，讓自己成為名正言順的皇帝。但武則天在這個改唐為周的行動中，首先要面臨的一個難題便是來自於李唐宗室的反對。因此，武則天便針對李唐宗室和姻親，展開了一連串的殺戮行動。從《資治通鑑》看來，武則天自垂拱三年（687）至載初元年（689）為止，前前後後殺害的宗室子弟，至少有高祖之子：韓王元嘉、霍王元軌、舒王元名、魯王靈夔，太宗之子：越王貞、紀王慎，高宗子：澤王上金、許王素節，此外，章懷太子賢二子亦在被鞭殺之列。至於在李唐皇室的親黨中，遭受殺害的至少亦有：唐開國元老裴寂之孫裴承先、高祖之女常樂公主、太宗之女城陽公主及其夫薛紹等人。針對這個情形，《資治通鑑》卷二百四記載：

> 唐之宗室，於是殆盡矣。其幼弱者，亦流嶺南。

陳子昂對武則天大肆殺戮的行為感到十分憂心，然而，誠如前文所論，陳子昂的心中並無所謂的王位正統觀念。陳子昂對安順宗子的呼籲完全是本於其對「安人」理念的踐履。故這一波波獵殺行動所引起的人心恐慌，便成為陳子昂批判時政的焦點之一。因此，陳子昂務求武則天停止屠滅的行動並安順宗子。諫文云：

> 臣聞人情不能自明，則必疑慮。疑慮則必不安，不安則必危懼，危
> 懼積則怨過生。伏願陛下明恩，賜垂愷悌之德。使天下居無過之地，
> 萬姓知陛下必信任賢，是天下有慶。

可見「為民請命」的強烈使命感仍是陳子昂勸諫武則天的主要動機。由以上看來，陳子昂的「安人」理想，已成為其不可片刻違離的信念。並且貫徹在

他的每一個隻字片語中，也因著陳子昂對這個信念的執著，故賦予了自己重大的使命感。

如果我們將「北征」的經歷，視爲陳子昂確切體認現實的開始，則比較其北征前後所寫的諫文，我們可以看到一個清楚的轉變。要而言之，陳子昂在北征之後所計發的問題，其涵蓋的層面較初入仕途時更爲深廣，且在在切中武則天朝所存在的政治弊端。〔註 75〕而從其批判問題所持具的多方視角看來，陳子昂對現實環境的觀察是極爲細密的。此外，在多言致禍的恐怖氣氛中，陳子昂卻仍能維持力陳諫言的態度，亦可見其人格特質的堅定。此外，從陳子昂與險惡現實對抗的精神氣度看來，（雖然陳子昂亦曾在小人橫行的威脅中感到怳惕不安，在下一章中將討論此問題），陳子昂實已任重道遠地背起了這個爲民請命的重大的使命（如第二章所言，這個使命是由文化的、當時環境的、家學的、個人傾向的影響所共同賦予），而在其價值踐履的過程中，我們也看到了陳子昂鮮明的人格特質。

第二節　對武氏的擁戴與稱揚

從陳子昂的詩文作品看來，有一個現象值得注意：在陳子昂全力批判時政的這段時期中，除了寫就了大量的諫書之外，陳子昂亦對武則天上陳了歌功頌德之作，如〈洛城觀酺應制〉、〈爲程處弼慶拜洛表〉、〈奉和皇帝上禮撫事述懷應制〉、〈上大周受命頌表〉、〈爲喬補闕慶武成殿表〉、〈大周受命頌〉〔註 76〕等

〔註 75〕 大肆擴邊、善於猜忌、酷吏制度、獎勵密告等引申出來的問題是武則天朝最大的政治弊端。例如岑仲勉先生以高宗末年、武則天朝爲唐朝國勢由盛轉衰的關鍵，他說道：「太宗一生無狹隘民族之偏見，不徒發諸言論，兼能躬自實踐，故征討四方，常獲得異族之效力。繼體者，高宗昏庸，武后陰鷙，尤其武后誅鋤異己，勇悍之士，栗栗自危」（《隋唐史》，中華書局 1980 年版，上冊頁 155）。又呂思勉先生說道：「高宗、武后之世，國威之陵替，實源其兵力之式微」，又說道：「后詒毒最甚者，爲其淫刑以逞。殺人既多，即親族亦不得免。論者因謂其殘酷有過尋常」（《隋唐五代史》，臺北：大思出版社，1977 年版，頁 157、141）。又王仲犖先生道：「在武則天統治時期，唐和兄弟各族的關係是比較緊張的，唐邊地人民的和平生活，由於戰爭而遭到破壞（《隋唐五代史》，上海人民出版社，1988 年版，頁 142）。」這些政治弊端正是陳子昂批判現實的重要焦點。

〔註 76〕 〈洛城觀酺應制〉、〈奉和皇帝上禮撫事述懷應制〉見《新校陳子昂集》卷一。〈爲程處弼慶拜洛表〉、〈爲喬補闕慶武成殿表〉見卷三。〈上大周受命頌表〉、〈上大周受命頌〉見卷七。

等。關於這些詩文的性質，歷來頗有些爭議，其爭議的焦點即在作品所表現的對武則天登基王位的稱揚，並以此來斷定陳子昂其人人格之卑劣。如清王士禎以下所論便是極典型的例子：〔註77〕

> 〈上大周受命頌表〉一篇、〈大周受命頌〉四篇，其辭詭誕不經，又有〈請追上太原王帝號表〉，太原王者，士䕶也。此與揚雄〈劇秦美新〉無異，殆又過之。其下筆時，不知世有節義廉恥事矣。子昂眞無忌憚之小人哉……子昂後死貪令段簡之手，殆高祖、太宗之靈假手殛之耳。

王士禎以「不知世有節義廉恥事」強烈抨擊了陳子昂對武氏政權的擁戴，並以之評論陳子昂不過是一「眞無忌憚之小人」。然而，行文至此，亦產生了一個問題，誠如前言，當陳子昂步入仕途，並對政治現實產生深刻體悟後，他既未曾片刻姑息對武則天政策不當的批判，那麼，為何卻又同時表示他對武則天的支持與稱揚之意？這兩個現象是否矛盾？對以匡君論道為最高職志的陳子昂而言，這些詩文的寫作用意為何？陳子昂究竟以什麼態度投身於政治現實中？如果我們肯認陳子昂的人生理想與人格抱負，那麼以上問題，必然有助於我們對陳子昂的存在信念作一番深切的認識。

武則天自掌權之後，雖然握有統治整個唐帝國的實權，但礙於身分的尷尬，除了不時對原有的唐制政體進行改革外，並大量製造符端之說，以藉此塑造其「正統」的地位，並使她的王位得以眞正鞏固。從垂拱四年（688）起，朝野所發生的一連串驗證符端之舉，更使得武則天欲登基稱帝、取得正統的心理動機昭然若揭。五月，武則天之姪武承嗣使人鑿白石為文曰：「聖母臨人，永昌帝業」，使唐同泰稱得之於洛水，獻給武則天。武則天極喜，命此石為：「寶圖」。並以此為天意，告謝天地。加己尊號為：「聖母神皇」。七月，再命寶圖為「天授聖圖」，並封洛水為「永昌洛水」，改嵩山為神岳。〔註78〕十二月，武則天積極創建，並以之為天人相應表徵的明堂落成。永昌元年（689）正月，武則天改元，大赦天下，並與羣臣聚飲七日。〔註79〕陳子昂亦參加了這個聚會，並奉武則天之命寫下了應制詩〈洛城觀酺應制〉。詩云：

> 聖人信恭己，天命允昭回。

〔註77〕 見王士禎《帶經堂詩話》卷二四。
〔註78〕 事見《資治通鑑》卷二百四垂拱四年第四、九條。
〔註79〕 事見《舊唐書則天皇后紀》。

蒼極神功被，青雲祕籙開。

垂衣受金冊，張樂宴瑤臺。

雲鳳休徵滿，龍魚雜戲來。

崇恩踰五日，惠澤暢三才。

玉帛群臣醉，徽章縟禮該。

方覿升中禪，言觀拜洛迴。

微臣固多幸，敢上萬年杯。

「蒼極神功被，青雲密籙開」正是指前文所說的武則天受「寶圖」之事。整首詩中，我們可以清楚看到陳子昂對武則天功德廣被的極力稱揚。除了〈洛城觀酺應制〉外，陳子昂在同時期所寫的〈為程處弼慶拜洛表〉、〈為喬補闕慶武成殿表〉亦表達了相同的旨意。如〈為程處弼慶拜洛表〉的賀詞便極言：

> 伏見陛下，至德配天，化及草木。天不愛寶，洛出瑞圖。地不藏珍，
> 河開祕籙。陛下恭承天命，因順子來。建立明堂，式尊顯號。成之
> 匪日，功若有神。萬國咸歡，百靈同慶……斯實曠古莫聞，於今始
> 見。

上文所論的各個符應事件，在這段文字中皆有著墨。另外，在〈為喬補闕慶武成殿表〉中，陳子昂更進一步表示對符應的看法：

> 今陛下應天命受，括地登樞。先飛名於祕籙，終據圖於寶座。今則
> 當千載之運，得三統之元。帝氣氤氳，祚基於元命。皇圖幽藹，象
> 顯於天成。

陳子昂屢屢提到「祕籙」、「寶圖」，並以「天賜符命」的意義來肯定武則天的掌權是天意之所歸，人心之所望。然而，我們或可質疑，以這些詩文的性質看來，它們畢竟都是應制之作，因此，在為應制而唱和的動機下，或許不能避免對君王極力稱揚的可能。關於這一點，我們可以再對陳子昂於載初元年（689），主動敬呈武則天所作的〈上大周受命頌表〉及〈大周受命頌〉作一番觀察。在討論這二篇頌文之前，我們當承前文，對永昌元年（689）以後發生的和武則天當政有關的符應之事先作探討。永昌元年（689）十一月，武則天為正式稱帝作準備，故改唐曆為周曆，並改永昌元年十一月為載初元年正月。〔註80〕載初元年（689）七月，洛陽東魏國寺和尚法明等十人偽造《大雲

〔註80〕事見《資治通鑑》卷二百四天授元年第一條。

經》四卷，謂武則天乃彌勒佛下世，故當代唐而爲天下主。〔註81〕武則天極
爲喜悅，並頒行於天下。九月，侍御使傅游藝率百姓上表，請武則天改國號
爲周，賜皇帝爲武氏。於是百官及帝室宗親、沙門、道士等六萬餘人，亦上
表同傅游藝所請。羣臣並再上言異端：有鳳凰、赤雀等聚集明堂、宮廷，此
是改朝換代的祥瑞之兆。同月九日，武則天果然下令，改國號爲周，並改元
天授元年，成了大周王朝的「聖神皇帝」，以皇帝爲皇嗣，賜姓武，以皇太子
爲皇孫。〔註82〕至此，武則天終於「名正言順」當上皇帝，建立了自己的王
朝。在武則天正式登上王位之際，陳子昂亦趨到洛城南門，獻上〈上大周受
命頌表〉及〈大周受命頌四章並序〉給武則天。從內容看來，這兩篇頌文是
相互關涉的，〈上大周受命頌表〉是對上陳〈大周受命頌四章並序〉的意義所
作的說明。因此，我們可以先來看看〈上大周受命頌表〉。文云：

> 臣草鄙愚陋，生長休明。親逢聖人，又覩昌運。舜禹之政、河洛之
> 圖悉皆目見，幸亦多矣。今者鳳鳥來、赤雀至，慶雲見、休氣昇，
> 大同受命之珍符也。不稽元命、探祕文，採風謠、揮象物，紀天人
> 之會以協頌聲，則臣下之過也……臣不揣樸固，輒獻神鳳頌四章，
> 以言大周受命之事。

我們可以很清楚看到這兩篇頌文的寫作動機，是爲了稱揚武則天的豐功偉績
與呼應近來所發生的祥符瑞兆之事而作。在〈大周受命頌四章並序〉的序文
中，詳細記載了陳子昂對這些事情的看法：

> 臣聞聖人則天以王，順人以昌。今天命陛下以主，人以陛下爲母。
> 天之丕律，元命也。人之大猷，定姓也……是時日躔昆吾，有鳳鳥
> 從南方來，歷端門，群鳥數千蔽之。又有赤雀數百從東方來，群飛
> 映雲，迴翔紫闥……傾都畢見，群臣咸睹。於是眾旺雲萃，囂聲雷
> 動。慶天應之如響，驚象物其猶神。咸曰大哉，非至德孰能覩此。

可見陳子昂非但沒有對河洛寶圖及鳳凰赤雀之說指出可疑之處，更進一步分
析這些祥兆對武則天改國號爲周，及正式登基爲皇帝的意義：

> 天物來，聖人革，時哉！況鳳者陽鳥，赤雀火精。黃雀從之者土也。
> 土則火之子，子隨母，所以篡母姓。天意如彼，人誠如此，陛下曷
> 可辭之……陛下若遂辭之，是推天而絕人，將何以訓？

〔註81〕事見同上第一一條。
〔註82〕事見同上第十五條。

陳子昂以「天授神權」的觀念，將唐睿宗退位、武則天登基之事加以神話、
合理化。並以陰陽家的「五德終始」之說，加以證明這是天意的顯現，亦是
人心之所歸。〈大周受命頌四章並序〉共有頌文四章，分別是「神鳳章」、「慶
雲章」、「畋頌章」、「赤雀章」。其內容分別以對祥瑞之事的歌頌來強化「神意」
之旨，並藉此稱揚武則天的治國之才。現試舉「神鳳章」如左（由於以下三
章意旨相仿，故不再贅舉）：

> 天命神鳳，降祚我周。彩容有穆，其儀孔休。惟我有周，實保天德，
> 上帝臨命，篡承唐極。人曰天祐，有皇女希。造天立極，緬然猷徽。
> 赫我皇帝，乃先厥微。匪天之命，鳳鳥誰歸。因生錫氏，革號循機。
> 豈不順乎天而應乎人？帝曰：「俞哉」。

陳子昂究竟如何看待這些應祥兆之事？爲何不曾對它們表現懷疑的態度？對
武則天政權的稱揚和批判必然矛盾嗎？我們可以從以下幾方面對這些問題尋
找答案。首先，就中國傳統知識分子與皇權間的關係看來，誠如文崇一先生
在〈中國知識分子的類型與性格〉一文中所說：

> 中國傳統的士大夫很少獨立於政權之外，對社會和政治提出強烈的
> 批判和挑戰。多半是在皇權之下，批判政治的腐化情形，或尋求社
> 會、政治改革。士大夫對政治職位的高度依賴性，即使面臨既有政
> 權的轉移，也不得不委曲求全，設法保護原有職位，以謀求生活資
> 源。〔註83〕

文先生這段話說得極爲精闢，「對政治職位的高度依賴性」的確是陳子昂與傳
統社會知識分子所共有的現象（這亦是陳子昂決意入仕的原因）。然而，以陳
子昂個人的仕宦背景而言，引文的後半段「即使面臨既有政權的轉移，也不
得不委曲求全」的這個現象，對陳子昂就不適用了。誠如第二章、本章所論，
在「賢聖相逢」的熱烈期待下，陳子昂對武則天政權是寄予厚望的，因此，
陳子昂是在肯定武則天統治的這個「非常之時」之後，才將自己置身於一場
政治的洪流中，以力求在這個「非常之時」中實現他匡君論道的理想。其次，
陳子昂欲踏入仕途的決心亦是在武則天朝達成，因此，對欲實現用世理想的
陳子昂而言，必然對武則天朝存在著熱切的期待。以此看來，對武則天忠貞
不二的陳子昂，便不至於在存著「非常之時」的主觀心理上，對這些祥瑞之

〔註83〕見文崇一〈中國知識分子的類型與性格〉（《中國論壇》第二六五期，頁27至
39），頁28。

說提出質疑與批判。更有甚者，這些祥瑞之說亦彷彿強化了其「賢聖相逢」的信念。這便是陳子昂以之歌頌武則天的原因。而陳子昂既然接受了這些符應之說，那麼進一步將這些祥瑞事件納入於自己的思想體系中，便是極自然的了。因此便產生了陳子昂的以「五德終始」來解釋武則天代李唐政權的合法性之說。再次，陳子昂既然認定武則天是一位「非常之時」的「非常之主」，而他認定的「忠臣」之責又在於對君主進陳諫言，則在其「安人」理想的踐履之下，面對著朝政的諸多弊端，他必然要主動與外在環境進行抗爭，並以針砭時政的方式來關切國脈民命。因為，確立了武則天政權的合法性，陳子昂在現實的一切努力才有真正的意義。反過來說，對武則天政權合法性的確立，更得以強化他「為生民請命」的使命感，其存在的價值也才有了賴以實現的憑藉。

　　從以上看來，可以說，陳子昂自始而終都是肯定武則天政權的合法性，故這些符應之說不過將其原有的心理基礎加以強化。因此陳子昂雖然批判武則天政權，但在其肯定武則天政體的心理下，這些針砭時政的行為並不會動搖他對武氏政權的擁護與認同。非但如此，陳子昂批判時政的表現，亦正是他肯定武氏政權合法性的一種表徵。（這個想法，在陳子昂出仕之前所寫的〈感遇〉第十一首中表露甚詳。詩以鬼谷子形象點出一個概念：若遇「七雄方龍鬥，天下亂無君」的時局，便讓自己「囊括經世道，遺身在白雲」，等待適當的時機再俟時而出。因此，若陳子昂不認同武則天政權，根本不需要入仕，更惶說不顧性命安危，致力於對現實批判了）我們可舉陳子昂在天授元年（690）所作的〈奉和皇帝上禮撫事述懷應制〉一詩為證：

> 大君忘自我，膺運居紫宸。
> 揖讓期明辟，謳歌且順人。
> 軒宮帝圖盛，皇極禮容申。
> ……
> 承平信娛樂，王業本艱辛。
> 願罷瑤池宴，來觀農扈春。
> 卑宮昭夏德，尊老睦堯親。
> 微臣敢拜手，歌舞頌惟新。

雖是應制詩，但詩在一片頌德稱揚之聲後，自「承平信娛樂，王業本艱辛」起，詩意一轉，陳子昂語重心長道出在瑤池歡宴的表象下，一個統治者更應

致力於「來觀農扈春」、「尊老睦堯親」的努力，也唯有如此，為武周新朝建立的歡欣才具有真正的意義。因此，對陳子昂而言，擁護與批判武則天政權的兩個現象，非但不曾相互牴觸，在理想確立的內容中，反而達到了統一。

小結

　　從本章「理想的確立與現實的互動」之論述後，我們可以清楚看出，陳子昂自志向確立之後，便把這份匡君論道的理想當成他一生行事的指標。而從其行跡看來，當陳子昂考取進士，取得了「君臣關係」之後，這個努力便有了具體的著落點。因此，陳子昂甫考上進士，便迫不及待地上陳了第一封諫書（〈諫靈駕入京書〉），諫書除了將其對國事的關切作了具體的展現外，亦指出了他今後所要奮鬥的方向。接下來，陳子昂在〈諫政理書〉中以「安人」的理想，並藉由「天人相感」的歷史教訓，完整規劃出一個清明的政治的原型。其以下對現實弊病所作的批判與建議，皆可在此找到理論的依據。而在〈上軍國利害三條〉中，陳子昂更就「安人」的政治理想，指陳了國家積弊極深的任使、邊防問題。從陳子昂一生的行事看來，這段時間是他仕途最為順遂得意之時。不但屢蒙武則天召見，更能暢言其對國事的關懷，在備受統治者重視的鼓勵之下，陳子昂更在「非常之時」的信念中，產生了為民請命的強烈使命感，並在其中寄託功成名遂之志。然而，就「理想」與「現實」的互動意義而言，這個「互動」的意義到陳子昂參與北征之後才確切顯現出來。如果我們說，「理想」必須憑藉著「現實」所給予的條件才可能達成，北征之前的陳子昂則尚未體會到「現實」對他的限制，他的「安人」理想尚未與「現實」的阻力產生密切互動。而在參與北征之後，百姓生活的苦難與其無功而返的失落，皆促成了他對政治現實的反省。在反省之後，陳子昂指出「國家邊防」與「用人政策」的不當是當時政治的最大弊端。故對國家邊防問題的重視與對朝廷用人策略的關切，便成為陳子昂針砭時政的主要方向。因此，北征之後，為了求得「理想」的確切落實，他始而全力投身於「現實」之中，自此，他的「理想」與「現實」開始產生了緊密的「互動」關係。然而，在互動關係中，「現實」所提供給陳子昂的條件是惡劣的。首先，他必須對好大邊功、善於疑人的武則天，立陳反對窮兵黷武的意見。其次，陳子昂必須對武則天鞏固權位所進行的一連串的恐怖統治，如：大興冤獄、獎勵密告、猜忌賢能、屠殺宗子等進行控訴與規勸。然在「前後枉殺，不可勝數」

的恐怖氣氛中，陳子昂批判時政的決心，更將他一步步地逼仄入一個毫無旋踵餘地的危險之境中。從陳子昂上陳給武則天的一封封諫書中，我們亦可察覺陳子昂的存在價值是與整個國脈民命相互結合的。而其匡時濟世的人格特質，更在這一封封義氣磅礡的諫書中表露無遺。此外，我們亦可發覺無論是北征前、後，邊防的安全與官吏的任用，皆是陳子昂矢志不移的關切焦點，而在此亦展現了陳子昂獨到的政治洞見。而這些以符端祥兆之事來稱揚武周的詩文，正足以說明他在「時」的觀察下，對武周政權的認同，而唯有在這個政權的認同之下，他的用世之志與匡君論道的理想才具有實質意義。

第四章　現實的衝突與頓挫的產生

　　從第三章的討論可知：「登上政治舞臺」可以視爲陳子昂實現理想的必要中介。而陳子昂在考取進士、進入仕途之後，便將自己放在一個「忠臣」的位置上，並致力於兩方面的努力：一是對武則天政權的合法性加以擁戴，並對武則天表現了無上的尊崇與忠忱。二是恪盡臣責，以上陳諫書的方式參與朝政，而以上的努力，又以其「天人相感」的政治理想作爲依據。在「人」的方面，陳子昂首先樹立前朝的治國典範，在彰往察來之後，以歷史興亡的教訓作爲統治者施政的殷鑒，並依此提出了一系列的「安人」之策，力圖使其治國的理念在現實中達成。在「天」的方面，陳子昂強調「天惡凶亂」，認爲居上位者施行仁政的行爲，正是體認「天意」的具體表現。此外，陳子昂並強化了武則天正是應天意而生的「非常之主」。因此，在「天人感應」結構的確立之後，陳子昂對「人事」投以最大的努力，希望盡一切「人事」的努力，印證「賢聖相逢」的「時」之意義。

　　但是，從陳子昂的詩作與其行事的關係看來，可以看到一個特別的現象：在現實衝突的產生之前，陳子昂的行事與詩作二者所呈現的感情是十分吻合的。例如出仕以前，陳子昂的積極求仕之舉，可以在其詩作所呈現的詠史情懷中看出。初入仕途時的備受矚目、理想煥發可以和〈答洛陽主人〉中的志氣豪邁相互映證。而決意將自己投入於惡劣的現實環境，對諸多政治弊病立陳痛切的控訴之舉，亦可以在其北征時，詩歌中所表現的對民生的關情中找到答案。以上皆可見陳子昂在現實中的努力，實源於其理想心志的推動。但是，當我們觀諸陳子昂批判時政時期的詩作，卻發現在其抗爭的過程中，在理想與現實的互動後，在抗志不屈的精神氣度下，陳子昂呈現了情感的消沈

困頓。甚至在頻生困頓之念後，有了返鄉歸隱、求仙問道的企圖。可以說，陳子昂的人格發展，在這個時期中產生了一個重大轉折。因此，本章將就這個人格轉折的意義進行探討。其中包括：陳子昂在「理想與現實的互動」後生命歷程的改變爲何？「現實的衝突」是否是陳子昂所不能避免的？陳子昂如何消解他的困頓？其探取的方式，是否有助於困頓之情的消解？以下對這些問題進行探討。

第一節　頓挫的產生與精神自由的嚮往

一、現實的衝突與情感的困頓

在理想與現實的互動中，在陳子昂一波波抗論惛俗的行動中，究竟是什麼造成了他情感上的消沈？從武則天朝看來，最受重用的人有兩種，一是以符應瑞兆之事對武氏政權的合法性加以擁護者，二是爲避免唐室反叛，故支持武則天大興冤獄、獎勵告密的奸臣酷吏。因此，在奸佞橫行，賢臣備受猜忌的政治環境中，陳子昂對此賞罰不明的待遇感到憤懣。他在〈感遇〉第四、第九、第十二、第二一、第二三、第二四、第二六〔註 1〕中，明白表述了他的心情，如〈感遇〉第九首云：

> 聖人祕元命，懼世亂其眞。
> 如何嵩公輩，誅謫誤時人。
> 先天誠爲美，階亂禍誰因。
> 長城備胡寇，嬴禍發其親。
> 赤精既迷漢，子年何救秦。
> 去去桃李花，多言死如麻。

陳子昂譴責當時朝野競相爭言的一片符瑞之聲。在前一章中我們曾經說到，陳子昂基於對武則天政權的擁護，故不曾指陳懷疑這些帝王符瑞之說。但是，在〈諫地理書〉中，陳子昂亦明白交代，「天人感應」之說，最重要的是在「人事」方面的落實，在肯定「天意」之後，若要達到「天人相感」的效果，其先決條件應即在於實行天意「厭凶亂」的仁政。因此，在陳子昂的想法中，

〔註 1〕關於〈感遇〉第四、九、十二、二一、二三、二四、二六的寫作年代，據彭慶生先生《陳子昂詩注》，乃作於陳子昂入仕之後至 693 年因母喪返鄉之前。韓理州先生對此所繫年代無疑。見《陳子昂詩注》頁 9、22、39、41、43。

「天」、「人」間的關係必須是雙向並存的，絕對不能捨棄另一面。然而，以陳子昂看來，當朝野之際充斥著一片帝王符瑞之聲時，他所看到的卻是武則天沈迷於斯的喜悅，對爭言瑞兆者如傅游藝、唐同泰及沙門道士等人加以擢官賜祿，〔註2〕而相對的，朝中賢臣卻屢屢遭猜忌。因此，陳子昂在詩中流露出深刻的感受，他說道：「先天誠爲美，階亂禍誰因」，陳子昂認爲「天意」固然是可信的，但是，若因爲爭言瑞兆，甚至到「以假亂眞」的地步，則國家便要爲此付上慘痛的代價，因爲歷史的教訓說得極爲明白：秦朝因圖讖之言亡國，而西漢、前秦的衰亡亦不能因讖諱之呈顯吉兆而免禍。然而，也因著賢、佞在朝廷中待遇的不公，陳子昂在詩中點出了他心境的一大轉折：「去去桃李花，多言死如麻」，在禍從口出，人人噤若寒蟬的現實處境中，以極爲深沈的心情道出欲免禍的恐懼，相較於其北征時期對朝廷黑暗的體會，心境已明顯地由單純的憤慨，轉爲恐懼交參的複雜情緒。在〈感遇〉第二十四、十二中，陳子昂則以小人、賢臣待遇的對比，將這份複雜情緒表露無遺。第二十四首說道：

> 挈瓶者誰子，姣服當青春。
> 三五明月滿，盈盈不自珍。
> 高堂委金玉，微縷懸千鈞。
> 如何負公鼎，被奪笑時人。

整首詩極力諷刺那些烜赫一時的淺陋小人，認爲他們雖然權傾一時，但在「微縷懸千鈞」力小任重的情況下，必當因爲貪得無厭而深受其害。然而，對比著這個小人得志的情形呢？貞正廉潔之士卻得到：「如何負公鼎，被奪笑時人」的慘淡待遇。陳子昂認爲浮薄小人擁權日重，但關情國事的賢臣卻旋遭罷黜貶放，這樣是非不分的待遇，只能徒然貽笑於世人。那麼，對於他個人而言，當他以個人生命爲賭注，全心投入於時政的批判後，究竟取得了什麼報酬呢？在處理這個問題以前，我們可以先就史傳中的評論，來看陳子昂的政治才能與理念。

〔註 2〕《資治通鑑》卷二百四垂拱四年第四條載，唐同泰因獻洛水之「寶圖」，故被武則天擢爲游擊將軍。天授元年第十五條載，傅遊藝因請改國號爲周，賜皇帝姓武氏而被武則天先後擢爲給事中、鸞臺侍郎、平章事、賜姓武，由於傅遊藝一年之中，自九品歷至三品，所以時人謂之曰：「四時仕宦」。另外，第十九條載，撰《大雲經》謂武氏爲彌勒佛下生的僧徒雲宣等九人，皆被武則天賜爲爵公。

思想家王夫之在〈讀通鑑論〉中曾對陳子昂的政治理想有過如下的評論：

> 陳子昂以詩名於唐，非但文士之選也，使得明君以盡其才，駕馬周
> 而頡頏姚崇，以為大臣可矣。其論開間道擊吐蕃，既經國之遠猷，
> 且當武氏戕殺諸王、凶威方烈之日，請撫慰宗室，各使自安。攖其
> 而不畏，抑陳酷吏濫殺之惡，求為申理，言天下之不敢言，而賊臣
> 凶黨，弗能加害。固有以服其心奪其魄者，豈冒昧無擇而以身試虎
> 吻哉？故曰：「以大臣任社稷而可也」。〔註3〕

馬周、姚崇、宋璟分別是太宗、玄宗時命為「王佐之才」的賢相。王夫之以
陳子昂比之，正可見陳子昂在輔佐朝政上，的確是一位不二的命世之才。而
這段話指陳的諸事，如：反對黷武、撫順宗子、控訴酷吏、立反冤獄等，皆
是陳子昂投入現實後行事的重要方針（詳見第三章）。從王夫之對陳子昂所作
的評價中可知，陳子昂除了對國事有極為細密精審的觀察外，難能可貴的是，
更能以積極的行動投入於混濁的政治環境中，揭發與抗爭所有朝政的弊端。
因此，從政治抱負與行事看來，誠如王夫之所謂：「以大臣任社稷而可也」，
陳子昂的政治才能確是值得正面肯定的。此外，清代的康熙皇帝亦曾對陳子
昂一向重視的邊防問題提出評價：

> 子昂本蜀人，故言蜀用兵利害，警切動聽。蜀恃險而固，險不可使
> 通，良有遠識。〔註4〕

康熙皇帝認為陳子昂的軍事見解是極具遠識的。此外，在第三章中，我們曾
經說到，在司馬光的《資治通鑑》中，曾經多次引證陳子昂所指陳的邊防問
題、酷吏問題、措刑問題、任用賢人等問題，以陳明武則天當世的政治弊端。
〔註5〕至於《唐書陳子昂傳》則多以此時期的諫書〔註6〕來代表陳子昂理想的
具體內容。甚至今人亦多方對陳子昂的政治才能加以推崇。如王運熙先生便
說道：

> 我們綜觀陳子昂在武后朝所發表的許多政治言論，不能不承認：他

〔註3〕見王夫之《讀通鑑論》卷十一（臺北：商務出版社），頁522。

〔註4〕見〈清聖祖仁皇帝御制文〉三集。此評論是因陳子昂〈諫雅州討生羌書〉而
發。

〔註5〕司馬光引證陳子昂諫文凡有四見，分別見於：垂拱元年第二六條、垂拱二年
第四條、垂拱四年第十六條、永昌元年第十八條。

〔註6〕《唐書陳子昂傳》分別載陳子昂的〈諫靈駕入京書〉、〈諫政理書〉、〈上軍國
利害事三條〉、〈上西蕃邊州事〉、〈諫雅州討生羌書〉、〈答制問事八條〉來代
表其政治理想。

中肯地揭發了當前政治上的許多弊害，指出了廣大社區人民生活的
痛苦和不安定，要求迅速改變這種情況；他具有政治的遠見和熱烈
的人道主義精神，關懷著整個國家的前途和廣大人民的利益；不畏
強暴，正直不阿，他不是苟合求榮的人物。〔註7〕

這段話亦從「政治遠見」以及「不畏強暴」著眼，對陳子昂的入仕以來的表
現作了稱揚。由以上所指陳的諸例中，在在可以看出陳子昂政治才幹的卓越：
不僅具備洞視國家命運的遠見，更賦有匡時濟世的能力。在具有政治家的才
情與品質下，故可以博得後人的稱許與肯定，並以此留名青史，光照後代。
然而，在才識與能力皆備的情形下，陳子昂的報酬究竟是什麼？關於這一點，
我們可以從陳子昂進入仕途以來的資次考第作一番探討。

　　初唐任官，每年對官吏考績一次，以四考（即四年）為滿任，依其考核
成果以定下任職。如《舊唐書》〈職官一〉載：

　　凡入仕之後，遷代則以四考為限。四考中，盡年勞一階級。每一考
　　中上，進一階。一考上下，進二階。〔註8〕

陳子昂自文明元年（684）進入仕途，迄永昌元年（689）為止，在這五年當
中，恰好經歷了一次「四考」，那麼對於竭誠盡智、公忠體國的陳子昂而言，
其資次考第的成果如何呢？〈陳氏別傳〉言其：

　　隨常牒補右衛冑曹。

「右衛冑曹」為一正八品下階的小官，只比原來正九品下的「麟台正字」稍
高一階，可見陳子昂在「四考」中，其考績平平，因此，在入仕五年之中，
只被以當時升遷官吏的慣例而略升一等。那麼，這個「右衛冑曹參軍」的官
職性質是什麼呢？據《大唐六典》載其職權：

　　左右衛大將軍，將軍之職掌統領宮廷警衛之法令，以督其屬之隊仗，
　　而總諸曹之職務。
　　冑曹掌其戎仗器械及公廨興造決罰之事。〔註9〕

理想與才情兼備的陳子昂，在置個人生死於度外，竭力地扮演一個「忠臣」

〔註7〕見王運熙〈陳子昂和他的作品〉（《文學遺產增刊》第四輯）頁94至95。
〔註8〕見《舊唐書》卷四二〈職官一〉。此外，《新唐書》卷四六〈百官一〉亦載：「有
　　　下考者，以一中上覆一中下，以一上下覆二中下，上中以上，雖有下考，從
　　　上第。有下下考者解任。」
〔註9〕見唐玄宗御撰、李林甫敕註《大唐六典》，（臺北：文海出版社，1962年版），
　　　頁423、425。

的角色，並爲國脈民命貢獻所有心力的努力之下，卻只得到一個低微的職位（修繕房屋、管理國家兵器，爲皇上出巡的隊伍維持秩序）。然而，面對著自己微薄的報酬，身邊的奸佞之士，諸如唐同泰等人之流，卻受統治者百般恩寵，並賦予高官厚祿，這樣是非不分的差別待遇，令忠心拳拳、一心效命國事的陳子昂感到憤慨與不平。此外，在這裡值得注意的是，陳子昂除了對朝廷賞罰不公深表不滿之情外，小人橫行、賢惡不分，所造成的政治氣氛的恐怖，更爲他帶來了前所未有的憂懼之感，〈感遇〉第十二首將這份心情表現得很清楚：

> 呦呦南山鹿，罹罟以媒和。
> 招搖青桂樹，幽蠹亦成科。
> 世情甘近習，榮耀紛如何。
> 怨憎未相復，親愛生禍羅。
> 瑤臺傾巧笑，玉盃殞雙蛾。
> 誰見枯葉蘗，青青成斧柯。

相較於小人「姣服當青春」、「三五明月滿」、「高堂委金玉」（第二十四）的美妙姿態，正直廉潔的士人卻遭受殘酷的流放。陳子昂自比爲南山悠遊的野鹿與欣欣向榮的桂樹，但在獵人的算計與蛀蟲的損害之下，生命徒然遭受獵捕與蠹空。然而，處於這樣的險惡處境的賢士又能如何呢？「誰見枯葉蘗，青青成斧柯」，令人深深危懼的，恐怕便是將要遭受到無辜斲傷了。此外，第二十三首中，我們可以進一步看到，在匡君論道的精神氣度背後，陳子昂已然升起欲全身遠害的念頭：

> 翡翠巢南海，雄雌珠樹林。
> 何知美人意，驕愛比黃金。
> 殺身炎州裡，委羽玉堂陰。
> 旖旎光首飾，葳蕤爛錦衾。
> 豈不在遐遠，虞羅忽見尋。
> 多材固爲累，嗟息此珍禽。

陳子昂以無辜遭受獵人捕殺的翡翠鳥自喻。因爲翡翠鳥羽的炫麗多彩，正是人們妝點衣冠被褥的絕佳飾物，因此便無法避免罔遭殘害的命運。翡翠鳥的珍貴彩羽，正是陳子昂自負其才的比喻，故這份憂心命運之感，正是身處冤獄迭起之境的陳子昂的深刻恐懼。然而，也因著陳子昂對處境的危懼，故其滿腹的用世之思，亦便染上一層濃重陰影了。「多材固爲累，嗟息此珍禽」，

可以看到，陳子昂從滿腔淑世抱負的自信轉爲對自身處境的惴惴難安。

　　從以上諸詩中，我們可以看到：在是非不明的政治體制下：小人當道、賢人見棄的現實處境，帶給了陳子昂前所未有的憂懼之感。而從這些詩中，我們亦可以很清楚看出，陳子昂在正顏厲色的控訴之舉後，已不免因政治現實的險惡而頻生壓迫恐慌之思。尤其當陳子昂將其注意力轉回到自身的處境後，在淑世抱負的備受阻撓中，已對一己之前途感到無限憂心，甚而對於自我理想的實現與否，升起了茫然情態。

　　從史傳看來，讓陳子昂的心境呈現空前轉折的關鍵因素，除了與朝廷小人的橫行與是非不分的現象有關之外，更重要的原因，應該是來自於武則天對他的態度。〈陳氏別傳〉、《新唐書》本傳中皆記載了武則天對陳子昂力陳諫言（詳見前章）的反應與態度，〈陳氏別傳〉云：

　　　　上（武則天）數召問事，言多切直，書奏，輒罷之。

《新唐書》本傳亦載：

　　　　雖數召見問政事，論亦詳切，故奏聞輒罷。

從這些記載中我們可以看到陳子昂與武則天間的「君臣相待」的關係：對身爲「臣」的陳子昂而言，他一直十分清楚自己的職責是什麼，並且亦能於政治現實中，以不畏彊禦的精神做了不遺餘力的努力。從「言多切直」、「論亦詳切」中，我們可以看出陳子昂對政治現實的擔當。然而，在封建社會中，「臣」的是否受重視，其決定權則完全端賴於「君」一人。因此，「奏聞輒罷」表明了陳子昂雖已善盡臣責，但武則天卻以冷淡的態度來回應他。從這裡我們可以看到，「君臣關係」不協調的感受，已經開始在陳子昂在仕宦生涯中產生。事實上，奸佞小人所以橫行於朝中，這和武則天的用人策略是脫不了干係的。正如前章所論，陳子昂於諫言中一再勸諫武則天任用賢能、懲戒酷吏小人。然而，武則天非但不納其言，更屢屢猜忌賢良、任憑冤獄頻生、密告蜂起。因此在陳子昂的大聲撻伐與朝廷小人橫行的對比之下，可以看出陳子昂理想中的「君臣關係」實與現實有著相當的距離。可以說，造成陳子昂心境重大轉折的關鍵，便是「君臣關係」之緊張。那麼，在這樣不被重用、備受冷落的際遇中，陳子昂的攬轡澄清之志有著怎樣的轉折呢？在〈感遇〉第二一中，陳子昂首先指出朝中小人的破壞，是造成他與武則天關係惡化的主要因素：

　　　　蜻蛉遊天地，與物本無患。

　　　　飛飛未能去，黃雀來相干。

> 穰侯富秦寵，金石比交歡。
>
> 出入咸陽裡，諸侯莫敢言。
>
> 寧知山東客，激怒秦王肝。
>
> 布衣取丞相，千載爲辛酸。

陳子昂以秦昭王時被范睢讒離放逐的穰侯自喻。陳子昂在詩中抒發此刻的感懷：武則天被奴言卑膝的佞臣所蒙蔽，致使他遭受與穰侯同樣的命運，在讒言的離間之下，不但不能繼續與武則天有著「金石比交歡」的關係與信任，反而被逐出政治的核心，平白承受不公的待遇與打擊。也因著陳子昂眷戀著曾與武則天「金石比交歡」的關係，因此更令他對今日的處境感到創深痛鉅。那麼，在「布衣取丞相」的艱辛歷程中，陳子昂如何在悲憤中看待自己的處境呢？第二十六首云：

> 荒哉穆天子，好與白雲期。
>
> 宮女多怨曠，層城閉蛾眉。
>
> 日耽瑤臺樂，豈傷桃李時。
>
> 青苔空萎絕，白髮生羅帷。

以「宮怨母題」來暗喻君臣關係，一直是中國文學自屈原以來的傳統，〔註10〕在此詩中，陳子昂藉周穆王荒唐享樂之事，諷喻當今的統治者及其身邊的偷合取容之士。陳子昂以宮女自喻，認爲正是居上位者一味耽於荒淫逸樂，才致使一心期待被君王賞愛的宮女，只能在重重深鎖的冷宮之中，讓年華無言老去。「青苔空萎絕，白髮生羅帷」，正是青春寂寞虛擲的悲哀，這是一份不斷在希望中承受落空的惆悵之情。而這份推之不去的惆悵之情，正是陳子昂此刻心情的寫照。從這裡可以看到陳子昂情感的一個重大轉折，面對著朝中小人的日益猖獗，他終於不能不在「君臣遇合」的堅定信仰下感到痛苦，而承受著不被武則天採信的痛苦，更讓他的情感盪溢著無限的失落感，因此，年華虛擲與對命運的憂心開始在他心中盤踞，並使陳子昂爾後的詩作中充溢著一份悲涼之情。

　　以上可以清楚看到，小人當道的威脅與武則天的冷落，兩兩構成了陳子

〔註10〕屈原首先在〈離騷〉中以美人、蛾眉等意象來體現男女比君臣的關係。中國詩詞自此以下，更將此比喻的手法發展成一「宮怨」的母題。即藉宮女受君王冷落的悲哀以暗喻良臣見棄於君的悲哀，自〈離騷〉以下，此類作品極多，著名者如曹植的〈閨情〉、〈雜詩〉之四，李白〈玉階怨〉，白居易〈上陽白髮人〉、王昌齡〈長信怨〉……等詩皆可見此宮怨母題。

昂滿腔理想情懷上的沮喪與落空。但是，當陳子昂感受到政治現實的險惡與壓迫時，武則天對他的輕忽冷漠恐怕才是讓他最難以負載的困厄。因為在這裡，陳子昂的「理想」已與「現實」產生了無可排解的衝突，這也正是陳子昂在心境上轉為消沈的主要因素。

二、從情感的困頓興起精神自由的嚮往

　　從以上諸詩作中，我們可以察覺一個現象：陳子昂在對當朝小人的鄙陋與居上位者的冷落陳述其不滿之情時，一律以〈感遇〉詩來寫作，而這些詩作有一個鮮明的特色，即皆以「托物言志」的方式來呈現「現實」對他產生的巨大壓迫，並將個人的主觀情感以隱喻的方式隱藏起來。此外，這些「托物言志」的〈感遇〉詩，其描寫的感情亦是十分一致的，我們可以將每一首詩歌的意旨，視為陳子昂在當時的政治體制下，對君王、小人所作的控訴，以及對自身危懼之情的抒發。但是值得注意的一個現象是，從陳子昂的詩文繫年看來，陳子昂在投身現實，展現其抗志不屈的一面時，在一系列的〈感遇〉詩外，在此時期中，他亦創作了一些非以「感遇」詩題為命的作品（如：〈魏氏園林人賦一物得秋亭萱草〉、〈題李三書齋崇嗣〉與〈送殷大入蜀〉等〔註11〕）。從這些詩作中，我們似可在其中看到陳子昂情感的不同面相，而詩歌既是詩人情感的抒發，那麼，我們有必要在「理想與現實的衝突」課題中，從陳子昂身上的各種情感樣態，論述代表的人格意義。

　　在〈魏氏園林人賦一物得秋亭萱草〉一詩中，除了集中呈現陳子昂的困頓之情外，更表現了陳子昂在惡劣的現實處境中，對「精神自由」的嚮往：

>　昔時幽徑裡，榮耀雜春叢。
>
>　今來玉墀上，銷歇畏秋風。
>
>　細葉猶含綠，鮮花未吐紅。
>
>　忘憂誰見賞，空此北堂中。

陳子昂在此吟詠萱草（忘憂草）是有情感上的選擇與認同的。首先就「忘憂」的「憂」而言：這個「憂」是緣於陳子昂進入仕途，從險惡的政治環境所感受到的現實壓迫，而「今來玉墀上，銷歇畏秋風」的消沈情感，較之於當日「雲台盛多士，待君丹墀側」（〈度峽口山贈喬補闕知之王二無競〉）的壯志，其心情已在「現實處境」的壓迫下有了巨大的轉變。然而，令此刻的陳子昂

〔註11〕〈魏氏園林人賦一物得秋亭萱草〉見《新校陳子昂集》，〈補遺〉部份，〈題李三書齋崇嗣〉、〈送殷大入蜀〉見卷二。

深感痛挫的,當是其內心所懷抱的理想依然一如忘憂草「細葉猶含綠,鮮花未吐紅」的堅持,滿腔的熱情猶在,只是「忘憂誰見賞,空此北堂中」,這份理想就要在濟世無門的打擊中消磨殆盡了。其次,就忘憂的「忘」而言,陳子昂在此時將思緒拉回四川故居中悠游山林的日子。並以「昔」、「今」的對比來點染此刻心中「濟世無門」的悲傷,這除了是對自我困頓的揭示,亦是表現其在「銷歇畏秋風」的處境中,對「榮耀雜春叢」精神自由的嚮往。因為,對於陷入困境的陳子昂而言,幽居山林的生活方式,至少可以保有生命的全真。關於這一點,在以下兩首詩歌的意旨中,將有更為明確的揭露。〈送殷大入蜀〉呈現了陳子昂在「現實處境」中的思考:

> 蜀山金碧地,此地饒英靈。
>
> 送君一為別,悽斷故鄉情。
>
> 片雲生極浦,斜日隱離亭。
>
> 坐看征騎沒,唯見遠山清。

陳子昂送友人入蜀,然蜀本是他的故鄉,亦是他情感上的依歸。因此,友人入蜀挑起了身處異鄉的陳子昂的困頓感。「蜀山金碧地,此地饒英靈」是他心中的故鄉圖像,正由於陳子昂對故鄉存著一份特別的感情,與友人話別之後,對故里的懸念,便隨著友人入蜀的腳步,在心中瀰漫了開來:「片雲生極浦,斜日隱離亭」,我們似可看到陳子昂那份愈行愈遠的思鄉情懷。在「坐看征騎沒,唯見遠山青」中,這份思鄉之情更停駐為一互長綿遠的畫面,從中亦將陳子昂心中的想望強化了。在前章中,我們曾對思鄉情懷產生的原因稍作分析,要言之,「思鄉」之情易在遊子情感呈現漂泊無依的狀態下產生,而情感之所以漂泊無依,乃是士人在「內聖外王」之路中,因理想無法達成而產生。但在這裡,我們尚應對這份困頓之情作更精細的分析,前文中曾經說到,引起陳子昂困頓之情的一大原因即在於處境的危懼,因此,就「處境」而言,「故鄉」實可以令欲遠害的焦慮之情獲得全然的憩息。關於此點,我們正可與前詩「昔時幽徑裡,榮耀雜春叢」中欲追求精神自由的意念相互印證。〈題李三書齋〉則將這份渴望表現得更為強烈:

> 灼灼青春仲,悠悠白日昇。
>
> 聲容何足恃,榮吝坐相矜。
>
> 願與金庭會,將待玉書徵。
>
> 還丹應有術,煙駕共君乘。

在此詩中，陳子昂以「金庭會」、「玉書徵」、「還丹」、「煙駕」寄喻其對仙鄉、成仙、飛天、騰雲駕霧之嚮往與稱揚。然而，詩既作於頻生困頓之念時，又在詩中大肆渲染其欲求仙鄉之思。那麼，從儒家情懷的積極入世到頓破塵世，這兩種截然不同的思想，在陳子昂的身上是如何巧妙轉換與共生？前文中，我們曾對造成陳子昂心生困頓的因素加以探討，要言之，即在賢惡不分、動輒得咎的政治氛圍中感到悚惕不安，其次，便是對徒具滿腔用世抱負，卻備受君王冷落的際遇，興起身世的悲哀。從這裡看來，我們實可以看出陳子昂所以心生仙鄉的企求，即在亟欲對情感的焦慮尋求紓解之道。由於陳子昂情感上的焦慮起於「理想」的無從實現，因此，仙道思想中勘破人世追求的特質，正好給了陳子昂一個喘息的空間，而對仙鄉的嚮往，正可緩解其對處境的不安與憂懼。因此，在「聲容何足恃，榮吝坐相矜」中，陳子昂直陳其念：人生如寄，倏忽消失，在亙長時空的對比下，世人對得失榮枯的執念不過是一場枉然的戀眷，而既然浮生若夢，不如將短暫的生命，從現實的執念中抽離出來，以有限的生命去追求神仙的不朽。從這裡我們可以看到陳子昂心理轉變的關鍵。

陳子昂雖然在現實的困頓中表明了思鄉之情與對仙道的嚮往，那麼，陳子昂是否真能安頓於此？在上一節中，我們看到陳子昂的情感正陷於「現實」衝突所起的困厄中，雖然陳子昂在此困厄的環境中亦寄喻了其紓解的企求，但是，綜觀此時期的諸詩作，陳子昂紓解困頓的意圖並不能達成。何以如此，我們可以試圖就「理想與現實的衝突」這條線索作一番探究：就政治體制的「現實」面而言，陳子昂所遭遇的最大困境，是與武則天關係的不協調。而就欲匡君濟世的「理想」面而言，陳子昂雖然心生忧惕傷悲，但對朝政弊端敏感的他，又如何能在小人橫行下，減低其對國脈民命的關切，並從中尋求有效的紓解？這當是陳子昂無法在惡劣的政治環境中紓解其抑鬱之情的理由。

從本節的討論中，我們可以看到，當陳子昂以其「理想情懷」去面對「現實環境」的挑戰時，由於處境的危懼與武則天的冷落，故在現實條件的限制中頻生挫折之感，並在此困頓的情感中升起對年華蹉跎的焦慮。而就「理想」與「現實」的這條線索而言，陳子昂亦面臨了一種「現實」凌駕「理想」的不甘與憤懟，而這份心思就在陳子昂「理想」與「現實」的衝突中一再地顯露出來。此外，從陳子昂此時期的詩作看來，交雜在這份困頓之情中的，亦

是一份欲消解焦慮情感的思鄉、求仙的渴望（實則在現實的衝突中，這兩種情感是存在著一種共存而又互可巧妙轉換的關係），但正因爲陳子昂無法減低其對國脈民命的關切，故終究無法將注意力從小人橫行的現實處境中抽離出來，故使這份紓解困厄的企求，陷入兩難的處境中。

第二節　從頓挫之情尋求情感的紓解

從陳子昂的行事繫年看來，在經歷了理想與現實的互動、理想與現實的衝突後，其下一個階段的行事是——解官歸里。因此，陳子昂必須在解官歸里後，將上一階段所遺留下來的問題，作進一步的思考與回應。

陳子昂於天授二年（691）七月 [註12] 解官歸里。關於陳子昂的解官歸里事，〈陳氏別傳〉云：

> 上數召問政事，言多切直。書奏，輒罷之。以繼母憂解官。

《新唐書陳子昂傳》所載亦同：

> 雖數召見問政事，論亦詳切。故奏聞輒罷。以母喪去官。

因母喪，故陳子昂在八年的仕宦生涯後，再度返回射洪縣故里。但「返鄉」的意義爲何呢？如前文所說，陳子昂無法在理想未達成的處境中，減低其對國脈民命的關切，那麼，如果這個兩難的處境，是無法讓陳子昂達成紓解的癥結，則「返鄉」之後的陳子昂，在離開令他無法不投以注意力的環境之後，是否就得以積極地尋求，並有效地達成其紓解的渴求呢？

陳子昂在返鄉期間寫下了〈偶遇巴西姜主簿序〉、〈酬暉上人獨坐山亭有贈〉、〈夏日遊暉上人房〉、〈酬暉上人夏日林泉〉、〈酬暉上人秋夜山亭有贈〉、〈酬李參軍崇嗣旅館見贈〉、〈夏日暉上人房別李參軍崇嗣並序〉，[註13] 從這

〔註12〕關於陳子昂解官歸里的確實年月，羅庸《陳子昂年譜》、邱榮鐬《陳伯玉年譜》、韓理州先生皆有考證。其中以韓先生的考證最爲精詳，他在參酌羅、邱二說後提出陳子昂歸里的時間應於 691 年七月至 693 年九月。參見韓著《陳子昂研究》（上海古籍，1988 年版）頁 29～34。

〔註13〕以上諸詩的寫作年代在邱榮鐬《陳伯玉年譜》、彭慶生先生《陳子昂詩注》、韓理州《陳子昂評傳》中皆有統一之見。然只有〈酬暉上人夏日林泉見贈〉、〈酬暉上人秋夜山亭有贈〉二詩，韓先生與彭先生的意見稍有相左。彭先生繫此二詩陳子昂落第返鄉時期所作，韓先生則繫之爲陳子昂母喪返鄉期間所作。二人皆未書明原因。其實，就此二詩的內容看來，詩歌描寫陳子昂與暉上人的交遊，故置於此二時期皆不會產生情感上的邏輯不通。因此，本文採韓先生之說，將此二詩置於此一時期，保守地說，增加此二首詩對本文的立

些詩文看來，有一個很鮮明的特色，即相較於前一個階段，陳子昂開始集中描寫其與佛寺僧人的交遊並抒發其參佛之思。這個現象代表了什麼意義？

關於陳子昂的返鄉心情與對紓解困頓的企求，在〈偶遇巴西姜主簿序〉[註14] 中作了表白：

> 予疲爾久矣，未嘗解顏。正欲登高山、望遠壑，揮斥幽痾，以劀太
> 清。

「予疲爾久矣，未嘗解顏」正說明了陳子昂極度困倦的心情。而八年全力投赴的官場生活，既然令他如此疲憊，「登高山、望遠壑」所代表的悠游，便成為久困官場牢寵、失去自由的他的嚮往。在「以劀太清」中，陳子昂寄託了欲藉悠游山水以一掃心中抑鬱之志，「揮斥幽痾」更希望得以讓精神從焦慮中再度復返其全眞自由。

那麼，己身離官場，並投入山水氤氳故里的陳子昂，如何紓解其自朝廷所帶回的忽忽不樂的情緒呢？〈酬暉上人秋夜獨坐山亭有贈〉[註15] 云：

> 鐘梵經行罷，香床坐入禪。
>
> 巖庭交雜樹，石瀨瀉鳴泉。
>
> 水月心方寂，雲霞思獨玄。
>
> 寧知人世裡，疾病苦攀緣。

此詩雖是陳子昂酬暉上人獨坐山亭而作，但亦是他內心的深刻表白。在第二章中我們曾經說到，陳子昂在科考落第，返回故里時，曾經與暉上人有過交往，並沉酣於一片望塵絕世的佛理中。然而，陳子昂不過於故里蟄伏了一小段時間，不久便又動了凡念，執意再次參加科考，為心中那份迫切實現的用世理想付出努力。而陳子昂在八年仕宦生涯後，也讓自己落入難以排解的鬱鬱不樂中。因此，再次面對暉上人，當他再次參禪理佛時，在

論亦不至於產生影響。此外，本文採韓先生的說法，亦是發覺此時期其他詩作的詩名，多以「暉上人」命之，則詩當因與「暉上人」的頻頻交往而產生。

[註14]　「姜主簿」為何人？今已難考。此外，從序文末云：「詩以永言云爾」可見文應有詩，但詩今已不見。見《新校陳子昂集》卷七。

[註15]　此詩在《新校陳子昂集》（卷二）中題為〈同王員外雨後登開元寺南樓因酬暉上人獨坐山亭有贈〉，然而，《文苑英華》、《四部叢刊影印明弘治本》、《全唐詩》中皆以詩題為〈酬暉上人秋夜獨坐山亭有贈〉，《唐會要》卷四八云：「天授元年十月二十九日，兩京及諸州各置大雲寺一所。至開元二十六年六月一日，並改為開元寺」。而胡三省《通鑑》注：「開元寺，今諸州間亦有之，蓋唐開元中所置也」。故此詩的詩名應為〈酬暉上人獨坐山亭有贈〉，「開元寺」等詞，應是後人所加。

自我仕宦生涯的深刻感受下，必然對佛、凡之間有了更深一層的感觸。看著暉上人在樹叢雜生、水流湍急的亭子裡閉目靜坐，陳子昂心中冉冉升起一念：「水月心方寂，雲霞思獨玄」，水月、雲霞皆不過虛物，在非有非無之間，本不可執著，為何苦苦追求呢？這是陳子昂對執念於朝廷的自己的反問，但亦是自為開解之詞，於是，陳子昂以結論性的領悟，告訴自己：「寧知人世裡，疲病苦攀緣」，人世間的一切痛苦來源，正是因為不能心隨物轉，所以在外物奔騰不息的狀況下，專注於物的心便要因而眩亂了。陳子昂在此詩中對悒鬱的心理作了分析，以下諸詩，更展現了陳子昂的領悟。〈酬暉上人秋夜山亭有贈〉〔註16〕云：

> 皎皎白林秋，微微翠山靜。
> 禪居感物變，獨坐開軒屏。
> 風泉夜聲雜，月露宵光冷。
> 多謝忘機人，塵憂未能整。

抽身出了擾亂人心的官場，陳子昂浸淫在一片寧謐氣氛中，林木在皎潔月光的映照下閃耀著光芒，黑夜裡的遠山亦似乎幽靜了下來。獨坐在僧房裡，對著窗戶，陳子昂想著人世變化的道理，在夜濃露重之際，對自己多年官場的浮沈感受極深，因此在參透佛理之際，感慨地發出：「多謝忘機人，塵憂未能整」，面對俗慮盡除的暉上人，陳子昂怨艾慚愧其在官場中的汲汲仕進之心。以上二詩中皆可看到陳子昂以佛理中的「攀緣」之念，對自己宦海浮沈的痛苦作了解釋，並以此開解自己，滌除俗慮，參透人事追求的虛幻。在〈酬暉上人夏日林泉〉、〈夏日遊暉上人房〉中，陳子昂將其行跡作了陳述。〈夏日遊暉上人房〉〔註17〕云：

> 山水開精舍，琴歌列梵筵。
> 人疑白樓賞，地似竹林禪。
> 對戶池光亂，交軒巖翠連。
> 色空今已寂，乘月弄澄泉。

從詩可看出悠游山水、聽僧徒說法是陳子昂返鄉後的重心，從生活重心的轉移，懷想以往的滿心困頓，更促使陳子昂將自己忘情於山水、佛理之中。在「色空今已寂，乘月弄澄泉」中，陳子昂再度表達了對紅塵俗慮的看透，並

〔註16〕見《新校陳子昂集》卷二。
〔註17〕見《新校陳子昂集》卷二。

讓自己悠游忘憂於山水寧謐中。在〈酬暉上人夏日林泉〉〔註18〕中，陳子昂則再度對其返鄉之後的幽適生活作一番描述：

　　　聞道白雲居，窈窕青蓮宇。

　　　巖泉萬丈流，樹石千年古。

　　　林臥對軒窗，山陰滿庭戶。

　　　方釋塵勞事，從君襲蘭杜。

詩亦寫從暉上人交遊的情形。在此詩中，陳子昂通過對佛寺的優雅景觀及附近山水奇致之描寫，透露了他心中對恬然生活的稱揚與嚮往。「方釋塵勞事，從君襲蘭杜」兩種生活的轉換，正代表著陳子昂心靈在困頓之情下所作的調適。然而，陳子昂既然曾經如此執著於世情，那麼，與僧徒頻繁的交遊，是否可以全然滌除他心中的悒鬱？我們可從〈酬李參軍崇嗣旅館見贈〉〔註19〕中，對這個問題作進一步探討。詩云：

　　　昨夜銀河畔，星文犯遙漢。

　　　今朝紫氣新，物色果逢真。

　　　言從天上落，乃是地仙人。

　　　白璧疑冤楚，烏裘似入秦。

　　　摧藏多古意，歷覽備艱辛。

　　　樂廣雲雖睹，夷吾風未春。

　　　鳳歌空有問，龍性詎能馴。

　　　寶劍終應出，驪珠會見珍。

　　　未及馮公老，何驚孺子貧。

　　　青雲儻可致，北海憶孫賓。

時序到了夏天，正面臨失志不遇打擊的許州參軍李崇嗣，自許州入蜀〔註20〕來探望他。「摧藏多古意，歷覽備艱辛」，陳子昂認為觀之歷朝，舉凡大賢之士，未有不因時運不濟而心生困頓者，何況是區區的個人？而且，退一步說來，這樣的遭遇，不正可以證明自己的才能上通古賢人嗎？因此，陳子昂鼓勵好友：「鳳歌空有問，龍性詎能馴」雖然仕途遭遇蹇塞，但若不改素志，則

〔註18〕見《新校陳子昂集》卷二。

〔註19〕見《新校陳子昂集》卷二。

〔註20〕陳子昂於稍後所寫的〈夏日暉上人房別李參軍序〉云：「來從許下，月旦出於龍泉，言入蜀中，星文見於牛斗。」據此，判別李參軍應曾任許州參軍，並應是從許州入蜀。

「寶劍終應出，驪珠會見珍」，終有一天，他必以其才能而大放異彩。況且，「未及馮公老，何驚孺子貧」，雖然此刻仕途困窘，但是只要具備良好的才能與德性，哪怕就此被終身埋沒呢？這雖然是陳子昂對好友的勸勉，但是，對具有相同仕宦背景與感受的陳子昂而言，這番見解當可視爲對自我的開解。此外，從末句：「青雲儻可致，北海憶孫賓」的欲獲揄揚引薦的叮嚀中可知，陳子昂似乎未能眞正斷絕與世「攀緣」的俗念，故仍冀望好友在飛黃騰達後的提攜。

誠如前節所論，陳子昂返鄉的意義在於必須對困頓的情感尋求有效的紓解之道，然在此詩中，陳子昂仍然表現出對仕途的戀眷，可見陳子昂雖然已在返鄉之後，抽離出令他陷入兩難處境的政治現實，但並未能就此棄絕其對理想的執著。因此，陳子昂在返鄉之後，那份因理想受挫的苦悶，仍不絕地在心中躍動著，而這份心思，便隱然在〈酬李參軍崇嗣旅館見贈〉中顯露出一種在自我才能的肯定下，卻不被重用的苦悶。從「寶劍終應出，驪珠會見珍」、「青雲儻可致，北海憶孫賓」中更可看出陳子昂對用世之志的無法割捨。可見，陳子昂雖然於返鄉之後頻頻接觸佛理，但仍不免隱然表現出一種自我的哀矜之情，面對著多蹇的際遇，仍要求自己持志以恆，以待時運到來，終可聞達於世。然而，在這裡，值得我們注意的是，若是未放棄「人事」的追求，即便是只懷有一個等待的心志，對滿心憂憤，亟欲解脫煩擾的陳子昂而言，仍然不免陷於期待的痛苦。因此，在等待的憂慮下，陳子昂又無可避免地向仙佛之鄉再度靠了過去。從李崇嗣告別時，陳子昂所作的〈夏日暉上人房別李參軍崇嗣〉並序〔註21〕中可以證明此點。序文中，陳子昂透露了完全斷念俗慮的想法：

> 高僧展袂，大士臨筵，披□路之天書，坐琉璃之寶地。簾帷後闢，
> 拂鸚鵡之香林。欄檻前開，照芙蓉之綠水。討論儒墨，探覽眞玄。
> 覺周孔之猶述，知老莊之未悟。遂欲高攀寶座，伏奏金仙。開不二
> 之法門，觀大千之世界。

這段序文頻頻引用佛教的典故，從中亦表現了陳子昂對佛理的參透。從文中可知，陳子昂在返鄉之後，甚爲積極地與僧徒交遊，並投入於佛理的講筵中。而在佛教清淨無欲的世界中，陳子昂面對自己庸庸碌碌的追求，不禁感慨道：「覺周、孔之猶述」，認爲儒家爲實現理想的汲汲奔走，實仍未臻至大道，而「知老、

〔註21〕見《新校陳子昂集》卷二。

莊之未悟」，就連道家以人間建立死生兩忘的境界亦不免心繫世間。而儒、道的
境界，皆不若佛家逕以直接悟道之心，觀世間萬象之空空如也。陳子昂在此抽
空了一切心中俗念，甚至對莊、老之道亦加以批判（實則陳子昂的詩中亦不免
常常透露出道家之思），實表現了陳子昂企求全然消解苦悶的強烈企圖。這個企
圖在〈夏日暉上人房別李參軍崇嗣〉詩中有清楚表白。詩云：

> 四十九變化，一十三死生。
> 翁乎玄黃裡，驅馳風雨情。
> 是非紛妄作，寵辱坐相驚。
> 至人獨幽鑑，窈窕隨昏明。
> 咫尺山河道，軒窗日月庭。
> 別離焉足問，悲樂故能并。
> 我輩何為爾，栖皇猶未平。
> 金台可攀陟，寶界絕將迎。
> 戶牖觀天地，階基上窅冥。
> 自超三界樂，安知萬里征。
> 中國要荒內，人寰宇宙縈。
> 弦望如朝夕，寧嗟蜀道行。

陳子昂從佛學的死生往復，與道家生命無常的觀念，對人的存在意義進行思
考，認為天地的轉變皆如風雨飄搖，而世間的是非寵辱紛起，其實都沒有真
正的意義。因此，何必因為世情的明暗變化而頻使心念徒然波動呢？在「我
輩何能爾，栖皇猶未平」中，陳子昂則責怪李崇嗣和自己，為何如此眷念人
世？如此執著個人用世理想？又為何陷入困頓憂傷的迷惘中呢？因此，陳子
昂勸告好友：既然知道人生不過風雨馳騁，瞬息俱滅，而人世的追求又充滿
了險阻，何不拋開塵俗羈絆，嚮往他岸的極樂世界呢？從以上二首詩歌看來，
陳子昂在同一個時期對同一個仕途困塞的好友進行勸勉與排解，卻表現了兩
種迥然相異的思緒。詩中所呈現的不同旨意，正表現了陳子昂返鄉之後的無
法釋然，與試圖以佛家極樂世界的嚮往作為斷絕俗念的根據，以讓自己從困
頓迷惘之境中徹底掙脫出來。

　　陳子昂返鄉時期所作的詩文，有一個明顯的特色與主題。在「主題」
上，在遠離了官場之後，以反映政治現實與個人憂憤的詩歌主題，轉為對
佛理思想、僧徒交往的陳述。這正是陳子昂企求紓解的表現。在「特色」

上，從陳子昂此次返鄉的詩作看來，在寫對仙佛世界的嚮往上，有一不同於落第返鄉時的寫作風格，即不僅在詩中表明其欽慕仙佛之志，更在詩中展現大量的說理與對玄理的參透。這是因為陳子昂心情的困窘，來自其用世理想與現實的衝突，因此，對陳子昂而言，這些衝突（如武則天的不納其言）是他所不能掌握的。因此，佛教的「攀緣」之說，認為痛苦起於心對永不可捉摸的外物的追求，便在陳子昂亟欲紓解的抑鬱之心中起了作用，透過對佛理的體察，以斷絕情感上的牽繫，這便是陳子昂在詩中不斷談玄論理的原因。

　　以上我們對陳子昂返鄉時期所作詩文的主題特色與意義作了說明。從返鄉詩作所呈現的統一主題中，可以看出陳子昂企圖以佛教「攀緣」之念來阻斷起於「理想與現實的衝突」的迷惘。那麼，在這一番思索之後，陳子昂是否脫離了他情感上的困厄？如果我們說，陳子昂對人世「攀緣」的覺悟，及對恬適生活的嚮往，是其在「返鄉」期間的最大體悟，那麼，陳子昂是否得以在具體的行動中，對此感悟作出踐履，使其執著於世情的心，得到全然的紓解？他是否斷絕了對「現實」的關切與不滿，讓自己的情感從「現實」的侷圍中釋放出來？本文將在下一節中對此些問題加以討論，從中對其紓解的效果加以評估。

第三節　從佛理的感悟評估紓解的效果

　　在上一節中，我們對陳子昂尋求紓解所作的努力作了討論。要而言之，即（一）以「返鄉」尋求紓解的可能。（二）在返鄉期間以仙佛的嚮往作為紓解之道，在佛理的感悟中，放棄對人世「攀緣」的追求，了解萬物瞬間即逝的道理，讓心靈從外物的奔肆不息中解放出來，進而嚮往彼岸的極樂世界。因此，本節將討論陳子昂對此感悟的踐履，並對其是否得以達成紓解的效果作一番評估。長壽二年（693）秋天，陳子昂服喪期滿，返回朝廷任官，從射洪縣啟程，沿著涪江而下，在忠州與吳參軍、牛司倉重逢，寫下〈忠州江亭喜重遇吳參軍牛司倉序〉〔註22〕敘述其心情：

　　　　敘名官而猶嗟，問鄉關而不樂。雲天遂解，琴酒還開，……神融興

〔註22〕〈忠州江亭喜重遇吳參軍牛司倉序〉文末云：「所願保於千金，別曲何謠。各請陳于五字」，可見本應有詩。然今只序被保留下來。見《新校陳子昂集》卷七。

恰，望眞情高。覺清溪之仙洞不遙，見蒼海之神山乍出……。

從序文中我們可以看到在「名宦」和「鄉關」二者中，陳子昂對「名宦」一事似乎不再興趣盎然，甚至因此而鬱鬱不樂。因此，在處境的選擇上，陳子昂只能讓自己的情感皈依「鄉關」。因此：「敘名宦而猶嗟」，陳子昂仍然對仕途的險阻充滿憂慮，對於即將展開的未來心存畏懼。從這裡看來，佛理的洗滌似乎尚未能帶給他一顆安適的心，昔日山林悠游的生活更令他難以割捨。因此，在「問關情而不樂」的情緒中，旅途中所見的林木山壑，便一一在陳子昂的眼中起了似見「仙洞神山」的幻覺了。

陳子昂行至萬州（四川省萬縣）又寫下〈萬州曉發放舟乘漲還寄蜀中親友〉〔註23〕以記敘其思鄉的心情。詩云：

> 空濛巖雨霽，爛熳曉雲歸。
> 嘯旅乘明發，奔橈驚斷磯。
> 蒼茫林岫轉，駱驛漲濤飛。
> 遠岸孤雲出，遙峰曙日微。
> 前瞻未能晌，坐望已相依。
> 曲直還今古，經過失是非。
> 還期方浩浩，征思日騑騑。
> 寄謝千金子，將海事多違。

在山雨乍歇、彩霞將盡的黎明，陳子昂呼朋喚友，乘著漲潮之際啓船前行。船行在湍急的江峽之中，濤濤江水捲起駱驛不絕的浪花。只見遠處的孤雲、曙日在舟隻的疾駛之中，忽而遙遙，又忽而近在身邊。這個景象，不禁讓陳子昂心生感慨：眼前景物的轉瞬消失，不正像是世間的是非曲直，轉眼之間便頓成陳跡，無不湮沒於歲月的流蝕中嗎？而陳子昂既感於人事追求的虛幻，那麼，目下的旅程便頓失意義。而當陳子昂悟及此理，其情感不禁又向故里奔了過去。在客思綿綿中，陳子昂只好寄語故友，陳明其隱逸不得之心。從以上詩文看來，當陳子昂在經歷理想煥發、產生困頓、尋求紓解、有所感悟之後，再次出發，似乎以對自我用世的理想產生了懷疑，而面對未來，其意興遄飛之志已不得見，取而代之的是以佛理「攀緣」的領悟，將昔日執著的理想作了徹底地否定。然其入仕意念既遭否定，而又隱逸不得，則陳子昂便又陷於另一種情感的困頓中。

〔註23〕見《新校陳子昂集》，卷二。

　　從以上二首詩歌看來，陳子昂在面對「仕宦」的未來時，不但未能從佛理的領悟中令心境得到安然，更由用世理想的否定中，陷入另一種情感上的困頓。而倘若陳子昂面對「仕宦」的未來所產生的消沈與痛苦，是緣於其對佛理「攀緣」的深刻體悟，那麼，陳子昂必然要在此次的宦途中，表明其對世情的捨棄。然而，陳子昂真的全然消解了他的執著之念嗎？他真的放下了對朝政弊病的關切嗎？從陳子昂一路所作的詩歌中，我們可以看到一個現象：愈接近目的地，陳子昂所陳明的歸隱心志，與對恬適生活的嚮往又漸漸淡去，甚至在詩中，他終於又壓抑不住地表達了對國事的關切。如〈感遇〉第二七、二八〔註24〕便將陳子昂那份關情於國家安危的情感表現得很清楚。〈感遇〉第二七云：

> 朝發宜都渚，浩然思故鄉。
> 故鄉不可見，路隔巫山陽。
> 巫山彩雲沒，高丘正微茫。
> 佇立望已久，涕淚沾衣裳。
> 豈茲越鄉感，憶昔楚襄王。
> 朝雲無處所，荊國亦淪亡。

隨著旅途的愈行愈遠，陳子昂船行至宜都（湖北宜都縣），不禁思緒幽幽，對故鄉產生了深遠的眷戀。然而，正欲回望故里，卻見高聳的巫山遮擋在前。仰望巫山，卻只能看到山頭籠罩在一片片變幻莫測的雲朵中，陳子昂佇立江渚，面對著眼前景象的虛無飄渺，不禁悲從中來，淚流滿面。「豈茲越鄉感」，然而陳子昂為何心生悲慟呢？難道是思鄉情懷的翻攪？「憶昔楚襄王」，由於遠望雲霧繚繞的巫山頭，令陳子昂不禁沉湎怔想楚襄王夢遇神女之事，而當思及楚襄王事，陳子昂的心中便升起無限悲痛：「朝雲無處所，荊國亦淪亡」，陳子昂痛斥楚襄王荒淫無道、縱情享樂，因此導致了國家的衰亡。然而，陳子昂為何在臨近朝廷之際，將情感由對故里的依戀，轉而興起對楚襄王荒淫亡國的悲慟？明唐汝詢云：

> 此因登覽山丘而起亡國之歎，蓋亦有為而發也。〔註25〕

沈德潛亦云：

〔註24〕羅庸《陳子昂年譜》、邱燮鐔《陳伯玉年譜》未曾繫此二詩之寫作年代，但彭慶生先生《陳子昂詩注》及韓理州先生《陳子昂評傳》皆以之為長壽二年（693）出蜀途中所作。

〔註25〕見明唐汝詢《唐詩解》卷一。

－128－

「豈茲越鄉感」句，從上轉下，見荒淫足以亡國，爲世戒也。〔註26〕
從這裡我們可以看到，充塞於陳子昂心中的，已由思鄉之情復轉爲對國家興亡
的關切。然而令陳子昂如此「有爲而發」的原因是什麼呢？韓理州先生以爲：

　　　此篇作意十分豁顯。「豈茲越鄉感」已經強調指出，非爲思鄉惆悵。
　　　詩人意在以楚王荒淫導致國家滅亡爲訓，警告正在縱情享樂的當朝
　　　統治集團。〔註27〕

彭慶生先生亦認爲：

　　　此篇借楚襄王荒淫亡國的歷史教訓，以抨擊武后及諸武集團。〔註28〕

陳子昂昔日當朝時，曾在一系列的〈感遇〉詩中，以歷史典故來暗陳對武則
天及奸佞小人的控訴，並以此對武則天的荒淫逸樂深表不滿。而在此詩中，
陳子昂又以楚襄王事抨擊武后及朝廷小人。以上可知，甫表明欲捨離世情的
他，隨著目的地的接近，又不自覺地對國事的安危投以關切，故又讓自己再
度陷於關情國事的痛苦之中。〔註29〕以上看來，陳子昂從處境的困頓，到寄
託紓解的企求；又從情感的暫時紓解後，再度陷入情感的踟躕中，佛家的「攀
緣」之說終究未能在陳子昂的心中起著確切的作用。陳子昂接著寫就的〈感
遇〉第二八首便是一個極好的證明：

　　　昔日章華宴，荊王樂荒淫。
　　　霓旌翠羽蓋，射兕雲夢林。
　　　揭來高唐觀，悵望雲陽岑。
　　　雄圖今何在，黃雀空哀吟。

陳子昂舟行至荊州並寫下此詩。思鄉之情已不可見，充溢於詩中的只是一片
歷史衰亡的浩歎之聲。面對著高唐觀，這個當年楚襄王遊宴逸樂之處，當陳
子昂在這荒漠的歷史陳跡中極目望去，他的腦海卻彷彿出現了楚襄王：以五

〔註26〕見沈德潛《唐詩別裁集》，卷一。
〔註27〕見韓理州先生著〈感遇詩析疑〉（《陳子昂研究》，上海古籍出版社，1988 年版）
　　　　頁 185。
〔註28〕見彭慶生先生著《陳子昂詩注》（四川人民出版社，1981 年版），頁 47。
〔註29〕陳子昂從佛理「攀緣」的感悟後，又陷於關情國事的痛苦，其原因，除了和
　　　　他未能忘情於「現實」的主觀心理有關之外，這亦當和他八年仕宦生涯的領
　　　　悟有關。在朝中小人橫行的景況中，原本陳子昂深深厚望，並以之爲「明主」
　　　　的武則天竟令其大失所望，所以，陳子昂在擔憂國事的沈重心情中，便自然
　　　　地產生了一份強烈的關心國家命運的使命感。由此看來，陳子昂所以讓心情
　　　　再度陷入「現實」的痛苦中，和外在環境的刺激實有著莫大的關係。

彩的翠羽裝飾車蓋、在雲夢澤畔嬉戲射獵的荒淫圖像。而在撫今追昔之際，陳子昂悵望雲夢澤的小山，不禁慨然歎道：當年的雄圖如今何在呢？為何只剩下黃雀在這裡低低切切的哀鳴呢？此詩作意緊承上首，我們依然可以在其中看出陳子昂對國家興亡的關切，然而，值得我們注意的是，當陳子昂對國事關情的敏銳度，隨著目的地的接近，再次被高度挑起後，他對歷史衰亡的關切與解釋的角度，相較於返鄉之前，似乎並沒有什麼不同。可見，佛理的洗滌，並未讓陳子昂的情感真正釋然，亦未鬆解陳子昂對國家的關切，一旦告別淡泊隱逸的生活，那份被「壓抑」下來的對國脈民命關切的情感，在不知覺中又潰然奔出，隨著目的地的接近，陳子昂又和返鄉之前的他作了緊密的連結，詩中所顯露出的情感，亦彷彿是未經時空阻隔的延續。

在這裡，我們尚可對以下問題進行深入探討：再次入京的陳子昂，為什麼會對楚襄王荒淫誤國的教訓。興起唏吁之歎呢？此外，若就第二章所論，歷史典故的運用正代表陳子昂對自我生命的一份關切，那麼，為何面對同樣的旅程與景物，陳子昂會在兩次出蜀的詩中呈現不同的歷史情懷呢？此次出蜀，為何不再在詩中表明其對功名成遂的自信，而獨對楚襄王荒淫誤國之事感受特深呢？對陳子昂而言，八年的仕宦生涯已使他對「現實」有著深刻的體會，而武則天的冷落與朝中小人的當權一直是他壓力所在，而既然這是陳子昂投身政治後的深刻感觸，則便影響了陳子昂觀察事物的角度，這便是陳子昂無法在同樣的旅程中，以詩歌表現其自信之情的主要原因。而從陳子昂對國家命運的憂心中，我們亦可發現，在經過返鄉期間的紓解之後，陳子昂又在即將返回朝廷之際，將自己逼迫入同樣的困局中。從以上可見，陳子昂的返鄉之行，只能視為對困頓情感的「暫時」紓解，這個「暫時」的紓解效果，只有在處境的轉換──返鄉中才有可能達成，當陳子昂又回到另他產生困厄的原點時，那份被「暫時」消解的執著之情，便又隨著「仕宦」目的地接近而鮮活起來，故面對著他依然不能排解的現實衝突，陳子昂只能讓自己的情感，再次置於一個「理想與現實的衝突」的困局中。

小結

經由本章的討論後，我們可以看到陳子昂在投入「現實」、迎接「現實」的挑戰後，其人格發展的重要線索。要而言之，當陳子昂對現實弊病有著深切體認之後，便以公忠體國、匡時濟世的態度投入現實，致力於對朝政的弊

端進行批判。然而，陳子昂雖然以「奮不顧身」的恣態投入現實中，但在批判時政的過程中，陳子昂亦不免在小人當道、賢人見黜的政治局面下心生悚惕；而就陳子昂「理想」的內容言，武則天對他屢陳諫言態度的冷淡，更讓一向堅信「賢聖相逢」的陳子昂，對自身的處境產生情感上的焦慮。「理想」與「現實」間的互動，在武則天的冷落與朝廷小人的橫行下，已開始在陳子昂的心靈產生了無可避免的「衝突」。因此，在困頓的情感下，陳子昂在身居朝廷時，便在心中寄喻了對紓解的企求。然對陳子昂的「理想」而言，其努力的方向即在於批判朝政綱紀的不張，因此，對國事關切的他，終究難以在其中尋求紓解的可能。因此，以神仙世界的追尋作為紓解困頓的方法，便成為陳子昂返鄉之後的生活重心。然而，陳子昂雖然在返鄉期間對存在的意義有了另一番思索，並企圖讓自己對世情的「攀緣」中解脫出來，但是，當陳子昂再度告別故里，展開另一段新生活時，他焦慮消沈的情感並未在佛理的洗滌之下達致寧靜，反而令他陷入另一種欲隱不得、思念故里的心緒中。而留在原點的這份消沈的情感，隨著目的地的接近，又讓他不禁再度陷入對國事關情的苦惱中。然而，正因為陳子昂無法拋棄其用世之情，而又不能不面對理想與現實的衝突，因此，陳子昂便又懷著落寞的心情返回洛陽任職了。而陳子昂雖然終究未將佛老視為其生命最終的寄託，但對「攀緣」的領會與對極樂仙鄉的嚮往，從此以往，卻成了他思想中的重要骨幹。

第五章 悲劇感的形成與終極情境的超越企求

　　第四章的討論後，我們可以清楚看出，對「賢聖相逢」充滿期待的陳子昂，面對著來自政治現實上種種無可排解的衝突，開始在心中冉冉升起焦慮之感，而當陳子昂因奔母喪再次返回射洪縣故里時，更積極地從佛家的「攀緣」之說，尋求情感的慰藉，並企圖以極樂仙鄉的嚮往，斷絕心中的用世之志，進而否決那份蘊積多年的濟世之情。然而，當陳子昂服喪期滿，再度告別故里，邁向另一階段的仕宦之旅時，他依然困厄的情感並未能在佛理的洗滌後歸於平靜，而在目的地的拉近之後，甫對世情抱持否決態度的陳子昂，竟又不自主地陷入關情國事的苦惱中。於是陳子昂的情感又回到原先頓挫焦慮的狀態中。而那份對極樂仙鄉的嚮往之情，則構成了他思想的一部分，並成為往後面對現實頓挫時的一股重要力量。

　　從陳子昂返回朝廷後的行事繫年看來，在往後的數年中，陳子昂又以行動對其濟世理想作了踐履。然正因為「濟世理想」仍必須與「政治現實」發生互動的關係，因此，在陳子昂為理想奮鬥的過程中，現實衝突的壓迫，又促使陳子昂對其存在意義作多方的思考。因此，從「理想」與「現實」的互動中，在本章，我們必須對陳子昂的人格發展作進一步的探討：在陳子昂的存在意義中，「外王理想」究竟扮演著怎樣的舉足輕重的角色？陳子昂如何踐履它的意義？又如果「外王理想」是陳子昂自我肯定的具體內容，那麼他如何再次回應「現實頓挫」？仙佛之思是否影響了他的回應之道？此外，從詩文繫年看來，陳子昂的代表詩作如〈登薊丘覽古〉七首、〈登幽州臺歌〉等皆在此時期完成，則在「理想」與「現實」互動的兩個面相中，它們傳達出陳

子昂人格發展的什麼重要特質？這個人格特質除了展現理想與現實的互動意義外，它如何藉釀下一階段──返鄉歸里的必然性？以下即對這些問題進行探討。

第一節　用世之情的執著與悲劇感的形成

一、理想的再度煥發到陷獄的創痛

　　陳子昂於長壽二年（693）秋冬之際返回朝廷，並被朝廷任予八品的小官右拾遺。〔註1〕據《唐書》載右拾遺的職責是：

> 掌供奉諷諫，扈從乘輿。凡發令舉事，有不便於時、不合於道，大則廷議，小則上封。若賢良之遺滯於下，忠孝之不聞於上，則條其事狀而薦言之。〔註2〕

從右拾遺的職責看來，「掌供奉諷諫」正是陳子昂入仕之後，以「忠臣」自居的行事指標，亦是他一向賦予自己的重大使命。事實上，早在陳子昂任職麟臺正字、右衛冑曹參軍時期，便已從社會問題的詳細彰察中，屢次「冒越非次」地對時政的弊端提出嚴厲的批判。故當今這個新職位，正可讓其抗論惛俗的決心得到充分發揮。因此，在新職位的任命之下，陳子昂又對其仕宦前程產生無比的信心，其用世之志又被視為存在的最高信念，而那份困頓之情，亦在這番鼓舞之中被拋諸九霄雲外，並得到全然紓解。

　　陳子昂對政治重新萌發的熱情，我們可從其任右拾遺不久，便為百官上陳的〈為朝官及岳牧賀慈竹再生表〉〔註3〕中看出。關於陳子昂的寫作動機，表云：

> 日者王德壽等承使失旨，虐濫無辜，災感蝗蟲、毒痛慈竹。寧歲為之饑饉，旰庶以之流離。冤魄冥呻，玄感上惻。乃降明制，發德音、恤淫行、躅虐典。於是幽魂雪憤，遺噍昭蘇。枯竹由其再生、蝗蟲為之韜眚，祥蠻動色，癉瘵收氣。當天札之凶年，至昇平之稔歲，非夫聖靈昭感，天人合符，何吉凶之徵。

〔註1〕關於陳子昂任右拾遺事，《新唐書陳子昂》本傳載：「以母喪去官，服終，擢右拾遺」。又〈陳氏別傳〉載：「以繼母憂解官，服闋，拜右拾遺。」

〔註2〕左、右拾遺分別隸屬門下省、中書省。為垂拱二年（685）武則天所設。見《舊唐書》卷四十三，〈職官二〉。

〔註3〕見《新校陳子昂集》，卷三。

從這段論述可見，此文是陳子昂爲稱揚武則天斷察民冤之舉所作。關於這段
冤案的歷史背景，《新唐書・武則天傳》記載，在長壽二年（693）：〔註4〕

> 有上封事言嶺南流人謀反者，太后遣攝右臺監察御史萬國俊就按，
> 得實即論決。國俊至廣州，盡召流人，矯詔賜自盡，皆號哭不服，
> 國俊驅之水曲，使不得逃，一日戮三百餘人。乃誣奏流人怨望，請
> 悉除之。於是太后遣右衛胄翊府兵曹參軍劉光業、司刑評事王德
> 壽……皆攝監察御史，分往劍南、黔中、安南等六道訊鞫，而擢國
> 俊左臺侍御史。光業等亦希功于上，唯恐殺人之少。光業殺者九百
> 人，德壽殺七百人，其餘亦不減五百人。太后久乃知其冤，詔六道
> 使所殺者還其家。國俊等亦相踵而死，皆見有物爲厲云。

從這段文獻記載中可知，萬國俊非但沒有明察嶺南流謀反案，反而誣告各地
流犯皆圖謀造反，故致使武則天任用更多的酷吏鎮壓謀反，因而在酷吏們殘
民以逞的濫殺行動中，造成了無數百姓的無辜犧牲，遍野哀鴻。然在大肆的
殺戮之後，民怨沸騰，久之武后亦知用刑之濫，除令流人返家外，亦嚴懲了
這批草菅人命的酷吏。由以上看來，陳子昂對於國事仍然極爲關注，而其表
文之言亦頗能反映時政，然而，陳子昂上陳表文，稱揚武則天的用意何在？
又爲何以「蝗蟲韜晉」、「枯竹再生」等「天人合符」的觀點附會武則天的明
察斷案？我們可以從此表文中找到答案：

> 臣聞天視自我人視，天聽自我人聽。故堯臣放命，降震怒之災。姬
> 聖尊仁，受昭事之福。先王所以恭畏上下，祇奉天人，於是有昭德
> 塞違、懲惡勸善。所以明枉直、正典刑。……臣等聞聖人法天，所
> 以順物。小人違道，則必亂常。故虞稱欽明，嚴四凶之罪。魯有仁
> 義，正兩觀之誅。……朝廷無腹誹之憂，天下有刑措之頌。信可以
> 懲殘創酷，誘善旌冤，永清侮弄之階，共登仁壽之域。臣等謬贊臺
> 閣，忝守藩維，實思仰奉大猷，以穆中典。幸屬至聖崇德，小人勿
> 用，凡在庶品，實百恆歡。雖成康頌聲，文景默化，刑清政肅，曾
> 何足云？

從以上可以很清楚看出，陳子昂特以「天人合符」來稱揚武則天的明察斷案
之舉，其實是希望藉由「天人感應」的證明，告諸武則天施行仁政（即陳子
昂一再強調的「安人」之政）的必要性。因此，這個「天人合符」之說，雖

〔註4〕事在《資治通鑑》長壽二年（693）二月第十條亦有相同記載。

是對武則天斷察冤案的稱揚，在積極意義上，更是陳子昂藉以告誡武則天施行仁政的最終根據與保證。因此，提出「蝗蟲韜箐」、「枯竹再生」的「天人感應」之說，便隱含了陳子昂對仁政的肯定。此外，值得我們注意的是，這篇表文和陳子昂前期所寫的若干諫文相同，皆是從「歷史興亡」的證明來說明「天惡凶亂」、「得人者昌，失人者亡」的道理（詳見第三章）。從以上可見，自始至終，陳子昂的「外王理想」都堅持著相同的內容：藉由自身在「政治現實」上的努力，與「歷史王道」的典範作緊密的勾連，並在努力的過程中，應證「賢聖相逢」的「時」的意義，以使他的存在感，在「天人感應」的互動下得到完全的實現。

從以上可以看出，陳子昂的棄絕用世之志，實肇於「政治體制」的壓迫，一旦這份壓迫不再籠罩著他，那份尚待施展的用世之志便又成了他存在的最高信念，並決定了他日後人格發展的方向。然而，從陳子昂的行事繫年看來，當他上陳〈為朝官及岳牧賀慈竹再生表〉不久，並在武則天嚴懲酷吏的舉動下信心復燃，一心一意為其濟世理想再度付諸心力時，卻旋遭不測之患，被人以亂黨之名誣陷，免除官職，並惹來牢獄之災。關於陳子昂被誣陷入獄的原因，史傳並未作明白的記載，而陳子昂在出獄後所寫的〈謝免罪表〉中則有粗略的交代：

> 臣某言，月日司刑少卿郭某奉宣敕旨：以臣所犯，特從放免……不圖誤識凶人，作緣逆黨，論臣罪累。

由此可見，陳子昂陷獄的原因是受了朋友謀反的牽連。〔註5〕而親身經受著這個被誣陷的打擊，他又如何面對自己那份甫將復燃的用世之志？又從陳子昂

〔註5〕陳子昂為何被牽連謀反？考陳子昂詩文無載此事。邱燮鍚《陳伯玉年譜》及羅庸《陳子昂年譜》皆作了推測。邱燮鍚先生說道：「子昂陷獄緣由，其詳不可考，第以其〈謝免罪表〉所云：『不圖誤識凶人，坐緣逆黨。』觀之，知以護宗室李氏，申冤逆黨被繫。考之比年反逆冤獄，《通鑑》載有長壽二年：『或告嶺南流人謀反』。王德壽等因枉殺百千。子昂本年初有〈賀慈竹再生表〉云：『一昨伏奉恩敕，宣示司農卿宗晉卿所奏：日者王德壽等承使失旨，虐濫無辜。』又稱：『幽魂雪憤，遺噍昭蘇。』又云：『信可懲殘創酷，誘善誣冤。』其忌恨酷吏如此。按思農宗正即李孝逸從子李琇（本集有為司農卿讓官表）係來俊臣與諸武氏所謂『逆黨』宗室。其坐緣反逆罪累，就近事考之，蓋由此乎？」邱燮鍚先生認為牽連陳子昂的所謂的逆黨應是李琇。而羅庸說道：「據本集九〈陳宗人冤獄書〉，知嘉言亦曾因構陷被繫，其時亦當在索元禮、來俊臣勢盛之際。迨神功元年六月，來俊臣伏誅，刑獄少衰，告訐之風始葺，子昂所遭，未審是否由於嘉言。」羅庸認為陳子昂應是由陳嘉言所牽累。然不論是李琇或陳嘉言，陳子昂皆是由酷吏所誣陷入獄。

的人格發展線索看來，被誣陷入獄的打擊，如何在其「外王理想」的追尋過程中呈現意義？以下我們當對這些問題進行探討。在〈宴胡楚眞禁所〉〔註6〕一詩中，我們可以看到遭受劫罣的陳子昂，其情感的怨怒悲痛。詩云：

> 人生固有命，天道信無言。
>
> 青繩一相點，白璧遂成冤。
>
> 請室閑逾邈，幽庭春未暄。
>
> 寄謝韓安國，何驚獄吏尊。

在第三章中，我們曾經就揚州叛亂、李唐宗室叛亂事討論陳子昂對「謀反」一事的看法，其中說到，由於陳子昂並未預存「正統」的觀念，因此，他一向以「天惡凶亂」的看法來指責「叛亂」之事，並在其中對武則天政權表示了他的擁戴之意。因此，身陷圄圉的陳子昂，面對著這個無辜陷獄的處境，在這份難以排遣的憂憤中，他不禁將這份命運的乖違質問於天：「天道信無言」但正因爲陳子昂無法面對這個無辜陷獄的際遇，因此在「青繩一相點，白璧遂成冤」中，陳子昂再度指控了酷吏小人的迫害，也因爲親身經受著這份迫害，陳子昂在激憤的心情下，更以「幽庭春未暄」呈顯了一份壯志未酬的苦迫之感，而這份苦迫之感，亦逼促了陳子昂質疑其存在的意義。此外藉韓安國、周勃遭受獄吏欺凌之事來喻指自身的處境，更可見陳子昂身心所受之創痛。

二、陷獄的創痛到請纓報國的激昂

　　從政治熱情的再度煥發到無辜陷獄的身心創痛中，在一年餘的牢獄之災後，陳子昂於證聖元年（695）出獄，並復官右拾遺。〔註7〕關於陳子昂出獄後的任官情形，據《新唐書》本傳載：

> 擢右拾遺。子昂多病，居職不樂。會武攸宜討契丹，高置幕府，表子昂參謀。

〔註6〕見《新校陳子昂集》，卷二。

〔註7〕關於陳子昂入獄期限，羅庸《陳子昂年譜》、邱燮鍚《陳伯玉年譜》、彭慶生《陳子昂詩注》等看法皆同。試舉羅庸之說如下：「本集三〈謝免罪表〉略曰：『臣某言：月日司刑少卿郭某奉宣敕旨，以臣所犯……。』本集七〈祭臨海韋府君文首題〉：『維年月日左拾遺陳子昂僅以少牢清酌之奠致祭故人臨海韋君之靈』，又曰：『昔君夢奠之時，值余眞在叢棘，獄戶咫尺，邈若山河，話言空存，白馬不吊，迨天綱既開，而宿草成列，言笑無由，夢寐不接』又曰：『洛陽舊陌，拱木猶存，京兆新阡，孤松已植。』據此是子昂於初授拾遺，即遭罣累，繫洛陽獄者經年，迨免罪出獄，守本官如故。」

〈陳氏別傳〉亦載：

> 子昂晚愛黃老之言，尤耽味易象，往往精詣。在職默然不樂，私有
> 掛冠之意。屬契丹以營州叛，建安郡王武攸宜親總戎律。臺閣英妙，
> 皆置在軍麾，時敕子昂參謀帷幕。

從文獻的記載中可知，陳子昂在出獄之後，仍任職右拾遺，但已將對國事關情的注意力，全部移轉到黃老之言與易象占卜中。此外，陳子昂雖然藉著黃老之言與易象占卜，將自己關情國事的注意力轉移，但其深受重創的心靈仍未就此排解，因此在「默然不樂」中，更升起「掛冠之意」。然陳子昂升起掛官之意時，正值契丹亂境，因此，在兵禍連結中，陳子昂又興起了扶危定傾之志，參與了平亂的戰事。並任職武攸宜的軍事參謀。以上是陳子昂出獄後的行事大要。然從其人格發展的線索考察，以上的行事大要亦不免讓我們產生若干疑問：首先，誠如本文在第二、三章中所強調的，由於陳子昂的存在信念已在「匡時濟世」的理想中和國脈民命連結一起，故不可能在小人橫行的朝廷中，將自己批判時政的注意力抽離出來，為自己的情感焦慮尋求積極的紓解之道。因此，若果陳子昂如此執著於國事，為何卻在復掌「供奉諷諫」之責的右拾遺職時，已然不見其用世的熱情，並反將自己投身於黃老之言、易象占卜中？又如果陳子昂投入於黃老之言與易象占卜的舉動，是因為他無法承載身心重創的痛苦，則為何將注意力轉移至黃老、易象時，卻仍「居職不樂」？「居職不樂」的根本原因是什麼？此外，如果陳子昂真有了「掛官之意」，為何不在其精詣的易象占卜中，勘破政治現實，掙脫出「居職不樂」的困境，辭官返鄉，將「掛官之意」付諸具體的行動，反而在「默然不樂」的困厄心情下，再度投入戰事，並任職參謀，負起剿匪的重任？從「掛冠歸里」之念的興起，到任參謀帷幕，這看似矛盾的現象，如何在其人格發展的線索中，得到較好的說明？

在獄中身心皆受重創的陳子昂，在出獄之後，對於個人處境的安危與小人橫行的恐怖，有了更切身的體會與憂懼之感。在〈感遇〉第二二首 [註8] 中，陳子昂將這份憂懼之感描述的極為深刻：

> 微霜知歲晏，斧柯始青青。
>
> 況乃金天夕，浩露沾群英。

[註8] 韓理州《陳子昂評傳》繫此詩為陳子昂出獄時所作。彭慶生《陳子昂詩注》
　　　亦云作於陳子昂官任右拾遺職時。

登山望宇宙，白日已西暝。

雲海方蕩潏，孤鱗安得寧。

詩以「知歲晏」、「金天夕」、「白日」、「西暝」等時間意象的描繪，集中呈現
了陳子昂對自身處境的思索。從「知歲晏」、「始青青」的強烈對比中我們可
以看出陳子昂在身心俱創後，起了年華易滅的哀懼之思。陳子昂回顧自己的
仕宦生涯：自入仕以來，便將自己置於揭露、針砭時政的艱難處境中。早在
任職麟臺正字時，便屢屢上陳諫言控訴掌管重權的奸佞小人，然而，儘管陳
子昂屢屢在諫書中表現其抗志不屈的精神氣度，但在朝野一片噤若寒蟬的恐
怖氣氛中，陳子昂已不免感到「多言死如麻」的恐懼（詳見第四章）。而今日，
他已切身經受了痛創。於是詩從「況乃金天夕，浩露沾羣英」藉秋意蕭殺、
浩露沾英的陰鬱之感中，點染出在羣小包圍下的自身處境的荏弱與悽愴。而
在這一片低迷氣氛之下，陳子昂企圖登高望遠，擺脫這個令人不安的抑鬱感
受，卻不料淪入一更為巨大的徬徨迷亂之境中。面對著「白日已西暝」無可
抗拒的暮色昏垂，與「雲海方蕩潏」洶湧鼓動的紅雲重重，在眼前深刻感受
的更是時間的壓迫，在這份時間的壓迫感下，陳子昂不禁在命運的乖違之中，
起了「孤鱗安得寧」的對處境的質疑，亦是為一種無可擺脫的身世孤零之感。
由以上可見，在這段漫長的與酷吏奸臣抗爭的生命歷程中，陳子昂終於讓自
己陷入無可擺脫的消沈困厄，而那份曾經踔厲風發的用世之志，亦在羣小的
包圍籠罩下遭到生生扼殺。這便是陳子昂再無法如復任右拾遺職時，將生命
熱情投入於與鼠狼小人們進行抗爭的主要原因。

　　誠如第二章所言，陳子昂在立定志向後，便以用世的抱負作為其實現存在
感的所有內容。而前文亦說道，陳子昂之所以否決其用世之志，實肇因於「政
治體制」的壓迫，而非對自我信念的背離。如此看來，陳子昂既因羣小橫行的
威脅，無法讓自己「供奉諷諫」的使命感再度振發起來，則陳子昂如何面對那
份蓄積滿懷、尚未施展的用世之志呢？從史傳：「晚愛黃老之言，尤耽味易象」
的記載中，我們可以看到，誠如返鄉時期一般，陳子昂以對黃老之學的思索，
作為其困頓情感的寄託。在〈送中嶽二三眞人序〉〔註9〕中，陳子昂則主動尋
訪僧人道士，並在對談之中，揭櫫了其情感的悲痛茫然。文云：

去囂世、走青雲，登玉女之峰、窺石人之廟，見司馬子微馮太和……

吾亦何人，躬接茲賞，實欲執青節、從白蜺，陪飲崑崙之庭，觀化

[註9] 見《新校陳子昂集》卷七。

> 玄元之府，宿心遂矣（同上）。

陳子昂在序文下自行標明爲「龍集乙未十二月二十日」作。而陳子昂是在當年的冬末出獄，可見陳子昂一出獄，便將自己投入於與僧徒道士的交往中。在這裡值得我們注意的一件事是，陳子昂自入仕以來，從未在任官之時積極地與僧徒道士交往，然此刻，身處朝廷，卻又不得指陳時弊，面對著這強大的失落感，陳子昂只能主動尋訪仙道，企圖從黃老之學中尋求情感的慰藉。因此「陪飲崑崙之庭、觀化玄元之府」對仙鄉世界的嚮往，便成爲陳子昂創傷情感的寄託。然而，雖然陳子昂將自己的用世之志作了轉移，但回顧以往、思及未來，陳子昂仍然處於徬徨無告的悽惶之中。在序文中，陳子昂對司馬子微、馮太和道出了自己此刻的心聲：

> 冥骨甘焉，豈知瓊都命淺。金格道爲，攀倒景而迷途、顧中峰而失路。塵縈俗累，復泪吾和。仙人眞侶，永幽靈契。翳青芝而延佇，遙會何期。結丹桂而徘徊，遠心空絕。紫烟去，黃庭極。仰寥廓而無光，視寰區而寡色。悠悠何往，白頭名利之交。咄咄誰嗟，玄運感衰之感（同上）。

陳子昂想起在射洪故里，與僧佛交遊的生活、心靈所獲致的平和，再思及返回長安之後，讓心情又徒然起了用世的波動，並在官場的沈浮中再度遭致創痛，如此回想起來，眞有「迷途失路」之悲嘆。因此，陳子昂一方面責怪自己攀緣世情的愚執，另一方面，他又審視自己的處境，而在這份不得施展抱負的苦悶下，他對人世間無可奈何的生命悲愴有了最深的體會：

> 始知楊朱歧路，墨翟素絲，尚平辭家而不歸，鮑焦抱木而枯死，可以慟，可以悲。古人之心，吾今得之也（同上）。

這份不容於世的悲愴，實在揭櫫其復任右拾遺職，卻又在羣小威脅環伺的困境中，不得施展用世之志的苦痛。故面對小人橫行的景況，陳子昂既無法擺脫動輒得咎的壓迫，只好讓自己退居於心中的塊壘中。故「居職不樂」實揭示出陳子昂無法忘情於世的執著。然既無法忘情，又不能免去心中那份不容於世的痛楚，則「掛冠之意」便在這份情感的壓抑之下悄然升起了。故由此看來，此「掛冠之意」的升起，正標示出陳子昂不容於世、欲逃離現實的巨大苦痛。

從以上詩文中可以看出，陳子昂甫出獄，便將自己投入於山水的尋訪與黃老之言的慰藉中，企圖從中紓解其情感的困頓。然不同於母喪返鄉時期的是，面對著時間遽逝的壓迫感，在不容於世的悲愴感中，陳子昂更進一步地

詢問了如何自處的問題，並從小人殘害、宿志未申的苦痛中升起了逃避現實、返鄉歸里的念頭。然在這裡亦產生了問題，既然陳子昂已從瀕臨絕望之境，感受到時間的壓迫與不容於世的痛挫，亦在出獄之後積極投入於黃老之言中，並覺自己的「迷途失路」，甚至在「掛冠之意」中興起抽離困局的渴望，但陳子昂為何不將返鄉歸隱的念頭訴諸具體的行動呢？甚至在欲仕不得，並陷入何去何從的抉擇時，選擇了效命疆場的行動？

　　〈陳氏別傳〉及《新唐書》本傳（見前文）皆記載了陳子昂請纓報國的行事，關於陳子昂參與戰事的原委，我們可以從陳子昂在出獄後上陳給武則天的〈謝免罪表〉〔註10〕中看出：

> 陛下弘慈育之典，寬再宥之情，矜臣草萊，憫臣愚昧，特恕萬死，賜以再生。身首獲全，已是非分。官服具在，臣何敢安？……臣伏見西有未賓之虜、北有逆命之戎，尚稽天誅，未息邊戍。臣請束身塞上、奮命賊庭，效一卒之力、答再生之施。庶陛下咸命、綏服荒夷，愚臣罪戾，時補萬一。若臣獲死鋒鏑，為屬犬羊，古人結草，實臣懇願。不勝大造再生荷戴之至。

從這段話中可以看出，陳子昂不但未在陷獄的創痛中對武則天升起絕望之意，更上陳〈謝免罪表〉對武則天表明欲效命疆場的期望。而其所以有效命疆場之志是因為：「西有未賓之虜、北有逆命之戎」〔註11〕因此，在「未息邊庶」的憂慮下，陳子昂希望武則天任用他為軍事將領，使得「以功補過」。在第三章中，我們曾對陳子昂賦予自己的使命感，作過以下兩點分析，一是：對國家對外政策（邊防問題）的關注，二是：對國家內部體制（吏治、用人）的批判。以上二點正是陳子昂自任官以來，在其「安人」理想下的主要行事方針（詳見第三章）。而在上文中我們亦說到，時間遷逝的壓迫，令執著於世情的陳子昂，產生了志不得申的巨大痛苦，而陳子昂在陷入是否逃離現實困境的思索時，對國家內部體制（吏治、用人）的關切，在羣小的環伺與威脅下既已不得施展，則隨著當時國家安全的危急，那份效命疆場的使命便成為他理想的唯一所繫。故從請纓報國的振奮之情中，我們可以看到陳子昂致力

〔註10〕見《新校陳子昂集》卷三。
〔註11〕「西有未賓之虜，北有逆命之戎」是指西邊的吐蕃與北邊的突厥。吐蕃與突厥是高宗末年以來頻頻犯境的外族。（可參見第三章附註22）。而審之《資治通鑑》，陳子昂的入獄至出獄之際（694、695），突厥與吐蕃亦頻頻犯境，朝廷分別在694年二月、三月，695年正月與突厥交戰。而694年二月，695年七月與吐蕃交戰。

於為其理想作奮力的（亦是最後的）一搏，因此，它成為陳子昂可否肯定存在意義，或者是在理想的全然破滅中讓自己徹底否定的指標。而既再度強烈興起了請纓報國之志，陳子昂又對統治者產生了極高的期望，他的用世之志，又在「賢聖相逢」的主觀期待中產生了確切的寄託。因此，在「以功補過」中，我們又可以看到陳子昂並未就此否定其與當時政體的關係。當陳子昂將其用世之志，在此「扶危定傾」的渴望中作了完全的投注後，對軍情的關注與請纓報國的期望，便成為他下一個階段行事的唯一內容。

從本節的討論後可知，陳子昂雖然在返鄉時期對其用世之志作了徹底的否定，但當其復返朝廷，並被任官右拾遺時，其滿心的抱負又在對國事的關切，與對武則天的期望下再度煥發。而正當陳子昂欲勉力於「供奉諷諫」的使命，並對朝政的清明再度抱持期望時，卻又淪入被誣陷入獄的痛苦之中。而在志不得申的痛苦下，陳子昂雖投入於黃老易象的鑽研中，並對其用世之志興起了「迷途失路」之慨，然在這份不容於世、志不得申的苦迫中，陳子昂非但未將「掛冠之意」付諸行動，反對武則天表達了熱烈的請纓報國的期待。從這條人格發展線索看來，陳子昂那份關情國事的意志，實主導著其在現實中的一切行事；也因著這份關情國事的意志過於強大，故造成了陳子昂性格的悲劇性〔註12〕。

第二節　悲劇感的形成與存在的徹底孤絕

從上節的論述後可知：以「效命疆場」實現「匡時濟世」的理想，是身心俱創後的陳子昂，實現存在感的唯一憑藉與寄託。而當陳子昂全心投入對軍情的關注時，在往後的詩作中，我們可以看到原已瀕臨絕望、悽惶無告的陳子昂，在朝廷的一片征討氣氛中，又興起了無限的熱情，而其沈寂許久的功成名遂的期待亦在心中復甦了。因此，在這個階段的人格發展中，陳子昂完全以對軍情的投入作為其活動的主要內容。

〔註12〕所謂的「悲劇性格」是指「必然地」與「現實環境」產生衝突的「性格特質」，因著這個性格特質，故使主人公與現實產生了永不可消歇的衝突。亞里斯多德《詩學》說到「悲劇性格」使主人公：「不可避免地遭遇不應遭遇的反運。」另外，雅斯培在《悲劇的超越》一書中亦說道：「悲劇之真實覺知，並不光是痛楚和死亡，流逝和枯槁的虛幻默想。若這等事情要成為悲劇，人就必須有所行動。也就是說人只有透過自己的行動，進入必定摧毀他的悲劇範域。」（頁34）。

　　就在陳子昂密切關心國家邊防安全時，自萬歲通天元年（696）元月起，
唐朝社會即已籠罩在一片爭討之聲中。〔註13〕吐番、突厥、契丹等外族不斷
犯境，武則天亦多番遣兵調將參與平亂的戰事。而沈寂許久的契丹，更在此
際復甦，對唐朝社會造成最大的威脅，唐朝諸多大將及陳子昂皆投入此戰役
中。以下，我們可就《資治通鑑》的戰事發展（契丹之役），討論陳子昂詩歌
所呈現的人格意義。

　　關於契丹叛亂事，據《資治通鑑》〔註14〕載：696年五月，契丹首領李盡
忠（松漠都督）、孫萬榮（歸城州刺史），在營州都督趙文翽對契丹族的殘酷
虐待（契丹饑不加賑給、視酋長如奴僕）下，怨而造反，除殺趙文翽外，並
在政治野心：「盡忠自號無上無上可汗，以萬榮為將，縱兵四略」〔註15〕的驅
使下侵犯邊境。在據有營州之後，正式與朝廷展開對決，這場戰役的序幕便
於焉拉開。同月乙丑日，武則天立即遣派了曹仁師（左鷹揚衛將軍）、張玄遇
（右金吾衛大將軍）、李多祚（左威衛大將軍）、麻仁節（司農少卿）等二十八
將前往征討。七月辛亥日，更命武三思為榆關道（今河北山海關）安撫大使以
防止叛軍南下。在這波防禦行動中，陳子昂的故友如：崔融（著作佐郎）、唐奉
一（比部郎中）、李迥秀（考公員外郎）等人亦隨軍出發進入幕府中。〔註16〕
在故友即將出征之際，陳子昂慷慨激昂寫下〈送著作佐郎崔融等從梁王東征並
序〉，〔註17〕序文表達了陳子昂對戰事凱旋的期望：

> ……建梁國之旌旗，吟漢庭之蕭鼓。東向而拜，北道長驅。蜺旌羽
> 騎之殷，戈翻落日。突鬐蒙輪之勇，劍決浮雲。方且獵九都、窮踏
> 頓、存肅慎吊姑餘，彷徨赤山、巡御日域，以昭我王詩，恭天討也。

從序文可以看出，面對著國家的邊防保衛戰，陳子昂的士氣是激昂奮厲的，
而去向的思索與「迷途失路」的感慨，亦在這裏一掃而空。在詩中，陳子昂
更不忘以其對戰爭本質的理解（詳見第三章），勸勉友人勿以邀功之心，將邊

〔註13〕據《資治通鑑》卷二百五，萬歲通天元年（696）元月載：「春，一月，甲寅，
　　　　以婁師德為肅邊道行軍副總管，擊吐蕃。」，三月：「壬寅，王孝傑婁師德與
　　　　吐蕃將論欽陵贊婆戰於素羅汗山，唐兵大敗。」以下，契丹於五月起開始作
　　　　亂，五月、七月、八月、九月、十月、十一月亦皆與唐軍交戰。
〔註14〕事詳見《資治通鑑》卷二百五，萬歲通天元年（696），五月，第十條。
〔註15〕見《新唐書》〈契丹傳〉。
〔註16〕陳子昂〈送著作佐郎崔融等從梁王東征〉云：「歲七月，軍出國門，天皎無雲，
　　　　朔風清海。時北部郎中唐奉一、考功員外郎李迥秀、著作佐郎崔融，並參帷
　　　　幕之賓，掌書記之任。」
〔註17〕《新校陳子昂集》卷二。

防的「保衛戰」衍成「侵略戰」：

> 金天方肅殺，白露始專征。
> 王師非樂戰，之子慎佳兵。
> 海氣侵南部，邊風掃北平。
> 莫賣盧龍塞，歸邀麟閣名。

從這場戰役的性質看來，朝廷所以大肆攻伐是因為孫、李懷有政治野心，利用契丹人民怨望朝廷的心理，在大舉叛亂的同時，攻崇州、陷營州，並四處擄掠，使河北地區的百姓陷於戰亂的痛苦中。因此，就陳子昂一向所堅持的戰事策略：「收強撫弱」（〈上西蕃邊州安危事三條〉）看來，陳子昂雖然懷有剿匪平亂之心，但更堅決反對以「窮兵黷武」造成人民無辜傷亡（見第三章）。因此，陳子昂所以在大軍出征之前，特別以「王師非樂戰，之子慎佳兵」來勸戒友人，實有其一貫的「安人」思想作為根據，從這裡我們亦可以看出，不論在任何處境中，以儒家「不忍」情懷所發出的對天下蒼生的同情，乃是陳子昂貫徹其政治理想的最重要動力。

是年八月，朝廷派出的曹仁師、張玄遇、麻仁節等率大軍在硤石谷（今河北盧龍縣）與契丹展開對決。由於曹仁師等人輕率前進、不善謀略，故遭契丹埋伏所陷，曹仁師、張玄遇被捕，此時「將卒死者填山谷，鮮有脫者」，[註18] 而契丹在得唐軍的軍令之下，詐令牒，總管燕匪石、宗懷昌等率領唐兵後援至營州，故使軍隊在晝夜兼行之際，「契丹伏兵於中道邀之，全軍皆沒」。[註19] 由於唐軍慘敗、軍士死傷慘重，九月，武則天昭告天下：「天下繫囚及庶士家奴驍勇者，官償其直，發以擊契丹」，並命令山東靠近邊防的諸州設置騎兵，復任命建安王武攸宜為右武威衛大將軍、清邊道行軍大總管，召集帶領天下囚犯、家奴迎擊契丹。而陳子昂即任命於武攸宜的軍事參謀。[註20]

前文說到，本已在身心重創之後瀕臨絕望之際的陳子昂，面對著邊防問題的告急，心中又復燃起對國脈民命的關切，並主動要求參與戰事（〈謝免罪表〉）。故眼見當今戎狄肆虐、軍士傷亡，其扶危定傾之志遂被全然激發起來。甫被任命參謀，在大軍出發前，陳子昂便代武攸宜上陳〈上軍國機要事〉[註21] 給武則天。在諫書中，陳子昂提出八月戰役唐軍慘敗的原因：

〔註18〕同註15，八月部分。
〔註19〕同上。
〔註20〕同註15，九月部分。
〔註21〕見《新校陳子昂集》，卷八。

> 臣竊聞宗懷昌等軍失律者，乃被逆賊詐造官軍文牒，誑召懷昌。昌
> 等頵愚，無備陷落。……近者遼東張立遇等喪律，實由內外不同心。
> 宰相或賣國樹恩、近臣或附勢私謁，祿重者以拱默爲智、任權者以
> 傾巧爲賢。群居雷同、以殉私爲能，媚妻保子、以奉國爲愚。陛下
> 又寬刑漏網、不循名實，遂令綱紀日廢，奸宄茲多。

自陳子昂初次參與北征時（686），便屢屢強調「任用良將」是戰爭致勝的關鍵（詳見第三章）。因此，陳子昂以爲我方將領輕信敵方的「官軍文牒」，以及軍隊「無備」等「失律」的表現，乃是我軍所以亡陷契丹的主要原因。因此陳子昂認爲在武則天任非良將，及將領「以殉私爲能」的心態下，當然致使軍隊上下「內外不同心」，而徒陷敵軍手裡，造成重大傷亡。誠如前言，朝廷小人的迫害既讓陳子昂不能再現其抗論悟俗的決心，則軍事上任用良將的主張，便成爲陳子昂實現其理想的期望所在。因此，陳子昂在此諫書中，不但極爲詳密地對武則天提出了戰略的計畫，更一一指陳出造成當前軍隊「失律」的策略疏失，從這些建議之道中，實可以看出陳子昂對軍情的洞悉能力與其以「安人」爲念的政治理想。現試說明如下：

> 臣聞天子義兵，不可以怒發。怒則眾懼、急則人搖、人搖則賊得其
> 契。……臣伏見恩制，免天下罪人。及募諸色奴充兵討擊者，是捷
> 急之計，非天子之兵。且比來刑獄久清，罪人全少。奴多怯弱，非
> 慣征行。縱其募集，未足可用。況當今天下忠臣勇士，萬分未用其
> 一。契丹小孽，假命待誅，何勞免罪贖奴，損國大義……臣恐此不
> 可威示天下（〈上軍國機要事〉）。

在〈爲喬補闕論突厥表〉（686作）中，陳子昂曾經提出：「主將不選、士卒不練，徒如驅市人以戰耳」。因此，在「罪人全少」、「奴多怯弱」的情況下，陳子昂堅決反對武則天招募天下罪奴參與戰事。可見，在軍事的用人策略上，「主將」與「士卒」的善於任用皆是陳子昂所關切的。而既然「當今天下忠臣勇士，萬分未用其一」，那麼陳子昂如何上陳其用人之見呢？陳子昂說道：

> 臣聞所養非所用，所用非所養，理家必弊，在國必危。故明君不畜
> 無用之臣……然則國之所養者，總無用之臣。朝之所遺者，乃有用
> 之士。今不收有用，厚養無用，欲令忠賢效力，凶賊滅亡，以臣愚
> 見，理不可得（同上）。

陳子昂認爲武則天應該要摒棄謀求私利的無用之臣，重用繫心國事的廉潔之

士。至於在「士卒」的選擇上，陳子昂根據戰情的發展提出：

> 近聞東軍失利，山東人驕慢，乃謂國家怕其粗豪，不敢徵發。今街
> 談巷議，多有苟且之心。爲國瑕隙，頗搖風俗。國家大政，須人無
> 二心。若縱懷二，奸亂必漸。……以臣愚見，望降墨敕使臣。與州
> 縣相知子細採訪。有粗豪遊俠、亡命奸盜、失業浮浪、富族彊宗者，
> 並稍優與賜物，悉募從軍。……若如此，則山東浮人安於太山，一
> 者以慴奸豪異心，二者得精兵討賊，不須免奴稽胡等。……三秦無
> 盜亂之患、漢軍有彊雄之勢，蓋以此道是也（同上）。

陳子昂從歷朝的興亂事蹟與當時的軍情發展，提出任用山東人的策略，除可
精兵討賊外，亦可收國無二心之效。此外，陳子昂亦提出了以「獎賞」作爲
激發士氣的誘導。以上是陳子昂對任用將士的主要意見。另外，陳子昂在諫
文中亦對國防的防禦能力作了「防患未然」的強調：

> 今諸軍敗失，東蕃固知。然恐安東阻隔，未審此詐。……又賊初勝，
> 不即西侵者，深恐圍略安東，以自全計。若安東被圍略，則遼東以
> 來非國所制。伏乞天恩早爲圖之（同上）。

陳子昂認爲敵軍的勢力漸長，因此應早作準備，以防備叛軍圍攻安東，徒使
國境再陷敵手。另外，在「防患未然」的國防策略上，陳子昂亦對當前調兵
遣將的作法提出建議：

> 然惟國家比來勍敵，在此兩蕃（吐蕃、突厥）。至於契丹小醜，未足
> 以比類。今國家爲契丹大發河東道及六胡州綏延丹隰等州稽胡精兵，
> 悉赴營州。而緣塞空虛、靈夏獨立……凶羯姦謀，覘知此隙……防備
> 遠策，良宜預圖。不可竭塞上之兵，使凶虜得計。伏願詳審（同上）。

從武則天朝吐蕃、突厥的不斷犯境掠奪之例中，可見陳子昂提出「防備遠策，
良宜預圖」的防範之見是良有遠識的。另外，陳子昂在此諫書中亦提出了「放
寬徵兵期限」與「體恤運糧之苦」的要求。關於陳子昂所提出的「放寬徵兵
期限」事，文云：

> 今國家第一要者，在稍寬兵期……徵符到彼未久，當日便發，猶不
> 及期，況未便發。且日行不可百里，若違限者死，國有常刑，到不
> 及期，懼罪逃散爲賊，此更生一患……況兵疲不堪用，吳廣、陳勝
> 爲盜由此。

又「體恤運糧之苦」事：

> ……今國家不憂恤（運軍糧者），又無識事明了人檢點勾當。知租米
> 見在虛實，又未宣恩旨慰勞兵夫。惟切勒赴限，儻在道逃亡，此糧
> 有萬一非意損失，則東軍二十萬眾坐自取敗，為賊所圖，切急切急。
> 楊玄感以此為亂，實軍國大命。

從諫書指涉的各個層面的問題看來，陳子昂對軍情發展的觀察是極為精審的。此外，在第三章中我們曾經對陳子昂的塞防思想作過以下歸納：任用良將、加強防禦能力、開發地利、撫恤百姓生活。從以上見解看來，此篇諫書實將陳子昂的軍事理念再次作了總結與強調。由此可見，陳子昂對其政治理想是極為篤定執著的，故在歷經數番現實的挫敗後，仍能一本初衷，將其政治信念作了一貫的呈現。而從這份堅持信念的心志中，我們亦可以看出陳子昂對國脈民命的強烈使命感，也因著這份強烈的使命感，故讓陳子昂的自我存在感在此次戰役中有了全然投注的目標。

我們可以在大軍即將奔赴邊關之際，陳子昂為武攸宜所作的〈為建安王誓眾詞〉〔註22〕中看出陳子昂奮勇報國的激昂：

> 夫四郊多壘，士大夫之恥。蕞爾兇狡，一鈕可屠。況皇帝義兵，剋
> 期誅剪。此猶太山壓卵，鴻毛在爐。今日之伐，須如雷霆之震、虎
> 豹之擊，搴旗斬馘、掃孼除凶。上以攄至尊之憤，下以息邊人之患。
> 鼓以作氣，旗以應機。公等各宜戮力，務當其任。

陳子昂在這段誓師詞中表達了其戮力戰事、摧陷廓清的決心。此外，陳子昂在誓師出征，啟程洛陽時，亦寫下〈東征答朝臣相送〉〔註23〕陳明其平叛報國的心志：

> 平生白雲意，疲薾愧為雄。
> 君王謬殊寵，旌節此從戎。
> 揜繩當繫虜，單馬豈邀功。
> 孤劍將何託，長謠塞上風。

雖然詩云：「平生白雲意」之志，但陳子昂實在強調其斬將搴旗的決心。此外，從「疲薾愧為雄」轉入「君王謬殊寵，旌節此從戎」的敘述中，我們可以清楚看出此次戰役對陳子昂的重要性。藉著戰事的投入，陳子昂又再度將自己擺在一個效忠朝廷的「忠臣」的崗位中，並以奮勉國事、蕩寇平叛使命的完

〔註22〕見《新校陳子昂集》，卷七。
〔註23〕見《新校陳子昂集》，卷二。

成，讓自己的理想充分的實現。當陳子昂與大軍行至澤州，從城北樓上望去，面對著歷史的陳跡，又不禁在陡然升起的歷史情懷中將自己的心志再次作了陳述。〈登澤州城北樓宴〉〔註24〕詩云：

> 平生倦遊者，觀化久無窮。
>
> 復來登此國，臨望與君同。
>
> 坐見秦兵壘，遙聞趙將雄。
>
> 武安軍何在，長平事已空。
>
> 且歌〈玄雲曲〉，銜酒舞〈薰風〉。
>
> 勿使青衿子，嗟爾白頭翁。

如同初次奔赴長安參加應考的心情般，陳子昂在緬懷前人功業（「趙將」廉頗、「武安軍」白起）的心情中，興起了創建功業的凌雲壯志。此外，從「且歌玄雲曲，銜酒舞薰風」所表現的歡欣鼓舞看來，陳子昂亦主觀認定此次征伐所賦有的「賢聖相逢」的意義。〔註25〕而「勿使青衿子，嗟爾白頭翁」除了表明陳子昂對請纓報國的期望外，亦再度將陳子昂看待此次戰役的重要性凸顯了出來。

在陳子昂密切關心戰情的發展中，同年九月，突厥首領默啜「請為太后子，並為其女求婚」，並自願「率其部眾為國討契丹」。〔註26〕十月，契丹的首領之一李盡忠卒，由另一名首領孫萬榮主事。突厥首領默啜突襲其部，在攻陷之後，擄李盡忠、孫萬榮妻子而去。而孫萬榮則收拾散兵蓄勢待發。〔註27〕因此，在默啜的協助之下，唐軍取得了短暫的勝利。十一月，隨同武三思出征的崔融等人（六月出征），亦在戰役的小捷之後，奉命返回朝廷。在崔融要返回朝廷之際，陳子昂登上薊城（北京市西南）西北樓，為故友送別，並寫下〈登薊城西北樓送崔著作融入都並序〉，〔註28〕序文表達了陳子昂在唐軍小捷下後的歡欣之意與必勝的決心。

〔註24〕見《新校陳子昂集》，卷二。

〔註25〕所謂〈玄雲曲〉，據《宋書·樂志四》云：「〈玄雲〉言聖王用人各盡其才也」，《晉書·樂志》的記載亦同。而〈薰風〉亦是歌曲名，即〈南風〉。據《禮記·樂記》：「昔者舜作五弦之琴，以歌〈南風〉。」《孔子家語·辨樂解》：「南風之薰兮，可以解吾民之慍兮。南風之時兮，可以阜吾民之財兮。」由以上二支樂曲的性質看來，可見陳子昂確有藉此吟詠「賢聖相逢」之意。

〔註26〕見《資治通鑑》卷二百五，萬歲通天元年（696）九月，第十四條。

〔註27〕同上，十月部分。

〔註28〕見《新校陳子昂集》，卷二。

> 僕嘗倦遊，傷別久矣。況登樓遠國，銜酒故人。憤胡摯之侵邊，從
> 王師之出塞。元戎按甲，方刈鮮卑之壘。天子賜書，且有相君之
> 召。……撫劍何道，長謠增歎。以身許國，我則當仁。論道匡君，
> 子思報主。仲冬寒苦，幽朔初平。蒼茫天兵之氣，冥滅戎雲之色。
> 白羽一指，可掃九都。赤墀九重，佇觀獻凱。心期我願斯送，君恩
> 共有。

這段序文再次凸顯了陳子昂參與戰事的深刻意義。在任職參謀之後，那份「倦
遊」之心便在其理想的再度煥發中被遠拋腦後。陳子昂復又期勉自己在「忠
臣」的崗位上，實現其「論道匡君」的用世之志。而「子思報主」的強調，
亦再度揭示出陳子昂在參與戰事下的扶危定傾的深刻期望。此外，在戰役的
「幽朔初平」（今北京市及河北東北）下，陳子昂更將其存在感的實現全然寄
託於此必勝的決心中。

　　被突厥首領默啜於十月偷襲的契丹族，在孫萬榮的收拾殘兵之後，軍勢
復振，並：「攻陷冀州，殺刺史陸寶積，屠吏民數千人；又攻瀛州，河北震動」。
〔註29〕在契丹族這一連串的攻掠行動中，唐軍雖亦屢次與之交戰，但隨著戰
情的激烈發展，唐軍已在居下風的情勢，頓失扭轉之力。萬歲通天二年（697）
三月，在軍情告急之下，武則天再度遣派一支由清邊道總管王孝傑、蘇宏暉
所帶領的十七萬兵士的前鋒軍隊，與孫萬榮在東硤石谷交戰，然因王孝傑等
人輕率前進，故在追逐敵軍之際，再度陷於契丹所設的圈套中，在危急之中，
指揮將領蘇宏暉率先遁逃，而王孝傑墜入懸崖而死。於是十七萬將士：「死亡
殆盡」。〔註30〕同月，陳子昂隨武攸宜軍隊到達漁陽，得知由王孝傑等人帶領
的前鋒部隊舉軍陷沒，在驚慟之下，陳子昂以極為悲痛的心情寫下〈國殤文〉
〔註31〕以悼念壯烈犧牲的十七萬將士。文云：

> 丁酉歲，三月庚辰，前將軍尚書王孝傑，敗王師於榆關峽口，吾哀
> 之，故有此作：天未悔禍兮熾此山戎，虐老昏幼兮人罹其窮。帝用
> 震怒兮言剪其凶，出金虎兮曜天鋒。……哀我將之仡勇兮，無算略
> 以是膺。陷天井之死地，屬雲騎以相騰。短兵既接，長戟亦合。星
> 流飆馳，樹離山沓。智無所施其巧，勇不能制其怯。頓金鼓之雄威，
> 淪輿尸之敗業，嗚呼哀哉！徒手奮呼誰救哉？含憤沉怒志未迴。……

〔註29〕同註28。
〔註30〕見《資治通鑑》，卷二百六，神功元年（697）三月第七條。
〔註31〕見《新校陳子昂集》，卷七。

> 重曰：壯士雖死精魂用，凶醜爾雛不可縱。我聞強死能屬災，古有
> 結草抗杜回。苟前失之未遠，償冥雛之在哉。嗚呼魂兮念歸來。

如同屈原〈國殤〉痛入深處的描寫筆調，陳子昂亦以切身的哀慟，在文中將其心繫國魂的情感作了深刻的呈現。而其耳邊彷彿聲聲傳來十七萬將士們：「徒手奮呼誰救哉」的無援可求的哀告，因此，陳子昂在為壯烈犧牲的將士們發出：「含憤沉怒志未迴」的憤慨之聲後，更進一步將悲劇發生的本質作了揭露與控訴：「無算略以是膺」、「智無所施其巧」；正因為將領的輕率昏庸，故屢屢陷入敵軍的算計中，並付出了十七萬兵士的無辜犧牲作為代價。這份痛失兵士的哀慟與義憤填膺的激昂，更強烈地激發了陳子昂雪恥報國的誓願。然而，相較於陳子昂誓師征討的決心，由武攸宜所帶領的大軍，在聽聞王孝傑十七萬將士的淪亡後，卻畏於契丹軍容的威盛，故在：「軍中震恐，不敢進」〔註32〕的畏敵心理下，任憑契丹「乘勝寇幽州，攻陷城邑，剽掠吏民」。〔註33〕而在敵軍勢如破竹的攻略之下，「輕易無將略」〔註34〕的武攸宜，雖然亦遣將擊之，然因將領的輕率行事，故又陷於敵手，再次造成了我方的傷亡。而面對著軍情的告急，我方軍隊卻在節節潰敗之後，軍容渙散，軍心土崩瓦解，心急如焚的陳子昂不禁挺身而出，正言厲色對大軍將領武攸宜直陳批評之見，〈陳氏別傳〉云：

> 主上應天順人，百蠻向化。契丹小醜，敢謀亂常。天意將空東北之
> 隅以資中國也。大王以元老懿親，威略邁世；受律廟堂，弔人問
> 罪。……然而張玄遇、王孝傑等不謹師律，授首虜庭，由此長寇威
> 而殪將士。夫寇威長，則難以爭鋒；戰士殪，則無以制變。今敗軍
> 之後，天下側耳，草野傾聽國政。今大王沖謙退讓，法治不申，每
> 事同前，何以統眾？前如兒戲，後如兒戲。豈徒為賊所輕，亦生天
> 下奸雄之心。……大王若聽愚計，即可行。若不聽，必無功矣。須
> 期成功報國，可欲送身誤國耶。……若此不用忠言，則至時機已失，
> 機與時一失，不可再得。

陳子昂以「前如兒戲，後如兒戲」，「每事同前，何以統眾」對武攸宜的輕率作了嚴厲的指責。陳子昂憂心指出：「夫寇威長，則難以爭鋒；戰士殪，則無以制變」企圖在這個危機的時刻，對唐軍的著著失敗，提出挽救之道。《新唐

〔註32〕同註31。
〔註33〕同註31。
〔註34〕見《新唐書陳子昂傳》。

書陳子昂傳》記載了陳子昂的建議之道：

> 顧審智愚、量勇怯、度眾寡、以長攻短，此刷恥之道也。夫按軍尚
> 威嚴，擇親信以虞不測。大王提重兵精甲，頓之境上，朱亥竊發之
> 變，良可懼也。

既然我方將領的輕率無謀，是造成軍隊屢屢敗退的主要原因。因此，陳子昂
在這裡提出嚴正的呼籲，希望武攸宜正視戰情的發展，理性評估我方的實力，
並善擇良將，在穩定軍心之後，我方將士的優點才得以充分發揮出來，否則
軍隊士氣的土崩瓦解中，唐軍亦只有束手就縛的份。此外，在提出整頓軍容、
穩定軍心的建議後，陳子昂眼見契丹勢力的狂飆壯大，為了防止我方再度陷
於敵手，更以置個人生死於度外的精神，積極地提出了開拔前線的要求。〈陳
氏別傳〉云：

> 大王誠能聽愚計，乞分麾下萬人以為前驅，則王之功可立也。

又《新唐書》本傳亦載：

> 王能聽愚計，分麾下萬人為前驅，契丹小醜，指日可擒。

由以上可見，陳子昂並未在處境的危急中，喪失了對戰事的信心。更以破金
沈舟的決心，希望親身率軍，帶頭衝鋒陷陣，為腹背受敵的唐軍再開創一線
生機，並以此扭轉敗局。然而，武攸宜聽了陳子昂的勸諫與建議之道後，他
的反應是什麼呢？〈陳氏別傳〉云：

> 建安方求鬥士，以子昂素是書生，謝而不納。

《新唐書陳子昂傳》亦云：

> 攸宜以其儒者，謝不納。

武攸宜以為陳子昂的建言，不過是些書生之見，因此未予採納。然誠如本章
第一節所言，陳子昂在遭受陷獄的創痛之後，在羣小的環伺壓迫之下，在不
得抗論悟俗的痛苦中，「請纓報國」已成了他實現其匡君論道理想的唯一途
徑，亦是仍任右拾遺的他，得以再次面對「政治現實」的殘存希望。這也便
是陳子昂所以以殺敵致果寄託其「賢聖相逢」期待的意義。此外，正如陳子
昂一再強調「將領」為戰事勝負的關鍵，更何況當前軍情告急，節節潰敗之
後的唐軍紀律已如一盤散沙，在勢窮力竭之下，陳子昂的那份掃蕩廓清之志
更成為其實現存在感的確切根據。因此，開拔前線的要求既是陳子昂實現其
存在感的最重要的憑藉，那麼，在無可改變的「儒生」身分下，陳子昂是否
就此坐觀成敗，聽任軍情的發展呢？〈陳氏別傳〉云：

> 子昂體弱多疾，感激忠義，常欲奮身以答國士。自以官在近侍，又
> 參預軍謀。不可見危而惜身苟容。他日又進諫，言甚切至。

由於陳子昂對國難當頭憂心如焚，因此雖被武攸宜以「儒生」的藉口拒絕，仍無法坐壁上觀，更不能就此放棄其雪恥報國之志。而陳子昂既任職軍事參謀，又官爲右拾遺，則在以「請纓報國」爲實現存在感的唯一憑藉下，仍讓自己在「他日又進諫」的殷切中，以「言多切直」的激昂，試圖打動武攸宜以獲採納。而這已成爲陳子昂唯一的「賭注」，亦正是陳子昂自我存在的最後拼博。然而，陳子昂「言甚切至」的「賭注」，是否令武攸宜回心轉意呢？他孜孜不倦、奮勉一生的用世之志是否可以在此達成？亦或在其中徹底破滅呢？《新唐書陳子昂》本傳說道：

> 攸宜怒，徙署軍曹。子昂知不合，不復言。

〈陳氏別傳〉的記載更爲詳細：

> 建安謝絕之，乃署以軍曹。子昂知不合，因箝默下列，但兼掌書記
> 而已。因登薊北樓，感昔樂生燕昭之事，賦詩數首。乃泫然流涕而
> 歌曰：前不見古人，後不見來者；念天地之悠悠，獨愴然而涕下。

從「言甚切至」的激昂，到「不復言」的沈默，我們可以看到陳子昂那份用世的「理想」，在與「現實」的漫長奮鬥後，終於橫生生地斷裂，他的存在感在此達到徹底的孤絕之境。但在這裡，值得我們注意的現象是：在這條由「悲劇感的形成」到「存在的徹底孤絕」的人格發展線索中，如〈陳氏別傳〉特別標示出的，陳子昂由情感的悲愴發爲詩作的〈登薊丘覽古七首〉、〈登幽州台歌〉等詩，對陳子昂存在感徹底破滅的覺醒，似乎有著相當的意義；又從「知不合」到「感昔樂生燕昭之事」再到「獨愴然而涕下」的人格發展的必然性爲何？以下我們可以就此問題作一探究。

陳子昂實現用世理想的唯一希望，在「言甚切至」的賭注之後已遭否決，而在滿腔「理想」被抽空之下，他賴以爲生的最高信念亦頓時陷落，惶惶無依的陳子昂驅馬出了薊城，並登上薊丘樓，那份慷慨悲壯的創痛，令陳子昂在已然荒蕪的城池中，對當年燕昭王臺下的游士之盛，興起了無窮的仰嘆。在緬想古人的心情下，陳子昂寫下了〈登薊丘覽古七首〉[註35]贈好友盧藏用。詩云：

> 〈軒轅臺〉
>
> 北登薊丘望，求古軒轅臺。

〔註35〕見《新校陳子昂集》，卷二。

應龍已不見，牧馬空黃埃。

尚想廣成子，遺跡白雲隈。

〈燕昭王〉

南登碣石館，遙望黃金臺。

丘陵盡喬木，昭王安在哉。

霸圖悵已矣，驅馬復歸來。

對「賢聖相逢」、「非常之時」的肯定，是陳子昂所以決意將自己的存在意義全然投入於用世理想的原因。因此，〈軒轅臺〉與〈燕昭王〉中對「望」、「求」、「遙望」心情的描寫，實將陳子昂的「賢聖相逢」的期待，作了最沈痛的表現。然陳子昂登上薊丘樓，雖然一面遙慕著當年燕昭王與羣下游士的遇合，但這荒蕪的歷史陳跡，不也同時告訴陳子昂這一段「賢聖相逢」的「非常之時」，畢竟在人間時空中如煙消逝了。因此，今日的他既錯過了這一場「非常之時」，則其滿心的功成名遂之志，便不過如海市蜃樓般虛幻了。因此，從「北登薊丘望，求古軒轅臺」、「南登碣石館，遙望黃金臺」到「霸圖悵已矣，驅馬復歸來」中，我們可以看到陳子昂為「理想」奮鬥的心路歷程。因此，在這份濟世無門的絕望感之中，陳子昂雖然試圖在歷史的長流中尋求慰藉，然而，歷史時間性的永不復得，卻又加深了陳子昂個人的孤獨，故其濟世無門的悲感，便在歷史陳跡的緬懷中，汩汩奔騰而出。以上二首詩是陳子昂登薊丘樓所作，從中我們可以清楚看出，陳子昂已經開始對自己可否實現其匡時濟世的理想產生了根本的動搖，而這份根本的動搖，已經不是他個人是否要繼續堅持或者放棄「理想」的問題，而是在「現實」之下的人的永不可解的無奈感，亦即已觸及到人的命運問題。而陳子昂在薊丘驅馬歸來之後，更讓自己的思緒在「非常之時」的意義中翻騰，試圖對其所以陷入如此困窘的處境找出一個答案來。

〈樂生〉

王道已淪昧，戰國競貪兵。

樂生何感激，仗義下齊城。

雄圖竟中夭，遺歎寄阿衡。

陳子昂對樂毅一生境遇的迥異作了思考：樂毅由於得到燕昭王的賞遇，故得以統帥大軍，在王道淪昧的亂世中創立希代功業。然燕昭王死，燕惠王繼位，樂毅的雄圖宏業便隨之中夭，反被逼迫逃離出國境，任憑命運的無情捉弄。

從以上正、反二面思索看來，陳子昂實企圖對所遭遇的生命困局作出徹底的探求，而陳子昂亦藉樂毅之例指出，理想的實現與否，全然取決於「賢聖相逢」之上。然而，在付出所有的努力之後，他的境遇亦明白告訴了他，他終究未能親臨這個「賢聖相逢」的「非常之時」。

〈燕太子〉

秦王日無道，太子怨亦深。

一聞田光義，匕首贈千金。

其事雖不立，千載爲傷心。

〈田光先生〉

自古皆有死，徇義良獨稀。

奈何燕太子，尚使田生疑。

伏劍誠已矣，感我涕沾衣。

在不得施展抱負的創痛之中，最難克服的恐怕是內心對世事不公的怨怒。然陳子昂既然將濟世無門的問題癥結，在「賢聖相逢」的探討中找到肯定的答案，則陳子昂更將這份領會作進一步思考，亦以此觀照他內心的那份不平的情緒。在以上二詩中，陳子昂再藉燕太子與田光先生「君臣相待」的關係作了思索，士爲知己者死，一個「忠臣」的存在意義實全然取決於是否可以得到「君王」的肯定、信任。

〈鄒子〉

大運淪三代，天人罕有窺。

鄒子何寥廓，漫說九瀛垂。

興亡已千載，今也則無推。

陳子昂慨歎，既然鄒子與燕昭王的遇合之事已成陳跡，而「人」又畢竟無法測度「天時」的到來。那麼，對於個人所遭遇的這份痛創，又能做些什麼？說些什麼呢？

〈郭隗〉

逢時獨爲貴，歷代非無才。

隗君亦何幸，遂起黃金臺。

陳子昂從「非常之時」出發，對「理想」與「現實」的互動關係作出深刻的探求後，更從自我的生命創痛中，觸及到了一個以「忠臣」自居的知識分子所共有的悲劇處境：「逢時獨爲貴，歷代非無才」，得不得重用，常常不是「才」

與「不才」的區別，而是取決於是否逢「賢聖相逢」的「時」的關鍵。然正因為陳子昂觸及了這個普遍性的生命困局，則在這個無以抗拒的悲劇處境下，個人「不遇」的際遇，便被具體化為一個命運課題了。因此，〈登幽州臺歌〉〔註36〕便在陳子昂的這份難以承載的創痛中被悠悠地唱出來了。詩云：

　　　　前不見古人，後不見來者。

　　　　念天地之悠悠，獨愴然而涕下。

燕昭王時代「賢聖相逢」的情景已成陳跡，而後世縱有明君賢士之遇合，他亦再不及臨見。以「賢聖相逢」的心理企求出發，在亙長不絕的歷史長流上，自己那份賴以為生的用世之志，竟然沒有得以立足、定位之處；因此，那份永遠錯失時運的悲慨，與隨之而生的身世渺茫之感，在「天地之悠悠」不可抗拒的時間遷流的對照之下，便顯得如此形單影隻，無援可求。而在這個超越俗世羈絆的終極性感悟之中，陳子昂終於全心接受了「現實」無以排拒的巨大力量，而當他領悟到「非常之時」的永遠錯過，了解到「理想」的全然破滅無復拼湊，情感的全然潰決中，他所堅持的「理想」的所有完美形象，亦隨著兩行清淚，墮入「現實」的大地，從此無以為繼，不復追尋。在這個「終極情境」〔註37〕中，他的存在感也因此感到徹底的孤絕。然正因為陳子昂在這個「終極情境」中觸及到了一個人類無可排解的永恆困局──命運，因此，便在歷代詩人間得到永恆的共鳴，並以此詩成就了在中國詩壇上的「宏鐘巨響」〔註38〕的地位。

　　雖然軍情仍在繼續開展，但從詩文繫年看來，當陳子昂寫就了〈登幽州臺歌〉之後，他的「請纓報國」與「言甚切至」之激昂皆已不復再見。而儘管仍與大軍駐防塞外，但對陳子昂而言，在陷入徹底的孤絕之境後，「日暮途遠」的

〔註36〕見《新校陳子昂集》，補遺部分。

〔註37〕所謂「終極情境」，據雅斯培，是指人類永不得改變的或避免的情境。這個情境並非一些偶然事件造成（例如：天災、傷亡……等等），而是由於人的某種主觀的，與存在意義有關的「理想」與「現實」的「必然」的衝突，且此衝突，造成了「理想」全然破滅，因此亦讓個人的存在陷入全然的孤絕與破滅。然因著這個「終極情境」，人可以成就他真正的意義。就陳子昂而言，當他處於「終極情境」時，即意味著其用世之志全然遭致否決，故其存在感亦陷入全然的孤絕。尚可參考本文第一章研究方法部分。

〔註38〕見游國恩等編《中國文學史》，第二冊。另外，黃周星在《唐詩快》卷二說道：「胸中自有萬古，眼底更無一人，古今詩人多矣，從未有道及此者。此二十二字，真可以泣鬼神。」而沈德潛在覽此詩後亦嘆道：「余于登高時，每有古今茫茫之感，古人先已言之。」（《唐詩別裁集》，卷五）。

煎熬已是他當前的深刻感受。在情感的備受煎熬之中，陳子昂又登上薊丘樓，寫下了〈登薊丘樓送賈兵曹入都〉，[註39] 贈與即將回朝的友人。詩云：

東山宿昔意，北征非我心。

孤負平生願，感涕下霑襟。

暮登薊樓上，永望燕山岑。

遼海方漫漫，胡沙飛且深。

峨眉杳如夢，仙子閟由尋。

擊劍起嘆息，白日忽西沉。

聞君洛陽使，因子寄南音。

當陳子昂立定請纓報國之志時，曾在〈謝免罪表〉說道：「請束身塞上，奮命賊庭，效一卒之力」，而陳子昂在整軍經武之際，亦以「按繩當繫虜」（〈東征答朝臣相送〉）來表明其平寇之志的激昂，北征途中，則以「勿使青衿子，嗟爾白頭翁」（〈登澤州城北樓宴〉）來勉勵自己創建功業的信心，而當聽聞唐軍的小捷時，更以：「以身許國，我則當仁」（〈登薊城西北樓送崔著作融入都〉）來陳明其效命疆場的使命，至於在聽聞王孝傑軍隊大敗，更以「凶醜爾儸不可縱」（〈國殤文〉）的誓願激勵其殲滅賊寇之心。從以上看來，陳子昂在這裡說到的「北征非我心」實是違心之論。正因為陳子昂理想的全然破滅，其存在感失去了依託，因此，面對著他以整個生命燃燒，卻全然不得被接納的「現實」，陳子昂只能強迫自己否決「理想」，並從當下的時空中抽離出來，讓自己無所依憑的情感可以稍作喘息。因此，在這裡，那份隱藏在底心的仙鄉世界的探求，便彷如和風般地吹捲入他遭受撕裂的心靈，陳子昂企求在這個「胡沙飛且深」的處境中尋求情感的慰藉。然而，面對著自己一再棄絕、未曾付諸行動的求訪仙道之思，陳子昂又對自己長期在處境選擇上的徘徊不定產生了無限的怨懟，眼前黃昏日暮的景象，又令他內心的孤寂，在這份無可挽引的時間遽逝之感中，凝練成一個濃烈的悲劇圖像。

秋，[註40] 仍駐守於邊疆的陳子昂寫下〈同宋參軍之問夢趙六贈盧陳二子之作〉[註41] 寄予友人。詩除了哀悼好友趙貞固之遽逝外，更將他的內心

〔註39〕見《新校陳子昂集》，卷二。

〔註40〕邱燮錫《陳伯玉年譜》言：「詩云：『征戍在遼陽，蹉跎草再黃。』知為本年秋所作也。」羅庸《陳子昂年譜》、彭慶生《陳伯玉詩注》的註解亦同。

〔註41〕陳子昂寄予宋之問之詩作尚有〈東征至淇門答宋參軍之問〉，而趙六是指趙貞固，陳子昂有〈贈趙六貞固〉。盧則是指盧藏用，陳子昂有〈薊丘覽古贈盧居

的孤寂之感，作了深切的表白。詩云：

> 諸君推管樂，之子慕巢夷。
>
> 奈何蒼生望，卒爲黃綬欺。
>
> 銘鼎功未立，山林事亦微。
>
> 撫孤一流慟，懷舊且暌違。
>
> 盧子尚高節，終南臥松雪。
>
> 宋侯逢聖君，驂駕遊青雲。
>
> 而我獨蹭蹬，語默道猶懵。
>
> 征戍在遼陽，蹉跎草再黃。
>
> 丹丘恨不及，白露已蒼蒼。
>
> 遠聞山陽賦，感涕下霑裳。

陳子昂在這首詩歌中，除了對趙貞固終其一生才高位卑的處境深感同情與惋惜外，並對各個好友的不同際遇作了回顧。從「而我獨蹭蹬，語默道猶懵」中可見，陳子昂已經在這份不可排解的孤獨感中，正視了「仕」（語）與「隱」（默）的兩個抉擇。雖然，陳子昂尚未對「仕」或「隱」的抉擇找到一個真正的答案，但是，「隱」的意念已在他孤寂的心靈中開始躍動。此外，這份欲「隱」的意念，既然升起於存在的徹底孤絕之境中，則相較於征討前的歸隱之思，它不僅是意味著陳子昂所無法承受的「理想」失落的巨創，更表明了陳子昂在承受著心靈孤絕的折磨之下，欲再次尋求其存在的立基點。然因爲陳子昂畢竟尚不得脫離行伍生涯，因此，在心靈被殘酷現狀一口口的蠶食中，道出了：「丹丘恨不及，白露已蒼蒼」的深沈慨歎。在心靈的陰慘深谷裡，他甚至不能以平常心讓自己在戎馬倥傯中寥寥度過。

　　從本節的討論後可知，由於陳子昂的「悲劇性格」使然，致使他在經歷被誣陷入獄的創痛後，反將其一生的「理想」在征討之事上作了毫無保留的投注。然亦因爲陳子昂是毫無保留的投注，因此便與「現實」產生了不可消歇、無可排解的衝突。因此在陳子昂的「悲劇性格」下，他所堅持的「理想」非但未能如願達成，反而在「衝突」的日益劇烈下，讓陳子昂無可挽引地墜入「現實」的深淵，至「理想」被「現實」的全然對立破裂，兩兩不容，他

士藏用〉。《新唐書陸餘慶傳》載：陳子昂與司馬承禎、盧藏用、史懷一、郭襲徽、趙貞固、宋之問、杜審言、畢構、陸餘慶等九人交好，號爲：「方外十友」。宋之問作有〈夢趙六贈盧陳二子〉（今佚）。陳子昂〈同宋參軍之問夢趙六贈盧陳二子之作〉詩見《新校陳子昂集》，卷二。

始從「賢聖相逢」、「非常之時」的不可得，領會到一種人類處境的無可奈何（終極情境）；而在這份無可奈何的悲愴中，陳子昂的存在感亦陷入了徹底的孤絕之境。而陳子昂既陷入徹底的孤絕之境，原本以之為實現「理想」憑藉的「現實」，不但不再具備意義，更只是徒然折磨他已殘破的心靈，因此，陳子昂雖然尚未脫離行伍生涯，卻已在其中思索了「隱」的意義，然亦因為陳子昂尚未尋出確切的答案，故其情感仍在一片困惑的低迷之中。

萬歲通天元年（697）六月，陳子昂隨著大軍返朝。〔註42〕

第三節　存在的徹底孤絕與歸隱的超越企求

在上一節的討論中，我們可以看到處於孤絕之境的陳子昂，在「現實」意義的頓失之後，升起了「隱」的意念，並正視了「仕」與「隱」的問題；但陳子昂雖然正視了「仕」與「隱」的問題，卻仍處於「語默道猶懵」的狀態。因此，陳子昂既已在「終極情境」中對個人的處境升起了思索，則「超越」的確切行動亦在此間醞釀了。因此，本節當從陳子昂在超越行動之前的「仕」與「隱」之思索，論述陳子昂如何在理想破滅的「終極情境」中，對存在的意義作出具體的思索與回應。此外，從陳子昂的詩文繫年看來，陳子昂的文學主張〈修竹篇〉序亦在此時期寫就，因此，陳子昂何以在「仕」與「隱」的抉擇思索中，提出了他的文學主張，這亦成了我們重估陳子昂文學成就的重要關鍵。

一、不仕不義的超越企求

從陳子昂返朝後的行事看來，對「仕」與「隱」的思索，是陳子昂生活的重心。而在「仕」與「隱」的思索中，陳子昂又表現為兩種態度：一是從「現實」的觀照中，對個人是否得再容於「現實」作出評估。二是在「獨善其身」（隱）與「兼善天下」（仕）的思索中，作出「獨善其身」（隱）的抉擇。

〔註42〕唐軍與契丹交戰的後續發展，據《資治通鑑》卷二百六載：697年四月，武則天以右金吾衛大將軍武懿宗為神兵道行軍大總管，與右豹韜衛將軍何迦密同討契丹。五月，武則天又以婁師德為清邊道大總管，帶兵二十萬討伐契丹。六月，突厥首領默啜為唐朝帶軍攻克契丹新城（今遼寧朝陽市西北）。與唐軍相持的契丹首領孫國榮聞訊驚恐，而契丹盼軍中的奚人又倒戈襲其後，因此，在前後被挾持的狀況下，契丹叛軍潰不成軍。孫萬榮逃至潞縣，被部下殺死。七月，武攸宜大軍凱旋返京。

本文以下即從其詩歌中，對陳子昂從處境的思索到行動的抉擇中，論述其人格發展的特質。

　　處於理想破滅的「終極情境」的陳子昂，返朝之後致力思索的「仕」與「隱」的意義爲何？關於這個問題，存在主義學者雅斯培對「終極情境」與「超越」關係的論述，〔註43〕提供了我們一個極好的觀察角度。黃霍先生在傳述雅斯培的思想時說道：

> 對雅斯培而言，「超越」起自於人對自身的不滿，換言之，人的內在會對幻滅無常的世界感到不安，他唯恐自己會墮入虛無當中，而要努力抓住眞實的存有。〔註44〕

柯慶明先生對此亦有極好的解說：

> 絕望（終極情境）逼我們步進超凡入聖之徒的一道窄門。絕望逼我們深入存在的底層，而檢視整個存在所依據的基礎，並且在整個否定了自我（絕望就是一種自我否定的狀態）的同時，使我們超越了自我，進入一種普遍的境界。〔註45〕

正因爲陳子昂不甘於沈溺在「現實」的跼囿中，故其對精神自由的嚮往、與存在意義的肯定，便促成了他對這個「終極情境」作出具體的回應之道。因此，陳子昂在陷入徹底孤絕的「終極情境」後，其在詩歌所頻頻思索的「仕」與「隱」的問題，正標示出陳子昂的「超越」企求。在〈感遇〉第十八、十五、三十〔註46〕首中，陳子昂很明確地交代了其存在信念之所繫，並從存在信念的肯定中，試圖以恰當的方式來「超越」他的生命困局。〈感遇〉第十八首云：

> 逶迤勢已久，骨鯁道斯窮。
> 豈無感激者，時俗頹此風。
> 灌園何其鄙，皎皎於陵中。
> 世道不相容，嗟嗟張長公。

〔註43〕關於「終極情境」與「超越」的意義，可以再參見本文第一章，研究方法的說明。

〔註44〕見黃霍著《雅斯培》，（臺北：東大圖書，1992年，二月版），頁78。

〔註45〕見柯慶明《境界的探求》（臺北：聯經出版社，1977年版），頁69。

〔註46〕〈感遇〉第十五、十八、三十的寫作年代，據彭慶生《陳子昂詩注》爲陳子昂任職右拾遺職至返鄉之前所寫就。韓理州〈詩文編年補正〉（《陳子昂研究》）亦言爲陳子昂解官歸里（698）之前所作。頁98。

從「透迤勢已久，骨鯁道斯窮」中可以看出，陳子昂的「用世理想」與「政治現實」之間的無可排解的衝突。處於孤絕之境的陳子昂，對理想所以破滅的原因作了反省，並從不為時俗所容中找到了答案。然陳子昂既然在盡了一切努力之後（詳見第三、四、五章），仍不為時俗所容；則陳子昂在這裡便產生了處境的思索，陳子昂在詩中藉陳仲子的「不仕不義」，與張長公的「不得取容於世，故終身不仕」的事蹟，對自我去向的抉擇作了明白的暗示。然值得我們注意的是，「不仕不義」與「不容於仕，終身不仕」的關係應可再詳加解析：就「不仕不義」而言，陳子昂並未否決其「理想」的價值，只是因為其理想不容於「不義」的現實，故陳子昂興起了「終身不仕」的意念。因此，這份「終身不仕」的意念，雖然是由「現實」條件的惡劣所逼出來的，但就「不仕不義」而言，這個「不仕」的抉擇亦是陳子昂在自我意志的選擇下，對「義」（理想）的一種主動的承擔。因此，「不仕不義」即是陳子昂所以決定「終身不仕」的積極原因。在〈感遇〉第十五首中，陳子昂則進一步正視了「不容於世，終身不仕」的問題：

> 貴人難得意，賞愛在須臾。
> 莫以心如玉，探他明月珠。
> 昔稱天桃子，今為舂市徒。
> 鴟鴞悲東國，麋鹿泣姑蘇。
> 誰見鴟夷子，扁舟去五湖。

前文說道，陳子昂所以陷入了存在的徹底孤絕之境（終極情境），是因為他體悟到「非常之時」的永遠錯過，而這個「非常之時」，正意味著陳子昂對「賢聖相逢」的嚮往。而既然陳子昂正處於「隱」的徬徨中，對「賢聖相逢」關係的思索，便是其是否要斷然隱世的重要根據了。在此詩中，陳子昂從歷史上的「君臣遇合」之事蹟，將其與武則天的關係作了思索：戚姬、周公、伍子胥在得君王寵愛時，或身為寵妾、或參與王道之謀、或任為極諫大臣，然當遭君王棄絕之時，或淪為舂米之徒、或橫遭小人誣陷、或慘遭殺戮。然而，「貴人難得意，賞愛在須臾」，君王的賞愛與否，豈有不變的真理可循？因此，陳子昂終於在此際悠悠嘆道：「莫以心如玉，探他明月珠」；不再抱持可能被君王賞識的希望，從期待「賢聖相逢」的桎梏中掙脫出來，亦不為獲致君王的賞愛，而從於流俗，放棄對自我信念的執著，因此，這份因「不仕不義」而起的「不容於世，終身不仕」的意念，便在：「誰見鴟夷子，扁舟去五湖」對范蠡隱身退世的遙想中，為自己的「歸隱」之志作了隱喻的表白。在〈感

遇〉第三十中，陳子昂依舊以對存在信念的堅持（不仕不義），透露了其「歸隱」的選擇。詩云：

> 碣來豪遊子，勢利禍之門。
> 如何蘭膏嘆，感激自生冤。
> 眾趨明所避，時棄道猶存。
> 雲淵既已失，羅網與誰論。
> 箕山有高節，湘水有清源。
> 唯應白鷗鳥，可爲洗心言。

從「眾趨明所避，時棄道猶存」中，陳子昂表明了在「道」不得行的世代中，雖然世人都趨附逐利了，但他寧願遭受與世不容的創痛，亦不放棄對「道」的積極承擔。然而，既然陳子昂決意「不仕不義」，那麼，他要如何面對在「不容於世」中，「政治現實」對他的殘害呢？「雲淵既已失，羅網與誰論」，或許只要「遁世歸隱」便可以不致遭受現實的斲傷了。陳子昂在這裡更舉了許由、屈原的「不仕不義」故致「終身不仕」之例，試圖從肯定古賢人的高潔品格中，爲其「歸隱」之志找到價值意義的相通。

從以上諸詩中可以看出，陳子昂在陷入存在的徹底孤絕之境時，試圖藉著歷史的探索，以「歸隱」的方式來徹底承擔他對「理想」的堅持，並以此「超越」他不容於世的生命困局。因此，雖然陳子昂一再表明了他的「歸隱」意念，但其積極的意義卻在對「理想」信念的執著。此外，我們可以發現，在〈感遇〉第十、第二十、第三六首〔註 47〕中，陳子昂分別以「採芝」的意象，〔註48〕對混濁人世的棄離與高節品行的企求作了深刻的呈現。〈感遇〉第十首云：

> 深居觀元化，悱然爭朵頤。
> 讒說相啖食，利害紛嶷嶷。
> 便便夸毗子，榮耀更相持。

〔註47〕〈感遇〉第十、二十、三六的寫作年代，據彭慶生《陳子昂詩注》，爲陳子昂任右拾遺職及返鄉之前寫就。

〔註48〕「芝」在古人心中，是一種可嘗而登仙的草藥。〈九歌・山鬼〉：「采山秀兮於山間。」王逸注：「三秀，謂芝草也。言已欲服芝草以延年命。」《高士傳》卷中：「秦始皇時，見秦政虐，乃退入藍田山而作歌曰：『莫莫高山，深谷逶迤。曄曄紫芝，可以療飢。唐虞世遠，吾將安歸？駟馬高蓋，其憂甚大。富貴之畏人，不如貧賤而肆志。』乃共入商雒，隱地肺山，以待天下定。」由以上看來，「芝」實被賦予藉歸隱登仙以保全志的意義。

> 務光讓天下，商賈競刀錐。
>
> 已矣行采芝，萬世同一時。

「現實」與「理想」再也沒有相容實現的可能，在這個舉世皆醉而我獨醒的哀慟中，只有務光那不仕無義，甚至為義自沉的高節形象，最能給予精神上的慰藉。而在這份被逼至崖壁的無可奈何中，陳子昂由衷地從對務光的景仰中尋求認同，並以「採芝」的隱逸意象，陳明了欲與前賢「萬世同一時」的歸隱之志。另外，在〈感遇〉第二十中，陳子昂亦從俗世的混濁中，在獨木難支的傷痛中，以「採芝」的隱逸意象，將其欲全身而退的意念作了強調：

> 玄天幽且默，群議曷嗤嗤。
>
> 聖人教猶在，世運久陵夷。
>
> 一繩將何繫，憂醉不能持。
>
> 去去行採芝，勿為塵所欺。

從「一繩將何繫，憂醉不能持」中可見，由於陳子昂體認到一己的力量已無法與整個現實環境的沉痾相對抗，因此憂心如焚。然陳子昂雖不願隨波逐流，但現實畢竟又不得容他，因此在這般欲仕不得的痛苦中，陳子昂決定棄離黑暗的現實：「去去行採芝，勿為塵所欺」，較諸：「已矣行采芝，萬世同一時」對古人的嚮往，陳子昂更要自己當下認清這虛妄、混濁的塵世，並以歸隱的嚮往來持守個人品行的高節。〈感遇〉第三六首亦表達了同樣的心情：

> 浩然坐何慕，吾蜀有峨眉。
>
> 念與楚狂子，悠悠白雲期。
>
> 時哉悲不會，涕泣久漣洏。
>
> 夢登綏山穴，南采巫山芝。
>
> 探元觀群化，遺世從雲螭。
>
> 婉變將永矣，感悟不見之。

陳子昂的心靈承受著被撕裂的苦楚，於是，他思慕著楚狂接輿遊於塵外的高蹈行跡，而從夢中〔註49〕所出現的採芝、乘神龍之舉，更可見出他在現實中的強烈失落與對全身歸隱的渴求。

　　從以上諸詩看來，我們可以發現，陳子昂在澄明其「不仕不義」之志後，更呈顯了不能挽救時顛的痛苦。可以說，陳子昂在陷入存在的徹底孤絕之境

〔註49〕佛洛伊德認為「夢」是一種「潛意識」，是「願望的達成」。在現實中所未得達成遂行的願望，往往在夢中得以達成。

後，雖以「不仕不義」的自負來肯定自己對「理想」信念的執持，但面對著「現實」的混濁，他的「不仕不義」背後，其實是有著深沈的無奈感與被世所棄的痛苦。也因著這份痛苦是無法透過在「現實」中的任何活動所消除擺脫，因此在無處可發的鬱積中，陳子昂只能由先賢棄世的高蹈行跡尋求情感上的契合，而以「探芝」所喻表的捨離人世以保氣節，更成了他在「現實」上唯一可以讓精神轉圜自由的意念活動。

在這裡，我們尚可討論一個問題，從以上諸詩中可見，處於「終極情境」的陳子昂，從「不仕不義」的肯定產生了「與世不容」的悲愴，而情感的悲愴又促成了其對「歸隱」意義的肯定。則從「終極情境」興起超越企求的心理過程中可知，陳子昂對「現實」實相的思索，實是其對超越作出具體抉擇——歸隱的重要關鍵。在〈登薊丘覽古七首〉、〈登幽州臺歌〉中，陳子昂已經體會到「非常之時」的完全錯失，亦感受到「現實」力量的不可抗拒，但從其返朝之後所作的詩歌看來，陳子昂在感受重壓蓋頂的現實之力後，更慎重地對是否容身於世的問題作了一番理性的思索。那麼，對「超越」的企求而言，思索「現實」實相的意義為何呢？關於這個問題，我們實可從《論語》找到答案。〈泰伯〉篇云：

> 篤信好學，守死善道。危邦不入，亂邦不居。天下有道則見，無道
> 則隱。

由以上可見，「有道」、「無道」正是選擇「仕」或「隱」來「超越」困境的主要關鍵。而「有道」與「無道」的指標，實端賴知識分子對「現實」的透徹體認〔註50〕（以「有道」、「無道」的判準而言，雖以「隱」的選擇來超越困境，但其積極意義仍在對「道」作徹底的承擔）。因此，未免讓「隱」陷入個人情緒的淪落消極，重新對「現實」作窮盡的探索與觀看，實是超越所以賦含意義之要件。〔註51〕

〔註50〕又如孟子亦說道：「古之人，得志，澤加於民；不得志，修身見於世。窮則獨善其身，達則兼善天下。」又：「天下有道，以道殉身；天下無道，以身殉道。」皆說明了「有道」、「無道」是「超越」抉擇的根本依據。

〔註51〕在這裡，我們尚可回顧一個問題：陳子昂在落第返鄉、母喪返鄉，亦皆對「現實」表明了捨離之意念，但是這些捨離之念，皆是陳子昂在「欲仕不得」的情感焦慮下產生，他其實未曾認真思索「現實」的問題，亦尚未對自己是否得以容身「現實」作慎重的思考。也正因為他尚未正視這些問題，故他對「現實」仍抱著極大的期望，這也就是陳子昂屢屢在否決「理想」之後，又將自己投身「現實」的原因。然正可說明陳子昂的悲劇性格。

從以上詩歌所透顯的「超越」探求中可知，陳子昂欲藉「歸隱」作爲他超越生命困局的選擇。這個「隱」的選擇，在〈春臺引〉、〈與韋五虛己書〉〔註52〕等詩中，陳子昂更有清清楚楚的表白。〈春臺引〉云：

> 感傷春兮，生碧草之油油。懷宇宙以湯湯，登高臺而寫憂；遲美人兮不見，恐青歲之還遒。從畢公以酣飲，寄林塘而一留；採芳蓀於北渚，憶桂樹於南州。何雲木之英麗，而池館之崇幽。……怨青春之萎絕，贈瑤華之旖旎；願一見而導意，結眾芳之綢繆。曷余情之蕩漾，矚青雲以增愁，恨三山之飛鶴，憶海上之白鷗。重曰：群仙去兮青春頹，歲華歇兮黃鳥哀；富貴榮樂幾時兮，朱宮翠堂生青苔。白雲兮歸來。

人是時空的存在，若只能在這個時空選擇一個存在的價值，而這個價值又未能夠如願達成時，人的情感便因之而起了無限的焦慮。在此詩中，我們可以清楚看到，陳子昂由於在「現實」上的巨大失落，故在「時間」的遷逝中，感到了青春虛擲的孤獨，而在這濃烈的、無可擺脫的孤獨感中，「歸隱」之志便日益強大起來。從詩：「懷宇宙以湯湯，登高臺而寫憂；遲美人兮不見，恐青歲之還遒。」而生：「採芳蓀於北渚，憶桂樹於南州」、「恨三山之飛鶴，憶海上之白鷗」、「白雲兮歸來」之情中，可見「歸隱」之志已經成爲陳子昂思想的主要內涵，並隨著他在「現實」中的消沈困頓而終於揮之不去。在〈與韋五虛己書〉中，陳子昂更以沈痛真摯的情感，對其「歸隱」之志作了確切的宣告。文云：

> 命之不來也，聖人猶無可奈何，況於賢者哉。僕嘗竊不自量，謂以爲得失在人。欲揭聞見，抗衡當代之士。不知事有大謬異於此望者，乃令人慚愧悔报；不自知大笑顛蹶，怪其所以者爾。虛己足下，何可言耶。夫道之將行也，命也。道之將廢也，命也。子昂其如命何？雄筆雄筆，棄爾歸吾東山。無汩我思，無亂我心，從此遁矣。屬病不得面談，書以述言，子昂白。

「揭聞見，抗衡當代之士」曾是陳子昂致力要在「現實」上建立起來的價值信念。而今回首前塵，卻只能以譏嘲自我的方式來看待這一切枉然的努力，這是何等的辛酸痛楚。而當生命承受了過重的現實風雨，又未尋求得一個真

〔註52〕〈春臺引〉（題下並註：寒食集畢錄事宅作）見《新校陳子昂集》，卷二。〈與韋五虛己書〉見卷十。

實的答案時，他滿心的質疑，便只能向「命」去尋求無言的答案與慰藉。在文中，陳子昂以「命之不來也，聖人猶無可奈何，況於賢者哉」、「夫道之將行也，命也。道之將廢也，命也。子昂其如命何」將其仕宦生涯作了總結與回顧。然在這裡，「命」所揭示的人之有限，是否是一種消極性的領悟呢？前文曾經說到，「終極情境」正是個人邁向「超越」之境的轉機。因此，「命」的消極、積極意義的差別，便在於「超越」一念的動機上。《論語・堯曰》云：

> 不知命，無以為君子也。

〈憲問〉亦云：

> 道之將行也與？命也。道之將廢也與？命也。〔註53〕

由以上可見，「命」的意義，在於讓知識分子對「道」之可否行於「現實」，作出審慎的、最終的評估。從「無道」的領悟到「超越」企求的產生，「歸隱」所代表的對「道」徹底之承擔，便成了對「終極情境」的最積極的回應。因此是具有正面意義的。

二、超越的企求與文學理論的提出

　　陳子昂在面臨「仕」與「隱」的思索階段中，以其〈修竹篇〉並序，〔註54〕明確地提出了其文學理論的綱領，並以此成就了他「變」齊梁、「啓」盛唐詩風的偉大成就。然令我們注意到的現象是，誠如前文所論，陳子昂在仕宦之前為干謁所作的〈上薛令文章啓〉中，曾經以「道德之薄哉」說到他對文學的態度。而其好友盧藏用在〈陳氏別傳〉中，亦以「工為文，而不好作，其立言措意，在王霸大略而已，時人莫不知也」對陳子昂的文學態度作了重要的評介。因此，在這裡便產生了重要的問題，既然陳子昂的「文學主張」在文學史上有如此重大的意義，那麼促成陳子昂提出「文學理論」的動機是什麼呢？他如何看待「文學」的意義？他希望藉由「文學」達到什麼效用？在探討以上問題之前，我們可以先就〈修竹篇〉序全文作一番觀察：

> 東方公足下，文章道弊五百年矣。漢、魏風骨，晉、宋莫傳，然而

〔註53〕孔安國註：「知天命之終始也。」皇侃《論語集解義疏》疏：「終始即是分限所在也。」刑昺疏：「天之賦命，窮達有時。當待時而動。若不知天命而妄動，則非君子。」（《十三經註疏本《論語註疏》卷二十）。可見，「命」在積極意義上是判別是否能夠行「道」的客觀條件。

〔註54〕〈修竹篇〉並序為陳子昂返都之後、返鄉之前（697～698）所作，即陳子昂在面對「仕」與「隱」的抉擇時所作。參見本文第一章附註10。詩見《新校陳子昂集》，卷二。

> 文獻有可徵者，僕嘗暇時觀齊、梁間詩。彩麗競繁，而興寄都絕；
> 每以永嘆，思古人常恐逶迤頹靡。風雅不作，以耿耿也。一昨於解
> 三處見明公詠孤桐篇，骨氣端翔、音情頓挫、光英朗練，有金石聲。
> 遂用洗心飾視，發揮幽鬱。不圖正始之音，復覩於茲，可使建安作
> 者相視而笑。解君云：張茂先、何敬祖、東方生與其比肩，僕亦以
> 為知言也。故感嘆雅製，作修竹詩一篇，當有知音，以傳示之。

就以上引文，我們可以先處理一個問題，是什麼原因促成陳子昂重視「文學」
的意義？從寫作背景看來，〈修竹篇〉序既作於陳子昂面臨「仕」與「隱」抉
擇超越之路之前的思索階段，則這個問題，在「遂用洗心飾視，發揮幽鬱」
的意義中似可找到答案。誠如前言，陳子昂在陷入終極情境之後，在選擇「超
越」的具體行動前，必須先對「現實」之「有道」、「無道」作過一番審慎的
評估，以此方能為其抉擇的「超越」行動找到內在的根據（「超越」不只是困
境的抽離，亦是對「道」的徹底承擔。因此，從「終極情境」中反思自我的
存在信念，並審慎思索個人可否容於「現實」的問題，便是「超越探求」的
重要內容）。然在這裡亦產生了一個重要問題，對陳子昂而言，既然「現實」
只在作為「理想」實現的憑藉時才產生意義，而陳子昂在此「終極情境」中
又體認到其「理想」與「現實」的截然對立不容，則對執著於理想信念的陳
子昂而言，既然無法從「現實」的諸多活動中尋求其情感上的慰藉，他必然
要另外尋求一種方式來減緩其心理的壓力，並藉此思索對困境的回應之道。
故在這裡，「文學」便自然成為陳子昂紓解情感、並藉此思索存在意義的主要
工具了。〔註55〕也因著這個心理動機的轉變，原本「立言措意，在王霸大略

〔註55〕入仕以前的陳子昂，是一個「未知書」的豪俠子，而他在性格的轉變之後，
　　　　始「苦節讀書」並致「經史百家無不閱覽」，而陳子昂所通過的進士科考試，
　　　　又以「文學」為擢拔標準。由以上看來，陳子昂的背景十分清楚，「文學」對
　　　　他而言，是「政治」之外的唯一技能（或者說是一種本能）。此外，我們尚可
　　　　就「大傳統」來看待這個問題：傳統知識分子，鮮有不能為文者。這已是他
　　　　們習焉而不察的一種「文化薰陶」（尤其在「科舉制度」的影響下「文學」已
　　　　成為他們的一項幾乎是本能的訓練）。只不過，他們一生最大的職志常在於「政
　　　　治」而非「文學」，例如：屈原、杜甫、李白……等人皆是。但是，有趣的是，
　　　　雖然他們的最高職志皆在「政治」上的參與，但是，皆以「文學」成就了他
　　　　們在歷史上的定位。從這裡我們可以看出「政治」與「文學」之間，對傳統
　　　　知識分子而言，實存在著一種奧妙的關係。「文學」對他們而言，可以是一種
　　　　「政治」失意後的「慰藉」，亦可以是一種退而求其次的「成全」自己的方式，
　　　　在這裡，我們亦再把「文學」所賦有的「情感的慰藉」與「超越」意義作了
　　　　揭示。可再詳見本文第一章「研究旨趣與方法」部分。

而已」的陳子昂便自然地關注於「文學」中了。關於這一點，我們可以從本
節第一點「不仕不義的超越企求」中得到充分的印證：在「不仕不義的超越
企求」中，我們可以發現，陳子昂東征返回洛陽之後，雖然仍任職右拾遺，
但是他在任內卻只從事一項純粹思慮的活動，即深入於對「現實」黑暗的領
會，陳明其「不仕不義」的擔當，以及從「不仕不義」所感到的「與世不容」
的創痛中，企圖以「歸隱」來超越這份苦痛。而以上陳子昂全然是以「詩歌」
來完成，也就是說，「詩歌」是陳子昂作為「超越企求」的重要工具。而原以
「文學」為薄技小能的陳子昂，亦在此正視了「文學」的正面意義了。關於
陳子昂文學理論產生的動機與意義，我們可以就劉小楓先生在《拯救與逍遙》
中的一段論述加以說明：

> （詩人）首先要成為一個「偉大的」政治家，其次才是偉大的「詩
> 人」；首先是政治家的願望，其次才是詩人的理想，正是儒家人生哲
> 學賦予中國詩人的一大特色；政治家的身分與詩人身分的奇妙結
> 合，正是多數中國詩人的突出形象。詩成了發洩官場失意的工具，
> 成為歷史的政治活動失敗的安慰。〔註56〕

「首先要成為一個『偉大的政治家』，其次才是一個偉大的『詩人』」正可以
說明，入仕前及從宦中的陳子昂詩歌作品中，為什麼屢有被後代學者指為瑕
疵的酬唱、應制之詩作。正因為對煥發政治熱情的陳子昂而言，他的一切活
動皆以「政治企圖」為其行事的重要指標，因此，「文學」並未產生其獨立的
意義。而當陳子昂作不成一個政治家，則詩便成了其「發洩官場失意的工具」，
這正是司馬遷在〈屈原列傳〉中說的：

> 正道直行，竭忠盡智以事其君，讒人間之，可謂窮矣。信而見疑，
> 忠而被謗，能無怨乎？屈平之作《離騷》，蓋自怨生也。

太史公這段「以文學抒其懷」的意義，正可說明〈修竹篇〉序中以詩為：「發
揮幽鬱」的工具的理由。然而，在這裡尚要詳加說明的是，由於陳子昂此刻
的「憂鬱」是陷入「終極情境」的憂鬱，因此，「文學」不只存在著「紓解」
的功能，亦必須擔負著作為陳子昂「超越企求」達成的重要憑藉；〔註57〕因

〔註56〕見劉小楓《拯救與逍遙——中西方詩人對世界的不同態度》（臺北：久大文化
　　　　出版社，1991年二月版），頁119。

〔註57〕例如，在漫長的仕宦生涯中，陳子昂亦屢屢遭遇頓挫（見第四、五章），但是
　　　　陳子昂雖然亦以創作來抒發鬱悶，但卻尚未正視「文學」的作用；這是因為
　　　　陳子昂尚未對「現實」絕望，因此並未將注意力轉移到「文學」中來。以上

此，「文學理論」的提出，在陳子昂「超越企求」的心理上，實有其正面的積極意義。那麼，我們如何看待這個積極意義呢？我們可以回到〈修竹篇〉序對這個問題作進一步的探討。陳子昂所標舉出來的「文學典範」是：建安風骨、正始之音。那麼，「建安風骨」與「正始之音」的特色爲何？據《文心雕龍・時序》：

> 自獻帝播遷，文學蓬轉；建安之末，區宇方輯。……觀其時文，雅好慷慨。良由世積亂離，風衰俗怨，並志深而筆長，故梗概而多氣也。〔註58〕

〈明詩〉云：

> 暨建安之初，五言騰踊……慷慨以任氣，磊落以使才。造懷指事，不求纖密之巧；驅辭逐貌，唯取昭晰之能，此其所同也。及正始明道，詩雜仙心，何晏之徒，率多浮淺。唯嵇志清峻，阮旨遙深，故能標焉。〔註59〕

由以上可見，建安風骨「慷慨任氣」的特色，不在呈現文學的「纖密之巧」與「驅辭逐貌」的特質，而是在反映「世積亂離，風衰俗怨」時代背景下的文人的眞切情感。而以阮籍爲代表的正始之音呢？明張溥《阮步兵集》言：

> 嗣宗（阮籍）製詞，婉而善諷，司馬孤雛人主，豺聲震怒，亦無所加。正言感人，尚愈寺人孟子之詩乎？〔註60〕

又方東樹《昭昧詹言》云：

> 阮公之時與世，眞小雅之時與世也，其心則屈子之心也。以爲騷，以爲小雅，皆無不可。〔註61〕

阮籍詩風和「建安風骨」一般，皆以對時代亂離的反芻與個人遭遇的悲痛，成就了詩歌的風格特質。由以上可見，當陳子昂以「文學」作爲「超越」的憑藉時，「建安風骨」、「正始之音」的詩歌風格，便在陳子昂生命經歷的相通性下產生了「共鳴」。〔註62〕而當「文學」具備了「眞實深刻的反應生命實相」

亦可說明陳子昂爲何在「終極情境」中提出了其文學理論。
〔註58〕見郭晉稀《文心雕龍譯注十八篇》（香港：建文出版社，1964 年版），頁 204。
〔註59〕同上，頁 34。
〔註60〕見《漢魏六朝百三名家集》（臺北：松柏出版社，1964 年版），頁 1283。
〔註61〕見方東樹《昭昧詹言》卷三（臺北：漢京出版社，1985 年版），頁 81。
〔註62〕陳子昂〈上薛令文章啓〉言：「悵爾詠懷，曾無阮籍之思。」至於其詩歌創作，學者亦率多以之淵源於阮籍。如皎然《詩式》：「子昂〈感遇〉三十首，出自阮公〈詠懷〉。」又胡應麟《詩藪》：「四傑，梁、陳也。子昂，阮也。」

的特質時，對欲以「文學」作爲超越憑藉、尋求存在意義的作者而言，「文學」亦才具備了正面的意義與積極的功能。我們可藉由方東樹以下的論述，對本文的論證加以說明：

> （且）阮公尤不易學，必處阮公之遇，懷阮公之志與事，乃見其沈痛傷心。〔註63〕

由於個人情感上的悲痛，故陳子昂在創作時便和「建安風骨」、「正始之音」產生了精神上的「共鳴」，這就是陳子昂所以標舉「建安風骨」與「正始之音」作爲文學典範的意義。然亦因爲陳子昂親身經受著這創痛至鉅的情感，因此，行諸於詩中的這份親身經受的經歷，便呈現了陳子昂詩歌的「悲怨」風格，而從這裡，陳子昂的詩歌風格與文學理論亦有了得以「互證」的內在憑藉。因此，以「超越企求」的意義而言，陳子昂文學理論的產生，實有其內在的必然根據，而這個內在根據，亦成了陳子昂「反省」齊梁文學：「興寄都絕」、「風雅不作」等弊病的主要原因。從以上論述後可見，陳子昂的「文學理論」實不能與其生命經歷斷開，在其「文學理論」背後，不僅標示出陳子昂對「文學」意義的重視，更是他對個人存在價值的一種確切關切。關於二者的關係，劉小楓先生曾有以下的論述：

> 所有詩藝的問題都是詩的存在論水平上的問題，詩的一切形式功能都具有詩的本體論意義上的功能，他們所表徵的是某種人的價值存在方式。……詩學不是詩藝賞析，它總是通過詩進入詩所顯示的世界，追尋詩本身所意指的某種東西。〔註64〕

這份對存在價值的關切，便是陳子昂文學理論產生的內在根據。因此，從陳子昂政治上的不遇，到陷入終極情境後所產生的超越渴求，這條人格發展線索，亦正將其「文學理論」的產生作了清楚的揭示：在終極情境中，陳子昂以詩歌作爲情感抒發與抉擇超越的憑藉，而因著「文學」所必須擔負的使命，陳子昂便主觀地賦予了文學某種期望，故在這個主觀期望中，陳子昂的「文學理論」便於焉產生。而在這裡，陳子昂的「人格」與其「詩歌創作」、「文學理論」的精神亦達到一種密切的相通。

關於陳子昂「文學理論」與其「人格」間的關係，我們尚可直接就〈修竹篇〉詩作一觀察：陳子昂在提出文學主張之後，在〈修竹篇〉序末言：「故

〔註63〕同註61。
〔註64〕同註62，頁30。

感慨雅製,作修竹詩一篇,當有知音,以傳示之」。從以上論述看來,陳子昂對文學意義的反省,是其寫就〈修竹篇〉序的主要動機。而此詩既是陳子昂對其文學理論的「踐履」,則其詩是否如本文所論證的,以「超越的探求」作爲詩歌的主要內容,並以此特質和其文學理論「互證」呢?詩云:

> 龍種生南嶽,孤翠鬱亭亭。
> 峰嶺上崇崒,煙雨下微冥。
> 夜聞鼪鼠叫,晝聒泉壑聲。
> 春風正淡蕩,白露已清冷。
> 哀響激金奏,密色滋玉英。
> 歲寒霜雪苦,含彩獨青青。
> 豈不厭凝冽,羞比春木榮。
> 春木有榮歇,此節無凋零。
> 始願與金石,終古保堅貞。
> 不意伶倫子,吹之學鳳鳴。
> 遂偶雲龢瑟,張樂奏天庭。
> 妙曲方千變,簫韶亦九成。
> 信蒙雕斲美,常願事仙靈。
> 驅馳翠虯駕,伊鬱紫鸞笙。
> 結交嬴臺女,吟弄升天行。
> 攜手登白日,遠遊戲赤城。
> 低昂玄鶴舞,斷續綵雲生。
> 永隨眾仙去,三山遊玉京。

從詩意看來,陳子昂很明顯地以「龍種」(修竹)自喻,藉著其「終古保堅貞」之特質,對自我品行的高節作了表示。然修竹質地的優良難得,亦是其生命所以遭致損害的原因。然這修竹的遭遇,不正是陳子昂對其所經受的「現實」的控訴嗎?因此,誠如本時期的其他詩作般(見前文「超越的企求」諸詩),陳子昂在感受「現實」的壓迫後,在存在信念的篤守之下,在「不仕不義」的堅持之下,產生了「與世不容」的悲愴,故在這份難以承載的創痛之中,只得選擇「隱」作爲其「超越」困境的具體之道。因此,陳子昂在此詩中便以:「永隨眾仙去,三山遊玉京」的抉擇來陳明其掛冠歸里之志。由以上看來,陳子昂在詩中所展現的兩個主要的內容:(一)對個人存在意義的思索與肯定

（二）以「隱」的肯定來達到超越困境的企圖，正是前文所說的陳子昂「超越企求」的具體內容。因此，既然陳子昂的〈修竹篇〉詩是其「文學理論」的「踐履」，則「超越」的渴求便是我們掌握其「文學理論」精神的重要根據，而其「詩歌創作」與「文學理論」亦在此處有了「互證」的基點。〔註65〕此外，從陳子昂「文學理論」所標榜的「正始之音」、「建安風骨」等文學典範，與對徒飾雕琢的齊、梁詩風的「反省」中，我們亦可清楚看出其人格發展的特質，在此，「人格」與「文學」之間，便具有了相通的意義。

以上不論是就「詩歌創作」或「文學理論」所反映之人格特質的探討，我們實已點出一個重要的問題：陷入徹底孤絕之境（終極情境）的陳子昂，以：（一）對理想信念的執守（二）對「歸隱」意義的肯定，來達成其對「超越」抉擇的思索。因此以「歸隱」作為超越方式的選擇，在陳子昂對理想信念的承擔之下，便具備了積極的意義。然在這裡，我們亦注意到一個重要的現象：陳子昂雖然已在歸隱的選擇中，放棄了他的用世之志，但在同年（698）五月，〔註66〕在陳子昂將其歸隱之志付諸具體行動之前，復又上陳〈上蜀川安危事三條〉〔註67〕給武則天，以對關切國防的最後努力作為其離開官場的告別式。那麼，這篇諫文的意義為何呢？諫書〔註68〕云：

〔註65〕同註62，頁30。

〔註66〕雖然我們以「超越之路」的探求作為「互證」的基點，但此並非只適用於〈修竹篇〉之詩與序，對陳子昂的其他詩作而言亦是適用的。因為「超越探求」的表象下，實含括著一段漫長的人格發展線索（「理想」與「現實」的互動、衝突），因此這段漫長的人格發展線索，便是陳子昂諸多詩作產生的根據。又陳子昂文學理論所含括的超越之路（或「正始之音」、「建安風骨」），其意義皆在於主張文學應如實地反應出詩人生命的實相。因此，若陳子昂的詩歌皆如實地反應出生命的實相，則與其文學理論便達到了「互證」的意義。例如，本文在第二、三、四中所討論的諸多詩歌，皆與其人格發展有著密切的關係。從這裡可見，陳子昂雖然在超越探求之時，始正視了文學的意義，但是因著陳子昂個人的人格特質與生命經歷使然，其在早期的創作態度中，已經對此文學理論作出踐履。因此，從「對生命實相」的抒發中，我們便可以得知陳子昂反對齊、梁詩風徒具雕琢的理由。此外，從以上可知，陳子昂的文學理論並非隨興而發，亦非一時之奇想，這和其一生的人格發展線索是有著密切的關係的。

〔註67〕見《新校陳子昂集》，卷六。

〔註68〕陳子昂的上書動機，據是書載是：「臣伏見四月三十日敕廢同昌軍。蜀川百姓，每見免五十萬丁運糧，實大蘇息。然松茂等州諸羌首領，二十年來利得此軍財帛糧餉，以富己潤屋，今一旦停廢，失其大利，必是勾引生羌，詐作警固，以恐動茂翼等州。復使國家徵兵鎮守，若松茂等州無好都督，則此詐必行……」。

> 蜀中諸州百姓所以逃亡者，實緣官人貪暴，不奉國法。典史遊容，
> 因此侵漁。剝奪既深，人不堪命。百姓失業，因即逃亡。凶險之徒，
> 聚爲劫賊。今國家若不清官人，雖殺獲賊終無益。……若官人未清，
> 劫賊之徒，必是未息。以前劍南蠹弊如斯。即日聖恩停軍息役，若
> 官人清正，劫賊剪除，百姓安寧，實堪富國。惟乞早降使按察。僅
> 狀。聖曆元年五月十四日。通直郎行右拾遺陳子昂狀。

如前文所論，陳子昂雖然決意告別官場，但並未因此否決其一生的理想信念。在諫書中，我們可以清楚看出來，陳子昂依然以「安人」的政治理念，對國家當前的問題提出了批判與建議之道，並貫徹他的政治理想。因此，從其臨別之前復又上陳諫書的舉動看來，陳子昂實已盡其所能踐履了他的道，他的「安人」理想，陳子昂的仕宦生涯，便在這番矢志不移地關切國脈民命之情中劃下句點。

小結

從本章的討論後可知，陳子昂一返回洛陽，並任右拾遺職之後，在武則天斷察冤案的舉動下，其原已消沈的心志，又在用世理想的期待中得到無限的鼓舞。然陳子昂方對朝廷革新吏治充滿信心，並勸勉自己有所作爲時，卻不料遭受劫噩，被羣小以亂黨之名誣陷入獄。在近二年的牢獄生涯之後，陳子昂的身心遭受空前巨創。出獄之後，他積極地投入黃老之思中以尋求情感的慰藉，而在此間，他亦對未來的去向產生了迷惘之情。然就在陳子昂升起掛冠之意時，在時間遞逝的壓迫之下，由於陳子昂的悲劇性格使然，陳子昂又將其尚未實現的用世之志，在請纓報國的使命感中作了毫無保留的投注。因此，隨著軍情的發展，陳子昂那份匡時濟世的熱情又被激發至高點，他的歸隱之志又被一掃而空。而隨著陳子昂的出征，他更將「賢聖相逢」的期待，全然投注於殺敵致果的決心中。因此，這個戰役的成果，便與陳子昂的存在意義產生了密切的關係。然而，在軍情告急之際，任職參謀、欲奮勇報國的陳子昂，卻在武攸宜輕率無謀的領導之下，未得有發揮的空間。因此，心急如焚的陳子昂雖在武攸宜的壓抑下未得參贊一詞，卻依然以「言甚切至」的態度，將其用世之志在此中作了賭注。因此，當陳子昂被降爲軍曹，他的理想在此亦於焉破滅，他的存在感陷入全然的孤絕之境。因此，在〈薊丘覽古〉中，陳子昂已覺知「賢聖相逢」的「非常之時」的永遠錯過，而在個人的悲

愴中，他始對人世間無可叩問排解的生命困局，有了深刻的體會，如此，〈登
幽州臺歌〉便具備了普遍的意義。然悲劇的發生亦是超越的起點，陳子昂在
陷入終極情境之後，亦對他個人的存在意義與處境作了一番省思。在對「現
實」「無道」實相的體察中，他首先確立了他的「理想」信念，因此，「不仕
不義」之心志亦在此中興起，然既「不仕不義」，則其「理想」亦與「現實」
產生了永不可避免消歇的「衝突」，而當「現實」完全失去了作爲「理想」實
現憑藉的意義後，他的「歸隱」之志亦在這裡產生了。以上即是陳子昂所以
渴求從「現實」中超越的理由。然陳子昂在企求超越的同時，賴爲憑藉的「詩
歌」亦成了他的關切之物。在文學意義的覺醒中，由於陳子昂的人格趨向使
然，故使他在文學理論中，提出了反對彩麗雕琢詩風的主張，而與生命經歷
相通的「建安風骨」、「正始之音」，亦自然成爲他所標舉的文學典範。而其人
格、文學理論、詩歌創作亦在此處有了共通的基點。然陳子昂在歸隱之前，
又以〈上蜀川安危事〉作爲仕宦生涯的告別式，從諫書所表現的一貫的「安
人」思想中，我們可以清楚看到，對國脈民命的關切，確實已經和他的存在
價值作了緊密的連結，這即是陳子昂的「道」，因此，能在堅持個人價值信念
下，展現出一種不隨波逐流的堅毅人格風姿。

第六章　超越成敗的評估與
　　　　　文學史上的意義

　　從第五章的討論可知，在「理想」與「現實」無可排解的衝突下，陳子昂讓自己陷入了徹底的孤絕之境。而在此終極情境中，陳子昂亦正視了「文學」的意義，並以之作為「超越探求」的主要憑藉，企圖對個人的處境抉擇作一番思索；而在面臨「現實」重壓蓋頂之力後，決意以「歸隱」之志陳明對「理想」的徹底承擔。

　　陳子昂在陷入存在的徹底孤絕之境後，決意採取「隱」的方式來回應現實頓挫的壓迫，據〈陳氏別傳〉載：

　　　　及軍罷，以父老，表乞罷職歸侍。天子優之，聽帶官取給而歸。

《新唐書》本傳的記載亦同：

　　　　聖曆初，以父老，表解官歸侍，詔以官供養。

當陳子昂決意採取「隱」來超越困境之後，「父老返鄉」便成為其「超越」困境的具體回應方式。聖曆元年（698）秋天，陳子昂將其歸隱的選擇付諸確切的行動，在返蜀途中路經岇峽安居溪（今四川縣東），感於沿途風景之殊奇，寫下了〈入岇峽安居溪伐木溪源幽邃林嶺相映有奇致焉〉：

　　　　嘯徒歌伐木，驚榜漾輕舟。

　　　　靡迤隨波水，潺湲沂淺流。

　　　　……

　　　　鸝鶹寒思晚，猿鳥暮聲秋。

　　　　誓息蘭臺策，將從桂樹遊。

　　　　因書謝親愛，千歲覓蓬丘。

從「誓息蘭臺策，將從桂樹遊」中可見陳子昂歸隱之志的強烈堅決。而「因書謝親愛，千歲覓蓬丘」中對仙鄉之嚮往，更宣告了其歸隱生活的重心與永離宦海的心志。

　　誠如本文研究方法所論，陳子昂的「詩歌」是其「人格」的投影，而前章亦說到，陳子昂在面對文學所應擔負的正面功能後，更以之作為「超越」的主要憑藉。那麼，既然外王理想的破滅之後，「文學」已成為陳子昂寄託情感與尋求存在價值之物，則返鄉之後詩歌所透顯的「人格」特質，便成為我們評估陳子昂超越成敗的重要憑藉了。「文學」在陳子昂超越探求上的重要性，除了在終極情境中寫就的〈修竹篇〉序外，返鄉之後所作的〈薛大夫山亭宴序〉、〈喜馬參軍相遇醉歌〉序 [註1] 中，亦揭示出陳子昂對文學所抱持的主觀期望。〈薛大夫山亭宴〉序云：

　　　　詩言志也，可得聞乎？

〈喜馬參軍相遇醉歌〉序云：

　　　　夫詩可以比興也，不言曷著？

從以上看來，陳子昂在脫離「現實」處境之後，「文學」確已成為他寄託情感、反思存在意義的主要工具。這正是陳子昂所以言：「詩言志」、「詩可以比興」之故。此外，我們尚可以從陳子昂返鄉之後的其他詩作作一番總體的考察。從返鄉之後的詩作看來，有一個極為鮮明的特質，陳子昂屢屢在詩中以「觀」（或「化」）的心理活動（尤其是〈感遇〉詩）來表現歸隱之後對存在意義的思索，如：

　　　　坐「觀」萬象化，方見百年侵。（〈南山家園林木交映咸夏五月幽然清涼獨坐思遠率成十韻〉）

　　　　曷見玄真子，「觀」世玉壺中。（〈感遇〉第五）

　　　　吾「觀」龍變「化」，乃知至陽精。（同上第六）

　　　　吾「觀」崑崙「化」，日月淪洞冥。（同上第八）

　　　　閒臥「觀」物「化」，悠悠念無生。（同上第十三）

　　　　幽居「觀」大運，悠悠念群生。（同上第十七）

　　　　群物從大「化」，孤英將奈何。（同上第二五）

　　　　仲尼探元「化」，幽鴻順陽和。（同上第三八）

就前章所論，陳子昂「歸隱」的用意，是希望遠離「現實」對「道」的迫害，

〔註1〕〈薛大夫山亭宴序〉見《新校陳子昂集》，卷七。〈喜馬參軍相遇醉歌〉見卷二。

讓困頓的情感尋得再次安頓。因此，要讓困頓的情感在「歸隱」的生活中得到安頓，並使超越的企求真正達成，陳子昂必須在「歸隱」的生活中確立存在價值的力量。而陳子昂既以「詩歌」作為超越探求的主要憑藉，亦在此正視了詩歌的比興、言志之意義，則就超越的探求而言，「觀」、「化」的心理活動所表現的對存在意義的思索，便是我們評估其超越成敗的主要依據。關於這個看法，我們可以先就「觀」的意義作一番考察。據《說文解字》第八篇下：「觀，諦視也。」而《穀梁》云：「常事曰視，非常曰觀。」又段玉裁《說文解字注》：「物多而後可視。〔註2〕」就以上所論，從「觀」進一步對萬物之「化」產生特別的感受，在這裡可清楚看出陳子昂的「主觀心理」與「客觀景物」之間的互動：在深受創痛的主觀心理中「觀」世之變，陳子昂必然要在萬物「化」的變動不居之下，找到一個存在的永恆的終極性根據。反過來說，「化」的時間色彩，亦令其欲以「觀」來尋得一個真正的安穩感受。因此，詩所展現的「觀」、「化」之意，便和其超越的企求產生了密切的關係。故詩的意義亦不再是純藝術技巧或認知上的。關於「觀」，蒲友俊先生在〈論陳子昂的蜀中詩〉中有精闢的討論：

> 他（陳子昂）雖然主動地退出了官場，卻仍是魂繫現實和政治，只是這時，情隨境遷，他不能老是沉湎於因腐敗所激起的憂憤，而需要深入的理性的反思。用陳子昂的話來說，就是「吾觀龍變化」、「吾觀崑崙化」、「閒臥觀物化」、「幽居觀大運」等等。這是陳子昂現實主義的人生態度和詩歌創作的自然軌跡，從個人的幽憤到對世運的思考，他得到了一種人格的超越和解脫。〔註3〕

由以上可見，返鄉之後的陳子昂，既以「詩歌」作為其寄託情感、反思存在意義的重要工具，則我們當可就其中所透顯出的人格特質，對其超越之成敗作一番評估。

第一節　超越的探求與存在價值的失落

在第五章中，我們曾對陷入終極情境的陳子昂，所以選擇「歸隱」作為超越之道的意義作過一番討論。然而，就「超越」的企求而言，「歸隱選擇」的思索只是一「思慮」的活動，它尚不是一確切的行動，因此，就「超越」

〔註2〕見清段玉裁撰《說文解字注》（臺北：世界書局，1989年11月版），頁414。
〔註3〕見蒲友俊〈論陳子昂的蜀中詩〉（《陳子昂研究論集》），頁228。

意義的完成而言，我們仍須從陳子昂實際的歸隱生活中，考察其是否藉由「超越的探求」，尋得存在價值的最終根據，並以此達到了「超越」困境之效果。〔註4〕既然我們必須從歸隱之後陳子昂人格特質的轉變，作出超越成敗的評估，那麼，「超越」成敗的標準為何呢？本文在第一章方法論中，曾對「無道則隱」的「超越」意義作過以下二點判別標準：（一）對「道」的徹底承擔。（二）困頓情感的回應與釋然。以上二點是我們評估陳子昂超越成敗的依據，在這裡，我們尚可對此判別標準再詳加說明。在「道」的徹底承擔中，使困頓情感平平放下的根據為何呢？〔註5〕首先我們可以就《孟子‧萬章》所評述的各種人格樣態作一番觀察：

> 孟子曰：伯夷，聖之清者也；伊尹，聖之任者也；柳下惠，聖之和
> 者也；孔子，聖之時者也。〔註6〕

從以上看來，「聖之清者」、「聖之任者」、「聖之和者」、「聖之時者」各代表了不同的人格樣態。〔註7〕為扣緊題意，本文不擬討論各種人格樣態的特質，從

〔註4〕黃霍先生在引述雅斯培的「超越」意義時，言：「由於『形式超越』（思慮）的思考方法並無法單獨完成超越的目標，而且在思考的努力上，它也僅能讓我們肯定有這樣的『超越界』，而無法告訴我們它是什麼，因此它本身並不是一種自足的超越方式，它只是邁向『超越』的必要條件。」（《雅斯培》，頁90）此外，柯慶明先生在〈論悲劇英雄——一個比較文學的觀念之思索〉中亦言：「『絕望』之所以重要，正因為它不只是一種『發現』，它是一種強烈的受到過阻的渴望。它是一種行動的力量，而不僅是一種純粹認知的靜止觀點。只有它同時是行動的；又是認知的，『絕望』才真正帶給人整個存在的躍升。不但是『醒覺』，而且依順這種『醒覺』，勇邁的走向『奉獻』的完成。」另外又說道：「『悲劇的提昇』並不是一種概念的解悟，它來自一種真實生命與真實生命之間的交感共鳴；它像禪悟一樣，是一種真實發生在人們主體精神裡的一項變化；它是一種主體性的真理，與一個特殊的人格或人格影像是不可分割的。」（見《境界的探求》，頁84、38）。

〔註5〕事實上，一個儒家信徒在遇到困境時，亦可能轉以道、佛二家作為超越之道，但本文之所以以儒家超越的判準作為本文的方法論，是因為本文以為陳子昂雖然頗以道、佛二家作為情感的慰藉，但實則他並不能真正接受道、佛二家的內涵。這在歸隱之前是，歸隱之後亦是。（歸隱之後與道、佛二家的接觸情形請參見本文正文以下論述）。

〔註6〕見楊伯峻《孟子譯注》卷十〈萬章章句下〉（臺北：漢京文化事業，1987年元月版），頁233。

〔註7〕關於其他各種人格樣態，據《孟子‧萬章下》載，以柳下惠為首的「聖之和者」是：「進不隱賢，必以其道；遺佚而不怨，阨窮而不憫。與鄉人處，由由然不忍去也。爾為爾，我為我，雖袒裼裸裎於我側，爾焉能浼我哉」，即不論現實處境為何，均以個人所當行而行事，不與現實成衝突之相，因此亦無所

陳子昂「隱」的選擇出發，在此我們只標出同以「隱」的選擇來「超越」生
命困局的伯夷作一番討論。對「超越」困境而言，伯夷所採取的歸隱選擇有
何意義呢？《論語・述而篇》云：

> （冉有）入，曰：伯夷、叔齊何人也？（孔子）曰：古之賢人也。（冉
>
> 有）曰：怨乎？（孔子）曰：求仁而得仁又何怨？〔註8〕

由以上可見，伯夷在「怨」的處境下（即本文所謂的「終極情境」），於生命
的無可奈何之時，其所採取的「歸隱」首陽山之舉，是在徹底承擔其信守的
存在信念。〔註9〕故歸隱山林的選擇，除了具有超脫「現實困境」（怨）的效
用外，更正面地富有了「求仁得仁」的意義。因此，伯夷叔齊既欲保全自己
的存在信念，而又能主動以歸隱之選擇「得」之，則生命的困局便可藉此而
超越，這便是其可以解除困局的原因。以上是孔子以伯夷「求仁得仁」之例，
所揭示予後人的重要判別標準（怨而不怒）。關於這一點，在司馬遷的《史記・
伯夷列傳》中有更詳盡的討論。太史公在閱覽伯夷一生不平的處境後歎道：

> 或曰：「天道無親常與善人。」若伯夷、叔齊，可謂善人者非邪？積
>
> 仁絜行如此而餓死。……天之報施善人，其何如哉？……行不由徑，
>
> 非公正不發憤，而遇禍災者，不可勝數也。余甚惑焉，儻所謂天道，
>
> 是邪非邪？〔註10〕

伯夷等人以忠義行世，卻平白遭受現實的傷害，如此際遇的確讓人對「天道」
的不公興起徹底的質疑。然而，當司馬遷在存在意義的思索中，體悟到「求

謂的生命困局之產生。而以伊尹為首的「聖之任者」乃是：「思天下之民匹夫
婦有不與被堯舜之澤者，若己推而內之溝中，其自任以天下之重也。」也就
是說，當在投入現實，並與現實產生衝突時，仍採取「仕」的選擇來超越困
境，把天下的重擔一肩挑起。而以孔子為首的「聖之時者」乃是：「可以速而
速，可以久而久；可以處而處，可以仕而仕」即對孔子而言，出處辭讓的選
擇，毫無構成個人生命的尷尬，由此而顯一道德踐履之自在。請參見謝師大
寧〈儒隱與道隱〉（《國立中正大學學報》1992年三卷一期），頁136。

〔註8〕見楊伯峻《論語譯注》〈述而篇第七〉（同註2），頁70。

〔註9〕《史記・伯夷列傳》載伯夷的遭遇：「伯夷、叔齊，孤竹君之二子也。父欲立
叔齊，及父卒，叔齊讓伯夷。伯夷曰：『父命也。』遂逃去。叔齊亦不肯立而
逃之。國人立其中子。於是伯夷、叔齊聞西伯昌善養老，盍往歸焉。及至，
西伯卒，武王載木主，號為文王，東伐紂。伯夷、叔齊叩馬而諫曰：『父死不
葬，爰及干戈，可謂孝乎？以臣弒君，可謂仁乎？』左右欲兵之。太公曰：『此
義人也。』扶而去之。武王已平叛亂，天下宗周，而伯夷叔齊恥之，義不食
周粟，隱於首陽山，采薇而食之，及餓且死。」

〔註10〕見《史記》卷六一，〈伯夷列傳第一〉（臺北）頁2123。

仁得仁」的意義之後，對於人世境遇的無可奈何，卻有了另一層的感悟：

> 子曰：「道不同不相爲謀」，亦各從其志也。故曰：「富貴如可求，雖
> 執鞭之士，吾亦爲之。如不可求，從吾所好」。「歲寒，然後知松柏
> 之後凋」。舉世混濁，清士乃見。豈以其重若彼，其輕若此哉（同上）！

孔子的「道不同不相爲謀」與司馬遷的「各從其志也」，正可用來說明「隱」
（「不仕不義」）所涵有的超越性意義。因爲歸隱是人對存在信念的徹底承擔，
因此，在：「求仁得仁」的肯認當下，「現實」的有限性已不再成爲桎梏個人
情感之羅網；因此，困頓的情感便得以在其中放下，而在精神的自由中，「超
越」的企求亦在「怨而不怨」的人格特質中完成。關於這一點，張淑香先生
在〈詩可以怨〉中有精闢的評論：

> 太史公之由個人的有怨之見而歸於孔子的無怨之論充份顯露出在面
> 臨人類的悲劇性的生存處境與人性的黑暗面的威脅下之掙扎與超越
> 的行跡。伯夷叔齊之有怨無怨，正是一個關乎人類生存意義的根本
> 問題的辯證：從人的形質生命與實際人生的感受來看伯夷叔齊，則
> 必覺其實爲不幸，也實爲有怨；但如從人的精神生命與人生的意義
> 來看伯夷叔齊，則乃悟「道不同，不相爲謀」，而「各從其志」「從
> 吾所好」之理，乃知「松柏後凋之可貴」，而亦覺伯夷叔齊，庶幾無
> 愧。因爲人在不幸中仍能爲了擇善固執而陷自己於死地，則他已經
> 是不幸的征服者與超越者，他已實現了最高的自我，誠是求仁得仁，
> 亦可無怨矣。……所以，「求仁得仁又無怨乎？」的無怨之論，也並
> 非眞不知伯夷叔齊有怨之苦，祇是有意超越而已。〔註11〕

以肉體形質看來，平白遭受現實頓挫的打擊，確實更使人對世事之不公產生無
限的怨懟。然若果他在這個生命的困境中，將自己的存在信念作了徹底的承擔，
則在「求仁得仁」的前提之下，「歸隱」的選擇不但具有跳脫「現實」深淵的效
用，更在存在意義的肯認當下，在精神的自由中，達到了「超越」的企求。

　　以上，我們將「超越」完成的判別標準作了說明，要言之，若果陳子昂
的「超越之路」可以眞正達成，他必須在歸隱的生活中表現出兩個人格特質：
（一）在存在意義的確立中，肯定歸隱的選擇。（二）就「求仁得仁」的意義
而言，既然已肯定自己的歸隱選擇，則個人的怨怒亦須在超越意義的完成中
漸漸消散（即從現實上的「有怨」復歸於精神上的「無怨」）。以下我們可就

〔註11〕見張淑香《抒情傳統的省思與探索》，頁18～19。

這個判別標準，對陳子昂返鄉之後的人格發展作一番探討。

　　如同前文所言，返鄉之後的陳子昂，在詩歌的內容上，表現了敏銳感受「時間」的統一基調。因此，我們當可以此為基點，探討陳子昂是否得以在此達到超越的企求。〈感遇〉第十三記載其返鄉之後的情景，謂：

> 林居病時久，水木淡孤清。
>
> 閒臥觀物化，悠悠念無生。
>
> 青春始萌達，朱火已滿盈。
>
> 徂落方自此，感嘆何時平。

陳子昂以「觀」物化的方式，試圖對人世的盛衰變化作一番探析，從「青春始萌達，朱火已滿盈」無可究詰的循環之理中，陳子昂對人世窮達的無可掌握性升起了深沈的感慨。在〈感遇〉第三一首中，陳子昂更將其壯志未酬的苦迫作了深刻的表達：

> 可憐瑤臺樹，灼灼佳人姿。
>
> 碧華映朱實，攀折青春時。
>
> 豈不盛光寵，榮君白玉墀。
>
> 但恨紅芳歇，彫傷感所思。

對一個曾經深懷用世之志的人來說，理想幻滅的巨大苦痛，實來自於命運乖違所引起的自我認同之落差：曾經是如此的意興遄飛、不可一世，而在今日，事與願違、萬般皆空，如何讓那份不平的情感，在息交絕遊的歸隱生活中再次放下呢？而理想幻滅的痛苦既激起了陳子昂對存在意義的省察，則壯志未酬的苦悶，更造成了他實質上的孤獨之感。在這份孤獨之感中，外在景物的生死循環，便化為他詩中對自我命運的哀嗟了。〈感遇〉第二首云：

> 蘭若生春夏，芊蔚何青青。
>
> 幽獨空林色，朱蕤冒紫莖。
>
> 遲遲白日晚，嫋嫋秋風生。
>
> 歲華盡搖落，芳意竟何成。

在時間遞逝的壓迫感之下，生命的光影已日漸茫弱，而隨著歲華搖落、芳意無成，陳子昂的心中更深深地盪溢著一份煢煢無依的失落，那份壯志未酬的痛苦亦在其中壯大得無可承受。在自我意識的覺醒之後，在〈感遇〉第三八首中，陳子昂更將自己的淒苦寂寞作了告白：

> 仲尼探元化，幽鴻順陽和。

大運自盈縮，春秋迭來過。

盲飆忽號怒，萬物相分劘。

溟海皆震蕩，孤鳳其如何？

從時間的遞逝中感受到壯志未酬的苦迫，而從壯志未酬的苦迫中，存在意義
的懸空感又深深翻攪著他。在自我意識的覺醒之後，於恆河沙數的寂寞心情
中，陳子昂只好將心中的幽憤問諸天命大道。

「超越」的達成並非一蹴可幾之事，在第五章中，我們可以看到陳子昂
在作出歸隱的選擇之前，已經先對個人容身「現實」的問題作了思索；而在
返鄉之後，在尋求出路的心理之下，陳子昂更積極地以「觀」世變的方式探
索存在的意義，並在自我意識的覺醒中，將自身多舛的際遇質問於天。在以
下諸詩中，我們可以清楚看到，如同司馬遷在困境中尋求存在價值一般，陳
子昂亦從個人境遇的不平出發，試圖以「觀」的窮盡思索，對人世境遇的不
平找出一個究竟的答案；而在「觀天道」的超越探求中，陳子昂希望藉此獲
得精神超越的智慧。〈感遇〉第十七首云：

終古代興沒，豪聖莫能爭。

三季淪周赧，七雄滅秦嬴。

復聞赤精子，提劍入咸京。

炎光既無象，晉虜復縱橫。

堯禹道既昧，昏虐世方行。

豈無當世雄，天道與胡兵。

咄咄安可言，時醉而未醒。

仲尼溺東魯，伯陽遁西溟。

大運自古來，孤人胡嘆哉。

從個人的悲劇處境出發，陳子昂對人世間無可奈何之事作了窮盡的探索，而
面對著歷史人物的成敗事蹟，在個人理性思慮之所及中，竟無法尋獲任何圓
滿的說明。因此，陳子昂只好將心中的驚嘆問諸於天，希望得到人間是非寵
辱所以紛起的智慧。〈感遇〉第十四首再度呈現了陳子昂的思索：

臨歧泣世道，天命良悠悠。

昔日殷王子，玉馬遂朝周。

寶鼎淪伊穀，瑤臺成故丘。

西川傷遺老，東陵有故侯。

在周代取代殷商之後，紂王的身分便有著兩極的不同；東周在陷於洛陽之後，奢華的王宮亦成了荒廢的土堆；而伯夷、叔齊的忠義行跡，卻換來首陽山上的平白餓死；至於秦之遺老召平亦在秦朝滅亡之後，由東陵侯的尊貴淪爲一介草民。如同屈原在憂心苦悶之際對天的質疑一般（〈天問〉），陳子昂亦從「觀」中深深感悟人世變幻的無常，在理性無法提供答案之際，便將所有的困惑質問諸天。

　　從以上詩作看來，陳子昂從個人不平的處境出發，在探詢了人類處境普遍性的不公之後，對「天道」意志起了根本質疑。然在這裡，我們實可以思考下一個重要的問題：對「超越」的達成而言，「觀」的探索與對「天道」的質疑，其意義爲何呢？關於這個問題，我們可以回到司馬遷的〈伯夷列傳〉作一探討。我們注意到的是，所以獲致「求仁得仁」的肯定，其過程是：從個人蹇塞的命運出發，進而「觀」人類所遭遇的普遍的困境，在「怨邪非邪」的困惑中，對「天道」興起：「天道無親，常與善人」、「倘所謂天道，是邪非邪」的徹底懷疑。但司馬遷所以得以在徹底的懷疑之後，展現其「怨而不怒」的超越人格，是因爲在「求仁得仁」的領會中，司馬遷確立了存在的最終根據，故在：「舉世混濁，清士乃見」的悟得中，司馬遷才達到了超越的渴求。因此，在這裡，我們實已點出從「觀」的窮盡思索，到質疑「天道」的這個心理活動的重要性。正因爲「觀」世變是欲向「天道」尋求存在的終極價值，因此，這個超越探求的心理活動，便成爲個人可否達到超越的重要關鍵。〔註12〕蒲友俊先生在〈論陳子昂的蜀中詩〉一文中亦注意到這個重要性：

> 所以陳子昂在幽居中所玄觀的絕不是道家無始無終，無欲無名的沉冥境界，而是深藏在現實表象背後的「終極實在」，這種「終極實在」與歷史和未來有機相關，是一種更高層次的現實，普遍的現實，終極的現實。陳子昂幽居觀運的詩歌正是對這種現實感的表達。〔註13〕

〔註12〕關於這個概念，我們尚可以海德格的論點加以說明。王建元先生引述海德格的概念時說道：「海氏指出詰問（在詩中的詰問）這行動本身是通往在對事物開放的根本之道。一個眞純的疑問不只指向人生「正存在這世界」的特性，它更是基原的歷史本身。因爲『人一定要通過詰問而成爲一個歷史存在，才能建立自己』」（見王建元《現象詮釋學與中西雄渾觀》，臺北：東大圖書股份有限公司，1988 年 2 月版，頁 27）。此外，劉小楓先生在《拯救與逍遙——中西方詩人對世界的不同態度》第一章〈『天問』與超驗之間〉中，亦從海德格的存有理論中，對這個「終極關心」的問題作了精詳的討論，可參閱。

〔註13〕同註3，頁229。

是否得以在「觀」中尋得存在的最終價值，便是個人可否超越成功的重要關鍵。關於這個超越探求──「觀」的重要性，我們可以藉「終極關懷」的概念加以說明。牟宗三先生說道：

> ……所謂的「終極關心」的問題，它是屬於人類生命根本方向與智慧方向的問題。它不像政治、經濟那樣只是爲我們所「現實」地「關心」著，而是爲我們「終極」地「關心」著。……關於這終極關心的問題，雖各教說法不同，但大體說來，都是教人如何眞正成爲一個人，如何成就一個完美的人格（perfect personality）。……這就是這一終極關心問題之「終極性」之所在。〔註14〕

在終極情境中，對存在意義所進行的終極性探求（觀），便是「終極關心」的具體內容。在這個具體的內容中，一個人必須對自我（甚至全人類）的命運與存在意義找出最終的依據，如果得以對存在意義找出最終的根據，〔註15〕則「超越」之路便可以圓滿達成，否則便要陷溺於「現實」的困境中，而無法獲致精神上的超昇。以司馬遷來說，他便是在這個「終極關懷」中找到了存在的確切意義──「求仁得仁」；因此，存在意義的肯定確立，便是其達致「無怨」的超越契機。那麼，既然「觀」（「終極關懷」）在「超越」的達成與否，扮演著關鍵性的角色，那麼陳子昂是否如同司馬遷一般，找到了存在的確切根據，以使個人的生命不至於陷入「現實」層面的怨怒，而從精神自由的「無怨」躍升到「超越」的境界呢？以下我們當對這個問題進行深入的探討。

在超越探求的終極關懷中，陳子昂如何在其中尋求存在的終極價值呢？〈感遇〉第五首云：

〔註14〕 見牟宗三〈中國文化大動脈中的終極關心問題〉（《中國文化的省察》，臺北：聯經出版社，1983 年版），頁 104。

〔註15〕 儒、道、佛所肯定的人生存在的意義不同，儒家是對「道」的徹底承擔，道家是採泯是非、忘死生、齊物我的方式以解除人的執念，而佛家則否定此生，以他岸的涅盤勝境作爲存在的寄託。因此，在儒、道、佛在對存在意義的不同肯定之下，便有了不同的超越路線。而不同的超越路線，完全可就詩人的自由選擇。李正治先生在〈談中國文學表現的一個層面〉一文中說道：「『所謂人生空虛性』亦即見證到人生虛而不實的體驗，這種智慧的悟得亦即是解脫的起點。儒家正視人生，以德性生命的充實開闊貫徹人生種種活動，正面肯定一切價值，亦正面成就一切價值，故而空虛的體驗亦在德性光輝照耀下轉成充實……道佛從人生的負面切入，對於死生流轉虛而不實的人生體驗較深，故都欲破盡執著斷徹煩惱，息影於幻象追執中，以證得主體生命的無待境界。」（《中國詩的追尋》，臺北：業強出版社，1990 年版），頁 65。

市人矜巧智，於道若童蒙。

傾奪相誇侈，不知身所終。

曷見玄真子，觀世玉壺中。

窅然遺天地，乘化入無窮。

陳子昂說道：深察大道可以忘掉人世，憑藉大道可以遊於無窮。由此看來，陳子昂似乎欲採取道家的絕聖棄智之思，作為其存在的最終根據。在〈感遇〉第八首中，陳子昂再將這個意念作了明白的澄明：

吾觀崑崙化，日月淪洞冥。

精魂相交構，天壤以羅生。

仲尼推太極，老聃貴窅冥。

西方金仙子，崇義乃無明。

空色皆寂滅，緣業亦何成。

名教信紛籍，死生俱未停。

在儒、道、佛三家思想中，陳子昂明確地點出了信守名教（儒家）的痛苦。而在心靈的痛苦中，道、佛思想所肯定的存在意義——勘破現實世界的虛妄、斷絕人世中的追求，便成為陳子昂獲得悲劇智慧的來源了。在〈南山家園林木交映盛夏五月幽然清涼獨坐思遠率成十韻〉〔註16〕中，陳子昂更將這份追尋仙鄉的心情作了明確的表示：

寂寥守窮巷，幽獨臥空林。

松竹生虛白，階庭懷古今。

……

鳳蘊仙人籙，鸞歌素女琴。

忘機委人代，閉牖察天心。

蛺蝶憐紅藥，蜻蜓愛碧潯。

……

擾擾將何息，青青長苦吟。

願隨白雲駕，龍鶴相招尋。

在生命意識的覺醒中，陳子昂感到深深的孤獨，因此在其中寄託了對仙道世界的企望，希望以此作為存在意義的最終寄託。從以上諸詩可見，〔註17〕陳

〔註16〕見《新校陳子昂集》，卷二。

〔註17〕〈感遇〉第六、二五首亦在表達同樣的意旨。第六首詩云：

子昂在尋求存在的終極意義時，似乎以道佛思想看待人世的態度，作爲其存在價值之所繫。然則，就「超越」意義的完成而言，在這裡，我們必須進行下一個問題的討論：若果陳子昂是以仙鄉世界作爲其存在的最終根據，那麼，陳子昂是否可以在仙鄉世界的企慕中達成其超越之路？陳子昂困頓不安的情感，真的可以在這裡紓解放平嗎？在〈感遇〉第三三首中，我們可以看到陳子昂竟對仙鄉世界採取了否決的態度：

> 金鼎合神丹，世人將見欺。
>
> 飛飛騎羊子，胡乃在峨眉。
>
> 變化固非類，芳菲能幾時。
>
> 疲痾苦淪世，憂悔日浸淄。
>
> 眷然顧幽褐，白雲空涕洟。

疲病纏身的陳子昂又否認了長生不老與神仙世界的信仰，而在這般否決之中，存在的意義便再次虛浮了起來；因此在敏銳感受時間的壓迫與死亡未知的催逼中，陳子昂再度陷入存在的虛無，而正因爲在終極關心的探求中，陳子昂找不到存在的最終根據，亦尋不著人生的出路，因此對他而言，歸隱的生活並不能讓他欲企求超越的心志得到釋然。在〈臥疾家園〉〔註18〕中，陳

> 吾觀龍變化，乃知至陽精。
>
> 石林何冥密，幽洞無留行。
>
> 古之得仙道，信與元化并。
>
> 玄感非蒙識，誰能測淪冥。
>
> 世人拘目見，酣酒笑丹經。
>
> 崑崙有瑤樹，安得采其英。

第二五首詩云：

> 玄蟬號白露，茲歲已蹉跎。
>
> 羣物從大化，孤英將奈何。
>
> 瑤臺有青鳥，遠食玉山禾。
>
> 崑崙見玄鳳，豈復虞雲羅。

〔註18〕見《新校陳子昂集》卷二。關於此詩的寫作年代，彭慶生先生繫之爲 692 年陳子昂守母喪時期所作。韓理州先生繫之爲陳子昂解官歸里（698）之後作。彭先生是以內容上的求仙之志作爲根據。韓先生的根據是：
（一）《新唐書》本傳言：「子昂多病，居職不樂」，可見「臥疾」是陳子昂擢右拾遺（698）之後的事。

子昂再度表明一種無法從隱居生活中得到安頓的虛無感：

> 世上無名子，人間歲月賒。
>
> 縱橫策已棄，寂寞道爲家。
>
> 臥疾誰能問，閒居空物華。
>
> 猶憶靈臺友，棲眞隱大霞。
>
> 還丹奔日御，卻老餌雲芽。
>
> 寧知白社客，不厭青門瓜。

因爲「縱橫策已棄」，陳子昂遂在「寂寞道爲家」將其存在信念作了轉移。但是，他雖然陳明了對仙鄉世界的嚮往，卻又不免流露了眞情：「寧知白社客，不厭青門瓜」，生命的意義怎能在仙鄉世界中得到永久的安頓？從以上看來，神仙世界並不能作爲陳子昂存在的最終根據，而在存在意義的失落之下，困頓的情感亦不得在歸隱的生活中達致安適。我們可以從陳子昂在歸隱生活中所作的〈月夜有懷〉、〈詠主人壁上畫鶴寄喬主簿崔著作〉〔註19〕中得到證明。
〈月夜有懷〉詩云：

> 美人挾趙瑟，御月在西軒。
>
> 寂寞夜何久，慇懃玉指繁。
>
> 清光委衾枕，遙思屬湘沅。
>
> 空簾隔星漢，猶夢感精魂。

又〈詠主人壁上畫鶴寄喬主簿崔著作〉詩云：

> 古壁仙人畫，丹青尚有文。
>
> 獨舞紛如雪，孤飛曖似雲。
>
> 自矜彩色重，寧憶故池群。
>
> 江海聯翩翼，長鳴誰復聞。

在〈月夜有懷〉詩中，陳子昂以屈原流放的苦悶來寄喻他的寂寞憂傷；而在〈詠主人壁上畫鶴寄喬主簿崔著作〉詩中，陳子昂亦藉對故人的懷念，表現了他情感的孤寂消沈。從詩：「寂寞夜何久」、「長鳴誰復聞」中，我們可以看到，歸隱的生活並不能讓陳子昂困頓的情感得到紓解，而在尋不著存在的最終根據之下，只能任憑心情跌落在陰慘深谷中。

（二）692 年末陳子昂返鄉時，只是臨時解官，服喪期滿仍任官，而詩言：「縱橫策已棄，寂寞道爲家」，可見陳子昂已徹底放棄仕宦之志。本文從韓說。

〔註19〕以上二詩皆見《新校陳子昂集》，卷二。

　　以上論述可知，陳子昂在尋求存在的終極根據時，雖欲以道佛仙鄉作為存在意義的最終依歸，但是，如同昔日屢屢在情感的困頓時便轉而從道佛之思尋求安慰般（如落榜後、母喪返鄉後、陷獄後），陳子昂終究未曾將捨離人世的思想真正納入他的思想體系中；而在終極關懷的探索中，陳子昂尋不著存在意義的最終歸宿，故其情感便在存在意義落空下更顯得寂寞苦楚。因此，陳子昂雖然表明了對道佛仙鄉之企慕，但就「超越」的意義而言，它們終究只是表象，並不曾對陷入終極情境、企欲超越的陳子昂產生實質上的作用。因此我們可以說，道、佛二家並未對陳子昂的「超越之路」扮演積極的角色。在〈喜馬參軍相遇醉歌〉〔註20〕中，陳子昂將其心情的矛盾表達得十分清楚：

　　　　吾無用久矣，進不能以義補國，退不能以道隱身。天子哀矜，居於
　　　　侍省。且欲以芝桂為伍，麋鹿同曹。軒裳鍾鼎，如夢中也。

而詩亦云：

　　　　獨幽默以三月兮，深林潛居。時歲忽兮，孤憤遐吟，誰知吾心。孺
　　　　子孺子，其可與理分。

歸隱的選擇應該是一種存在的再寄託，然陳子昂的困頓之情毫無轉變的跡象；而困境中的終極關懷亦應該是為尋得存在的最終依據，然道佛思想亦未發揮它的作用，正如詩所言：「孤憤遐吟，誰知吾心」，歸隱生活與仙鄉嚮往皆不能對陳子昂產生實質上的作用。因此，對他而言：「進不能以義補國，退不能以道隱身」的生命困局，對試圖尋求超越的他而言，成了兩面夾逼。在歸隱生活中，從自我生命意識的覺醒之中，陳子昂並未獲得存在意義的真正肯定。因此，「超越」的企求便顯得難以達成。

　　那麼，陳子昂為什麼終不得接受道佛思想對人世的捨離呢？他遠離「現實」的情感為何仍不得安頓呢？在〈喜遇冀侍御珪崔司議泰之二使〉、〈贈別冀侍御崔司議〉〔註21〕序中，我們可以為這個問題找到答案。聖曆二年（699）春，陳子昂的故友冀司議、崔泰之等二人到四川射洪拜訪陳子昂，陳子昂寫下〈喜遇冀侍御珪崔司議之二使〉陳明其歸隱之心志。序言：

　　　　余獨坐一隅，孤憤五蠹。雖身在江海，而心馳魏闕。歲時仲春，幽
　　　　臥未起。忽聞二星入井，四牡臨亭。邀使者之車，乃故人之駕；隱

〔註20〕見《新校陳子昂集》，卷二。
〔註21〕以上二詩皆見《陳子昂新校集》，卷二。

> 几一笑，把臂入林。既聞朝廷之樂，復此琴罇之事。山林幽寂，鐘
> 鼎舊遊，語默譚詠，今復一得。

從這段序文中可以清楚看出，陳子昂所以無法接受道佛思想，並讓自己憂
憤的情感轉爲靜適的根本理由是：「雖身在江海，而心存魏闕」，他雖然選
擇了「歸隱」的生活，但其心實未從無道的「現實」中抽離出來；因此，
他的歸隱生活便淪爲徒有「隱相」，無實質內容〔註22〕的選擇。因此，悠游
山林的生活既不可得，則遠離現實亦只是讓自己陷入另一座痛苦的愁城
中。在〈贈別冀侍御崔司議〉中，陳子昂將這份心情再度作了明白的陳述。
序文云：

> 朝廷歡娛，山林幽痗。思魏闕魂巳九飛，飲岷江情復三樂。進不忘
> 匡救於國，退不慚無悶在林。冀侍御、崔司議至公至平，許我以語
> 默于是矣。夫達則以公濟天下，窮則以大道理身。嗟乎，子昂豈敢
> 負古人哉。……所恨酒未醉，琴方清，王事靡盬，驛騎遄速，不盡
> 平原十日之飲，又謝叔度累日之歡。雲山悠悠，歎不及也。

陳子昂自己明白說出：「進不忘匡救於國，退不慚無悶在林」（孟子：「達則兼
善天下，窮則獨善其身」）的道理，但是，陳子昂所以不能在「獨善其身」的
一面中超越成功，乃是其「身在江海，而心存魏闕」的心結所致。由以上看
來，對已陷入絕望之境的陳子昂而言，退隱一事似乎並沒有發揮它在超越困
境上的積極功能，在只有「隱相」而無實質內容的歸隱生活中，陳子昂依然
自困於欲仕不得的痛苦之中。〈感遇〉第七首，將其在歸隱表象下的不得賞識
的痛苦陳明得極爲清楚：

> 白日每不歸，青陽時暮矣。
> 茫茫吾何思，林臥觀無始。
> 眾芳委時晦，鷝鴂鳴悲耳。
> 鴻荒古已頹，誰識巢居子。

從詩意看來，隱的選擇與道佛思想，皆未在超越意義上發揮其正面的功能。
詩末句：「洪荒古已頹，誰識巢居子」明白點出陳子昂依然無法掙脫有所期待
的痛苦；然陳子昂又深深感知無法與世相容，故兩面矛盾的掙扎，正是他未
能超越的重要原因。

聖曆二年（699）七月七日，陳子昂的父親陳元敬逝世。陳子昂在哀慟之

〔註22〕所謂「隱」的實質內容即我們一再強調的「無道則隱」、「求仁得仁」、「怨而
　　　不怨」，即在對「道」的徹底承擔中，將怨怒的情感再次放平。

中，不久，亦被貪暴的縣令迫害而死。關於此事，《新唐書陳子昂》本傳記載：
〔註23〕

> 會父喪，廬冢次。每哀慟，聞者爲涕。縣令段簡貪暴，聞其富，欲
> 害子昂。家人納錢二十萬緡，簡薄其賂，捕送獄中。子昂之見捕，
> 自筮卦成。驚曰：天命不祐，吾殆死乎？果死獄中，年四十三。

陳子昂一生力反酷吏，但卻枉死於酷吏之手。〔註24〕從其生命光影的倏忽凋零，我們可以看到，陳子昂終究吞志而沒於坎坷不遇、壯志未酬的悲慟情感中。終其一生，陳子昂始終未獲得心境上的自由釋然。

從本節論述看來，陳子昂雖然已將歸隱的選擇付諸具體的行動並在超越的探求中，試圖從仙佛之道中尋求情感的慰藉，但他原已困頓的情感並未就此得到寬解，反而在「心存魏闕」中，讓自己再度陷入於質疑道佛卻又不得返回「現實」的困局中。因此，終其一生，陳子昂皆處於一個無所依憑、進退維谷的生命困局中，也因此陳子昂的歸隱生活是痛苦寂寞的。此外，我們從陳子昂歸隱之後所作的詩歌看來，可以察覺到一個特別的現象：往昔陳子昂在返鄉歸里時，頻頻與佛徒交往的情形並不復見，而在詩中呈現的一貫孤憤情感中，唯朝廷故友如馬參軍、冀侍御、崔司議等人來訪時，陳子昂的心情才稍稍展露歡悅。〔註25〕而在詩中，亦可見陳子昂對朝政不稍減低的關切，但陳子昂雖然終其一生皆未隨波逐流，但其情感亦未在對「道」的堅持之下而達致安然。可見陳子昂的「歸隱」只徒具「隱相」，他的情感仍爲幽暗現實所困，故無法讓精神得到眞正的自由，因此其超越的企圖並沒有成功達成。

〔註23〕〈陳氏別傳〉的記載亦同：「子昂性至孝，哀號柴毀，氣息不逮。屬本縣令段簡貪暴殘忍，聞其家有財，乃附會文法，將欲害之。子昂荒懼，使家人納錢二十萬，而簡意未已。數興曳就吏。子昂數羸疾，又哀毀……，於是遂絕。」

〔註24〕關於陳子昂的死因，歷來學者頗有些爭論。例如宋葉適《習學記言序目》卷四一言：「舊史（《舊唐書》）言：『子昂父爲縣令段簡所辱，遽還鄉里，簡乃因事收繫獄中，憂憤而卒。』而新史（《新唐書》）乃言：『父老，表解官歸待，詔以官歸養。段簡貪暴，聞其富，欲害子昂，家人納錢二十萬緡，簡薄其賂，捕送獄中。』子昂名重朝廷，簡何人？猶以二十萬緡爲少而殺之？雖梁冀之惡不過，恐所載兩未眞也」。另外，亦有以被武氏集團武三思迫害而死的說法。例如中唐沈亞之〈上九江鄭使君書〉云：「喬（知之）死於讒，陳（子昂）死於枉，皆由武三思嫉怒於一時之情，致力剋害。一則奪其妓妾以加憾，一則疑其擯排以爲累，陰令桑梓之宰拉辱之：皆死於非命」。明胡震亨《唐音癸籤》卷二五的看法亦同。

〔註25〕如其詩題以〈「喜」馬參軍相遇醉歌〉、〈「喜遇」冀侍御珪崔司議泰之二使〉標出可見。

我們可以〈無端帖〉〔註26〕將其超越探求的結果作一番總結：

　　道既不行，復不能知命樂天，又不能深隱于山藪。乃亦時出於人間，

　　自覺是無端之人。況漸近無聞，不免自惜如何。

在「自覺是無端之人」的悲痛告白中，我們可以看到陳子昂存在價值的全然破滅：「現實」歸返不得，而「歸隱」復又成爲令其憂懼「漸進無聞」的牢寵，在存在意義的全然失落之下，陳子昂尋不著一個最終的根據可以讓生命安頓下來。因此，從「不能知命樂天」又「不能深隱於山藪」看來，陳子昂的超越探求是全然失敗的，他雖然脫離了「現實」，但只是形體上的脫離現實；他雖然以「歸隱」作爲他寄託存在根據的另一種方式（無道則隱），但亦只停留在隱之表象而無隱所應具備的安然。因此，陳子昂雖然脫離了現實，但其精神仍爲現實所困，全然不得暢其自由。終其一生，他仍是陷溺於「現實」的不平處境而無法超昇的人。

　　行文至此，我們亦點出了一個重要的問題：本文曾以「怨而不怒」的人格特質作爲「超越」成敗的重要指標（從「怨」的現實處境躍升至精神上的「無怨」）。從這個重要的指標中，我們可以清楚看到，陳子昂雖然企圖在怨怒的現實處境中尋求超越之道，但是，在超越的探求之後，陳子昂並未獲得存在的終極性根據；他雖然作了歸隱的選擇，但依然落在現實的深淵，讓情感處在痛苦不平的景況中。然在這裡，我們實有必要思索下一個問題：若果「求仁得仁」是人超越困境的唯一根據，則陳子昂爲何不能如孔子、司馬遷一般，在怨怒的遭遇中尋著存在的最終價值，使個人的情感不陷溺於現實處境中？又陳子昂雖然在正視文學的意義後，以之爲超越探求的重要工具，然對存在意義進行終極探求後，其生命仍得不到安頓，超越的企求並未因此而完成。那麼，若果「文學」只是「超越」的重要憑藉，而非達成超越之道的具體指標，則決定超越成敗的具體條件爲何？如何讓個人怨怒的情感在「無道而隱」的選擇中安頓下來？決定「求仁得仁」的最終根據爲何？以上問題不但是我們解讀陳子昂超越失敗的重要問題，亦是對陳子昂人格特質的一個總體的了解，在下一節中，我們當對這個問題進行探討。

〔註26〕見《新教陳子昂集》補遺部分。

第二節　超越失敗的因素探討

　　回顧陳子昂一生，我們可以看到陳子昂曾在多處提到進退出處之選擇。例如：陳子昂在任麟臺正字，仕途最爲順遂時曾在〈答洛陽主人〉一詩中說道（詳見第二章引文）：

> 再取連城璧，三陟平津侯。
>
> 不然拂衣去，歸從海上鷗。
>
> 寧隨當代子，傾側且沈浮。

以上是陳子昂在仕途最爲順遂時對進退出處的表白。而在遭遇理想全然破滅的終極情境時，亦在〈贈韋五虛己書〉一文中說道（詳見第五章引文）：

> 夫道之將行也，命也。道之將廢也，命也。子昂其如命何？雄筆雄
>
> 筆，棄爾歸吾東山、無汨我思，無亂我心，從此遁矣。

而在歸隱之後，亦在〈贈別冀侍御崔司議〉序中說道（詳見本章前引文）：

> 夫達則以公濟天下，窮則以大道理身。嗟乎，子昂豈敢負古人哉。

從以上論述看來，不論在飛黃騰達、理想破滅或隱歸之後，陳子昂似乎對出處進退之間皆有著明確的思考，而其思考更以儒家的「無道則隱」、「窮則獨善其身」爲主要的內涵。那麼，若果決意「不仕不義」、不甘於隨波逐流的陳子昂是以「儒隱」作爲超越的方式，而「儒隱」的人格特質又是「求仁得仁」、「怨而不怒」，則陳子昂爲何無法在其中達成超越的渴求，並擺脫現實衝突中的困頓，反在歸隱生活中展現被拘囿的苦痛呢？如何從「求仁得仁」的領悟之中，獲得生命全幅的超越自由呢？關於這一點，事實上，在《論語》中已有明白的揭示。在《論語》中，孔子明白點出，以「道」發出的理想人格，不論是「內聖」（獨善其身）或者「外王」（兼善天下）的理想，〔註27〕「道」的最終根源地，乃是人人皆備的——仁心，是「爲仁由己」、「我欲仁而斯仁至矣」、不假外求的「仁心」。〔註28〕在這裡，我們可引牟宗三先生以下論述

〔註27〕儒家對知識分子的要求，是以「內聖」爲起點，但其內在的道德實踐，更要不容己的發爲「外王」的要求。「內聖」、「外王」是儒家「道」的一體兩面。如：《論語·憲問》：『子路問君子。子曰：『修己以敬。』曰：『如斯而已乎』曰：『修己以安人』曰：『如斯而已乎？』曰：『修己以安百姓。修己以安百姓，堯、舜其猶病諸。』』

〔註28〕儒家「道」的根據在一己之「仁心」上，這是不假外求、人人自足的。孔子除了在〈述而〉篇說道「我欲仁而斯仁至矣」外，亦在宰予問三年喪中將此「仁心」的主旨指點出來（見〈陽貨〉篇）。而孟子亦說道：「可欲之謂善」，

闡釋這個觀念：

> （本心）這就是孔子爲我們中國人開啓出來的既不同於西方也不同
> 於印度的文化動原。一切都是盡其在我，故「反身而誠，樂莫大焉。」
> 人能盡其在我，便能無愧於天，便是參天地贊化育，故曰：「君子之
> 道，造端乎夫婦；及其至也，察乎天地。」這便是中國人之所以爲
> 中國人的終極關心問題。〔註29〕

也就是說，伯夷歸隱的價值根據地，是由伯夷內發於自身，並在「道」的主
動承擔當下所賦予的。而孔子、司馬遷所以共同得出「求仁得仁」領悟，亦
只是在「盡其在我」上給予肯定而已。因此，自我本心的彰顯與掌握，當是
價值感得以確立，超越探求得以達成的最終根據。正因爲「怨而不怒」的人
格特質不由紛紜的外物現實所決定，因此，雖處於困境，但在存在價值沒有
失落的情況下，其中便蘊含了超越的契機。對「超越」的關鍵意義有著一番
掌握之後，我們可以進而檢視陳子昂在超越探求中，其執持的「道」的性質。

　　由於「超越探求」（終極關懷）是陷於終極情境的個人，對存在意義所進
行的思考，而終極情境的產生又緣於「理想」與「現實」不可排解的衝突。
因此，在探討陳子昂「道」的性質之前，我們可以先對陳子昂一生人格發展
所呈現的幾個重要面相作一觀察。我們首先注意到的是：如同第二章：「人格
的形成與理想的確立」所討論的，青年時期的陳子昂已經確立了其經世濟民
的用世之志，而這個用世之志是緣於陳子昂的豪俠行徑、家學激勵、鄉學啓
迪、經典薰陶、初唐社會對入仕途徑的開放等因素之影響所致。但在諸多影
響陳子昂理想確立的因素中，我們似乎未能見到陳子昂深刻反省其用世之志
的價值根據。例如，陳子昂所以好爲民生打抱不平是由於其「少習縱橫術」
所致；而陳子昂的家學淵源，就陳元敬所言，雖名之爲「儒術傳家」，但就文
獻記載看來，亦頗雜有道家、佛家、縱橫家等之風，而陳子昂個人苦節讀書
的內容在：「經史百家，無不罔覽」之下，其思想龐雜多端而未定於一尊。然
陳子昂理想確立的因素雖是「氣性」的，但這並不代表陳子昂沒有能力對其
成爲存在信念的外王理想作出理性的、深刻的反省。但是，其詩作所呈現的
是：陳子昂在落榜之後，不但未曾藉此反芻其用世之志的價值意義，反而在

　　此外，孺子將入井一事亦可見「仁心」的不假外求。由以上可見儒家「道」
　　的終極性根據即在於人人皆具備的仁心上。

〔註29〕同註14，頁108。

挫敗感中立即將其用世之志徹底否決,並企圖以道佛思想轉移他的存在信念。而陳子昂之所以再度參與科考、決意投身政治現實,據他自己所言,乃是「非常之時」的觀察所致。然就儒家思想所強調的「本心」看來,「外王理想」所重者亦當只是「仁心」自發性的顯露而已,因此,對「時」的觀察實是「外在」的,並非是個人存在價值的深刻掌握。以上可見陳子昂雖然確立了其用世的理想,並決意將自己投身政治現實中,但卻未作成「外王理想」所應涵有的,對「道」的理性反省。以上是陳子昂理想確立部分的探討,那麼,步入仕途之後的陳子昂,在「理想」與「現實」的互動中,是否曾經對其賴以為生的理想信念作出確切的反省呢?

在第三章「理想的確立與現實的互動」中,我們首先注意到的是,陳子昂在步入仕途之後,便以「安人」之策作為其「理想」的具體內容。然「安人」的最終根據是什麼呢?從〈諫政理書〉中可以清楚看出,陳子昂是以:「天人感應」作為「安人理想」的最終根據。陳子昂不斷地從歷史興亡的教訓中,告諸武則天「天惡凶亂」,所以必行仁政的道理。因此,「天人相感」既是陳子昂在人間建立安人理想的根據,則陳子昂亦似未在其中對其政治理念作出純粹的道德性的反省。〔註30〕尤有進者,正因為陳子昂一直將其奮鬥的意義放在「時」的肯定之上,因此,對「非常之時」乃至於「賢聖相逢」的忠貞信仰,便成了陳子昂悲劇性格形成的重要原因。從理想確立後的行事看來,陳子昂在步入仕途之後,便將自己置於「忠臣」的崗位上,在「非常之時」的心理基礎上,強化「賢聖相逢」的意義。對武則天熱烈地擁戴著,甚至將之視為是應天意而生的明主,未加以深刻反省,便將仁政根據之所從出完全推之於君,主觀地期待在武則天朝中達成功成名遂之志。當然,以儒家「君臣關係」的網絡來說,知識分子實現用世理想的主宰權常在君王一人,但是,儒家思想亦明白點出,「道」是維繫君臣關係的重要指標,也就是說,知識分子所以肯定其「忠臣」的身分,乃是因為他對「道」的信守,因此,其政治理想便有了超越於「君臣關係」的價值根據。但因為陳子昂未曾掌握住這個價值根據,而徒將「君臣關係」視為其實現理想的重要指標,因此,其賴為存在信念的用世理想,便隨著「君臣關係」的不協調而有所搖擺(從陳子昂

〔註30〕牟宗三先生說道:「聖人之道的教訓並不真能對君主起管束安排的作用。至於用宗教的方式來限制,特別是管束國君,就是我國歷史上有名的災異之說」。可以說,「天人感應」的意義只在於對君王起管束的作用,並不得逕視為知識分子外王理想的最終根據。

一生的行跡看來，隨著「君臣關係」的協調與否，陳子昂時或肯定、時或否定其用世理想）。就陳子昂針砭時政的態度看來，對「賢聖相逢」不加反省的忠貞的信仰，亦使得陳子昂看不清許多事實的真相。例如，陳子昂屢屢在諫書中對武則天上陳納用良臣的諫言，但卻從未退出「君臣關係」的格局，對武則天用人策略背後所涵有的利益考量有著一番理性的思索；因此，在朝中小人日益的橫行猖獗中，陳子昂不能理解武則天對小人橫行的縱容，而在諫言一再被冷落之下，陳子昂用世的情感便在其中顯得焦慮痛苦。然陳子昂是否藉此反思所堅持的理想的價值呢？從第四章看來，在「理想與現實之衝突」後，陳子昂未曾對其八年仕宦生涯為民請命的意義多作思索，在不能認清事實的主觀心理下，在情感的困頓中，返鄉後全然投入於與僧徒的交往中，並即刻從佛家的「攀緣」之說將自己的用世的信念加以否定；然正因為陳子昂從未看清「現實」的真相，因此他亦始終不能理性斷絕對「現實」的希望，因此，陳子昂終究是一個佛家的門外漢。由於陳子昂未能斷絕對「現實」的牽掛期待，因此，在往赴洛陽途中，我們可以看到陳子昂對「理想價值」、「現實實相」的思索依然留在原地，他困頓的情感絲毫沒有得到任何紓解，而他堅持理想的悲劇性格，反而是促成他一步步走向被「現實」滅頂的深淵。

在第五章「悲劇感的形成與存在的徹底孤絕」中我們可以看到，由於陳子昂將「賢聖相逢」的「非常之時」視為所以實現用世理想的最終根據，因此，當陳子昂看到武則天斷察冤案，原本沈寂的用世之志又因之而復甦，其濟世理想又在對武則天的期待中被激發至高點。然當陳子昂無辜陷獄，面對這突如其來的打擊，在命運的乖違中，陳子昂又產生了自我認同的落差。在無法平撫的創痛之中，陳子昂並未藉此思索「現實」毫無真理可循的實相，只在出獄後，將注意力轉至黃老易象之言中；但由於陳子昂始終未曾斷絕對「現實」的期待，因此，在用世之志的執著下，隨著國防軍事的危急，陳子昂又將自己滿腔的抱負在請纓報國之志中作了毫無保留的投注。也因著陳子昂將自己賴為存在的用世之志作了毫無保留的投注，在未能深刻反省「理想」的終極價值，與「現實」所含有的各樣變數中，陳子昂又無可避免地走向死胡同中。當陳子昂盡了一切努力卻仍不被武攸宜所採信、當〈登幽州臺歌〉被幽幽地唱起時，陳子昂的存在感在「賢聖相逢」期待的全然破滅中被撕裂。而在這個終極情境中，由於陳子昂感悟到「理想」再無實現的可能，在不願隨波逐流之心志下又與「現實」不容，因此，在超越困境的心理企求中，陳子昂的心理主動升起了去向之思索，並作了歸隱的選擇。

　　對「理想」的徹底承擔而言，一個有意義的「歸隱」應該是：「無道而隱」，是為了堅持理想、不隨波逐流而作的自我退隱的犧牲。因此，「道」的承擔正是「求仁得仁」存在意義的確立，是企圖以歸隱的選擇，達到精神上的「怨而不怒」的超越境界。那麼，陳子昂既然在超越企圖的升起時，明白表示其「歸隱」的意義在於「不仕不義」，則陳子昂是否藉「不仕不義」的肯定，反省到「歸隱」的終極價值，並藉此讓生命得到最終的安頓呢？當我們觀諸陳子昂返鄉之後的藉以為超越探求的詩作時，我們卻不曾發現他「當下即是」、「不假外求」從內心肯定其用世理想的價值，而既未能自發地肯認執著理想的意義，「天道」、「現實」又豈能給他一個確切的答案？因此，在問不到出路的終極探求中，陳子昂又試圖從佛道思想中尋求慰藉。然因壯志未酬的陳子昂未曾在洞悉「現實」的實相，亦未能真正忘情於「現實」，因此，道佛思想所提供的超越之途亦不得為其所接受。而「現實」既回不得，「歸隱」又成為他不得施展抱負的牢籠，故至生命完結為止，陳子昂的歸隱生活便在徒具「隱相」之景況中寂寞度過。綜觀一生，陳子昂雖然未曾於「現實」的挫敗感中隨波逐流，但其情感亦停留在「怨而怒」的痛苦中傷了自己，這正是他未曾將「無道則隱」的最終根據置於「求仁得仁」本心上，而一味地希望向外物尋求存在的終極意義所致（一個人如何向變動不居的「現實」索取存在的永恆價值呢？）。這也正是他所以無法達成超越的主要原因。

　　從以上的討論後可知：綜觀陳子昂的一生，他始終在進與退、仕與隱之間徘徊徬徨、憂心苦悶。就「仕」的一面看來，陳子昂自始而終皆未曾放棄其用世之情，這不僅表現在陳子昂「理想」煥發之時期，即使是在理想的破滅，決定採取「歸隱」之前夕，陳子昂亦矢志不移地對武則天上陳了〈上蜀川安危事〉表現其強烈的經世抱負；而在含淚歸隱之後，陳子昂更在詩中表現其孤憤五蠹之心情。此外，陳子昂雖然屢屢在情感的創傷中，從道、佛之思尋求情感的慰藉。但從其行事看來，陳子昂對道、佛的信仰亦只是一種表象，終其一生，陳子昂的存在價值仍然凝結在關切國脈民命一事上。事實上，就「超越」的意義而言，若果陳子昂如此看重於他所要擔負的外王使命，而歸隱的選擇又令其痛苦萬分，則在用世理想的肯定之下，陳子昂其實可以採取另一種超越方式——「仕」。以「仕」的擔當去超越現實的困境，則他雖然可能在惡劣的「現實」中玉石俱焚，但對個人存在信念的篤守而言，他仍是精神上的勝利自由者，他仍得以藉此完成超越之路。然而，陳子昂雖然心繫現實，但他個人卻又選擇「歸隱」來逃避現實，而正因為陳子昂未曾尋著「無

道則隱」的終極價值，因此，在歸隱生活中又不免產生無限的怨懟，因此只好孤獨地承受欲仕不得的悲愴，在價值感的飄忽之下，他所作的歸隱選擇亦傷了自己。因此，從陳子昂一生人格發展的線索看來，由於他未曾深刻反省其用世之志的終極價值──本心，因此，「現實」的挫敗感實主宰了他對「理想」的持守，這便是他始終在儒、道之間漂浮不定的原因。我們可以說，陳子昂賴爲存在信念的用世之志，雖然主宰了他一生人格發展的主要方向，但它終究只是一種理想的「情懷」，它只是「氣性」的；雖然強大，但在存在方向的確立而言，它又是不堪一擊的。正如牟宗三先生在《政道與治道》所言：

> 強烈的情欲生命本身並無一德性之原則（即仁守原則），其原則是在
> 那感覺之定性上，是外在的，是掛搭在他所要解決的問題上，群體的
> 共同願望上。所以那生命本身只是一個沸騰的氣。他是無所謂的。……
> 他的仁慈、忠誠，都是順著這個定向表現的，他並不是肯定這德性意
> 義的仁慈忠誠之本身，因而可以把這仁慈忠誠放平。〔註31〕

正如前文所論，對儒家思想而言，不論是「隱」所意味的「內聖」一面，或者是「仕」所呈顯的「外王」一面，若要藉此獲得超越之道，在超越的探求中，皆必須尋著其所作抉擇的終極意義。因爲，不論是「仕」或「隱」，只要失去了作爲存在價值的絕對根據，它便極可能落入「相」中，則在無法獲得「道」的實質內容下，我們如何要求文人讓生命安頓在他的抉擇中呢？〔註32〕而從以上我們亦可得知，詩人雖以「文學」作爲超越探求的主要憑藉，但是除非詩人確實肯定其存在的確切根據，並忠貞地踐履著這個絕對的價值，否則文學亦無法獨立完成其超越的企求；因爲，文學創作只能令其「暫時」地遠離苦痛，但並不能保證性地提供其安身立命之所。〔註33〕

〔註31〕見牟宗三《政道與治道》（臺北：學生書局，1987年7月版）頁87。

〔註32〕顏崑陽先生在〈論漢代文人「悲士不遇」的心靈模式〉一文中亦曾討論：「從性格、觀念與客觀命運的關係上來說，理性人格以及由此人格所成之價值觀念往往能對命運起超越之作用，而消解悲劇；此即儒、道所謂知命、安命的曠達人生觀。而氣性人格以及由此人格所生之感性衝動或價值觀念，往往能對命運起陷溺之作用，而構成悲劇」。

〔註33〕劉小楓先生在《拯救與逍遙──中西方詩人對世界的不同態度》一書中亦曾討論此命題：「詩人把超出經驗世界之外的絕對價值引入到生存之有限性和世界的無目的性中來了。……但是，詩的這一切成就必得有兩個基本的前提，一是我們確實肯定有絕對價值的存在，二是詩人確實對這些絕對價值具有忠忱的信念。詩人必得根據某種態度的價值來確定自己對世界的態度。」（臺北：久大文化，1992年2月），頁54。

在本節最後，我們實必須提出一個重要的觀念，從陳子昂「不仕不義」、「無道則隱」的心理企求出發，在本節的討論中，我們雖然以「儒家」的判別標準來探討陳子昂超越失敗的原因，但是，如同本文在方法論所強調的：人格（思想）的形成起於人與「環境」的互動。因此，在這裡我們實當指出，陳子昂雖然企圖以儒家思想「無道則隱」作為個人超越的思想依據，但從大時代的環境看來，儒學經過魏晉六朝式微的發展，至初唐的思想環境，實已處於儒、道、釋三家思想相互衝突融合之中，因此，時代的思想氛圍，亦當是造成陳子昂無法在儒學之中確立其價值定向的重要原因。因此，面對著陳子昂未能在「不仕不義」的決心中，反省到「求仁得仁」的最終根據，我們亦當從「環境」的因素予之同情的理解。事實上，一個時代的學術思想常常是在緩緩推移的進程中前行，我們亦不當苛求一個文人必須在此有超越時代氛圍籠罩的領悟。這是在超越失敗的原因探討中，需要特別提出來說明的。

第三節　從超越的失敗論文學史上的意義

陳子昂雖以儒家的「無道則隱」對超越的意念作出回應，但他的超越探求卻失敗了。那麼，陳子昂的超越失敗，是否透露了某種知識分子的思維困境呢？我們如何在其中看到一個屬於詩人的「共相」？又上一節中，我們曾對陳子昂超越失敗的因素加以探討，則順此而下，我們是否可以從中討論文化的終極價值呢？在探討這個問題之前，我們可以先就討論的基點稍作論述。張淑香先生在〈詩可以怨〉一文中說道：

> 人如何處理這生命之「怨」，如何對付人生的悲苦與憂患，如何超越
> 生命的悲劇意識，他所採取的態度與反應，就是他表現作為一個
> 「人」，一個「生命」的精神與意義之彰顯。因此在悲劇意識的展現
> 中，在「怨」的流露中，我們不僅看到人類根本的悲劇性命運與處
> 境，觸覺到人生的悲苦與痛楚，更往往被引導入對於一種獨特的人
> 格與精神意境的潛思默會，甚而更因此通向普遍的文化風格與人文
> 精神的體會觀照。〔註34〕

由於個人「對付人生的悲苦與憂患」可通向「普遍的文化風格與人文精神的觀照」，因此，我們實可就陳子昂的個別經歷觀照被中國文化制約的詩人的「共

〔註34〕見張淑香〈詩可以怨〉（《抒情傳統的省思與探索》，臺北：大安出版社，1992
　　　年3月版），頁15。

相」，以此揭出中國文化的特殊格局所帶給知識分子的影響，並從中論文化的
終極價值。事實上，關於「個人行為」所代表的「文化意義」，在「文化人類
學」中已被廣泛探討。例如知名文化學者懷特在《文化科學》一書中說道：

> 正是文化因素制約著行為的變化，因而個體的人類行為乃是他所生
> 活於其內的文化作用的結果。於是個人也就成為文化過程的承擔者
> 和文化過程得以表現的工具。〔註35〕

「個體的人類行為乃是他所生活於其內的文化作用的結果」，因此，陳子昂個
人的生命情態並非偶發的獨立事件，在「人」和「環境」的互動結果中，我
們實可就此觀察一屬於文化層面的問題。如曹平先生在〈陳子昂與武則天政
權〉中論述陳子昂悲劇命運的意義時，說道：

> 儒家的政治理想與實際的封建專制統治之間的尖銳矛盾，使處於相
> 對開放、自由、國勢日漸上升時期的唐代知識分子，產生了比其他
> 任何朝代更巨大的政治上的失落感。因而使那時的知識分子比以前
> 更關注著自己的社會責任和所擔負的社會使命。但政權本身無法滿
> 足他們建功立業的雄心。陳子昂便是其中的一員，所以他的悲劇帶
> 著普遍意義。〔註36〕

從這段話看來，陳子昂的命運雖然呈顯出他個人存在的創痛，但亦揭示出屬
於「封建時代思想者」共有的悲劇。因此，陳子昂個人的生命困局，便和整
個文化的「共相」有了相互溝通的基點。那麼，從陳子昂所展現的生命情態
中，我們可以看到什麼重要的文化面相呢？首先讓我們注意到的是，從陳子
昂一生的行事看來，自確立用世理想開始，他的生命格局始終是隨著其政治
遭遇之沉浮而開展，至其吞志而沒為止。我們實可獲得一個重要的結論：政
治現實的參與，正是陳子昂所以墮入悲劇情境的究竟原因。正如前章所論，
中國詩人的最高職志在「政治」而非「文學」，因此，在中國文學史上，我們
時可發現，詩人們的終極困境常常是由政治困局所主宰。關於這一點，在中
國詩壇上是屢見不鮮的，從《詩經》、《楚辭》、建安風骨、正始之音、盛唐詩

〔註35〕見懷特（E. B tyolr）著、曹錦清等譯《文化科學》（臺北：遠流出版社，1990
　　　　年2月版），頁173。另外，懷特在書中亦說道：「意識活動儘儘是社會文化過
　　　　程的個體生物學。意識活動的形式和內容取決於文化，個人意識是文化系統
　　　　作用的結果。」（頁173）
〔註36〕見曹平〈陳子昂與武則天政權──試析陳子昂悲劇的根本原因〉（《陳子昂研
　　　　究論集》），頁75。

風……等一條源遠流長的詩人傳統中，我們可以清楚地看到「政治際遇」與「生命情調」之間的密切關係。因此，當詩人遭遇政治現實的窮困時，我們常可看到他們生命光影的轉折甚至凋零。關於「政治際遇」導致詩人之「命運悲劇」，並以此促成詩人詩歌風格的產生，我們可以從歐陽脩以下的評論加以探討：

> 予聞世謂詩人少達而多窮。夫豈然哉？蓋世所傳詩者，多出於古窮人之辭也。凡士之蘊其所有，而不得施於世者，多喜自放於山巔水涯之外，見蟲魚草木、風雲鳥獸之狀類，往往探其奇怪；內有憂思感慨之鬱積，其興於怨刺，以道羈臣寡婦之所嘆，而寫人情之難言。
>
> 蓋愈窮則愈工，然則非詩之能窮人，殆窮者而後工也。〔註37〕

歐陽脩認為詩人之窮困非詩所致，而是導源於生命的特殊境遇。那麼，什麼是生命的特殊境遇呢？從：「凡士之蘊其所有，而不得施於世者」中可知，詩人之所以有生命的窮困感，完全是出自於政治理想上的濟世無門，仕途多蹇。此外，司馬遷在太史公自序所闡述「發奮」之說，其所列舉的孔子、屈原、呂不韋、韓非、左丘明……等人的窮困，亦無一不是政治現實的挫敗者。例如，司馬遷在〈屈原列傳〉評論屈原生命的窮困時，說道：

> 正道直行，竭忠盡智以事其君，讒人間之，可謂窮矣。信而見疑，
>
> 忠而被謗，能無怨乎？屈平之作《離騷》，蓋自怨生也。〔註38〕

由以上可見，中國詩人的窮困，非出自於文學本身，而是個人的存在理想遭受阻遏所致。中國詩人的窮達既和其仕途的升沉有著密切的關係，則和西方悲劇英雄所強調的個人意志不同，中國詩人的命運悲劇，在國脈民命的關切之下，自始而終皆帶著濃厚的倫理色彩。然中國詩人的命運悲劇既完全由其政治遭遇所決定，在這裡，我們似可更深入地探討一個問題。正如前文所論，陳子昂所以無法達成其超越困境的企求，是因為在生命意義的終極探求中，尋不著存在的最終根據。因此，陳子昂的生命情態既是文化特質的一種展現，在這裡，我們似可從中國文化的結構著眼，從中尋出陳子昂所以無法達成超越之路的根本癥結。正如本文第一章所論述的，詩人既以參贊政事為存在感的確切實現，而就儒家文化而言，參贊政事即意味著「君臣關係」的產生。則熱衷仕進的詩人所面臨的第一個難題便是「君王權威」了。從陳子昂一生

〔註37〕見歐陽脩著〈梅聖俞詩集序〉。
〔註38〕見《史記會注考證》〈屈原賈生列傳〉（臺北：天工出版社，1993年9月版），頁1010。

的行事看來，我們可以很清楚看到，當陳子昂被武則天採信的時候，他的存在理想便得以在其中得到確立，其用世之志亦隨之被激發至最高點。而當陳子昂體悟到「賢聖相逢」期待的破滅，在與世不容的悲愴中，其歸隱之志亦隨之興起。可以說，在政治理想中，儒家思想所強調「君臣關係」，實主宰了陳子昂對存在價值的認定。因此，從陳子昂超越之路的探求中，我們實可深入探討中國文化的「君臣關係」，所易帶給知識分子思維困局的問題。關於這一點，劉紀曜先生說道：

> 雖然儒者道仕的挫折不一定都直接來自君王，但在皇帝體制下，君王卻是引發、增強或消除這些挫折的最根本也是終極的動力。因此儒者道仕能否成功，最重要的決定因素與所面臨的終極困境仍是來自君王。朱熹所謂：「天下之事千變萬化其端無窮，而無一不本於人主之心者，此自然之理也。故人主之心正，則天下之事無一不出於正。」〔註39〕

從陳子昂決意踏上仕途開始，他便在心中勾勒了一個「賢聖相逢」的圖像；因此，他不但沒有預存「正統」的想法，更主觀地認定武則天是得以令其施展抱負的「非常之主」。也因著對「賢聖相逢」的認定，故在善盡臣責的使命感下，陳子昂批判時政的努力便有了著力點。〔註40〕因此，就陳子昂而言，他對國脈民命的關切是和「忠君」分不開的。關於這一點，我們可以在陳子昂同時寫就的諫書與應制詩作中清楚看出。此外，正因為陳子昂對國家的關切是和「忠君」分不開的，因此，我們亦可以看到，陳子昂心靈的孤獨完全為武則天的冷落所左右。故其命運悲劇，實帶上了強烈的君臣倫理的色彩。事實上，「忠君」和「愛國」不分的理想特質，正是中國詩人的一極為重要的傳統。例如杜甫曾經在〈奉贈韋左丞丈二十二韻〉中，自述其理想：

> 致君堯舜上，再使風俗淳。

而白居易〈寄唐生〉亦明言其創作意圖：

> 唯歌生民病，願得天子知。

明黃潼對陸游、杜甫詩的品格亦作出以下評論：

〔註39〕見劉紀曜〈仕與隱——傳統中國政治文化的兩極〉(《理想與現實》，臺北：聯經出版社，1993年4月版)，頁329。

〔註40〕但從當時的政治集團看來，陳子昂的主觀心理實將他的處境推入一個兩難的困局。首先，對針砭時政的努力而言，陳子昂無法成為擁武集團的一員，而就對武則天的擁戴而言，陳子昂又不得成為反武集團的一員。

> 蓋放翁爲南渡詩人，遭時之艱，其忠君愛國之心，憤鬱不平之氣，
> 恢復宇宙之念，往往發之於聲詩。昔人稱老杜爲詩之史，老杜遭天
> 寶之亂，居蜀數載，凡其所作，無非發洩忠義而已。〔註41〕

「忠君愛國」之心，正是儒家文化在詩人身上所展現的重要印記。以陳子昂而言，他從未否定武則天政權的合法性，即便是在針砭朝政、上陳諫言、甚至理想破滅尋求超越之時，他亦只能哀嗟自己未得於「時」，而未曾在其中升起反武之意。〔註42〕然這個「忠君愛國」的重要的印記，是否易成爲窮困詩人之思維困局呢？如果是，他是如何展現的呢？劉紀曜先生說道：

> 然則，聖君既不可期，而在儒家思想內道勢、德位之間又有很高的
> 緊張性，則儒者是否可能在君主體制之外尋求行道的途徑？事實
> 上，儒家思想本身已否定此種途徑的可能性。對君臣關係的認定，
> 亦即君臣之義是儒家思想最主要的支柱之一，否定君主體制，無異
> 是儒道的自我否定。這種盡君臣之義的道義感與行道濟世的使命
> 感，使一個儒者在屢遭挫折之後，仍有知其不可而爲之的精神，這
> 是儒家思想的悲劇性。〔註43〕

從陳子昂一生的行事與超越探求中，我們發現對「君臣關係」的信仰與認定，確實是陳子昂無法斷除其用世理想的主要原因。而在中國詩人傳統中，這個「忠君愛國」的人格特質，亦是一再成爲詩歌的題材被傳寫。事實上，早在屈原，便將這個「忠君愛國」的人格特質作了典範性的表現。例如其欲仕不得的傷悲，可以從詩中一再表露的對楚王的懷想中看出：

> 昔君與我誠言兮，曰黃昏以爲期。羌中道而回畔兮，反既有此他志
> （〈抽思〉）。

而〈離騷〉亦言：

> 曰黃昏以爲期兮，羌中道而改路，初既與余成言兮，後悔遁而有他，
> 余既不難夫離別兮，傷靈脩之數化。

屈原的悲傷是不被君王信任賞愛的悲傷，〔註44〕因此，對「君臣關係」的執

〔註41〕見黃潭〈書陸放翁先生詩卷後〉

〔註42〕陳子昂一生的行事皆預設在對武則天的忠忱信仰上，因此，在「君臣關係」的認定之下，即使是在無道的現實中，陳子昂的情感產生了無限的痛苦，但其採取的紓解之道都是「退隱性」而非「否決性」的。

〔註43〕同註39，頁330。

〔註44〕顏崑陽先生在〈論漢代文人「悲士不遇」的心靈模式〉一文中說道：「由屈原

著便成了屈原無法抽離其困局的最大癥結。至此以下，詩人亦藉大量的宮怨詩題將這個困局作了相同的陳述。〔註45〕著名者如李白〈玉階怨〉：

> 玉階生白露，夜久侵羅襪。
>
> 卻下水晶簾，玲瓏望秋月。

張祐〈宮詞〉：

> 故國三千里，深宮二十年。
>
> 一聲何滿子，雙淚落君前。

白居易的〈上陽白髮人〉更集中描寫了臣的「等待」之命運：

> 上陽人，紅顏暗老白髮新。綠衣監使守宮門，一閉上陽多少春。玄宗末歲初選入，入時十六今六十。同時采擇百餘人，零落年深殘此身。憶昔吞悲別親族，扶入車中不教哭：皆云入內便承恩，臉似芙蓉胸似玉。未容君王得見面……一生遂向空房宿。

由於眷戀著與君王之間的關係，因此，詩人在「等待」之中，不免由心中升起濃烈的失落悲哀。但在「君臣關係」的認定之下，這份失落又導致了詩人自我認同的困難。而倘若詩人未在這份自我認同的困難中，尋找、確立其存在的終極意義，則其理想信念便不免在挫折之中產生了飄忽的情緒，故從這個困局看來，我們可以在歷史上看到各種生命情態的文人。余英時先生說道：

所展現的君臣對待關係，更有一深層的意義，即是使「忠君」之倫理道德趨向絕對化。……即是屈原實將「悟君」與「改俗」視為一事，故忠君的終極理想，乃在於改革社會。……遂將「忠君」與「改革社會」視為同一件事，這其實已顯示了在一人專制的政治格局中，懷抱理想之士在政治改革的活動中，很難規避的政治倫理」(《漢代文學與思想學術研討會論文集》，臺北：文史哲出版社，1991 年版）頁 217 至 218。又，陶東風先生曾言：「由於強調苦悶的社會性內涵，中國古代文人的苦悶似乎頗具包容性，不像象牙塔裡的風花雪月那麼狹窄和無力；但又由於古代士大夫的社會化往往不可避免地帶有封建的依附性，憂國憂民的痛苦往往狹猛化為不被君王賞識的苦悶。在這個意義上，古代士大夫的苦悶又有極大的狹隘性。」又如，屈原被楚懷王放逐而處於終極情境的徬徨無告之時，其在「路漫漫其修遠兮，吾將上下而求索」的超越探求中，亦試圖尋出一條存在的最終根據；因此，如同陳子昂「觀」天道，對天道質疑一般，屈原亦在絕望之中，以〈天問〉對存在的意義提出了終極探求。但從〈天問〉的內容看來，屈原詢問了宇宙自然本體、生命的生死、歷史型態的問題，在窮盡一切的詢問思索之中，他卻始終未曾接觸他的悲劇來源——君臣關係的不協調。正因為屈原從未曾「問君」，因此，他的超越探求在這裡亦產生了局限性。

〔註45〕古代詩歌例如〈怨歌行〉、〈長門怨〉、〈玉階怨〉、〈阿嬌怨〉、〈宮怨〉、〈長信怨〉、〈塘上行〉、〈娥眉怨〉……等詩皆以宮怨母題陳抒不被君王賞愛的失落悲傷。

我們雖然承認「士」作為「社會的良心」，不但理論上必須而且實際上可能超越個人的或集體的私利之上，但這並不是說「士」作為一個具體的「社會人」可以清高到完全沒有社會屬性的程度。所謂「士」的「超越性」既不是絕對的，也決不是永恆的。從中國歷史上看，有些「士」少壯放蕩不羈，而暮年大節凜然；有的是早期慷慨，而晚節頹唐；更多的則是生平無奇節可紀，但在政治或社會危機的時刻，良知呈露，每發為不平之鳴。至於終身「仁以為己任」而「造次必於是，顛沛必於是」的「士」，在歷史上原是難得一見的。〔註46〕

這段論述說得極為精闢，由於知識分子限於儒家文化所規定的「社會屬性」，因此，如何在命的困局中走向超越之路？本來就有相當的難度。這也便是余英時所謂「至於終身『仁以為己任』『造次必於是，顛沛必於是』的『士』，在歷史上原是難得一見」的原因。

以上，我們已經從文化面相中，將儒家「君臣關係」倫理帶給知識分子的思維困局之問題作了大略的勾勒。然誠如余英時先生所言：「我們雖然承認『士』作為『社會的良心』，不但理論上必須而且『實際上可能』超越個人的或集體的私利之上」，我們實可從另一個角度觀看一個屬於「文化生命」的重要課題。正如徐復觀先生在〈儒家精神之基本性格及其限定與新生〉一文中所言：

儒家之所以能成為中國之基本文化，其原因在社會而不在政治。相反的，從歷史上看，儒家精神，是浸透滋榮於社會之中，而委曲摧抑於政治之下。〔註47〕

（徐先生所謂的「社會」乃是余先生所謂的「社會的良心」而非君臣關係的「社會屬性」）從「儒家之所以能作為中國之基本文化，其原因在社會而不在政治」中，我們可以得知，儒家文化的「道」雖然藉由「君臣倫理」而顯，但「道」的性質卻是超越性的（這便是「仁」的意義，詳細論證參見本章第二節），是超越於「政治」的規定之中，這便是儒家文化的可貴之處。也因此，文人雖然將其「理想」置放於「君臣」格局中，但只要存在價值沒有失落，

〔註46〕見余英時先生《士與中國文化》自序（上海：人民出版社，1988 年版），頁10～11。

〔註47〕見徐復觀《儒家精神之基本性格及其限定與新生》（臺北：民生評論社，1951 年版），頁2。

遭遇困頓的文人仍可藉由對「道」的徹底承擔，在「仕」或「隱」的抉擇中，超越於「政治」屬性的規定，保全個人的精神自由（如「無道則隱」，雖然藉由歸隱解除了「君臣關係」的規定，但「道」的承擔並未因此失落）。因此，「政治」現實不能限定儒家文化發展的契機，反在個人「生命」的確切實踐中，成為一文化的主體方向。而這個文化「生命」的主體方向，便是主導著文人是否得以從政治困境中超越，並獲得生命終極價值的主要契機。因此，文化成不成為文人的思維困局，實在於個人「存在價值」的穩立或失落。故，從陳子昂甚至傳統文人落入一種「政治屬性」的規定而無法達致生命的超越之例中，我們實可對文化終極價值之所繫加以反省。

　　誠如前文所論，當文化的生命全然陷溺於「政治屬性」時，它的超越性亦在其中隱遁了。因此，從陳子昂的超越失敗之例中，「文化的終極價值」亦開顯了自身的意義。那麼，在傳統文人中，是否有雖然遭遇政治困局，但卻仍在「終身以仁為己任，造次必於是，顛沛必於是」，對「道」的徹底承擔中，達致超越之境者呢？我們以為，有「愛國詩人」、「詩史」之稱的杜甫便是一個極佳的例子。我們可以對杜甫一生的行事稍作鳥瞰。在杜甫的仕宦生涯中，最為君王賞識的時期便是其任拾遺官職之時。在這段時期中，杜甫寫就了許多朝省之詩，在詩中表現了他對國君的愛戴與國事的關切。例如：〈宣政殿退朝晚出左掖〉云：

　　　　侍臣緩步歸青瑣，退食從容出每遲。〔註48〕

又〈春宿左省〉：

　　　　花隱掖垣暮，啾啾棲鳥過。

　　　　星臨萬戶動，月傍九霄多。

　　　　不寢聽金鑰，因風想玉珂。

　　　　明朝有封事，數問夜如何。〔註49〕

仇兆鰲《杜詩詳註》對杜甫有如下評論：

　　　　自暮至夜，自夜至朝，敘述詳明，而忠勤為國之意，即在其中。

　　〔註50〕

和陳子昂一般，杜甫對國脈民命的關切亦是和其「忠君」的思想相互連結的。然杜甫接近君王的時日亦極為短暫。天寶十四年，杜甫任右衛率府冑曹參軍

〔註48〕見錢謙益注《杜詩錢注》卷十。（臺北：世界書局，1970 年 3 月版）。
〔註49〕同註 45。
〔註50〕見仇兆鰲《杜詩詳注》卷六。（臺北：漢京文化事業有限公司，1984 年 3 月版）

時，雖已在詩中展現其不得君用、仕途坎坷的困頓，但是，他關情國事的態
度與對國君的忠忱仍未改變。如〈自京赴奉先縣詠懷五百字〉詩云：

> 杜陵有布衣，老大意轉拙。
>
> 許身一何愚，竊比稷與契。
>
> 居然成濩落，白首甘契闊。
>
> 蓋棺事則已，此志常覬豁。
>
> 窮年憂黎元，嘆息腸內熱。
>
> 取笑同學翁，浩歌彌激烈。
>
> 非無江海志，蕭灑送日月。
>
> 生逢堯舜君，不忍便永訣。
>
> 當今廊廟具，構廈豈云缺。
>
> 葵藿傾太陽，物性固莫奪。

杜甫雖然自憐於蹉跎一生的際遇，但是，在情感的困頓中，由於其強烈的「窮
年憂黎元，嘆息腸內熱」之心志所致，故其用世的理想並未就此遭致否決。
也因著杜甫的用世理想，在對黎元百姓的關切中已得到了貞定，因此，不受
君王任用的現實困境，並不能轉移他對自我存在價值的確認，故在「白首甘
契闊，蓋棺事則已」中，我們可以看到杜甫不被「政治現實」摧抑，反能安
然於其「理想信念」中的人格特質。因此，「現實」條件的惡劣，反而成就了
杜甫對存在價值的確認。也因著他穩立的價值信念，因此，在匡時濟世的決
心之下，更願意將自己擺在「君臣關係」的網絡中，在百折不回的忠君精神
中，呈現了超越於「政治體制」的，直接對國事民情負責的深度關懷。而在
安史之亂發生後，杜甫未及顧全自身安全，在濟世的熱情之下，更奔赴肅宗
所在之鳳翔，然在途中卻遭賊虜，被押送至長安。那麼，杜甫在經歷了這一
場生命的歷劫之後，其用世之志是否就此猶豫不決呢？至德二年，杜甫乘隙
脫離了賊手，一本初衷，奔赴鳳翔仍是他唯一的抉擇。隻身長途跋涉至鳳翔
之後，杜甫寫下了〈述懷〉，記敘他心中的感懷：

> 去年潼關破，妻子隔絕久。
>
> 今夏草木長，脫身得西走。
>
> 麻鞋見天子，衣袖露兩肘。
>
> 朝廷愍生還，親故傷老醜。
>
> 涕淚授拾遺，流離主恩厚。

從詩毫無怨怒的對家國之深情可知，惡劣的「現實」環境，非但未能緩減杜
甫的用世之情，反而淬礪了他對君國的使命感。也因著杜甫在惡劣的「現實」
環境中，尚能肯定自我對天下蒼生的使命，因此，這份匡時濟世的理想，便
在濾盡「現實」變動不居的雜質之後，永恆的昇華爲一種憂世憂民的「仁」
之深情大愛。而死裡逃生之際，所呈顯出的對國脈民命不減熱情之關愛，亦
正是杜甫反芻其存在理想，並確立其存在價值的確切展現。也因此，杜甫所
展現的忠君愛國之思，是立基於「求仁得仁」，不需要向「現實」索取條件的、
超越於「現實」限制的，眞能卓然向上、震拔人心的宏願悲情。而在這裡，「現
實」不但不能成爲他實現理想的阻礙，反而成就了杜甫對其存在價值的確切
體認，因此，誠如謝榛之言：

　　　子美不遭天寶之亂，何以發忠憤之氣，成百代之宗。〔註51〕

從杜甫所表現的憂國憂民之大愛中，我們可以爲儒家的「仁」作出最佳的註
解。而「造次必於是，顛沛必於是」的愛國深情，更是杜甫挺立其存在價值
之確切展現。同年五月，奔赴鳳翔，企望國運中興的杜甫，被肅宗命爲左拾
遺，正欲有所作爲之際，又爲房琯之事觸怒肅宗、八月還鄜州省家，杜甫寫
下了〈羌村〉三首、〈北征〉等詩，詩中不見其個人對仕途困蹇的怨怒，只有
對家國的深厚關懷。如〈北征〉：

　　　拜辭詣闕下，怵惕久未出。
　　　雖乏諍諫姿，恐君有遺失。
　　　君誠中興主，經緯固密勿。
　　　東胡反未已，臣甫憤所切。
　　　揮涕戀行在，道途猶恍惚。
　　　乾坤含瘡痍，憂虞何時畢。
　　　靡靡踰阡陌，人煙眇蕭瑟。
　　　所遇多被傷，呻吟更流血。
　　　回首鳳翔縣，旌旗晚明滅。

「雖乏諍諫姿，恐君有遺失」，雖然杜甫未得君王任用，但在仕途的困窘之中，
其憂國憂民的本質並未就此失落。正因爲這個憂國憂民的本質並未失落，因
此，在時局的動盪中，他的使命感反而有了更高濃度的集中。大曆元年（766）
秋，杜甫身居夔州，在困窮之中，仍心繫長安，寫下〈秋興〉八首，表現其

〔註51〕見謝榛《四溟詩話》，卷二。

悃悃款款的盡忠之思。如其二云：

> 夔府孤城落日斜，每依南斗望京華。
>
> 聽猿實下三聲淚，奉使虛隨八月槎。
>
> 畫省香爐違伏枕，山樓粉蝶隱悲笳。
>
> 請看石上藤蘿月，已映洲前蘆荻花。

詩中呈現濃厚的君國之思。吳喬《圍爐詩話》評論此詩：

> 依南斗而望京華者，深雖棄逐淒涼，而未嘗一念忘國家之治亂，處
>
> 江湖之遠，則憂其君，與范希文同一宰相心事也。〔註52〕

從「未嘗一念忘國家之治亂」中可知，杜甫的存在價值未曾因個人仕途之困塞而有所浮動。因此，對杜甫而言，他眼中的「現實」並非決定其仕途升沉的「現實」，而是與天下蒼生共存共亡的「現實」。故其形諸於其詩中的「現實」，便無一不和國家安危、蒼生性命有著緊密的勾連，這即是杜甫被名之爲「現實主義」詩人代表的原因。而杜甫存在的價值，既已在民胞物與的「仁心」中得到確立，則便具備了超越現實困境的能力。因此，仕途的多舛不但未曾轉移他濟世的理想，亦不致成爲使他價值感飄搖的生命困局。故這份超越於「現實」條件的深情大愛，亦將杜甫從「肉體形質」生命的有限，提昇至精神的永恆的境界中。此外，就存在的終極價值而言，困窮的處境反而促成他對「道」的積極承擔，而在其中，杜甫亦展現了超越於現實頓挫之上的「無怨」的人格特質。也因著這份超越「現實」的大愛，杜甫得到了「愛國詩人」的尊號。王安石〈杜甫畫像〉綜括其一生：

> 惜哉命之窮，顛倒不見收。
>
> 青衫老更斥，餓走半九州。
>
> 瘦妻僵前子仆後，攘攘盜賊森戈矛。
>
> 吟哦當此時，不廢朝廷憂。
>
> 常願天子聖，大臣各伊周。
>
> 寧令吾廬獨破受凍死，不忍四海赤子寒颼颼。〔註53〕

從「寧令吾廬獨破受凍死，不忍四海赤子寒颼颼」中可見，杜甫憂國憂民的悲憫深情並未因個人處境的窮困而失落。可以說，他的一生是與國家的安危相互連結的。也因著政治現實不能拘囿杜甫對人世間的深情，因此，雖然仕

〔註52〕見吳喬《圍爐詩話》卷四（《古今詩話續編》，臺北，廣文書局）

〔註53〕見李壁注《王荊公詩李氏注》卷九（臺北：鼎文書局印行，1979 年版）

途坎坷，但在心念間所呈現的對家國無悔的忠愛，實亦對「求仁得仁」的超越性作了最佳的註腳。因此，有別於陳子昂等詩人在不得賞用、濟世無門之後，便產了價值感的飄搖或者否決用世之志，並陷於「現實」的陰慘深谷裡，杜甫從氣性的用世情懷中，更理性地穩立了存在的終極價值，故亦在其中開創了超越現實的契機，這也就是杜甫可以終其一生平心面對其：「許身一何愚，竊比稷與契。居然成濩落，白首干契闊」的處境，而仍無怨的說出：「蓋棺事則已，此志常覬豁。窮年憂黎元，嘆息腸內熱」的慷慨志向的原因。因此，以官小位微的處境，杜甫卻得以成為我國詩人最偉大的代表典範，這是因為杜甫「真正地」實踐了儒家的仁愛理想所致。

從本節的論述看來，對存在意義的掌握造成了不同的人格特質，在這個期許之下，人人皆可再次開創自身的格局，並賦與自己不為「現實」所困的強韌之生命力。這正是牟宗三先生語重心長的叮嚀：

> 你如果能夠在真實而存在的感受中掌握歷史文化發展的動向、契
> 機，能在合理而相應的實踐方式中解決歷史文化上的癥結問題，開
> 創歷史文化的新局面，你便是弘大了歷史文化；你能夠弘大歷史文
> 化，歷史文化便一定能夠弘大你。有歷史文化來弘大你，你便有理，
> 你便有力，你便不會被目前的地理環境所局限，你便一定能像孟子
> 所說那樣「無敵於天下」。〔註54〕

文化「終極價值」的隱或現，完全相應於一個人掌握存在意義的生命底子之深厚，這是我們可以期許自己的一個極好思考方向。

誠如第一章所論，歷來肯定陳子昂在初唐詩壇的文學成就者，常常是以其詩歌所展現的情感之「真摯」著眼，以此和徒飾雕琢的齊、梁詩風作一根本之區隔，並確立了他在文學史上的地位。那麼，如果陳子昂在文學史上的地位，是由其個人的生命精神與詩歌風格所造就，則在超越的失敗中，其生命精神與詩風的可貴處為何呢？為何在後代詩人中，陳子昂的生命精神與詩作情感，仍得以被欽慕歌頌並流傳呢？以上問題其實促使我們將陳子昂個人的人格特質，放在文學史上作一觀察，以此論其文學史上的意義。

從陳子昂一生的行事看來，我們可以發現，在人格的形成與理想的確立之後，陳子昂便將個人的存在意義，和整個國脈民命的大動脈作了緊密的連結。而在這個連結之中，陳子昂實盡其所能地為他的理想，如：「安人」之策

〔註54〕同註14，頁99。

的主張、與歷史王道同一的追求、天人相合的嚮往等等作了不遺餘力的努力。故就其理想的性質看來，陳子昂始終以社會、歷史命運為其實現存在感的確切標的，因此，陳子昂在表現關切國家命運的象徵上，實顯出了他人格特質的特殊與偉大。而正因為陳子昂是以「大我」為個人理想的主要內涵，因此，其詩歌風格，便與以雕琢彩麗為尚的初唐詩壇有了不同的表現。而就人格發展的線索看來，正因為陳子昂的「理想」必須與「現實」產生密切的互動，因此，他個人的生命丰姿亦在這個互動中，有了各樣的轉折風貌，故在存在意義的多番思考中，陳子昂的詩歌題材（應制、邊塞、求仙等等）亦有多樣的表現。因此，誠如明胡震亨所說：「陳子昂初變齊、梁之弊，一返雅正。其詩以理勝情，以氣勝辭」，其詩所以「以理勝情，以氣勝辭」正是他人格影響詩歌風格之證據。從這裡我們亦可觀照劉熙載對陳子昂詩歌的評論：「人文所肇，豈天運使然邪」，以「人文所肇」肯定陳子昂的文學成就實是中肯之論。此外，從陳子昂的人格特質發自於「文學理論」，在詩人抒發生命實相之要求，並作為超越探求的憑藉之下，其文學理論便自然一掃齊、梁雕琢詩風，並博得後代現實主義詩人（如杜甫、白居易……等）稱揚，而在中國文學批評史上佔一席地位。另外，就詩歌風格來說，由於陳子昂「政治現實」的不遇，因此，在抒發生命實相上，「不遇」、「悲怨」的個人風格便為後人所注意。又，由於陳子昂在困境之中，不停地對存在的終極意義展現了探求與思索，因此，個人的生命困局亦在其中普遍化了，這便是〈登薊丘覽古〉、〈登幽州臺歌〉等詩可以得到歷代詩人「共鳴」的原因；而〈感遇〉詩中濃厚的玄思，在超越探求的寫作背景中，亦呈現出探詢存在價值的深意。因此，在人格與風格的相應中，陳子昂雖然不得達成超越的企求，但從其一生的努力中，我們可以確認：以關切國脈民命所凝塑之詩歌風格，與在存在意義思索中，正視文學價值所提出的文學理論，正是陳子昂所以得到文學史重視，並得以流傳不朽的原因。

第七章 結 論

　　中國詩人有一鮮明的特點：對他們而言，在國眽民命的關切下，一生奮鬥的最高目標實在「政治」而非「文學」。然值得我們注意的卻是，他們雖然明確地表明了「政治」作爲個人奮鬥的最高標的，但是，卻也都在遭遇同樣的生命困局：不爲君用、濟世無門，而從仕途多舛的政治際遇中，又不約而同地以「文學」成就了他們在歷史上的地位。從這個特別的現象出發，我們對詩人的政治理想、現實遭遇，與文學成就間的關係產生莫大的興趣，希望尋求一條有意義的詮釋途徑，將它們之間的關係揭櫫出來。以上是就中國詩人的重要「共相」而言，但不能忽略的，這個「共相」之構成，實是每個在現實上遭受挫敗的詩人所共同寫就的。因此，隱藏在這個「共相」之下的，是詩人「個別」的生命經歷，不論任何詩人遇到這個生命困局，皆必須返身回來面對自己。因此，爲詳細勾勒出一個見證政治理想、現實遭遇、文學成就之關係的人格發展線索，我們選擇了初唐代表詩人陳子昂，希望藉著「人格」與「風格」兩條線索的探討，從「超越」企求中，呈現出中國詩人「共有」的重要面相；此外，藉由對陳子昂命歷程的研究，亦得以讓我們更深刻地掌握他在文學史上的意義，並在紛紜的討論中，尋找一「較貼近」於陳子昂的人格面貌，這便是本文研究的企圖與意義。

　　陳子昂從人格的形成開始，便確立了其用世的志向。因此，從其早年的行跡看來，陳子昂從未知書的豪俠行徑，至「經史百家無不罔覽」，並以其文才爲世人所重時，他的存在價值便在「政治理想」（而非「文學」）上有了寄託。此外，令陳子昂主動地將自己投身於「政治現實」的最大動力，乃是他對「時」的觀察，陳子昂主觀地認定當時是「賢聖相逢」的「非常之時」，因

此，在通過科考並取得「君臣關係」後，其「非常之時」、「賢聖相逢」的心理便有了相當的強化，而「忠君愛國」的理想更成為他存在感的確切依據。而因著「非常之時」的觀察是陳子昂投身「政治現實」的重要動力，因此，陳子昂便以「天人感應」的理論基礎，作為其「理想」的價值所從出，主觀地認定武則天是一位明主，在「政治現實」的網絡中寄託其「外王理想」的實現，如此，陳子昂的「外王理想」便與「政治現實」產生了密切的關係。

「登上政治舞臺」可以說是陳子昂實現理想的必要中介。在「理想」與「現實」的互動中，陳子昂為了促成「安人」理想的實現，在「現實」中致力於兩方面的努力：（一）反對好大邊功所造成的窮兵黷武（二）抗論偘俗、主張任用賢人。以上二點，確實一針見血地指出武則天朝最主要的政治弊端。而就文學作品看來，在備受武則天重視的時期中，陳子昂主要著力的是針砭時政的諫書而非詩歌作品。然陳子昂受武則天青睞的日子極為短暫，在「政治現實」無可掌握的變數中，對「非常之時」、「賢聖相逢」充滿期待的陳子昂，面對著朝中小人的橫行顯達與君王對他的冷落，開始在心中冉冉升起困厄之感；而在母喪返鄉時，更汲汲於從佛理的「攀緣」之說，斷絕心中的用世之志並陳明戀眷塵世的痛苦。然當陳子昂服喪期滿，面對著另一段仕宦之旅時，他依然困厄的情感非但未在佛理的洗滌下歸於平靜，隨著目的地的接近，更陷入關情國事的苦惱中。而返回朝廷之後，陳子昂沈寂的用世之志又因武則天斷察冤案而高昂，其勘破塵世的企求亦煙消雲散。然在「賢聖相逢」的期待中，再度生發強烈的用世之志的陳子昂，卻又為朝中小人誣陷入獄。在陷獄的創痛中，陳子昂產生了前所未有的自我認同的落差，並在無所依歸情感的漂泊狀態中，陷入了去向的茫然。而就「與世不容」的創痛而言，欲仕不得、濟世無門實是他所以產生困頓的癥結，因此，躍動在這份悲愴之下的，其實是他對「忠君愛國」使命的不得忘情。也因著這份關情國事的強韌深情，陳子昂雖然已在現實中產生了去向的茫然，但隨著國家安全的告急，他又不自主地以請纓報國的志向，作為實現理想、確立存在意義的唯一（亦是最終的）寄託。然在理想情懷的高度集中之下，「現實」所給予的條件卻日益惡劣，而當陳子昂在百折不回的忠君愛國之思中，奮力追求、傾盡個人所有，並與「現實」作了最後的拼搏後，他的「理想」終於在無可排解的衝突中被撕裂，他的存在感陷入徹底的孤絕之境。而〈登薊丘覽古〉、〈登幽州臺歌〉中所陳明的永遠錯失時運的悲愴，亦將他包圍在一個時間凝滯的終極困

局中。

　　在存在的徹底孤絕中，精神自由的嚮往，令陳子昂在重壓蓋頂的「現實」中產生了「超越」之企求。而對「理想」的擔當，則化為陳子昂「不仕不義」的決心，在這個決心之下，陳子昂以「無道則隱」的抉擇，試圖掙脫他的生命困局。因此，在超越的渴求中，陳子昂必須在這個終極困境中尋著存在的立基點。而「現實」既已失去意義，在尋求超越、安頓生命的心理企求下，「文學」則上升到「存在」的高度，也在此一存在性意義中，「文學」本身所涵有的可能性，亦豐富了起來。「工為文而不好作，其立言措意在王霸大略而已」的陳子昂開始正視「文學」的意義，除了標明文學的情感價值外，亦賦予了探詢存在價值的「主觀期望」，在這個主觀期待之下，陳子昂的文學理論亦從中產生。因此，在歸隱的生活中，我們可以看到陳子昂以文學作為其「觀」世變、安頓生命之物，試圖從中獲得某種「悲劇智慧」，並再次貞定其存在的價值。然而，從其歸隱生活中，我們亦可發現，陳子昂雖然試圖在壯志未酬的苦迫之中，尋求存在的最終根據，但天道無言，而歲華搖落、芳意無成的痛苦又如影隨形的壓迫著他，陳子昂只好奔向道佛仙鄉求告解脫，但在未能忘情忠君愛國的主觀心理下，道、佛仙鄉旋又遭其否決。因此，陳子昂深受創傷的心靈非但未能在歸隱的生活中達致悠然，反而成為一個令其畏懼「漸進無聞」的苦牢；在徒具「隱相」的兩面夾逼中，陳子昂終究無法從「現實」的挫敗，再次尋著自我的認同。因此，在「自覺是無端之人」的悲慟告白中，生命的亮光終於滅絕，終其一生，他未能達致心境上的安然靜適。而從陳子昂超越的失敗中，我們亦可以歸結出一個重要的結論，除非文人對其存在的價值意義有忠貞的信仰並確認，確切地踐履著他，否則「文學」不一定可以提供安身立命的絕對保證。

　　藉著本文的討論，我們亦可從生命型態發展的實例，對儒家「無道則隱」的超越型人格作一番較為深入的了解。在中國文學史上，這個命題亦是一個普遍性命題，它帶出了一個觀察中國文人生命情態的重要方向。對儒家理想來說，無論是內聖或外王之道，其價值的最後根據地實在於當下即是、不假外求、我欲仁而斯仁至矣的「本心」。而本心的豁顯，亦正是超越的契機。從這個超越的契機觀諸陳子昂一生的行事：由於陳子昂未能從自發的本心，確立其用世理想與歸隱之選擇，因此，其一生的行事，便不免在儒、道佛之間產生價值的飄忽，而價值感的飄忽，正是他在這個生命困局中愈縛愈緊、終

至無法掙脫的主要原因。然在這裡，我們亦當指出「時代氛圍」對知識分子思想所造成的桎梏。以初唐的思想背景看來，經過魏晉六朝儒學的式微，在初唐，仍是儒、道、佛三家思想衝突與融合的時代，在思想未能定於一尊的時代氛圍中，我們當可以對陳子昂的思想迷亂、尋不著貞定自身的力量、終至陷溺於「現實」中的坎坷遭遇作出同情的理解。此外，從人格與風格的相映中出發，我們可以發現：陳子昂的文學成就是隨著他的政治際遇而開展的，因此，陳子昂超越的企求雖然沒有達成，但以其一生人格發展的線索看來，相應於其匡時濟世的強烈使命所呈顯的詩歌風格，與存在意義的思索中，所賦予文學的價值期望，當是陳子昂詩歌所以得到歷代詩人共鳴，文學理論獲得文學史重視並流傳不朽的原因。

從陳子昂超越失敗的例子中，我們可以看到一個屬於文化面相的問題：「忠君愛國」思想對知識分子所造成的思維困局，在這個中國知識分子所不能規避的政治倫理中，如何回應「現實」的困境，實亦涵藏了一個對存在價值的確認問題。因此，從「超越」的課題中，我們實可從中反省文化的「終極價值」之所繫，以及在此「終極價值」中，個人對自身存在意義所呈顯的「終極關懷」。倘若「文化」的生命可以不墜於「現實」的種種世俗框架之限制，我們實可從中期許文化的再生與自我生命力的強韌。這也是作為詮釋者的現代知識分子可以自我勉勵的方向。

主要參考書目

壹、

1. 《論語集釋》，程樹德編，臺北：鼎文書局。
2. 《四書集註》，朱熹著，臺北：學海出版社。
3. 《說文解字注》，段玉裁著，臺北：世界書局。
4. 《史記會注考證》，司馬遷者，瀧川龜太郎考證，臺北：天工出版社。
5. 《舊唐書》，劉昫著，臺北：中華書局。
6. 《新唐書》，歐陽脩著，臺北：中華書局。
7. 《大唐六典》，唐玄宗敕著，李林甫註，臺北：文海出版社。
8. 《通典》，杜佑著，浙江：古籍出版社。
9. 《唐摭言》，王保定著，臺北：世界書局。
10. 《唐會要》，王溥著，臺北：世界書局。
11. 《資治通鑑》，司馬光著，臺北：明倫出版社。
12. 《讀通鑑論》，王夫之著，臺北：商務印書館。
13. 《日知錄》，顧炎武著，臺北：商務印書館。
14. 《登科記考》，徐松著，臺北：中華書局。
15. 《韓昌黎集》，韓愈著，上海：商務印書館。
16. 《白氏長慶集》，白居易著，臺北：藝文印書館。
17. 《唐詩品彙》，高棟選評，臺北：學海出版社。
18. 《太平廣記》，李昉著，臺北：明倫出版社。
19. 《楚辭補注》，洪興祖註，臺北：天工出版社。
20. 《唐音癸籤》，胡震亨著，上海：古籍出版社。

21. 《唐詩解》，唐汝詢著，清康熙四十年刊本。
22. 《容齋四筆》，洪邁著，臺北：大立出版社。
23. 《帶經堂詩話》，張宗柟編，臺北：人民文學出版社。
24. 《杜詩錢注》，錢謙益著，臺北：世界書局。
25. 《杜詩詳注》，仇兆鰲著，臺北：漢京文化事業。
26. 《詩比興箋》，陳沆著，臺北：世界書局。
27. 《全唐詩》，清聖祖敕編，臺北：明倫出版社。
28. 《全唐文及拾遺》，清世宗敕編，臺北：大化出版社。
29. 《唐詩別裁集》，沈德潛著，臺北：商務印書館。
30. 《愚庵小集》，朱鶴齡著，上海古籍出版社。
31. 《全上古三代秦漢三國六朝文》，嚴可均輯校，中華書局。
32. 《石洲詩話》，翁方綱著，臺北：藝文印書館。
33. 《昭昧詹言》，方東樹著，臺北：漢京出版社。
34. 《圍爐詩話》，吳喬著，臺北：廣文出版社。
35. 《藝概》，劉熙載著，臺北：金楓出版社。
36. 《筆記小說大觀》，新興書局編，臺北：新興書局。
37. 《詩品注》，陳延傑注釋，臺北：開明書局。
38. 《百種詩話類編》，臺靜農編，臺北：藝文印書館。
39. 《阮步兵詠懷詩話》，黃節注，臺北：藝文印書館。

貳、

1. 《全唐詩索引》（陳子昂、張說卷），欒貴明等編，現代出版社。
2. 《新校陳子昂集》，楊家駱主編，臺北：世界書局。
3. 《陳子昂年譜》，羅庸著，臺北：商務印書館。
4. 《陳子昂詩注》，彭慶生著，四川：人民出版社。
5. 《陳子昂研究論集》，四川省射洪縣陳子昂研究研究，聯絡組編，北京：中國文聯出版。
6. 《陳子昂評傳》，韓理州著，西安：西北大學。
7. 《陳子昂研究》，韓理州著，上海：古籍出版社。
8. 《陳子昂及其感遇詩研究》，劉遠智著，臺北：文津出版社。
9. 《中國文學批評史》，郭紹虞著，臺北：明倫出版社。
10. 《隋唐文學批評史》，羅根澤著，臺北：商務印書館。
11. 《中國文學發展史》，劉大杰著，臺北：華正書局。

12. 《中國文學史》，游國恩編，臺北：五南書局。

參、

1. 《唐代政治史述論稿》，陳寅恪著，上海：商務印書館。
2. 《隋唐五代史》，呂思勉著，上海：中華書局出版社。
3. 《隋唐史》，王壽南著，臺北：三民書局。
4. 《隋唐書》，岑仲勉著，臺北：中華書局。
5. 《隋唐五代史》，王仲犖著，上海人民出版社。
6. 《唐史研究論集》，任育才著，臺北：鼎文書局。
7. 《中國文官制度史》，楊樹藩著，臺北：黎明出版社。
8. 《唐代教育與選舉制度綜論》，劉海峰著，臺北：文津出版社。
9. 《中國古代考試制度》，郭齊家著，大陸商務印書館。
10. 《中國唐史學會論文集》，中國唐史學會編，西安：三秦出版社。
11. 《唐代夷狄邊患史略》，侯林伯著，臺北：商務印書館。
12. 《唐代詩人塞防思想》，黃麟書著，臺北：商務印書館。

肆、

1. 《儒家之基本性格及其限定與新生》，徐復觀著，臺北：民生評論社。
2. 《知識分子與中國》，徐復觀等著，周陽山編，臺北：時報出版社。
3. 《中國文化的省察》，牟宗三著，臺北：聯經出版社。
4. 《政道與治道》，牟宗三著，臺北：學生書局。
5. 《道德的理想主義》，牟宗三著，臺北：學生書局。
6. 《中國哲學十九講》，牟宗三著，臺北：學生書局。
7. 《中西哲學思想之比較論文集》，唐君毅著，臺北：學生書局。
8. 《中國文化之精神價值》，唐君毅著，臺北：正中出版社。
9. 《中國知識階層史論》，余英時著，臺北：聯經出版社。
10. 《歷史與思想》，余英時著，臺北：聯經出版社。
11. 《史學與傳統》，余英時著，臺北：時報文化出版社。
12. 《新編中國哲學史》，勞思光著，臺北：三民出版社。
13. 《中國儒學思想史》，張豈之著，臺北：水牛出版社。
14. 《中國思想史》，張豈之主編，臺北：水牛出版社。
15. 《中國歷代思想史》，辛期著，臺北：文津出版社。
16. 《中國思想與制度論集》，段昌國、劉紉尼等譯，臺北：聯經出版社。

17. 《中國歷史人物論集》，中央研究院中美文化研究組譯，臺北：正中書局出版社。

18. 《儒道釋與內在超越問題》，湯一介著，江西：人民出版社。

19. 《理想與現實》，黃俊傑著，臺北：聯經出版社。

20. 《儒家理想人格與中國文化》，朱義祿著，遼寧：教育出版社。

21. 《幽暗意識與民主傳統》，張灝著，臺北：聯經出版社。

22. 《中國人的價值觀》，沈清松編，臺北：桂冠圖書公司。

23. 《儒家倫理與秩序情節》，張德勝著，臺北：巨流出版社。

伍、

1. 《悲劇之超越》，雅斯培著，葉頌姿譯，臺北：巨流圖書公司。

2. 《智慧之路》，雅斯培著，周行之譯，臺北：志文出版社。

3. 《雅斯培》，黃霍著，臺北：東大出版社。

4. 《悲劇的誕生》，尼采著，李長俊譯，臺北：三民書局出版。

5. 《悲劇的心理學》，朱光潛著，臺北：駱駝出版社。

6. 《美學與意境》，宗白華著，臺北：淑馨出版社。

7. 《悲劇精神與民族意識》，邱紫華著，華中師範大學出版社。

8. 《歷史的悲劇意識》，許蘇民著，上海人民出版社。

9. 《精神創傷與藝術創作》，唐曉敏著，百花文藝出版社。

10. 《中國古代心理美學六論》，陶東風著，百花文藝出版社。

11. 《中國文化與悲劇意識》，張法著，中國人民出版社。

12. 《悲劇意識與悲劇藝術》，伊鴻著，安徽教育出版社。

13. 《詮釋學》，帕瑪著，嚴平譯，臺北：桂冠圖書出版社。

14. 《海德格》，項退結著，臺北：東大圖書出版公司。

15. 《心理學與文學》，卡爾·古斯塔夫·榮格著，馮川、蘇克編譯，臺北：久大文化。

16. 《人論》，恩斯特·卡西勒著，甘陽譯，臺北：桂冠圖書出版社。

17. 《發展心理學》，紐曼夫婦著，郭靜晃、吳幸玲譯，臺北：揚智出版社。

18. 《文化科學》，懷特著，曹錦清等譯，臺北：遠流出版社。

19. 《文化人類學的理論架構》，莊錫昌、孫志民編著，臺北：淑馨出版社。

20. 《文化與行為》，李亦園著，臺北：商務印書館。

21. 《文化與自我》，馬塞勒等著，任鷹、沈毅等譯，臺北：遠流出版公司。

22. 《學術與政治：韋伯選集》，韋伯著，錢永詳編譯，臺北：新橋譯叢。

陸、

1. 《中國文學論叢》，錢穆著，臺北：東大出版社。

2. 《中國藝術精神》，徐復觀著，臺北：學生書局。

3. 《中國文學論集》，徐復觀著，臺北：學生書局。

4. 《宋詩概說》，吉川幸次郎著，臺北：聯經出版社。

5. 《陳世襄文存》，陳世襄著，臺北：志文出版社。

6. 《二度和諧及其他》，施友忠著，臺北：聯經出版社。

7. 《現象詮釋學與中西雄渾觀》，王建元著，臺北：東大圖書出版社。

8. 《現象學與文學批評》，鄭樹森編，臺北：東大圖書公司。

9. 《拯救與逍遙——中西方詩人對世界的不同態度》，劉小楓著，臺北：久大文化出版社。

10. 《境界的探求》，柯慶明著，臺北：聯經出版社。

11. 《文學美綜論》，柯慶明著，臺北：長安出版社。

12. 《抒情傳統的省思與探索》，張淑香著，臺北：大安出版社。

13. 《意志與命運》，樂衡君著，臺北：大安出版社。

14. 《中國詩之追尋》，李正治著，臺北：業強出版社。

15. 《中國文學批評》，呂正惠、蔡英俊主編，臺北：學生書局。

16. 《抒情傳統與政治現實》，呂正惠著，臺北：大安出版社。

17. 《比興物色與情景交融》，蔡英俊著，臺北：大安出版社。

18. 《生命精神與文學道路》，劉再復著，臺北：風雲年代。

19. 《中國詩歌美學》，蕭馳著，北京大學出版社。

20. 《唐代文學的文化精神》，鄧小軍著，臺北：文津出版社。

21. 《唐代文苑風尚》，李志慧著，臺北：文津出版社。

柒、

1. 〈敦煌故本陳子昂集殘卷研究〉，吳其昱撰。

2. 〈陳子昂生卒年辨〉，吳明賢撰，《四川師院學報》。

3. 〈陳子昂及其文集之事跡〉，岑仲勉撰，《輔仁學誌》第十四卷十二合期。

4. 〈試論陳子昂之立身行事與家學之關係〉，戴景賢撰，《書目季刊》，十五卷、一期。

5. 〈陳子昂詩觀研究〉，林耀麟撰，《孔孟學報》第六四期。

6. 〈文學價值與文學史價值的不平衡性——陳子昂評價的一個新角度〉，劉石撰，《中國文化月刊》，1994、2月。

7. 〈論陳子昂詩歌理論的傳統特質〉，畢萬忱撰，《文學遺產》，1990、3月。

8. 〈陳子昂評價析疑〉，秦紹培撰，《新疆大學學報》，1986年、2月。

9. 〈陳子昂和他的作品〉，王運熙撰，《文學遺產增刊》，四輯。

10. 〈論中國古典文學中的兩大主題——從登樓賦與蕪城賦探討「遠望當歸」與「登臨懷古」〉，廖蔚卿撰，《幼獅學誌》，十七卷三期。

11. 〈人的存在問題〉，袁保新撰，《中國文化月刊》，八一期。

12. 〈中國知識分子的類型與性格〉，文崇一撰，《中國論壇》，二六五期。

13. 〈悲劇文類分法與中國古典戲劇〉，陸潤棠撰，《中外文學》，第十一卷七期。

14. 〈文學：人格的投影——文學研究的一個思路〉，何向陽撰，《文學評論》，1993年1月。

15. 〈「興觀群怨」的美學意涵——試論孔子詩教的用心〉，謝大寧撰，《中正大學學報》，第二卷一期。

16. 〈儒隱與道隱〉，謝大寧撰，《中正大學學報》，第三卷一期。